Der Tote vom Klünderhof

Antje Szillat ist eine erfolgreiche Bestsellerautorin mit einem beeindruckenden Werk von rund hundertdreißig Büchern, die sie teilweise unter verschiedenen Pseudonymen veröffentlicht hat. Ihre Geschichten haben Leser in mehr als zwanzig Sprachen begeistert und wurden mehrfach ausgezeichnet. Die vielseitige Autorin lebt mit ihrer Familie in der Nähe von Hannover auf einem kleinen Hof, umgeben von Pferden, Hunden und Hühnern – und einer schier endlosen Sammlung an Büchern. Antje Szillat schöpft Inspiration aus ihrem ländlichen Leben und der Liebe zu Tieren, was sich in ihren fesselnden Erzählungen widerspiegelt.

Antje Szillat

Der Tote vom Klünderhof

Der Landtierarzt ermittelt

emons:

Bibliografische Information der Deutschen Nationalbibliothek
Die Deutsche Nationalbibliothek verzeichnet diese Publikation
in der Deutschen Nationalbibliografie; detaillierte bibliografische
Daten sind im Internet über http://dnb.d-nb.de abrufbar.

© Emons Verlag GmbH
Cäcilienstraße 48, 50667 Köln
info@emons-verlag.de
Alle Rechte vorbehalten
Umschlaggestaltung: Nina Schäfer
Gestaltung Innenteil: DÜDE Satz und Grafik, Odenthal
Lektorat: Lothar Strüh
Druck und Bindung: GGP Media GmbH, Pößneck
Printed in Germany 2025
ISBN 978-3-7408-2487-7
Originalausgabe

Unser Newsletter informiert Sie
regelmäßig über Neues von emons:
Kostenlos bestellen unter
www.emons-verlag.de

In de ländliche Idylle, so friedlich un schöön,
versteckt sik dat Verbreken, kaum to versteh'n.
Tüschen Wiesen un Feldern, in'n Schutz vun Nacht,
liegt 'nee düüstere Siet, de keener dacht.

Augustin Wibbelt (1862–1947)

Prolog

Ein abscheuliches Verbrechen hatte sich zugetragen! Die Kriminalhauptkommissarin Finja Fährmann musste zugeben, es überraschte sie selbst, wie erschüttert sie war. Noch vor wenigen Stunden hätte sie jedem gegenüber behauptet, dass Karl-Holger Wollebock – genannt Rotlicht-Kalle – ein ganz und gar scheußlicher Mann ohne Skrupel und Gewissen sei. Aus tiefstem Herzen hoffte sie, dass er bald die verdiente Strafe für seine dreckigen Gräueltaten erhalten würde. Doch in einem derart elenden Zustand vor die Himmelspforte des lieben Herrgottes zu treten, wünschte sie selbst ihren schlimmsten Feinden nicht – nicht einmal Rotlicht-Kalle.

Der Mann war auf grausame Weise skalpiert worden.

Sein einst pechschwarzes Haar, das er stets mit Unmengen schmieriger Pomade zurückgekämmt getragen hatte, war restlos verschwunden. Stattdessen schmückte nun ein rosafarbenes Kopftuch seinen kahlen Schädel, auf dem fröhlich verstreute, unterschiedlich große rote Herzchen prangten.

Als wäre das nicht schon makaber genug, steckte ein Pfeil mitten in seinem Herzen. Bei einem so unmenschlichen Verbrecher wie Rotlicht-Kalle war es jedoch fraglich, ob er überhaupt ein Herz besaß.

Als erfahrene Kriminalhauptkommissarin bei der Düsseldorfer Mordkommission hatte Finja schon viele entsetzliche Anblicke ertragen müssen, und normalerweise vermochte sie nichts mehr davon wirklich zu erschüttern. Selbst die bittersten Momente ihres Berufs ließ sie gewöhnlich am Arbeitsplatz zurück, statt sie mit nach Hause in ihr wunderschönes Penthouse im Herzen von Düsseldorf zu nehmen. Dies war ihr Rückzugsort, ihre Oase der Ruhe, wo sie die belastenden Bilder des Tages hinter sich lassen und einfach abschütteln konnte.

Finja hoffte inständig, dass es auch im Fall Rotlicht-Kalle so sein würde. Die Gewissheit, dass sie in dieser Angelegenheit auf ganzer Linie versagt hatte, lastete schwer auf ihr und ließ sich keinesfalls zu ihrem Vorteil auslegen. Sie ahnte bereits, dass ihr Fehlverhalten noch zu einem richtigen Problem für sie werden konnte – im schlimmsten Fall sogar zu einer internen Ermittlung führte.

Verdammt! Und das alles nur wegen –

»Alles okay bei dir?«, hörte sie eine Männerstimme schräg hinter sich fragen. Im nächsten Moment spürte sie eine warme Hand auf ihrer Schulter und fuhr reflexartig herum.

Finja hätte den Angreifer aus dem Hinterhalt mit einem gezielten Handkantenschlag auf den Solarplexus für einige Minuten kampfunfähig gemacht, wenn der nicht ebenso schnell reagiert und ihren Schlag abgewehrt hätte.

»Ho, ho, ho, Finja, Mädchen, beruhige dich, ich bin's doch nur, Hendrik.«

Finja starrte ihn an – ihren langjährigen beruflichen Partner und den Mann, mit dem sie bis vor Kurzem jene Penthouse-Oase geteilt hatte: Hendrik Lauenstein. Zu ihrem Entsetzen spürte sie, wie sich ihre hellblauen Augen mit Tränen füllten. Verzweifelt versuchte sie, dagegen anzukämpfen. Doch es war zu spät. In kleinen Rinnsalen liefen ihr die Tränen über die Wangen bis zum Kinn und tropften auf ihren beigefarbenen Burberry-Trenchcoat in Kensington-Passform.

»Ich … ich ertrage das nicht, Hendrik. Die Wohnung, unsere Wohnung, ist ohne dich so leer …«, schluchzte Finja. Und als wäre das nicht schon erniedrigend genug, warf sie sich mit einer theatralischen Geste in die Arme ihres Ex.

»Finja, was soll denn das Theater? Ich dachte, du hättest dich inzwischen mit unserer Trennung abgefunden!«

Die Kollegen von der Spurensicherung beobachteten die Situation mit einem Mix aus Amüsiertheit und Mitleid, während Jürgen Peters, der Leiter der Düsseldorfer Sitte, verächtlich grinste. Finja und er, nun ja, sie konnte den Kerl nicht leiden, und er fand, dass sie eine arrogante Zicke sei; sie nun so schwach und verzweifelt zu erleben, schien ihm natürlich großes Vergnügen zu bereiten.

Mit sanfter Gewalt schob Hendrik sie von sich und räusperte sich verlegen, bevor er sie anknurrte: »Wenn du Privates von Beruflichem nicht trennen kannst, dann haben wir hier ein echtes Problem, Finja. Ich dachte, du wärest alt und reif genug und in der Lage, adäquat mit der Situation umzugehen.«

Seine Worte, aber vor allem die Art und Weise, wie er sie dabei ansah, so kalt und abweisend, trafen Finja wie ein brutaler Schlag mitten in die Magengrube. Doch es sorgte dafür, dass ihr, wenn auch auf schmerzlichste Art und Weise, bewusst wurde, dass Hendrik recht hatte. Sie benahm sich einfach nur noch lächerlich, kindisch und absolut unprofessionell. Rotlicht-Kalle war das beste Beispiel dafür. Das einzig Richtige, das sie jetzt noch tun konnte, war zu verschwinden – zunächst vom Tatort, dann aus ihrer Traumwohnung, in der jeder Raum von Erinnerungen an Hendrik erfüllt war, und am allerbesten auch komplett aus Düsseldorf. Selbst die Dienststelle war kein sicherer Ort mehr – sie musste ihr komplettes gewohntes Umfeld und Leben in Düsseldorf hinter sich lassen.

»Ich lasse mich versetzen«, murmelte sie leise, mehr für sich selbst als für Hendrik.

Mit gesenktem Blick wandte sie sich von ihm ab. Ihre Knie fühlten sich weich an, aber sie versuchte, ihre gewohnte Haltung zurückzugewinnen und aufrecht zu gehen. Schritt für Schritt, die elegante wie selbstsichere Finja Fährmann, die sie früher einmal gewesen war. Dabei wirbelten in ihrem Kopf die Gedanken wild durcheinander. Ein Neuanfang an einem fremden Ort? Das jagte ihr Angst ein und bereitete ihr jede Menge Sorgen, aber es war der einzige Ausweg aus diesem Dilemma.

1

Jedes Jahr, wenn die Aprilstürme vorüber waren und die ersten warmen Maitage anbrachen, erfüllte beinahe über Nacht der schwere Duft von Obstbäumen die Luft. Weiße Blüten schwebten sanft von den Bäumen herab, während die Wiesen mit gelben Butterblumen übersät waren. Die Sonne strahlte golden auf die grünen Felder und tauchte die Landschaft in ein warmes Licht. In der Ferne konnte man das leise Rauschen des nahen Meeres hören.

Die typische Marschlandschaft Dithmarschens zeigte sich in ihrer ganzen Pracht: Weite Felder, eingefasst von Deichen und Gräben, erstreckten sich bis zum Horizont. Die roten Backsteinhäuser mit ihren teilweise reetgedeckten Dächern fügten sich harmonisch in die Umgebung ein. Das Klappern der alten Windmühlenflügel war zu hören, während Möwen kreischend über die Salzwiesen flogen.

Auf den großen Höfen herrschte nun geschäftiges Treiben, denn die Dithmarscher mussten sich allmählich auf den bevorstehenden Ansturm erholungssuchender Städter vorbereiten, die nach etwas Idylle strebten.

Für die Bewohner der prächtigen Anwesen bedeutete das, vom Dachboden bis zum Gewölbekeller zu putzen und zu schrubben. Auch die Fensterscheiben samt Rahmen, Haus- und Nebentüren durften dabei nicht vernachlässigt werden – alles wurde poliert und geputzt, bis es glänzte.

Sobald im Haus Ordnung war, widmete man sich mit großer Begeisterung den Beeten und Vorgärten. Es wurde akribisch geharkt, geschnitten, gezupft und gesammelt, bis auch der letzte vertrocknete Laubhaufen im grünen Sack verschwunden war. Mit geschickten Händen wurden bunte Begonien in Kübel und Töpfe gepflanzt, um den Garten mit lebendigen Farben zu schmücken.

Doch trotz des idyllischen Anblicks lag eine gewisse Anspannung in der Luft, als ob etwas Neues, womöglich sogar Gefahrvolles drohte.

Amalia von Platen konnte dem ganzen aufgeregten Frühjahrsputz so oder so wenig abgewinnen. Nicht etwa, weil die Sechsundsiebzigjährige ihr denkmalgeschütztes imposantes Fachwerkhaus mit seiner einzigartigen Handwerkskunst und der prächtigen Eingangspforte, die den Weg auf das herrschaftlich anmutende Grundstück wies, verkommen lassen würde. Oh nein, das käme für Amalia niemals in Frage! Sie war einfach äußerst gut organisiert, sodass es erst gar nicht zu auffälligem Staub, unschönen Fensterschlieren oder welken Blumen in den Beeten und Kübeln kommen konnte. Immer auf Zack und alles im Griff behalten, ohne dabei den Blick für das Wesentliche zu verlieren – das war Amalias Anspruch an sich selbst.

Trotzdem spürte auch sie eine gewisse innere Unruhe, während sie ans Fenster trat. Die schweren Vorhänge aus burgunderrotem Samt schwangen leicht im Wind, der durch das offene Fenster hereinwehte und den Raum mit einem Hauch von Frische erfüllte. Vor ihr erstreckte sich eine perfekt gepflegte Gartenanlage mit majestätisch anmutenden alten Bäumen, die ihr dann und wann Geschichten aus längst vergangenen Zeiten zuflüsterten. Die Blumen in den Beeten, die wunderschönen Stauden blühten bereits in den herrlichsten Farben, üppiger Efeu rankte an der nach links den Garten begrenzenden Scheunenwand.

Amalia liebte es, in ihrem frisch erwachten blühenden Paradies zu verweilen, die harmonische Atmosphäre ihres Anwesens spiegelte ihre eigene innere Ausgeglichenheit wider.

Normalerweise!

Doch nun brachen neue Zeiten an. Eine Veränderung stand bevor in Amalias sonst so geordnetem Leben. Eine Veränderung, auf die sie sich dennoch von Herzen freute. Endlich kehrte wieder etwas Schwung in ihr eher zurückgezogenes Dasein ein, das sie seit dem Tod ihres Mannes vor fünf Jahren führte: Conzi, der Sohn ihres Neffen Julius seitens ihres verstorbenen Ehemanns und zugleich ihr absoluter Lieblingsgroßneffe, war auf dem Weg nach Marne, um sich hier als neuer Tierarzt niederzulassen – bei ihr, auf Amalias Anwesen, unter ihrem Dach und mit ihrer vollen Unterstützung.

Amalia war so aufgeregt, dass sie immer wieder ihr feines Spitzentaschentuch unter dem Saum ihres hellblauen Blusenärmels hervorholte, um sich damit die Nase zu trocknen. Seit ihrer Kindheit litt Amalia bei großer Anspannung an einer lästigen Tropfnase, gegen die sie schon mit allen erdenklichen Methoden angegangen war – ohne Erfolg. Das Einzige, was half, war ständiges Tupfen. Ansonsten bewahrte Amalia von Platen stets Ruhe und verlor nicht einmal einen Wimpernschlag lang die Fassung. Es kam nur äußerst selten vor, dass sie ihre erstklassigen Manieren vergaß – es sei denn, es ging um inkompetente Kriminalisten.

Neben ihrer Leidenschaft für das britische Königshaus, insbesondere die bezaubernde und gebildete Kate, widmete Amalia sich den dunkelsten Abgründen der Menschheit, dem banalen Verbrechen – und das mit großer Begeisterung. Sie liebte Kriminalromane, auch wenn die Ermittler darin häufig nicht ihren hohen Ansprüchen genügten. Oft handelte es sich um offensichtliche Trottel, bei denen Amalia bereits nach wenigen Seiten wusste, wie der Fall gelöst werden konnte. Hirnlose Aktionen, direkt am Kern des Übels vorbeiermittelt. Himmel und Hölle, über derartiges Fehlverhalten konnte sie sogar richtig in Rage geraten.

Doch nun würde sie nicht mehr viel Zeit haben dafür. Constantin benötigte nicht nur ihre räumliche Unterstützung, sondern auch ihre organisatorische Hilfe bei der Einrichtung seiner Praxis.

Böse Zungen behaupteten, ihr feiner Herr Großneffe aus Hannover würde sich bei ihr ins gemachte Nest setzen. Immerhin hatte sie bereits die Räumlichkeiten bestens eingerichtet – nur vom Feinsten, denn sie konnte es sich schließlich leisten.

Doch Amalia hatte dem Gerede der Leute noch nie groß Beachtung geschenkt, sie gab nichts darauf, wenn die Landfrauen sie misstrauisch beäugten und anschließend beim gemeinsamen Häkelnachmittag sie das einzige und ausschließliche Gesprächsthema war.

»Wer viel redet, tut nichts. Die Gefährlichen schweigen und agieren aus dem Hinterhalt«, pflegte sie stets zu sagen.

Amalia drehte sich vom Fenster weg und ließ ihre Hand im Vorbeigehen über die Lehne des cognacfarbenen Ohrensessels aus feinem Nappaleder gleiten, der einst der Lieblingssessel ihres verstorbenen Gatten gewesen war. Leise murmelte sie vor sich hin: »Wo bleibt er nur?« – und bezog sich dabei natürlich auf ihren Großneffen.

Hm, diese Ungeduld war auch neu, tatsächlich durchlebte sie gerade in Bezug auf Constantin und seine Zukunftspläne betreffend eine Veränderung. Sie erkannte sich selbst kaum wieder, fand seit Tagen nur schwer in den Schlaf und träumte wirr.

Ein besonders verrückter Traum war ihr noch gut im Gedächtnis geblieben, den sie gleich nach dem Aufwachen in ihr kleines Büchlein auf dem Nachtschränkchen niedergeschrieben hatte: Die wunderbare Kate war zu Besuch gekommen. Wie beste Freundinnen hatten sie in Amalias Bibliothek gesessen und delikate Orangenplätzchen zu aromatischem Earl Grey genossen – zumindest behauptete Kate, dass die Plätzchen delikat und der Tee besonders aromatisch seien. Solch bizarre Träume hatte Amalia noch nie gehabt, und sie war überzeugt, dass die anstehende Veränderung in ihrem Leben dafür verantwortlich war. Sie hoffte, dass derartige Phantasien verschwinden würden, sobald Constantin in Marne angekommen war und alles seinen zwar ungewohnten, aber dennoch geregelten Gang nahm.

Seufzend warf Amalia einen Blick auf ihre elegante goldene Armbanduhr, ein Geschenk ihres Anton – Gott hab ihn selig. Es war zehn vor zwölf. Wo blieb ihr Großneffe nur? Sie hatte ihn um elf Uhr erwartet, und das war bereits großzügig bemessen gewesen. Unpünktlichkeit war etwas, das Amalia durch und durch missbilligte, und Constantin wusste das nur zu gut. Daher musste es einen triftigen Grund für seine inzwischen fast einstündige Verspätung geben.

Hoffentlich war ihm nichts zugestoßen. Vielleicht war er in einen Autounfall verwickelt worden? Constantin hatte den neuen Transporter erst vor wenigen Tagen vom Autohändler abgeholt. Vielleicht hatte er in einer brenzligen Situation die Kontrolle über den Wagen verloren, weil er noch nicht geübt darin war, ein so großes Fahrzeug zu fahren?

Die Sorge um ihren Großneffen ließ Amalias Herz schneller schlagen und sie schließlich entschlossen zum Telefonhörer greifen, um Constantins Handynummer zu wählen.

In diesem Moment klingelte es an der Haustür.

»Herr im Himmel!«, rief Amalia erschrocken aus, während sie sich die Hand auf die Brust presste und einmal tief durchatmete. »Nein, meine Liebe, so geht das nicht weiter«, sprach sie kopfschüttelnd zu sich selbst. »Diese übertriebene Sorge tut dir nicht gut.«

Nach einem weiteren tiefen Atemzug verließ sie schließlich die Bibliothek – neben dem wunderbaren Garten war dies Amalias bevorzugter Aufenthaltsort in dem großen Haus, weil sie es liebte, von Büchern umgeben zu sein. Mit eiligen Schritten durchquerte sie die Halle mit der prächtigen Standuhr, deren sanftes Ticken mit dem Klacken ihrer Absätze auf dem weißen Marmorfußboden die Stille durchbrach. Hoch unter der mit Stuck verzierten Decke hing der schöne Kronleuchter, den Anton und sie auf einer ihrer geliebten England-Reisen in einem kleinen Antiquitätenladen in Yorkshire entdeckt und sich sofort darin verliebt hatten. Das warme Licht der Kristallgläser brach sich funkelnd an den Wänden und tauchte die sonst eher kühl wirkende Halle in ein magisches Leuchten. Licht und Schatten im gemeinsamen Tanz. Wie sie das liebte.

Als Amalia wenige Momente später die Tür öffnete, war sie sicher, Constantin vor sich zu haben. Ihre Augen füllten sich bereits mit Freude und Erleichterung – doch sie machte einen überraschten Schritt zurück; vor ihr stand eine fremde Frau mit gelblich blondem, lockigem Haar, die sie mit einem kühlen Blick aus blassblauen Augen ansah. Hinter ihr wurde ein hochgewachsener Mann sichtbar, zwischen dreißig und vierzig Jahren alt, hager und braun gebrannt, mit dunklem Haar, das an den Schläfen bereits leicht ergraut war.

»Entschuldigen Sie bitte, wir sind nicht angemeldet, möchten aber dennoch den Hausherren sprechen«, sagte die Frau mit einer übertriebenen Betonung bestimmter Silben, als wollte sie besonders vornehm und gebildet wirken. Amalia durchschaute diese Maske sofort; das Gewöhnliche hinter der Fassade war unübersehbar. Der Hausherr weilte nicht mehr unter ihnen – das wusste hier jeder. Zudem war es kaum vorstellbar, dass ihr verstorbener Ehemann zu Lebzeiten mit solchen Personen in Kontakt gestanden hatte. Amalia war sich sicher, dass hier ein Missverständnis vorlag.

»Das wird kaum möglich sein«, sagte sie und musterte das fremde Pärchen mit skeptisch hochgezogenen Augenbrauen.

Das selbstsichere Auftreten der Frau, die Amalia gut um einen Kopf überragte, wankte kurz, doch dann richtete sie ihre Schultern auf, verzog die viel zu rot geschminkten Lippen zu einem falschen Lächeln und erklärte: »Und warum nicht, wenn ich fragen darf? Ist Herr Klünder gerade nicht zu Hause?«

»Klünder?«

»Ja, Fiete Klünder, wir möchten ihm, wie bereits erwähnt, einen kurzen Besuch abstatten.«

Amalia schüttelte den Kopf. »Dagegen habe ich nichts einzuwenden, aber Fiete Klünder wohnt hier nicht.«

Die Fremde hob verwirrt die Hände. »Was soll das heißen, ›Fiete Klünder wohnt hier nicht‹? Das ist doch aber seine Adresse.«

Erneut schüttelte Amalia den Kopf. »Gewiss nicht! Dieses Anwesen befindet sich in vierter Generation im Besitz der Familie von Platen. Fiete Klünders Hofstelle liegt viel weiter außerhalb, in Richtung Friedrichskoog. Und jetzt müssen Sie mich bitte entschuldigen, ich habe zu tun!«, erklärte Amalia und schloss die Tür.

Gewöhnlich war sie nicht so kurz angebunden, doch die Situation hatte sich befremdlich angefühlt.

Das fast schon unfreundlich anmutende Auftreten der übertrieben geschminkten Frau und der beinahe schüchterne Mann im Hintergrund hatten unpassend gewirkt und das gewöhnliche Wesen des Pärchens nur umso deutlicher hervortreten lassen. Amalia konnte sich nicht vorstellen, was dieses seltsame Duo mit Fiete Klünder zu tun haben könnte. Nein, sie konnte wirklich keinen Sinn daraus ableiten.

Der Landwirt Fiete Klünder lebte sehr zurückgezogen auf seinem großen Hof und wollte allgemein mit niemandem außer seinen Kühen etwas zu tun haben. Er war vermögend, sehr vermögend, doch sein Geiz beinah schon legendär. Böse Zungen behaupteten, dass er den Cent nicht nur ein Mal, sondern fünf Mal umdrehte, bevor er ihn ausgab. Eine Frau hatte es nie auf seinem Hof gegeben, was Amalia nicht wunderte. Die rüde Art, wie er mit seinen Mitmenschen umging, ließ kaum Platz für menschliche Beziehungen. Doch hinter seiner harten Schale verbarg sich vielleicht auch eine einsame Seele, hatte Amalia schon manches Mal gedacht, ein verletzlicher und zutiefst einsamer Mann – nun ja, aber wer dermaßen unfreundlich mit einem jeden umging, durfte sich am Ende über Einsamkeit nicht beschweren.

»Wahrscheinlich arbeiten diese *Herrschaften* in der Versicherungsbranche«, murmelte Amalia, während sie ihren Plan in die Tat umsetzte und ihren Großneffen auf dem Handy anrief – etwas, das sie sich bislang strikt verboten hatte. Sie wollte nicht, dass Constantin dachte, sie würde ihn künftig mit ihrer Fürsorge einengen. Und sie selbst wollte vermeiden, sich nur noch mit seinem Wohlergehen zu beschäftigen.

Nach mehreren Freizeichen sprang Constantins Mobilbox an. Seufzend tippte Amalia auf den roten Hörer, als es plötzlich erneut an der Haustür klingelte. Noch mit dem Telefon in der Hand öffnete sie energisch die Tür und begann zu sprechen: »Ich habe Ihnen doch gerade erklärt, dass Sie sich in der Adresse geirrt …«

Doch dann stockte sie, ihre Augen weiteten sich vor Überraschung. Ein strahlendes Lächeln breitete sich auf ihrem Gesicht aus, und sie rief: »Constantin! Du bist es. Na endlich!«

Constantin trat schmunzelnd näher. »Natürlich bin ich es. Wen hast du denn sonst erwartet?«

Nun lachte Amalia herzhaft. »Dich, mein Junge. Dich!«

»Und warum dann dieser überraschte Blick?«

Amalia winkte ab. »Gerade eben hat ein fremdes Paar hier bei mir geklingelt, und … nun ja, die beiden waren mir nicht ganz geheuer. Im ersten Moment dachte ich, sie wären zurückgekommen.«

»Du liest eindeutig zu viele Kriminalromane, liebe Tante Amalia«, scherzte Constantin mit einem Augenzwinkern. Dann umfasste er sanft ihre Schultern, beugte sich etwas vor und gab ihr einen Begrüßungskuss auf die Wange. »Aber jetzt bin ich ja hier. Da wirst du kaum noch Zeit für dein aufregendes Hobby haben.«

2

»Herzlich willkommen in Marne, Frau Fährmann!«, rief Polizeihauptmeister Hasso Lüders mit einem breiten Grinsen, als Finja die Polizeistation betrat. Doch das freundliche Willkommen konnte nicht über die trostlose Umgebung hinwegtäuschen. Der Raum war schlicht und erinnerte sie sofort an ein Relikt aus vergangenen Zeiten. Die heruntergelassenen gräulich-weißen Außenjalousetten ließen kaum Licht herein und verstärkten den abweisenden Charakter des Gebäudes. Die Wände in einem fahlen Beige gestrichen, das seine besten Tage längst hinter sich hatte, und der Bodenbelag aus abgenutztem Linoleum knarrte bei jedem Schritt unter ihren Füßen.

In einer Ecke summte ein alter Ventilator monoton vor sich hin, ein vergilbtes Poster mit Verkehrssicherheitsregeln hing schief an der Wand. Die Möbel wirkten allesamt ein wenig wie zusammengewürfelt, ergaben alles andere als ein harmonisches Gesamtbild.

»Danke«, antwortete Finja knapp, während ihr Blick an dem Schreibtisch hängen blieb, der anscheinend für sie vorbereitet worden war. Neben einem länglichen »Willkommen Frau Kriminalhauptkommissarin Fährmann!«-Schild aus buntem Tonkarton befand sich ein grell pinker Notizblock, übersät mit glitzernden Strasssteinen. Daneben lag ein Kugelschreiber mit einem Plüschende in Form eines überdimensionalen Regenbogen-Einhorns.

»Ich dachte, das würde Ihnen gefallen«, sagte Lüders und klopfte sich auf seinen prallen Bauch, den er stolz vor sich hertrug, während er sonderbar glucksend lachte. »Ein bisschen Farbe kann nie schaden.«

Finja zwang sich zu einem Lächeln. »Sehr … kreativ«, grummelte sie und setzte sich auf den Schreibtischstuhl dahinter, woraufhin auch dieser ein gequältes Knarren von sich gab, als würde er in den letzten Zügen liegen.

Bente Fendrich, die junge Polizistin, leuchtende dunkle Knopfaugen, praktische Kurzhaarfrisur, die ihr etwas Burschikoses verlieh, trat auf sie zu. »Ich habe einen Apfelkuchen gebacken«, verkündete sie stolz und stellte eine Schale mit selbst gemachter Holunder-Vanillesoße daneben. »Ich hoffe, er schmeckt Ihnen, Frau Fährmann.«

»Das ist sehr nett«, erwiderte Finja höflich, wenn auch irritiert.

Joachim Clasen kam ebenfalls herbei und bot ihr Kaffee, Kakao und Tee an. »Wir wussten ja nicht, was Sie bevorzugen«, erklärte der Polizist entschuldigend.

»Kaffee ist perfekt«, murmelte Finja und fühlte sich vollkommen erschlagen; von dem altmodisch-trist eingerichteten Revier und ihren überfreundlichen und eifrigen Kollegen, die sie erwartungsvoll ansahen, strahlten und sich anscheinend wirklich freuten, sie hier bei sich zu haben.

Doch Finja konnte sich nicht überwinden zurückzulächeln. Das alles hier – es kam ihr vollkommen surreal vor, konnte doch unmöglich ihr neues Leben sein.

In der Pension, in der sie von Düsseldorf aus ein Zimmer gebucht und die im Internet eigentlich recht ansprechend gewirkt hatte, fühlte sie sich ebenso fehl am Platz wie auf dem Revier. Ein schmaler, düsterer Flur im Gästehaus führte zu ihrem karg eingerichteten Zimmer, das von einem großen Kreuz über dem schlichten Holzbett dominiert wurde. An der gegenüberliegenden Wand hingen zwei grellbunte Stickbilder: ein Fasanenpaar und ein üppiger Blumenstrauß in einer braunen Vase. Wohl der vergebliche Versuch, dem Raum eine heimelige Note zu verleihen.

Der besagte Flur schien ständig unter der wachsamen Aufsicht der neugierigen Pensionsbesitzerin Helga Fritsch zu stehen, die nur darauf brannte, ein Gespräch mit Finja zu beginnen. Der Hauch von Klatschlust umgab sie wie ein unsichtbarer Schleier. Ihr lüstern gaffender Ehemann und der kleine Kläffer namens Honey trugen ebenso wenig zur Verbesserung der Situation bei wie die laut schnatternden Gänse im Garten.

Sie musste sich unbedingt eine andere Unterkunft suchen, das war ihr schon bewusst gewesen, als sie vorgestern Abend die Pension »Zur Sonne« betreten hatte. Doch dazu fehlte ihr bisher die Energie; zumal sie auf ein nur kurzes Gastspiel hier in Marne hoffte. Als talentierte Kommissarin müsste doch jede modern arbeitende Mordkommission sie mit offenen Armen willkommen heißen … oder zumindest schnellstmöglich wieder zurück nach Düsseldorf holen!

Auch die weitere Umgebung trug wenig dazu bei, ihre Stimmung zu heben: Die Deiche erstreckten sich, so weit das Auge reichte. Gemütlich grasten die Schafe vor sich hin; frische Luft und kräftiger Wind sorgten für eine Atmosphäre der vollkommenen Entschleunigung. Anstelle des Großstadtlärms erwartete sie hier meditative Ruhe.

Die majestätischen Wälle wirkten wie sanfte Riesen; beschützten die Landschaft und strahlten zugleich Melancholie aus. Es war, als ob die Uhren hier langsamer tickten. Man konnte sich dem Zauber der Nordseeküste hingeben – alles schien perfekt zu sein –, wenn Finja Fährmann sich ihre neue Wirkungsstätte nicht vollkommen anders vorgestellt hätte!

Gedanklich hatte sie sich in einer aufregenden Metropole gesehen: Berlin oder Frankfurt, vielleicht sogar Hamburg. München wäre auch okay gewesen. Doch stattdessen war sie in Marne gelandet – was definitiv nicht Teil ihres Lebensplans gewesen war!

Man hatte ihr fatale Fehlentscheidungen vorgeworfen; Entscheidungen bei den Ermittlungen im Fall Rotlicht-Kalle, die letztendlich zu seiner brutalen Ermordung geführt hatten – was Finja nach wie vor nicht wirklich bedauerte. Doch dadurch war den Kollegen vom Drogendezernat die Arbeit der letzten zwei Jahre zunichtegemacht worden. Ihr Kronzeuge war ihnen nämlich flöten gegangen.

Finjas Vorgesetzter, Frank Dresdner, hatte ihr angeboten, sie vorübergehend aus der Schusslinie zu nehmen. Die Kollegen von der Internen Ermittlung standen angeblich bereits in den Startlöchern, und wenn sie einmal auf deren Radar geraten war, wäre es endgültig vorbei mit ihrer bisher makellosen und erfolgreichen Karriere. Allerdings war dieses Angebot an die Bedingung geknüpft, dass sie die Dienststelle wechselte – entweder in eine andere Stadt oder sogar in ein anderes Bundesland, möglicherweise vorübergehend nur als Urlaubsvertretung. Für Finja hatte das zunächst ganz akzeptabel geklungen; schließlich wollte sie ohnehin so viele Kilometer wie möglich zwischen sich und ihren Ex in Düsseldorf bringen.

Und nun saß sie in Marne fest – trostloses Kaff und ebenso trostlose Aussichten. Es hätte kaum schlimmer für sie kommen können.

Die ersten Tage fühlten sich für Finja dann auch wie ein zäher, endloser Strom aus grauem Einerlei an, genau wie sie es befürchtet hatte. Die Zeit schien sich quälend langsam zu bewegen, während sie in der öden Polizeistation saß und auf etwas wartete, das nie kam. Es gab kaum etwas zu tun – abgesehen von einem belanglosen Verkehrsunfall mit geringem Blechschaden, einem Ladendiebstahl bei Rewe durch einen fünfjährigen Übeltäter und zwei entlaufenen Gänsen. Mit jeder Stunde wuchs das Gefühl der Monotonie und der Leere in ihr, als ob die Welt um sie herum in einem tristen Grauton erstarrt wäre.

※

»Frau Fährmann, kommen Sie am Samstag auch zum Hoffest bei den Holsteins?«, fragte Bente Fendrich, als sie sich ins Wochenende verabschiedete.

Finja schüttelte den Kopf. »Ich habe leider schon etwas vor.« Das war natürlich eine glatte Lüge, aber auf dieses Hoffest verspürte sie noch weniger Lust als auf ihre Pensionswirtin.

»Ach, wie schade«, bedauerte Bente mit ihrer kindlich hellen Stimme. »Die Holsteins geben sich immer wahnsinnig viel Mühe. Es gibt was Leckeres vom Grill, Kaffee und Kuchen und sogar eine Live-Band. Letztes Jahr waren die so genial, dass bis spätabends getanzt wurde.«

Noch ein Grund mehr für Finja, auf gar keinen Fall dort zu erscheinen.

»Das klingt toll, aber wie bereits gesagt, leider bin ich schon verplant«, log Finja weiter, ohne eine Spur von Röte im Gesicht zu zeigen.

»Hach ja, aufs Hoffest hätte ich wohl auch Lust«, seufzte Hasso Lüders. »Ob es wohl wieder diese leckeren Schinken-Käse-Griller gibt?« Er schleckte sich mit der Zunge über die Lippen, während er seinen Kugelbauch, der bedenklich unter dem Hemd spannte, rieb.

»Wissen Sie was, Lüders«, beschloss Finja spontan, »ich übernehme den Wochenenddienst für Sie.« Lieber hier im Polizeirevier herumhocken, als in der Pension von dieser unerträglichen Fritsch belauert zu werden. Außerdem hatte sie hier wenigstens freien Zugang zum Polizeicomputer und konnte ein wenig nach vakanten Stellen recherchieren.

»Wirklich?« Lüders starrte sie ungläubig an. »Aber … aber Chefin, Sie haben doch die ganze Woche durchgearbeitet, und außerdem wollen Sie doch bestimmt die Zeit nutzen, um sich hier noch besser einzuleben und –«

»Lüders, ich übernehme für Sie!«, unterbrach Finja bestimmt, während ihr Kollege sie immer noch mit großen Augen ansah.

Unschlüssig wandte er sich an Bente, die strahlend mit den Schultern zuckte.

»Das ist wirklich supernett von Ihnen, Frau Fährmann«, sagte Bente. Und dann an Lüders gewandt: »Freu dich doch, Hasso.«

Polizeihauptmeister Hasso Lüders schien immer noch etwas verwirrt zu sein, aber schließlich brach ein dankbares Lächeln auf seinem Gesicht durch. »Ja, Chefin, da hat die Bente vollkommen recht, das ist wirklich unheimlich nett von Ihnen«, brabbelte er. Sein Glück war förmlich greifbar, was Finja mit einem leichten Stirnrunzeln beobachtete. Es war ihr einfach unbegreiflich, wie ein simples Hoffest und die Aussicht auf fettige Schinken-Käse-Griller die trostlose Bevölkerung hier in Marne in wahre Verzückung versetzen konnten. Doch irgendwie war es fast schon verständlich, bedachte man die gähnende Langeweile und die absolute Stille, die sonst in dieser verschlafenen Gegend herrschten.

»Dann trage ich mich aber direkt fürs nächste Wochenende ein, abgemacht, Chefin?«, erklärte Lüders übereifrig.

Doch bevor er zur Tat schreiten konnte, wurde er von seiner Kollegin Bente daran erinnert: »Du, Hasso, da finden doch aber die Besprechung und ersten Vorbereitungen für die Kohltage statt.« Klatschend schlug Lüders sich die Hand vor die hohe Stirn. »Beiß mich der Ameisenbär, das habe ich ja völlig vergessen.« Mit einem Kleinkindverlegenheitsblick wandte er sich an Finja. »Das Kohlfest findet im September statt und ist etwas ganz Besonderes und wird hier mehrere Tage lang gefeiert. Meine Frau, die Jutta, und ich, wir sind im Festkomitee, und ich kann da –«

Finja fiel ihm ins Wort. »Schon gut, Lüders, ich übernehme auch das nächste Wochenende. Und nun ab mit Ihnen beiden in den Feierabend.«

»Nicht Ihr Ernst, Chefin«, staunte Lüders ungläubig.

»Und ob!«, erwiderte Finja mit einem falschen Lächeln und einer wedelnden Handbewegung, um ihre Kollegen aus der öden Polizeidienststelle zu scheuchen.

Die Tür war fast schon hinter ihnen zugefallen, als Bente noch rief: »Hintergrunddienst hat ja der Jo ein letztes Mal, bevor er uns dann verlässt, um zurück in seine Dienststelle zu gehen. Aber das wissen Sie ja, Frau Fährmann.«

Ja, das war ihr bewusst – und sie beneidete ihren Kollegen dafür, dass sein kurzes Aushilfsgastspiel nun zu Ende ging.

Mit einem hörbaren Klack ließ sie sich auf ihren durchgesessenen Chefschreibtischstuhl sinken. Ihr Vorgänger schien tatsächlich viel Zeit im Sitzen verbracht zu haben, was angesichts des mangelnden Verbrechensaufkommens in diesem verschlafenen Kaff nicht überraschte. Das schlimmste Verbrechen schien hier zu sein, dass gelegentlich eine Horde Jugendlicher Spaß daran hatte, die Schafe auf dem Deich umzukippen.

Ihre durch und durch trostlosen Gedanken drifteten nach Düsseldorf ab. Sie stellte sich vor, wie sie sich mit Hendrik über die skurrilen Leute hier amüsieren würde, während sie an ihrem schicken Esstisch saßen, indisches Essen genossen und dazu exzellenten Rotwein tranken. Die Vorstellung war so absurd, dass sie tatsächlich fast lachen musste – oder dann doch eher weinen, wie die heiße Träne verriet, die ihr plötzlich über die Wange lief.

»Na toll, Finja«, schimpfte sie mit sich selbst. »Statt hier im Elend zu versinken, solltest du lieber im Polizeicomputer nach einer freien Stelle suchen und schnellstmöglich von hier verschwinden.« Das Lösen des mysteriösen Falls von Schafumkippen durfte sicherlich nicht das glamouröseste Highlight in ihrer Karriere als Kriminalhauptkommissarin sein.

Mit einer energischen Geste klatschte sie in die Hände und erhob sich elegant von ihrem Stuhl. Sie strich bedacht die Falten aus der edlen dunkelblauen Burberry-Hose, die sie geschmackvoll mit einer weißen Seidenbluse und eleganten schwarzen Pumps desselben renommierten Labels kombiniert hatte. Ihr langes, seidig glänzendes dunkelbraunes Haar fiel in sanften Wellen über ihre Schultern und betonte ihre markanten blauen Augen. In diesen schlichten Räumlichkeiten wirkte sie wie ein exotischer Vogel, der zwischen Tauben gelandet war. Sowohl durch ihre innere Einstellung als auch durch ihr äußeres Erscheinungsbild hob sie sich deutlich von allem hier ab – und genau deshalb würde sie auch alles daransetzen, zu beweisen, dass die bescheidene Polizeistation in Marne nur eine ganz, ganz kurze Episode in ihrer bisher so erfolgreich verlaufenen Karriere bedeutete.

Ganz bestimmt war das so!

3

»Was meinen Sie, Doktor, auf welchem Bein lahmt de Janulf?«

Constantin von Platen rieb sich mit dem Zeigefinger über den Nasenrücken. Das tat er häufig, wenn er nachdachte.

»Eben beim Traben ist er aufs Linke gefallen«, sagte er schließlich.

Die buschigen Brauen des Friesen-Züchters Onno Friedrichs wanderten erstaunt nach oben. »Links? Nööh, da täuschen Sie sich, Doktor. De is nich auf dem linken Fuß lahm.«

»Das habe ich auch nicht gesagt«, stellte Constantin von Platen richtig. »Er fällt aufs linke Bein, weil er rechts entlastet. Also lahmt er rechts.«

Mürrisch schob der ältere Mann die wulstige Unterlippe vor. »Ja, und warum sagen Sie dat nich gleich und drücken sich so verkruxt aus? Muss wohl so sein, wenn einer direkt von de Hochschule kommt.«

Constantin verzichtete darauf, den Züchter darauf hinzuweisen, dass er bereits vor sechs Jahren sein Studium beendet und seitdem als fertiger Tierarzt an der TIHO in Hannover gearbeitet hatte. Brachte eh nichts. Onno Friedrichs hörte wohl nur, was er hören wollte. Und hielt das für die Wahrheit, was ihm am besten in den Kram passte.

Constantin befühlte das Fesselgelenk des rechten Vorderbeins des stämmigen Friesen. Dann tastete er sich weiter nach oben bis zum Knie, obwohl er längst ahnte, wo das Problem – oder anders ausgedrückt: der Schmerz – bei dem Pferd saß. Auch das war etwas, das er sehr schnell begriffen hatte: ordentlich untersuchen, bevor man mit der Diagnose herausrückte. Sonst waren die Leute der Meinung, man wäre sein Geld nicht wert.

Schließlich legte er die Hand auf den Huf des Hengstes und fühlte, was er genau so erwartet hatte: Der Huf war warm.

»Und?«

»Ich tippe auf ein Hufgeschwür.«

»Ach herrje, so was hat de noch nie gehabt.« Onno Friedrichs kratzte sich umständlich am Hinterkopf. »Aber gut, wie Sie wollen. De Janulf hat also ein Hufgeschwür. Dann tun Sie doch was, ja?«

Constantin hatte inzwischen die lange Zange aus seinem Transporter geholt, um durch gezieltes Abdrücken festzustellen, wo genau das Geschwür im Huf saß. Mit etwas Glück konnte er es direkt aufschneiden und dem Pferd somit schnelle Erleichterung verschaffen. So ein Hufgeschwür war nämlich verdammt schmerzhaft.

Beim ersten Ansetzen zuckte der Friese schon derart zurück, dass sich jede weitere Untersuchung erübrigte.

»Reeespekt«, sagte Onno Friedrichs, lachte glucksend, bevor er dem Doktor anerkennend auf die Schulter klopfte. Allerdings mit etwas sehr viel Elan, sodass es Constantin fast von den Sohlen riss.

»Hopsala, Herr Doktor«, amüsierte Onno Friedrichs sich. »Dat war doch nix für ’nen gestandenen Kerl.«

Constantin bedankte sich mit einem unverbindlichen Lächeln, bevor er den rechten Fuß des Friesen hochnahm und ihn sich zwischen die Knie klemmte.

»Wollen Sie de Janulf denn nich sedieren?«, wunderte Onno Friedrichs sich. »Wenn dem was wehtut, kann de ganz schön grantig werden.«

»Bis der *grantig* wird, Herr Friedrichs, fließt der Eiter schon in Strömen.«

»Bäh!« Angeekelt verzog Onno Friedrichs das Gesicht. Tja, von wegen gestandener Kerl, schoss es Constantin nicht ohne Genugtuung durch den Kopf.

Konzentriert begann er zu schneiden. Constantin ging der dunklen Stelle nach, wo die Infektion in den Huf eingedrungen war, und sah schließlich, wie unter der Messerklinge ein dünner Eiterstrahl hervorschoss, der zu einem konstanten Rinnsal wurde.

Züchter Onno Friedrichs fummelte ein kleinkariertes Stofftaschentuch aus seiner grauen Cordhosentasche hervor und presste es sich auf Nase und Mund.

»Bah, dat stinkt ja widerlich«, hörte Constantin ihn darunter nuscheln. »Dat Sie dat riechen können, Doktor.«

»Es gibt tatsächlich weitaus Schlimmeres«, gab Constantin zurück.

Anschließend legte er dem Friesen einen dicken Watteverband an, den er mit breitem Klebeband verstärkte. Er erklärte Onno Friedrichs, wie er zweimal täglich den Huf anzugießen hatte, und räumte danach seine Utensilien zurück in den Transporter.

»Hol mich de Teufel, dat war gute Arbeit, Doktor, dat muss ich schon sagen«, brummte Onno Friedrichs, während er Constantin die kräftige Hand hinhielt.

Constantin ergriff sie und gab mit einem Lächeln zurück: »Die wird sich dann in meiner Rechnung widerspiegeln.«

Prompt verdunkelten sich Onno Friedrichs' Züge.

»Na, na, so dolle kann's doch wohl nich werden! Sie haben doch ratzfatz gefunden, was de Janulf geplagt hat.«

Constantin wollte erklären, dass er sich lediglich ein kleines Späßchen erlaubt hatte, als das Handy in seiner Hosentasche zu summen anfing. »Entschuldigung, mein Telefon, da muss ich rangehen«, sagte er und nahm den Anruf entgegen.

»Sind Sie der neue Tierarzt?«, fragte eine Männerstimme. »Dieser Verwandte von der von Platen?«

»Ja, der bin ich. Was kann ich für Sie tun?«

»Ich weiß nicht, ob Sie etwas für *mich* tun können.« Die Stimme klang jetzt arrogant. »Ich bin Fiete Klünder. Ich habe hier eine Kuh, die kalbt. Bis eben ist auch alles wie geschmiert gelaufen, aber nun geht's nicht weiter. Ich schätze, das Kalb hat sich gedreht und steckt jetzt im Geburtskanal fest. Verstehen Sie was von Geburten?«

Diese Frage ging Constantin gehörig gegen den Strich, ebenso der herrische Tonfall dieses Klünder. Dennoch blieb er freundlich, als er erwiderte: »Ich bin Tierarzt. Also werde ich wohl etwas davon verstehen.«

Es folgte eine kurze Pause, dann ein sonderbares Knurren, gefolgt von einem knappen: »Wann sind Sie hier?«

»Ich bin gerade bei einem anderen Patienten fertig geworden und könnte direkt losfahren. Dafür bräuchte ich natürlich erst einmal Ihre Adresse.«

»Dann aber zügig!«, verlangte Fiete Klünder, nannte ihm die Adresse, schob unfreundlich wie gehabt hinterher: »Aber lassen Sie mich bloß nicht lange warten!«, und beendete das Gespräch.

Kopfschüttelnd verstaute Constantin das Handy wieder in der Hosentasche, verabschiedete sich von Onno Friedrichs und setzte sich hinters Steuer seines Transporters.

Als er den Motor startete, trat Onno Friedrichs an die Fahrertür des Wagens und gab Constantin zu verstehen, dass er das Fenster herunterlassen sollte.

»Hab ich dat gerade richtig mitgekriegt, Doktor, de Kuh vom Klünder macht Probleme beim Kalben?«

Constantin nickte. »Scheint so.«

Unheilvoll verzog Onno Friedrichs das Gesicht. »Dann beeilen Sie sich mal, dat Sie zum Klünderhof hinkommen. Dat kann nur de Berta sein. Wegen 'ner anderen würde de keinen Tierarzt kommen lassen. De is nämlich dem Fiete sin Lieblingskuh. Wenn de was passiert, dann können Sie als Tierarzt hier direkt wieder einpacken. De ist zwar ein oller Sturkopf und geizig wie kein Zweiter, aber de hat was zu sagen. Wenn's nichts Gutes ist, wird's eng für Sie.«

Eigentlich wollte Constantin auflachen. Wer auch immer dieser Klünder war, sicherlich ließ er sich von ihm nicht einschüchtern. Aber wie Onno Friedrichs ihn nun ansah, wirklich besorgt – nun ja, hier tickten die Uhren tatsächlich anders, das hatte Constantin schon nach knapp zwei Wochen begriffen. Besser war es also, sich zu beeilen.

Das tat er dann auch, doch nützte es ihm nichts. Schuld war die *doofe Navitante*, fand er. Die hatte ihn nun mehrfach auf eine falsche Route geschickt. Eine davon führte ihn schnurstracks in den Graben. Auf der jetzigen war er nun am Deich gelandet, weit und breit kein Hof zu sehen.

Schließlich wusste Constantin sich keinen anderen Rat mehr, als Amalia anzurufen, um sich von ihr den Weg beschreiben zu lassen.

»Ich suche nun schon bestimmt seit einer Dreiviertelstunde und lande immer wieder am Deich, wo es dann nicht weitergeht.«

»Ach so, ja, ich denke, du befindest dich auf der anderen Seite, da kommt man tatsächlich nicht weiter. Der richtige Weg führt dich von Helse nach Friedrichskoog. Auf der linken Seite befindet sich ein großer Obst- und Gemüse-Händler, den kannst du überhaupt nicht übersehen, und direkt dahinter führt eine schmale Straße Richtung Meer. Die nimmst du, biegst dann aber gleich nach rechts ab, die Straße dort ist sehr schmal und auch ganz schön holprig, eher ein ausgebauter Feldweg, also nicht wundern. Dann hast du aber auch schon bald die Kuhweiden links und rechts von dir und fährst direkt auf den Klünderhof zu. Übrigens, Conzi, Fiete Klünder ist ein ausgesprochen unangenehmer Mann. Lass dich bloß nicht von dem ärgern, sondern biete ihm gleich Paroli. Sonst behandelt der dich wie seinen Lakaien.«

»So wie der am Telefon klang, habe ich das bereits befürchtet«, brummte Constantin und bedankte sich bei Amalia.

Wenig später hatte er tatsächlich die Hofeinfahrt vor sich und konnte sich nur über sich selbst wundern, weil er mehrfach eben an genau diesem Obst- und Gemüse-Händler vorbeigefahren war, aber die Straße direkt dahinter nicht wahrgenommen hatte. Während Constantin seinen Transporter auf einen makellos sauberen und top gepflegten Drei-Seiten-Hof steuerte, dessen auffallender Mittelpunkt das imposante Wohnhaus im traditionellen Fachwerkstil bildete, rumorte der Ärger noch immer in ihm. Der Weg hierher war so simpel, dass er dem sicherlich inzwischen noch grantigeren Landwirt kaum glaubhaft machen konnte, sich mehrfach verfahren zu haben. Es sei denn, er wollte riskieren, dass es sich wie ein Lauffeuer verbreitete, wie trottelig der neue Tierarzt war. Zu blöd zum Autofahren.

Manche Leute hier waren womöglich schnell mit ihren Urteilen und taten sich andersherum ausgesprochen schwer damit, ein einmal gefälltes wieder zu revidieren, hatte Amalia ihm gesagt.

Beim Aussteigen versuchte Constantin, das nagende Gefühl abzuschütteln, dass seine Karriere als neuer Landtierarzt bereits ruiniert sei, noch bevor sie richtig begonnen hatte – was natürlich eine deutliche Übertreibung war. So viel Einfluss konnte dieser Klünder schließlich nicht haben, zumal dringend ein neuer Tierarzt gebraucht wurde, nachdem der vorherige in den Ruhestand gegangen war.

Energisch schob er die Seitentür des Transporters auf, um seine Tasche herauszunehmen. Da kam ein bulliger Rottweiler aus seiner Hütte neben dem Haupthaus gesprungen und begann, wie blöd zu kläffen. Glücklicherweise hielt das Zwingergitter den nicht besonders freundlich aussehenden Kraftprotz davon ab, hautnahe Bekanntschaft mit dem neuen Tierarzt zu machen.

»Hallo, Herr Klünder!«, versuchte Constantin das Bellen des Hofhundes zu übertönen und sah sich dabei suchend auf dem Hof um. »Constantin von Platen … Der Tierarzt ist da!« Bis darauf, dass sich der Rottweiler noch wütender gegen das Zwingergatter warf, passierte nichts. Weder Scheunen- oder Stalltür noch die doppelflügelige strahlend weiße Haustür öffnete sich.

Okay, dann musste er eben allein den Weg zu Berta finden. Was bestimmt nicht unmöglich war, bei dem Flachdachgebäude zur rechten Seite konnte es sich nur um den Viehstall handeln, während das gegenüberliegende, weitaus höhere unter Garantie die Scheune war, in der sich Heu, Stroh und alle möglichen Gerätschaften befanden.

Von allergefährlichstem Kläffen und Knurren des Hofhundes begleitet, marschierte Constantin zu dem Stallgebäude hinüber. Ammoniakbeladene Stallluft schlug ihm entgegen, als er die graue Stahltür links neben dem breiten Haupttor aufdrückte. Mehrere Kühe befanden sich auf beiden Seiten in Laufställen und beäugten ihn erwartungsvoll, hier und da muhte auch eines der Tiere, als hoffte es auf Futter. Tatsächlich erkannte Constantin, dass die Hoffnung der Tiere nicht unbegründet war. Die Heusilage lag bereits servierbereit auf dem Mittelgang. Es brauchte nur noch jemanden, der die Silage in die Fressrillen schob.

»Hallo, Herr Klünder?«, rief Constantin.

Die Kühe muhten nun noch fordernder. Ansonsten war nichts zu hören, sodass das ungute Gefühl in ihm eine leise Stimme bekam, die hämisch rief: Zu spät! Du kommst so was von zu spät!

Mist!

Am Ende des Stalles entdeckte Constantin auf der rechten Seite eine weitere graue Stahltür. Er nahm an, dass sich dahinter der Geräteraum befand, und wollte sie zunächst gar nicht öffnen, legte dann aber doch die Hand auf die Klinke und – o Wunder, schon stand er in einem weiteren Stall. Hier gab es allerdings keine Laufställe, sondern zu beiden Seiten großzügige Boxen. Gleich in der ersten entdeckte er eine Kuh samt ihrem frisch geschlüpften Kalb, das noch ganz blutig war. Die Geburt des Jungtieres konnte nur wenige Augenblicke zurückliegen.

»Berta?«, fragte Constantin voller Hoffnung.

Ein erleichtertes Lächeln mischte sich unter seine bis eben noch so verzagten Züge, als er erkannte, dass ansonsten der Stall leer war. Demnach konnte es sich bei der jungen Mutter nur um besagte Berta handeln. Sie hatte es also geschafft, oder vielmehr ihr kleiner … ähm, Constantin musste erst einmal genau hinschauen, aha, ihrer kleinen Tochter war der Weg ans Licht doch noch aus eigener Kraft gelungen. Eine andere Möglichkeit war natürlich, dass Bauer Fiete Klünder in seiner Not beherzt zugepackt hatte, weil der Tierarzt verdammt noch mal nicht aufgetaucht war. Hm, und wo konnte man den frischgebackenen Geburtshelfer finden, um ihm zu gratulieren und sich für die Verspätung zu entschuldigen?

Wahrscheinlich im Haus, um sich zu waschen, kombinierte Constantin. Vollkommen logisch – wenn Klünder mit dem halben Oberkörper im Geburtskanal seiner Berta gesteckt hatte, sehnte er sich anschließend garantiert nach einer Dusche und sauberer Kleidung. Constantin tat, was er noch tun konnte: Er untersuchte Muttertier und Kalb, entsorgte die Nachgeburt und rieb dem Kalb anschließend noch mit etwas Stroh das restliche Blut, das Berta nicht abgeschleckt hatte, aus dem feuchten Fell. Weil Bauer Fiete Klünder noch immer nicht zurück bei Mutter und Kind war, beschloss er, rüber zum Haus zu gehen und dort zu klingeln. Eine Rechnung würde er hier sicherlich nicht mehr schreiben, aber wenigstens wollte er sich dem Landwirt vorstellen. Mit etwas Glück war Fiete Klünder so erleichtert, dass die Berta samt Tochter es doch geschafft hatte, dass er ihm die unentschuldbare Verspätung nicht allzu krummnahm.

Doch auch nach dreimaligem Läuten wurde Constantin nicht geöffnet. Entweder stand Fiete Klünder noch immer unter der Dusche und hörte das Klingeln nicht, oder er war tatsächlich nicht zu Hause.

Nun gut, dann gab es hier also nichts mehr für ihn zu tun, außer den Rückzug anzutreten und den Klünderhof wieder zu verlassen.

Er war bereits wieder bei seinem Transporter – der Rottweiler kläffte sich die Seele aus dem Leib –, als ihm einfiel, dass er Fiete Klünder doch einfach anrufen konnte. Die Nummer des Landwirtes befand sich immerhin in seiner Anrufliste.

Meine Güte, warum war er eigentlich nicht längst auf die Idee gekommen?

Constantin nahm sein Handy aus der Hosentasche, tippte auf die in der Anrufliste angezeigte Nummer des Landwirtes und wartete. Die Verbindung wurde aufgebaut … Das Freizeichen erklang, und schon dudelte »Thunderstruck« von AC/DC als Klingelton getarnt los, woraufhin der Rottweiler abrupt verstummte.

Der AC/DC-Sänger brüllte sich die Seele aus dem Leib:

»Thunderstruck, thunderstruck – Yeah, yeah, yeah, thunderstruck, thunderstruck – Yeah, yeah, yeah!«

Constantin setzte sich in Bewegung. Er folgte dem Klingelton ums Haus herum und stand schließlich im Garten. Auch hier war alles top in Schuss. Perfekt gestutzter Rasen. In den Rabatten blühten die saisonalen Blumen und Stauden farblich und größenmäßig aufeinander abgestimmt. Gartenmöbel von bester Marke und Qualität befanden sich auf der mit hellen Natursteinplatten gepflasterten Terrasse. Darüber eine cremefarbene Markise.

Einzig das große Fass, das im unteren Bereich der weitläufigen Rasenfläche stand, störte das harmonische Bild, das sich Constantin von Platen bot. Es war nicht nur die Ansammlung von kleinen grünen Äpfeln, die noch weit entfernt von der Erntezeit waren und träge im Behälter lagen; es war vor allem die Gestalt, die kopfüber darin steckte. Constantin konnte nur vermuten, dass es sich um einen Mann handelte, denn die Beine und Stiefel, die aus dem Fass ragten, waren eindeutig männlich. Die groteske Haltung ließ ihn frösteln – es war unmissverständlich klar, dass der Mann, wer auch immer er gewesen sein mochte, nicht mehr lebte.

4

Amalia von Platen hatte es sich mit einem Buch in ihrem Lieblingssessel gemütlich gemacht. Bevor sie es aufschlug und zu lesen begann, schweiften ihre Gedanken jedoch zu Constantin ab, und sie fragte sich, ob es ihm wohl gelungen war, den Weg zum Klünderhof zu finden. Den Gedanken versuchte sie jedoch prompt wieder auszublenden. Wenn das nicht der Fall wäre, hätte er sich noch mal bei ihr gemeldet. Außerdem wollte sie sich doch nicht ständig den Kopf darüber zerbrechen, ob Conzi mit den zuweilen recht schwierigen Leuten hier zurechtkam.

Entschlossen schlug Amalia den Roman auf. Der Buchumschlag und der Klappentext waren ziemlich vielversprechend gewesen, darum hatte sie ihn in ihrer Stammbuchhandlung gekauft.

Natürlich hatte ihr Buchhändler Tore Clausen ihr wie immer davon abgeraten. »Schon wieder Usedom. Schon wieder attraktiver Hauptkommissar und Kollegin, die sich erst nicht ausstehen können, dann aber zum Liebespaar werden. Ich sag es Ihnen, werte Frau von Platen, Sie werden sich schrecklich langweilen, weil alles so vorhersehbar ist. Kein vernünftiger Spannungsbogen, wirklich nicht«, hatte er ihr prophezeit.

Trotz Tore Clausens anhaltender Kritik hatte Amalia den Roman gekauft. Ein Großteil ihres Entschlusses war aus Trotz gegenüber ihm entstanden, der ihr das Genre schon seit einer gefühlten Ewigkeit madig machen wollte.

»Lesen Sie doch mal etwas Anspruchsvolleres, werte Frau von Platen, statt immer nur diese platten Kriminalromane«, hatte er ihr mehrfach geraten.

Amalia hatte bisher noch nie online eingekauft, da sie strikt dagegen war – ihrer Meinung nach musste der örtliche Handel gestärkt und am Leben gehalten werden. Sollte sie jedoch wider Erwarten ihre Meinung ändern, dann würde es zugunsten von Online-Buchhandlungen sein, um den missbilligenden Blicken und den ewigen unaufgeforderten Ratschlägen ihres Buchhändlers zu entgehen.

Amalia begann zu lesen. Leider konnte sie bereits nach wenigen Seiten zu keinem anderen Urteil gelangen, als ihrem brummigen Buchhändler recht zu geben. Der Schreibstil war offensichtlich bewusst schlicht gehalten, aber leider nicht gekonnt schlicht. Die Handlung von Anfang an vorhersehbar und die beiden Hauptprotagonisten so klischeehaft, dass Amalia enttäuscht schnaufte, während sie sich eine Haarsträhne ihres gepflegten schlohweißen Haares hinters Ohr klemmte, die sich aus dem Zopf gelöst hatte. Es war klar, dass der Kauf ein weiterer literarischer Fehlgriff gewesen war – leider genau wie Tore Clausen ihr prophezeit hatte.

Entschieden klappte sie das Buch zu und legte es auf den Beistelltisch neben sich. Amalia ließ ihren Blick in der schönen Bibliothek umherschweifen. Eine ganze Weile lang. Sie dachte an die vielen Bücher, die sie bisher gelesen hatte, und daran, dass der größte Teil davon schon recht gut gewesen war. In letzter Zeit jedoch, hm … Leider hatte sie sich einige Male vom äußeren Erscheinungsbild und von großen Kampagnen täuschen lassen, aber vor allem von der sogenannten Bestsellerliste. Schon lange, sehr lange vertraute sie dieser nicht mehr, weil sich ihr einfach bei einer Vielzahl der Titel nicht erschloss, warum sie es auf diese Liste geschafft hatten. Früher, als ihr Mann Anton noch gelebt hatte, hatten sie oft hier zusammengesessen und sich über ihre aktuellen Bücher ausgetauscht, über die Literatur im Allgemeinen und ganz Speziellen. Sie hatten analysiert, kritisiert, gelobt und manchmal herzhaft gelacht. Was er wohl über das aufkommende Genre der Dark Romance denken würde? Diese Geschichten, durchzogen von grenzwertigen Themen und düsteren Helden, entführten die Leser in eine Welt, in der prickelnde Erotik auf alltägliche Gewalt traf und Moral oft ein Fremdwort blieb.

Tore Clausen hatte ihr erzählt, dass vor allem emanzipierte junge Frauen zu diesen Werken griffen – Frauen, die ihre Rechte kannten und selbstbewusst im Beruf sowie im Leben standen. Doch paradoxerweise fühlten sie sich von Erzählungen angezogen, in denen sexuelle Gewalt von einem unwiderstehlich attraktiven Täter ausging.

Nein, Anton würde dies nicht nachvollziehen können, zumal er Gewalt stets als Ausdruck von Schwäche betrachtet hatte – ein Verhalten, das von jenen ausging, die unfähig waren, mit überzeugenden Argumenten zu agieren.

Während Amalia in alten Erinnerungen schwelgte, wurden ihre Augenlider immer schwerer, und das Hier und Jetzt löste sich allmählich auf. Die Grenze zwischen Realität und Phantasie begann zu verschwimmen, bis Amalia sanft in einen Traum glitt: Sie war eine erfolgreiche Kommissarin, ihr Assistent Tore Clausen. Der Buchhändler, der plötzlich in gestärkter Uniform auftauchte, benahm sich äußerst besserwisserisch. Er behauptete immer wieder, dass die übertrieben geschminkte Frau, die unerwartet ebenfalls in Amalias Traum erschien, diejenige sei, die das Opfer zuerst ausgeraubt und dann auf grausame Weise entsorgt hatte. Amalia wies ihn energisch zurecht, doch Clausen schien unbeirrbar …

Ärgerlich runzelte Amalia die Stirn, als ein störendes Geräusch an ihr Ohr drang, das es ihr unmöglich machte, sich weiterhin auf den Mordfall zu konzentrieren, den sie gerade zu lösen versuchte. Ein schriller Laut – unerträglich und nervend. Was war das?

Aus den Tiefen ihres wirren Tagtraums fuhr Amalia in ihrem Sessel zusammen, schlug die Augen auf und sah sich zunächst orientierungslos um. Sie versuchte, ihre Gedanken zu ordnen, und realisierte schließlich, dass sie in ihrer Bibliothek saß und ihr Telefon klingelte. Himmel und Hölle, sie war tatsächlich eingeschlafen, mitten am helllichten Tag. So etwas entsprach ihr nicht, nein, gewiss nicht. Kopfschüttelnd erhob sie sich und eilte zu der eleganten Mahagoni-Kommode, auf der sich der Festnetz-Apparat befand.

»Von Platen«, rief sie leicht außer Atem in den Hörer.

»Ich bin es, Constantin«, hörte sie ihren Großneffen ebenso atemlos zurückrufen.

Entweder hat er den Hof immer noch nicht gefunden, dachte Amalia, oder er will sich bei mir über den ungehobelten Fiete Klünder beschweren. Sicherlich traf Zweites zu, weshalb sie erklärte: »Der Klünder ist ein plumper Kerl, Conzi, das weiß jeder hier in Marne und Umgebung. Bis nach Büsum hat sich das herumgesprochen. Doch die Wenigsten geben einen Deut darauf, was der sagt oder meint. Du musst dir seinetwegen also keine Sorgen machen. Wie heißt es doch so schön: Hunde, die bellen, beißen nicht!«

»Er ist tot.«

Amalia war schockiert. »Ich bitte dich, Constantin! Sag doch nicht so etwas! Ich verstehe ja, dass du dich ärgerst, aber jemandem gleich den Tod nachzusagen … das ist inakzeptabel und auch nicht besonders förderlich für deinen Ruf und –«

»Amalia!«, fiel Constantin ihr wenig charmant ins Wort. »Das ist mein Ernst. Der Mann steckt tot in einem großen Kübel mit Äpfeln.«

Amalia war sich nicht sicher, ob sie vielleicht noch immer träumte. Oft schienen Träume beim Aufwachen so real, dass man sich fragte, ob die Ereignisse tatsächlich geschehen waren. Besonders verwirrend war es, als Constantin von der Apfelernte sprach – es war schließlich noch nicht die richtige Jahreszeit dafür, selbst nicht für eine frühe Sorte wie den Klarapfel.

»Amalia, hast du verstanden, was ich gerade gesagt habe?«, rief Constantin.

Die Worte hallten in ihrem Kopf wider, während sie langsam zu begreifen versuchte. »Ich weiß nicht so richtig, vielleicht träume ich das alles gerade … noch …«

»Nein, du träumst nicht, Amalia, leider nein«, erklärte Constantin. »Auch wenn es mir tausendfach lieber wäre.«

»Ein Toter?«, keuchte Amalia, ihr Herz begann, schneller zu schlagen. »Wo, Constantin, wo?«

»Auf seinem Hof, dem Klünderhof, hinten im Garten«, antwortete Constantin knapp und fügte dann hinzu: »Also, ich gehe zumindest davon aus, dass es sich bei dem Toten um Fiete Klünder handelt. Ich kenn den Mann ja nicht ... oder besser gesagt, kannte.«

Amalia holte tief Luft, ihr Verstand arbeitete nun endlich wieder glasklar. »Hast du die Polizei verständigt?«

»Bisher noch nicht. Ich wusste auch nicht so recht ...«

»In Ordnung, Conzi, bleib ruhig. Ich erledige das für dich.«

»Danke«, murmelte er, und ein ungeheuerlicher Verdacht kam in Amalia auf.

»Denkst du, es war ein Unfall? Ich frage deshalb, weil, wenn wir von einem Gewaltverbrechen ausgehen müssen, dann wäre es möglich, dass sich der oder die Täter noch auf dem Hof oder in der Nähe aufhalten und du als Zeuge in Gefahr bist.« Sie stockte kurz, atmete tief durch und sagte dann bemüht ruhig: »Geh jetzt bitte sofort zu deinem Transporter und setz dich hinein. Verriegele die Türen von innen, und wenn dir etwas komisch vorkommt, dann starte den Motor und verlasse den Hof.«

»Hier ist niemand mehr, Amalia, ich –«

»Constantin, mit Verlaub, ich kenne mich in diesem Genre besser aus. Bitte befolge das, was ich dir sage. So, und nun muss ich auflegen, damit ich die Polizei verständigen kann.«

Amalia nahm wohl noch wahr, dass ihr Großneffe irgendetwas ins Telefon rief, doch da hatte sie das Gespräch bereits beendet. Kurz überlegte sie, ob es womöglich ein Hilfeschrei gewesen sein könnte und sie besser zurückrufen sollte. Dann jedoch erkannte sie, dass dieser Gedanke falsch war, denn wenn Constantin in Gefahr wäre, würde er sicherlich nicht ans Handy gehen können.

Also wählte sie die Telefonnummer der Marner Polizeistation. Die Beamten aus Itzehoe waren sicherlich kompetenter als die Trantüte Hasso Lüders, wobei Bente gewiss pfiffiger als Hasso war. Doch aus Itzehoe würden die Beamten wesentlich länger brauchen, und Amalia war sich sicher, dass der Fall die sofortige Präsenz eines Polizeiwagens erforderte. Anschließend würde Lüders sowieso die Itzehoer anrufen oder direkt nach Kiel verweisen müssen, da er mit einem mutmaßlichen Mordfall völlig überfordert wäre. Doch zu Amalias großer Überraschung war nach zweimaligem Tuten eine angenehm pointierte Frauenstimme zu hören.

»Polizeirevier Marne, Sie sprechen mit Kriminalhauptkommissarin Finja Fährmann.«

Amalia musste erst einmal tief durchatmen. Eine Kriminalhauptkommissarin im Marner Revier? Und dann auch noch eine, die sich dermaßen gewählt ausdrückte und sich ausgesprochen vornehm zu artikulieren wusste?

»Hallo, sind Sie noch in der Leitung? Sind Sie in einer Notlage und können deshalb nicht sprechen?«

»N… nein, hier … hier …« Amalia räusperte sich.

Himmel, was sollte denn dieses alberne Stammeln? Unwillkürlich drückte sie die Schultern durch und begann noch einmal von vorne. »Guten Tag, Frau Kriminalhauptkommissarin Fährmann. Hier spricht Amalia von Platen. Ich habe einen Todesfall zu melden. Mein Großneffe ist noch am Tatort, ich hoffe aber, in Sicherheit. Bei dem Toten handelt es sich mit großer Wahrscheinlichkeit um den Landwirt Fiete Klünder.«

»Befinden Sie sich ebenfalls am Tatort?«, fragte die Kommissarin.

»Nein, noch nicht. Mein Großneffe, der Tierarzt ist, wurde von dem Landwirt informiert, da bei der Geburt eines Kälbchens Komplikationen aufgetreten waren. Als er nun auf dem Klünderhof ankam, hat er eine leblose Gestalt kopfüber in einer Tonne mit Äpfeln vorgefunden.«

»Klünderhof? Bitte nennen Sie mir doch die vollständige Adresse«, bat die Kommissarin – noch immer sehr professionell, fand Amalia und war trotz der Aufregung begeistert.

Sie folgte der Anweisung der Kommissarin, und als diese das Telefonat mit einem freundlichen, aber sehr sachlichen »Vielen Dank für Ihren Anruf, ich werde mich unverzüglich darum kümmern, bitte bewahren Sie Ruhe« beendete, überschlug sich Amalias Herz beinahe.

Wer war diese Kriminalhauptkommissarin Finja Fährmann?

Was hatte sie in einem derart provinziellen Polizeirevier wie dem Marner verloren? Sie musste es herausfinden, Amalia musste sich augenblicklich auf den Weg zum Klünderhof machen. Außerdem hatte diese Finja Fährmann sie wegen ihrer sachlich vorgetragenen Hinweise doch gelobt, oder?

Möglicherweise konnte die Kommissarin ihre Unterstützung am Tatort gebrauchen. Und natürlich musste Amalia Constantin beistehen. Der arme Junge war sicherlich vollkommen erschrocken.

Amalia traf fast zeitgleich mit einem anthrazitfarbenen Audi TT Roadster mit Düsseldorfer Kennzeichen auf dem Klünderhof ein. Sie stellte den Motor ab und wollte gerade aus ihrem Kombi steigen, als sich die Fahrertür des Audis öffnete und ein Paar hochelegante Pumps graziös herausschwangen. Es folgten lange, schlanke Beine, die in eine dunkelblaue Hose gehüllt waren, von der Amalia sofort erkannte, dass es sich um allerbeste Qualität handelte, ebenso wie bei den Pumps. Allein deshalb war Amalia schon perplex, doch dann erschien die Kriminalhauptkommissarin Finja Fährmann in voller Pracht und Größe auf der Bildfläche.

Amalia schnappte nach Luft. Das … das, nein, das konnte nicht sein, das war unvorstellbar. Kate, die wunderbare und so elegante wie gebildete Kate, war ganz bestimmt nicht seit Kurzem als Kriminalhauptkommissarin bei der Marner Provinzpolizei tätig.

Doch diese Finja Fährmann, meine Güte, sah Kate, der charmanten und von Amalia sehr verehrten Gemahlin des englischen Prinzen William, zum Verwechseln ähnlich.

»Bitte bleiben Sie in Ihrem Wagen«, rief sie Amalia zu, die daraufhin schwerfällig zurück auf ihren Sitz sank.

Kate … ähm, Finja Fährmann ging mit festen, aber überaus eleganten Schritten zu Constantins Transporter, wo Amalias Großneffe an der Fahrertür lehnte – er hatte also nicht auf sie gehört, sehr unvernünftig, wirklich sehr. Die Kommissarin und ihr Großneffe wechselten ein paar Worte miteinander, die

Amalia leider nicht verstehen konnte. Schließlich gab die Kommissarin Constantin mit einer auffordernden Handbewegung zu verstehen, dass er ihr den Tatort zeigen sollte. Zumindest nahm Amalia das an, denn die beiden setzten sich prompt in Bewegung, Constantin einen halben Schritt vorweg, da ihm der Weg ja bereits bekannt war. Im Übrigen war sich Amalia sehr sicher: Diese elegante und selbstbewusste Kriminalhauptkommissarin Finja Fährmann war keine, die den anderen hinterherlief. Sie war diejenige, die stets die Richtung angab.

Himmel, was für eine Erscheinung! Trotz des wenig erfreulichen Anlasses des Zusammentreffens war Amalia ausgesprochen angetan von der Kommissarin – ja, sie war förmlich verzückt.

5

Was für eine eingebildete Zicke in einer absoluten Angeber-
karre, dachte Constantin, während er dieser Kriminalhauptkommissarin Fährmann jetzt bereits zum vierten Mal schildern
musste, wie sich alles zugetragen hatte.

»Aber das habe ich Ihnen doch nun mehrfach erzählt«,
knurrte er genervt und fügte in Gedanken hinzu: So dusselig
kann man doch überhaupt nicht sein, es direkt immer wieder
zu vergessen. Oder was soll das Theater, das die hier veranstaltet, bedeuten?

»Bitte überlassen Sie es doch mir, wie häufig ich mir von
Ihnen den Tathergang darstellen lassen möchte, Herr von
Platen«, verlangte Finja Fährmann mit eisiger Stimme und
ebensolchem Blick.

Schnaufend fuhr sich Constantin mit beiden Händen durch
das dichte dunkelblonde Haar.

»Und wie ich Ihnen auch bereits mehrfach erklärt habe,
kann ich zum eigentlichen Tathergang nichts sagen. Ich bin
erst hier auf dem Klünderhof eingetroffen, als der Mann bereits
in der Apfeltonne steckte.«

»Was Sie woher bitte wissen? Sie haben mir doch glaubhaft
machen wollen, dass Sie sich bereits eine ganze Weile auf dem
Klünderhof aufgehalten hätten, bevor sie den Toten entdeckt
haben. Höre ich da etwa einen Widerspruch in Ihren Angaben?«

Innerlich zählte Constantin von fünf rückwärts. Er musste
sich wirklich beherrschen, sich ihr gegenüber nicht unverschämt zu benehmen.

Dabei hatte er im ersten Moment gedacht, dass es sich bei
der Beamtin um eine auffallend attraktive Frau handelte –
wenn man auf supertaffe, superelegante und superschlanke
Frauen in superteuren Sportflitzern stand.

Doch schon nach wenigen Worten, die sie von sich gegeben
hatte – ausgesprochen gewählt, ein bisschen wie die Ehefrau

des ehemaligen englischen Fußballprofis David Beckham, sehr akzentuiert und einzelne Buchstaben besonders betonend –, war ihm klar geworden, dass es sich bei der Dame eben auch um eine superarrogante Schnepfe erster Güte handelte. Dass ihm bekannt war, wie Victoria Beckham sich auszudrücken pflegte, lag an dieser Netflix-Dokumentation über das Leben und die Karriere des ehemaligen Profifußballers, die er sich erst neulich angesehen hatte. Mehr durch Zufall war er beim Durchzappen darauf aufmerksam geworden und dann irgendwie daran hängen geblieben.

»Nein, das kann ich natürlich nicht wissen; es war nichts als eine Vermutung«, räumte Constantin ein.

So selbstgefällig, wie er es meinte, nickte diese Fährmann. »Dann seien Sie doch jetzt bitte so freundlich und schildern mir noch einmal von Anfang an, wie sich alles zugetragen hat. Bitte bedenken Sie dabei, dass auch Kleinigkeiten von entscheidender Bedeutung sein könnten – Dinge, denen Sie womöglich nicht allzu viel Gewichtung beimessen würden, die aber dennoch oder gerade deshalb bedeutungsvoll für die Ermittlungen in diesem Fall sein könnten.«

Boah, was für eine Belehrung, dachte Constantin. Als hätte sie einen kleinen dummen Jungen vor sich.

»Ich habe nichts Auffälliges und auch nichts Unauffälliges bemerkt. Es tut mir sehr leid, wenn ich Ihrer Meinung nach zu unaufmerksam war, aber ich habe mich auf die Suche nach der kalbenden Kuh konzentriert und konnte nicht ahnen, dass der Besitzer unterdessen in einem Fass voller Äpfel steckt.«

»Aha«, machte die Kommissarin. »Das bedeutet, Sie wissen, dass es sich bei dem Toten um den Landwirt handelt und dass dieser sich bereits in dem Fass befand, als Sie angeblich nach der in Not geratenen Kuh gesucht haben.«

Argh!, machte Constantin innerlich. Wie sie ihm einfach jedes Wort im Munde umdrehte, was für eine grässliche Person. »Was sollen diese Fragen eigentlich? Ich habe Ihnen gesagt, was ich weiß, aber langsam habe ich das Gefühl, Sie halten *mich* für tatverdächtig.«

Die Kommissarin presste die Lippen fest aufeinander, was Constantin Antwort genug war.

»Wie bitte?«, rief er aufgeregt aus. »Das ist jetzt aber nicht Ihr Ernst! Ich habe den Mann nie zuvor in meinem Leben gesehen. Was hätte ich also für einen Grund gehabt, ihn in diese verdammte Tonne zu stecken?«

»Es könnte zu Streitigkeiten bezüglich der Rechnung zwischen dem Opfer und Ihnen gekommen sein«, erklärte sie, während sie Constantin intensiv musterte.

»WAS?« Constantin schnappte geräuschvoll nach Luft. »So ein Unsinn. Ich habe nicht einmal eine Rechnung stellen wollen, denn als ich hier angekommen bin, war das Kalb längst geboren. Und der Mann tot. Somit kann ich unmöglich wegen einer von mir nicht ausgestellten Rechnung mit ihm gestritten haben.«

Schweigen – und Constantin geriet richtig in Rage. »Jetzt reicht es mir –«, begann er, wurde aber direkt wieder unterbrochen.

»Entschuldigung, werte Frau Kriminalhauptkommissarin, dass ich mich einmische«, erklang da Amalias Stimme. »Aber ich hätte eine Aussage in diesem Fall zu machen, die womöglich nicht ganz uninteressant ist.« Zeitgleich fuhren Constantin und die arrogante Fährmann zu Amalia herum.

»Ich hatte Sie doch gebeten, in Ihrem Auto zu bleiben«, herrschte die Fährmann Amalia an.

Constantin war sich ziemlich sicher, dass seine Großtante sich das nicht bieten lassen würde. Er staunte dann aber nicht schlecht, als sie regelrecht ergeben nickte und erklärte: »Ich weiß, dass Sie sich um das Zerstören von tatrelevanten Spuren sorgen, werte Frau Kriminalhauptkommissarin, aber ich habe sehr genau darauf geachtet, wohin ich trete und dass ich nichts berühre.«

»Die Spusi hätte längst hier sein müssen«, murmelte die Kommissarin genervt.

»Das dachte ich auch gerade«, stimmte Amalia ihr zu. »Leider sind die hier alle nicht unbedingt von der schnellen

Truppe.« Tatsächlich wurde die zickige Fährmann etwas umgänglicher, fast schon handzahm. »Ja, *leider* ist das wohl so. Was können Sie denn zu der Sache sagen, Frau …«

»Amalia von Platen. Wir haben vorhin miteinander telefoniert; ich habe Ihnen den Todesfall gemeldet. Ich bin die Tante von Dr. Constantin von Platen.«

»Aha, ja, sehr schön«, erklärte die Kommissarin. »Das erklärt einiges.«

Was sie damit meinte, erschloss sich Constantin nicht. Tante Amalia anscheinend schon, denn sie lächelte zustimmend, bevor sie fortfuhr: »Mir ist da gerade nämlich etwas eingefallen, Frau Kriminalhauptkommissarin. Vor einiger Zeit, genauer gesagt vor zwei Wochen, stand ein sonderbares Pärchen bei mir vor der Tür: sie bemüht vornehm tuend, aber das Gewöhnliche dennoch sofort erkennbar; er ebenfalls recht abgehalftert und fast schon schüchtern sich im Hintergrund haltend, womöglich aber auch bewusst, damit ich ihn nicht direkt mustern konnte. Ich fand beide auf Anhieb merkwürdig, zumal sie meinten, sie wären bei mir an der richtigen Adresse – nämlich dem Anwesen von Fiete Klünder. Mir kam das deshalb merkwürdig vor, weil Herr Klünder, Gott hab ihn selig, nie Besuch bekommen hat und, soweit ich weiß, auch überhaupt keine Verwandtschaft hatte.«

»Es könnte sich um Mitarbeiter irgendeines Amtes gehandelt haben«, merkte Finja Fährmann an. »Bankangestellte, Versicherungsvertreter …«

Amalia war anderer Meinung. »Die beiden sahen einfach … na ja, wie bereits erwähnt, abgehalftert aus. Irgendwie nach Menschen, die man in einem bestimmten Milieu antreffen kann.«

»Hmm …«, machte Finja Fährmann, »haben die Herrschaften Ihnen ihre Namen genannt?«

Amalia schüttelte bedauernd den Kopf. »Nein, leider nicht. Ich war auch recht kurz angebunden. Ich habe meinen Großneffen an diesem Tag erwartet und konnte ja nicht ahnen, dass es von Bedeutung sein würde, Näheres über das sonderbare Pärchen in Erfahrung zu bringen.«

»Aber Amalia«, meinte Constantin sich jetzt dann doch einmischen zu müssen. »Du kannst doch nicht zwei womöglich vollkommen unschuldige Personen derart belasten.«

Prompt ranzte Finja Fährmann ihn an. »Das hat Ihre Tante doch mitnichten getan. Sie hat mir lediglich von einer Beobachtung berichtet, die tatsächlich nicht ganz uninteressant ist, Herr von Platen.«

»*Dr.* von Platen, wenn ich bitten darf«, erklärte Constantin, obwohl ihm der Doktortitel normalerweise vollkommen gleichgültig war. Aber die Überheblichkeit dieser Dame ging ihm unfassbar auf den Geist.

✳✳✳

Die Mitarbeiter des Spurensicherungsteams waren endlich am Tatort eingetroffen, wuselten geschäftig umher und sammelten oder markierten potenzielle Hinweise. Inmitten des Trubels standen zwei weitere Polizisten, angeführt von der energischen Finja Fährmann. Constantin konnte nicht anders, als sie zu bemitleiden, solch eine herrische Chefin ertragen zu müssen.

Der ältere Polizist – irgendwas in den Vierzigern, schätzte Constantin – wurde von Finja Fährmann beauftragt, ihn erneut zu befragen und jedes Detail seiner Aussage akribisch festzuhalten. Die weibliche Beamtin klebte förmlich an Finjas Seite, bewunderte sie offensichtlich zutiefst. Constantin konnte ihre Begeisterung regelrecht spüren, doch das Geheimnis hinter dieser Verehrung blieb ihm absolut verborgen.

Auch der Bestatter Hans-Günther Rasch und sein mürrisch dreinblickender Mitarbeiter Ulrich Trübe waren mittlerweile auf dem Klünderhof angekommen. Hans-Günther Rasch bemühte sich eifrig, der Kommissarin zu erklären, dass er bereits seit Jahren genaue Anweisungen für den Fall des Ablebens von Fiete Klünder erhalten habe, die er jetzt auch gefälligst ganz genau so in die Tat umsetzen wolle. Da es keine lebenden Verwandten gebe, habe der Landwirt alle Einzelheiten mit ihm besprochen, festgelegt und auch schon im Voraus bezahlt. Er behauptete, dass der Klünder sogar bei den Kosten für seine eigene Beerdigung mit ihm zu handeln versucht hatte.

Doch Finja Fährmann entschied energisch, dass die sterblichen Überreste des Opfers nicht in die Räumlichkeiten des Bestatters gebracht werden sollten, sondern zur forensischen Medizin.

Zumal Frau Dr. Oberreuter, die ortsansässige Allgemeinmedizinerin, überzeugt war, dass der Tote keines natürlichen Todes gestorben sei.

»Es sind deutliche, scharfe Einschnürungsspuren am Hals des Opfers zu erkennen, womöglich von einem dünnen Seil stammend, welches eine schmale, gut definierte Linie hinterlassen hat, die tiefer und schärfer ist als bei breiteren Strangulationswerkzeugen«, erklärte sie in ruhigem sachlichen Ton. »Außerdem, sehen Sie hier die Petechien in den Augenlidern und im Gesicht? Diese kleinen punktförmigen Blutungen sind typisch für Strangulation. All diese Anzeichen deuten darauf hin, dass der Mann durch Erwürgen mit einem dünnen Seil ums Leben gekommen ist.«

Dennoch erinnerte der Bestatter erneut an den letzten Wunsch des verstorbenen Landwirts, und das mit einer Vehemenz, dass es der Kommissarin ärgerliche rote Flecken ins Gesicht trieb. »Der Klünder wollte auf gar keinen Fall aufgeschnitten und seziert werden. Er hat es mir mehrmals gesagt: ›Hans-Günther, sag de Aasgeier, ik ward keen vun mien Organe hergeven. Dat sall bloot ja keener op de Gedanken kamen, mi optosnieden.‹«

Mit einer Mischung aus Verwirrung und Ärger starrte Finja den Bestatter an, was Amalia anscheinend bemerkte, weshalb sie dessen Worte augenblicklich ins Hochdeutsche übersetzte: »Der Verstorbene hat ausdrücklich den Wunsch geäußert, unter keinen Umständen seziert zu werden. Er fürchtete wohl, dass man seine Organe entnehmen würde. Wie ich Ihnen bereits mitgeteilt habe, Frau Kriminalhauptkommissarin, Fiete Klünder war bekanntermaßen äußerst geizig. In jeglicher Hinsicht.«

»Niemand hat ein Interesse daran, mit den Organen des Opfers zu handeln«, empörte sich Finja Fährmann. »Und jetzt reicht es mit dem Theater hier. Der Leichnam wird zur Obduktion ins Institut gebracht. Die Kollegen von der Spurensicherung übernehmen den Transport, um sicherzustellen, dass alle erforderlichen Beweise ordnungsgemäß gesichert werden. Herr Rasch, Sie kommen erst nach Abschluss der gerichtlichen Untersuchungen ins Spiel, um den Leichnam aus dem Institut abzuholen und für die Beerdigung vorzubereiten. Ich hoffe, ich habe mich klar und deutlich ausgedrückt?«

Der Bestatter nickte ergeben, und Constantin dachte zum wiederholten Male, was für eine Furie diese Fährmann doch war, als ihm seine Großtante unauffällig den Ellbogen in die Seite stieß und begeistert zuraunte: »Was für eine taffe und überaus intelligente Kriminalistin. Und dabei so attraktiv und elegant gekleidet. Ich kann es kaum glauben, dass es eine so beeindruckende Erscheinung wie Finja Fährmann hierher in unsere verschlafene Gegend geführt hat.«

»Bestimmt ist die Furie wegen ihrer unerträglichen Unfreundlichkeit strafversetzt worden«, murmelte Constantin zurück.

Amalia war entsetzt. »Aber Constantin, wie kannst du so etwas behaupten? Nur weil sie sich klar und bestimmt ausdrückt, ist sie doch nicht gleich eine Furie. Also wirklich, so ein Denken hätte ich dir wirklich nicht zugetraut.«

»Ich finde ihr Auftreten einfach grausam«, verteidigte Constantin sich. »So einen schlecht gelaunten und herrischen Charakter habe ich noch nicht einmal in einer der übelsten ›Tatort‹-Folgen erlebt, wovon es etliche gibt.«

»Seit wann schaust du den ›Tatort‹?«, fragte Amalia.

»Tue ich nicht, aber du berichtest mir immerhin seit Jahren regelmäßig von den deiner Meinung nach größtenteils total überzeichneten und unwahrscheinlichen Charakteren der jeweiligen Ermittler und –«

»Ach, Herr von Platen, so redselig? Ist Ihnen vielleicht doch noch etwas eingefallen, das Sie mir mitteilen möchten«, unterbrach Finja Fährmann die leise Unterhaltung mit seiner Großtante. Diese schien ihm wohl anzusehen, dass er im Begriff war, etwas Unfreundliches zu antworten, und kam ihm deshalb mit einer absolut absurden Äußerung zuvor: »Mein Großneffe hat gerade eben zu mir gesagt, dass ihn Ihre Art zu ermitteln sehr beeindruckt, worin ich ihm nur zustimmen kann.«

Bevor Constantin diese ungeheuerliche Behauptung richtigstellen konnte, trat sie ihm mit voller Wucht den Absatz ihres rechten Schuhes auf seinen linken großen Zeh.

»Aua!«, beschwerte sich Constantin. »Was … was soll das denn?«

Amalia behauptete, dass es ein Versehen gewesen sei, während Finja Fährmann ihn abfällig musterte und ihm dann den Rücken zudrehte.

Im Weggehen hört er sie noch deutlich sagen: »Meine Güte, was für ein Weichei, unerträglich so ein Getue.«

6

»Was die Todesursache angeht, kann ich der Kollegin vor
Ort nur zustimmen: Das Opfer ist erdrosselt worden. Ich
nehme ebenfalls an, mit einem sehr dünnen Seil, womöglich
aus Draht oder Stahl, jedoch mit einer feinen Textilschicht
überzogen, denn ich habe in der Wunde kleine Stoffpartikel
entdeckt. Die ungefähre Todeszeit habe ich Ihnen ja bereits
genannt, und daran hat sich auch nach eingehender Untersuchung nichts geändert. Die vorliegenden Befunde deuten
zudem stark darauf hin, dass es vor der Strangulation zu
einer physischen Auseinandersetzung zwischen Täter und
Opfer kam. Nach der Reinigung des Körpers fiel mir eine
deutliche Rötung am rechten Jochbein auf, was auf einen
heftigen Schlag oder Fausthieb ins Gesicht hindeutet. Zudem habe ich eine kleine Kontusionswunde am Hinterkopf
festgestellt. Es ist plausibel, dass das Opfer zunächst durch
einen Schlag auf den Hinterkopf außer Gefecht gesetzt und
anschließend im bewusstlosen Zustand stranguliert wurde.
Diese Theorie wird durch das Fehlen jeglicher Abwehrspuren
untermauert; es gibt keine Kratz- oder Kampfspuren unter
den Fingernägeln oder an anderen Körperstellen. Ansonsten kann ich sagen, dass er überraschend gut in Schuss war:
keinerlei Erkrankungen der Organe, die Herzkranzgefäße
allesamt nicht im Ansatz verengt, keine Tumore oder sonst
irgendwelche schweren Krankheitserscheinungen. Für seine
sechsundsechzig Jahre war er in ausgesprochen guter körperlicher Verfassung und hätte sicherlich über achtzig werden
können.«

Finja hatte dem telefonischen Bericht des Rechtsmediziners
hoch konzentriert zugehört, während sie in dem rückständig
eingerichteten Raum des Polizeireviers saß. Die beige ver-
gilbten Wände waren mit teilweise vergangenen Fahndungs-
plakaten und verblassten Kriminalfällen geschmückt, das viel

zu grelle Licht der altmodischen Lampe auf dem Schreibtisch ihres Kollegen Lüders warf Schatten auf den rustikalen Holztisch mit seinem Wust aus Aktenstapeln und bunten Kaffeetassen. Die Kluft zwischen der sicherlich hochmodernen und fortschrittlichen Umgebung ihres Telefonpartners und ihrer konnte nicht größer sein, befand Finja voller Bitterkeit.

»Noch mehr eingrenzen lässt sich die Todeszeit nicht?«, fragte Finja nachdenklich.

Der Rechtsmediziner antwortete ruhig: »Sagten Sie nicht, dass jemand, der sich auch am Tatort befunden hat, knapp eine Stunde vor Auffinden des Opfers mit ihm telefoniert hätte? Das würde nämlich mit der Verfassung des Leichnams übereinstimmen.«

»Hat er behauptet«, korrigierte Finja den Rechtsmediziner, obwohl sie selbst wusste, dass es nicht nur seine Aussage war, sondern die Angaben anhand der Anrufliste seines Handys bestätigt worden war. Aber irgendwie, sie konnte es nicht so recht in Worte fassen, wünschte sie sich fast, dass dieser eingebildete Tierarztschnösel ...

Egal. Bloß nicht schon wieder von Emotionen leiten lassen, Finja, rief sie sich innerlich selbst zur Räson.

»Sie haben doch sein Telefon gecheckt, oder liege ich da falsch?«, fragte der Rechtsmediziner.

»Das habe ich natürlich, aber es gibt schon gewisse Möglichkeiten ...« Sie unterbrach sich selbst, weil sie einsah, dass es Unsinn war, was sie da im Begriff war, von sich zu geben. »Wie auch immer, vielen Dank für Ihren Bericht. Wenn ich noch weitere Fragen habe, darf ich mich gewiss noch einmal bei Ihnen melden?«

»Tun Sie das, Frau Kollegin, tun Sie das herzlich gerne.«

Damit war das Telefonat beendet und der Hauch von großer, weiter Welt, den das Gespräch in ihr hervorgekramt hatte, abrupt verpufft.

Polizeihauptmeister Hasso Lüders starrte sie mit großen Augen erwartungsvoll an, genauso wie seine jüngere Kollegin Bente.

»Und, Chefin, was sagen die in Kiel?«, wollte Lüders wissen.

»Das Opfer ist erdrosselt worden. Vorher scheint es jedoch zu einer Schlägerei gekommen zu sein.«

Lüders bekam Augen wie Wagenräder. »Der Fiete Klünder?«, rief er ungläubig aus.

Finja konnte es ebenfalls nicht glauben, dass er das tatsächlich gerade gesagt hatte, und ersparte sich deshalb eine Antwort darauf.

»Besonders beliebt ist der wirklich nicht gewesen«, schilderte Bente mit nachdenklicher Miene. »Aber dass jemand den deshalb gleich erdrosselt …« Sie schüttelte sich ein wenig. »So was hat es hier noch nie gegeben.«

»Kann nur ein Fremder gewesen sein«, kombinierte Lüders. »Von hier macht so was keiner.«

Finja atmete tief durch. Womit hatte sie das verdient? Womit?

»Is so, Chefin, für die Leute hier, da würde ich glatt beide Hände ins Feuer legen«, meinte Lüders selbstbewusst.

»Na ja, na ja, Hasso, nicht dass du dich am Ende verbrennst«, warf Bente ein und legte den Kopf leicht zur Seite. »Denk mal an den Kalle Schäfer. Der hat im Streit dem Ludger Ludwig derart kräftig auf den Kopf geschlagen, das war großes Glück für beide, dass der so einen harten Schädel hat, sonst wäre der glatt im Leichenhaus und der Kalle hinter Gittern gelandet.«

Finja wurde hellhörig. »Bente, wollen Sie damit sagen, dass es hier noch nie einen Mord gegeben hat?«

Bente verzog das Gesicht. »Auf jeden Fall nicht, solange ich Polizistin hier bin. Aber … nun ja, das ist jetzt ja auch noch nicht sooo lange.«

Lüders nickte zustimmend. »Is aber trotzdem so, Chefin, die Leute hier machen so was nicht. Mal 'nen Streit im Suff, aber sonst, nee, hier ist die Welt meistens noch in Ordnung. Das mit dem Fiete, das können nur welche von weiter weg gewesen sein. Hier wohnen keine Mörder.«

Finja lehnte sich auf ihrem knarrenden Stuhl zurück. Sie musste sich unbedingt einen neuen besorgen, dachte sie. Andererseits hatte sie nicht vor, allzu lange in diesem Kaff zu bleiben. Sollte sich doch ihr bedauernswerter Nachfolger mit diesem antiquarischen Teil herumärgern.

»Wie lange sind Sie denn schon hier in dieser Dienststelle, Lüders?«, fragte sie neugierig.

»Schon immer«, antwortete er stolz. »Direkt nach der Polizeischule in Nienburg an der Weser habe ich hier anfangen können.«

»Und dann sind Sie nicht der Nachfolger Ihres ehemaligen Revierleiters geworden, als der im letzten Jahr in Pension gegangen ist?«, hakte Finja nach.

Lüders verschränkte die Arme vor der Brust und schüttelte den Kopf. »Nö, das wollte ich nicht. Zu viel Stress. Sagt die Jutta auch. Zu viel Stress ist nicht gut fürs Herz.«

»Stress?«, staunte Finja. »Aber Sie und Bente haben doch gerade gesagt, dass es hier in den letzten Jahren nicht zu einem einzigen nennenswerten Gewaltverbrechen gekommen ist.«

Lüders nickte erneut. »Ja, das stimmt wohl. Aber der Straßenverkehr macht manchmal schon viel Arbeit, und dann kommen ja auch immer mehr Urlauber inzwischen hier zu uns. Früher sind die höchstens nach Büsum gefahren, weil es hier kaum Möglichkeiten zum Baden im Meer gibt. Okay, in Friedrichskoog schon, aber die wollen ja immer alle am liebsten auf irgendeine Insel, Sylt, Amrum oder Föhr, oder natürlich auch nach Sankt Peter-Ording. Aber seit Corona ist das hier bei uns auch immer mehr geworden. Die Leute mögen wohl nicht mehr so weit reisen, und die Inseln und so, die sind inzwischen ja regelrecht überlaufen. Außerdem ist es eh so, wie die Jutta es immer sagt: Hier bei uns ist es am schönsten.«

Es war sicherlich zutreffend, dass sie mit ihrem Alleingang die jahrelange Arbeit der Kollegen vom Drogendezernat zunichtegemacht hatte. Dennoch konnte Finja in diesem Moment nur zum wiederholten Mal denken, dass die Strafe, hierher versetzt zu werden, eindeutig übertrieben gewesen war.

»Oh, es ist schon zwölf Uhr«, stellte Lüders mit einem prüfenden Blick auf die altmodische Wanduhr fest. Prompt kramte er aus seiner abgenutzten braunen Aktentasche eine hellgrüne Tupperschale sowie eine graue Thermoskanne hervor. Ein leises Knarren begleitete seine Bewegungen, als er die Behälter öffnete und den Raum mit dem Duft von Gebratenem erfüllte.

Neugierig beäugte Bente die Dose und fragte: »Was hat Jutta dir denn heute wieder Leckeres mitgegeben?«

Lüders grinste vorfreudig. »Jutta hat gestern Abend Frikadellen gebraten.«

»Hmmm«, machte Bente und schleckte sich genüsslich über die Lippen. »Halb und halb oder nur Thüringer?«

»Tatar mit extra fein gehackten Zwiebeln«, antwortete Lüders stolz.

»Hmmmm«, machte Bente erneut. »Leeecker.«

»Möchtest du eine abhaben?«, bot Lüders an.

»Wenn es dir nichts ausmacht?«, erwiderte Bente strahlend und streckte ihre Hand in Richtung der Tupperdose aus.

Lüders lachte herzlich. »Ach, Bente, die Jutta hat schon vorausgedacht und dir zwei mitgegeben.«

»Echt?«, strahlte Bente nun über das ganze Gesicht, als sie die beiden Frikadellen entgegennahm und direkt in eine davon herzhaft hineinbiss.

»Ohhhh, Hasso, wie gut schmecken die denn? Jutta ist wirklich eine Künstlerin«, schwärmte sie mit vollem Mund.

Finja hatte die Unterhaltung ihrer beiden Kollegen einen Moment lang mit einer Mischung aus Fassungslosigkeit und Ungläubigkeit verfolgt. Es war einfach dreist, ja geradezu absurd, wie wenig ernst die beiden ihren Job nahmen – eine Tatsache, die sie nicht zum ersten Mal feststellte und die sie zunehmend ärgerte. Mit einem entschlossenen Ausdruck auf dem Gesicht erhob sie sich von ihrem Stuhl, das lange dunkle Haar, das sie heute offen trug, wirbelte ihr wild um die Schultern.

Sie schnappte sich die Autoschlüssel des Dienstwagens, die wie immer am äußersten Rand von Lüders' überfülltem Schreibtisch lagen, und warf sie ihm zu.

»Auf, auf, Lüders, wir fahren noch einmal zum Klünderhof hinaus.«

Lüders war so überrascht, dass ihm beinahe die mit Senf bestrichene Bulette aus der Hand glitt, an den seine fürsorgliche Jutta natürlich auch gedacht hatte.

»Aber … aber … jetzt ist doch Mittagszeit«, stammelte er verwirrt.

»Das Verbrechen kennt keine Mittagspause, Lüders! Los geht's«, rief Finja energisch, während sie bereits zur Tür eilte.

Widerwillig verstaute Lüders seine halb bestrichene Frikadelle wieder in der Tupperdose und ließ sie mit einem resignierten Seufzer in seine überquellende Aktentasche gleiten.

»Aber du lässt die Finger davon, Bente«, ermahnte er sie.

Die spielte die Empörte. »Also, Hasso, wirklich, was du nun wieder meinst.«

»Lüders, nun kommen Sie schon!«, drängte Finja ihn erneut, während sie bereits ungeduldig an der Tür wartete. Dann wandte sie sich an Bente: »Sie halten hier die Stellung.«

Die junge Polizistin nickte übereifrig. »Um eins kommt der Joachim, aber das wissen Sie ja sicher, oder, Frau Fährmann?«

Finja zuckte vage mit den Schultern, musste jedoch insgeheim zugeben, dass sie den Dienstplan nicht studiert hatte.

»Der Jo ist eh nur noch diese Woche hier bei uns, Frau Fährmann, daran haben Sie auch gedacht, stimmt's?«, fuhr Bente fort. »Der war doch nur aushilfsweise hier, solange wir keinen Dienststellenleiter … ähm -leiterin hatten. Aber jetzt sind Sie ja da, und der Jo geht zurück nach Kiel.«

Während sie stumm nickte, dachte sie erneut daran, wie sehr sie den Kollegen darum beneidete, nach Kiel zurückgehen zu dürfen.

»Aber wir sind doch pünktlich zum Feierabend wieder zurück, oder, Chefin?«, wollte Lüders jetzt von ihr wissen.

Finja sah ihn mit großen Augen an, verwirrt über seine Frage. »Was verstehen Sie denn unter ›pünktlich‹, Lüders? Wir sind dann zurück, wenn wir mit unseren Ermittlungen am Tatort fertig sind.«

»Ohhh«, machte Lüders und kratzte sich umständlich am Kopf. »Das ist jetzt dumm, es ist nur so, die Jutta und ich gehen montags immer in die Sauna, und wenn wir zu spät kommen, ist die obere Reihe besetzt. Oben sitzt man aber am besten. Deshalb muss ich unbedingt pünktlich Feierabend machen.«

Tausend Worte lagen Finja auf der Zunge bereit, doch letztendlich entschied sie sich dagegen, Lüders darauf hinzuweisen, dass das Verbrechen Vorrang hatte vor seinem privaten Vergnügen. Es wäre ohnehin sinnlos gewesen.

»Bis morgen dann!«, rief Bente ihnen fröhlich hinterher. »Ach so, Frau Fährmann, Sie denken auch daran, dass ich morgen erst um elf zum Dienst komme?«

Nein, auch *daran* hatte Finja nicht gedacht. Und ehrlich gesagt war es ihr auch völlig egal, aus welchem Grund Bente verspätet zur Arbeit erscheinen würde. Bestimmt musste dringend ein Schaf geschoren, eine Herde Kühe umgetrieben oder bei einem albernen Hoffest ausgeholfen werden – auf jeden Fall etwas Überflüssiges, das Finja nicht im Geringsten interessierte und von dem sie eigentlich auch gar nichts wissen wollte.

Als sie endlich das Polizeirevier verließen, liefen sie Jutta Lüders direkt in die Arme. Die vollschlanke Ehefrau ihres Mitarbeiters rümpfte überrascht die spitze Nase und wischte sich mit der linken Hand eine blonde Locke aus dem Gesicht, die sich aus ihrem buschigen Dutt am Hinterkopf gelöst hatte.

»Mausbär, wo willst du denn hin? Es ist doch Mittagszeit. Ich bringe dir noch ein bisschen Kartoffelsalat. Den habe ich eben noch schnell zubereitet. Nur so Buletten, nee, da fehlt doch was, dachte ich mir.«

Hasso Lüders gab seiner Jutta einen schmatzenden Kuss mitten auf ihre hellrot geschminkten Lippen und verzog dann das Gesicht, als hätte er fiese Zahnschmerzen.

»Schmusi, das ist lieb von dir. Aber ich habe jetzt leider keine Zeit. Ich muss mit der Chefin zum Tatort rausfahren.« Er tat superwichtig, was *sein Schmusi* sichtbar beeindruckte.

»Zum Tatort? Pass bitte auf dich auf. Nicht, dass der Täter … Du weißt schon.«

»Lüders, können wir jetzt mal langsam fahren!«, rief Finja ihm genervt zu. Sie bemerkte, wie das Ehepaar Lüders verschwörerische Blicke miteinander tauschte, aber was die trutschige Jutta Lüders von ihr hielt, war ihr so egal, wie es einem nur sein konnte. Auffordernd wie bei einem Hund klatschte sie in die Hände. »Hopp-hopp, jetzt aber zügig!«

»So geht das aber nicht, Mausbär. Das musst du dir nicht gefallen lassen«, raunte Lüders' Jutta ihm zu, und ihre Stimme war laut genug, dass Finja es hören konnte.

Doch sie ignorierte den Kommentar einfach. Schließlich hatte Finja in der vergangenen Woche bereits mehrfach das Vergnügen mit Lüders' *Schmusi* gehabt, die ständig selbst gekochte oder gebackene Leckereien ins Revier brachte – wohl in der Annahme, ihr armer Mausbär könnte sonst verhungern. Sie beide hatten von Anfang an keine große Sympathie füreinander empfunden und auch seither nicht entwickelt.

Als sie endlich im Auto saßen und Lüders in quälend gemächlichem Tempo die Hauptstraße entlang Richtung Ortsausgang fuhr, musste Finja sich beherrschen, ihn nicht anzublaffen, er solle gefälligst schneller fahren.

Verrückterweise fühlte er sich trotz ausbleibendem Angeblaffe zu einer Erklärung genötigt. »Ich halte mich strikt an die vorgegebene Geschwindigkeit. Immerhin sind wir als Polizisten die Vorbilder der Bürger.«

»Na dann«, murmelte Finja und nahm sich vor, beim nächsten Mal selbst zu fahren – zumindest, solange sie es hier noch aushalten musste. Wenn sie in Windeseile den Fall »Apfelmord« aufklären und den Täter dingfest machen konnte, würde sich das sicherlich förderlich auf ihren erneuten Versetzungswunsch auswirken. Vielleicht würde sie viel schneller wieder in irgendeiner spannenden Großstadt sein, als sie ahnte.

Der Gedanke sorgte direkt für einen kurzen Anfall von guter Laune bei Finja.

»Ach, Chefin, Lächeln steht Ihnen aber gut«, fand Lüders und zwinkerte ihr albern zu, woraufhin Finja direkt wieder zu »mürrisch und genervt« wechselte.

7

Amalia von Platen ließ das Ganze einfach keine Ruhe. Die Umgebung spiegelte passenderweise ihre innere Unruhe wider: Draußen wehte ein frischer Wind durch die Bäume und ließ die Blätter rascheln. Amalia blickte kurz zum Fenster hinaus, versuchte, ihre Gedanken zu sammeln. Im Grunde genommen war es nichts als eine flüchtige Beobachtung gewesen, eigentlich nur der Hauch eines Moments, in dem sie die Frau wahrgenommen hatte. Sie ärgerte sich inzwischen über ihre eigene Oberflächlichkeit und hatte nun die zweite Nacht in Folge deshalb kein Auge zugetan.

Constantin schien zu spüren, dass sie etwas beschäftigte, denn als sie sich beim Frühstück gegenübersaßen, fragte er unverblümt: »Geht es dir nicht gut, Amalia? Du siehst ziemlich erledigt, ja geradezu abgekämpft aus.«

Amalia hätte beleidigt sein können. Wenn es an irgendetwas keinen Zweifel gab, dann daran, dass sie für ihr Alter ausgesprochen gut in Form war und man auch ihrer Haut ansah, dass sie stets sehr viel Wert darauf gelegt hatte, eine reichhaltige Feuchtigkeitscreme zu verwenden. Wobei, »für ihr Alter«, das waren so drei Wörter, die sie eigentlich eher unerhört als schmeichelnd empfand.

Doch Constantin hatte recht; was sie selbst heute Morgen beim Blick in den Spiegel festgestellt hatte, war erschreckend – sie sah genauso gerädert aus, wie sie sich fühlte.

»Es ist zwar nicht besonders charmant, Constantin«, begann sie und glättete sich mit der rechten Hand ihr wie stets zu einem klassischen Zopf zusammengefasstes weißes Haar, »aber es trifft tatsächlich zu: Ich habe in den letzten beiden Nächten kaum geschlafen.«

Constantin runzelte die Stirn. »Und warum nicht?«

Amalia verstand die Frage nicht. Es war doch wohl nur zu deutlich, dass der Tote vom Klünderhof ihr komplettes

Denken in Anspruch nahm und sie herausforderte. Ein Mord war geschehen, ein abscheuliches Verbrechen, hier in ihrer unmittelbaren Nähe, an einem Mann verübt, der bestimmt kein sympathischer Mensch gewesen war, aber den sie persönlich gekannt hatte – viele, viele Jahre lang. Amalia betrachtete es als ihre persönliche Pflicht, alles dafür zu tun, den Täter zu finden, damit er die gerechte Strafe für sein hinterhältiges Vergehen bekam – oder eben die Täterin.

Und deshalb hatte Amalia in den letzten zwei Nächten auch wach gelegen. Die Frau, die vor einiger Zeit in Begleitung des Mannes bei ihr geklingelt hatte, in ein Kostüm gehüllt, das ihr Eleganz verleihen sollte, jedoch von so billiger Qualität war, dass es genau das Gegenteil bewirkte – eben dieser Frau war sie vor drei Tagen wieder über den Weg gelaufen. Doch Amalia war nicht aufmerksam genug gewesen, sodass ihr erst klar wurde, wer gerade im Drogeriemarkt neben ihr am Haarfärbemittelregal gestanden hatte, als die *Dame* das Geschäft längst wieder verlassen hatte.

Amalia hatte natürlich kein chemisches Mittel kaufen wollen; sie trug ihr strahlend weißes Haar mit Würde, das perfekt zu einem kinnlangen Bob geschnitten war und stets in einem eleganten Zopf gebunden. Die Frau neben ihr, mit übergroßer Sonnenbrille und einem altmodischen Kopftuch, wie es in den sechziger, siebziger Jahren getragen wurde, hatte gleich zwei Packungen eines Haarfärbemittels genommen – wenn Amalia richtig hingeschaut hatte, in der Farbrichtung »Wilde Pflaume«. Eine ganze Weile später wurde ihr dann plötzlich bewusst, warum ihr die Frau mit der großen schwarzen Sonnenbrille und dem altmodischen Kopftuch, die dazu eine so unattraktive Farbe wie Schwarz mit intensivem Lilastich gewählt hatte, so bekannt vorgekommen war.

Die Frau, die bei ihr geklingelt hatte, in dem Glauben, bei Fiete Klünder zu sein, war also immer noch hier in der Gegend und wollte sich die Haare färben, ihr Aussehen verändern … Das konnte doch nur bedeuten, dass sie nicht erkannt werden wollte. Und jemand, der nicht erkannt werden wollte, hatte gewöhnlich Dreck am Stecken – unter Umständen einen Mord begangen?

Nun hatte sich Amalia deswegen zwei Nächte um die Ohren geschlagen, gegrübelt, sich über sich selbst geärgert und auch tagsüber an nichts anderes denken können, bevor sie endlich den Entschluss fasste, der Kriminalhauptkommissarin Finja Fährmann von ihrer Beobachtung zu erzählen. Viel zu spät, das war ihr leider nur allzu bewusst, und dafür schämte sie sich. Aber es brachte ja nichts, aus reinem Egoismus – nämlich tief empfundenem Schamgefühl – wichtige Informationen der ermittelnden Kommissarin vorzuenthalten.

Amalia rang mit sich selbst, während sie unruhig auf ihrem Stuhl hin und her rutschte und schließlich mit einer entschlossenen Geste ihre Kaffeetasse auf den Tisch stellte.

»Ich muss telefonieren«, sagte sie mehr zu sich als zu Constantin und erhob sich vom Frühstückstisch.

»So dringend, worum geht es denn?«, wollte ihr Großneffe erfahren.

Amalia winkte ab. »Das ist jetzt nicht so wichtig …«

»Aber immerhin so wichtig, dass du mitten beim Frühstück, worauf du in der Regel sehr viel Wert legst, vom Tisch aufspringst.«

Constantin hatte recht; ihr Verhalten deutete nicht darauf hin, dass es sich um eine Banalität handelte. Und im Grunde genommen ging es ihn ja auch etwas an, denn soweit Amalia es richtig einzuschätzen vermochte, zählte Constantin tatsächlich noch immer zum Kreis der möglichen Verdächtigen – was wohl aber in erster Linie daran lag, dass es sonst niemanden gab, den man in dieser Sache verdächtigen konnte.

»Ich möchte die Kommissarin Finja Fährmann anrufen«, räumte sie ein.

»Warum das denn?« Constantin verzog das Gesicht, als hätte er in etwas widerlich Bitteres gebissen.

Er konnte die aparte Kommissarin nicht ausstehen. Das war Amalia durchaus bewusst, und sie verstand es einfach nicht. Finja Fährmann war doch so eine elegante und attraktive Erscheinung, klug dazu und wusste sich zu benehmen. Aber von der ersten Sekunde an, keine drei Sätze hatten sie miteinander gewechselt, war diese Abneigung zwischen ihnen spürbar gewesen – sehr zu Amalias Kummer.

»Ich habe neulich eine Beobachtung gemacht, die von Interesse für die Ermittlungen sein könnte. Leider ist es mir nicht gleich bewusst gewesen, und darum ...« Sie schüttelte den Kopf über sich selbst, drückte dann die Schultern durch und setzte sich in Bewegung.

Im Rahmen der imposanten doppelflügeligen Tür des Speisezimmers blieb sie jedoch wieder stehen und wandte sich zu ihrem Großneffen um. »Du musst wissen, Conzi, mir ist das sehr unangenehm. Aber aus Schamgefühl etwas Wichtiges vorzuenthalten, entspricht bestimmt nicht meinem Credo.«

Constantin verschränkte die Arme vor der Brust. »Du machst es wirklich spannend«, sagte er. »Möchtest du mir nicht erst einmal davon erzählen? Dann können wir immer noch darüber nachdenken, ob es wichtig ist und ob du es dieser eingebildeten Tus–«

»Constantin, bitte«, fiel Amalia ihrem Großneffen ins Wort. »Mein Entschluss steht fest!«

Mit ebenso festen Schritten begab Amalia sich in das Arbeitszimmer ihres verstorbenen Mannes und setzte sich an den mächtigen Schreibtisch aus edlem Mahagoni. Sie versuchte, sich zu sammeln, die Worte zurechtzulegen, die sie gleich verwenden wollte, und wählte dann die Telefonnummer des Polizeireviers in Marne.

»Polizeirevier Marne«, erklang nach zweimaligem Läuten Hasso Lüders' dunkle Stimme.

»Herr Lüders, sind Sie das?«, erkundigte sich Amalia dennoch.

»Der bin ich, und wer sind Sie, wenn ich fragen darf?«

»Entschuldigen Sie bitte, wie unhöflich von mir. Hier spricht Amalia von Platen.«

»Ach, Frau von Platen, moin, wie nett, dass Sie anrufen.«

Amalia erschloss sich zwar nicht im Geringsten, warum

Herr Lüders ihren Anruf als »nett« bezeichnete, aber wundern tat es sie auch nicht. Hasso Lüders war ein freundlicher Mann und seine Frau Jutta in sämtlichen Vereinen und Gruppen sehr engagiert. Jedoch, ohne den beiden unrecht tun zu wollen, sie waren schon etwas gemütlich – im Denken wie im Handeln. Nicht dumm, bestimmt nicht, aber … eben gemütlich.

»Moin. Ist denn die Frau Kriminalhauptkommissarin zu sprechen?«, erkundigte Amalia sich.

»Frau Fährmann?«, fragte Hasso Lüders zurück.

Amalia atmete innerlich durch. »Gibt es denn sonst noch eine Kriminalhauptkommissarin bei Ihnen in der Dienststelle, Herr Lüders?« Das war spitzfindig und hatte auch ein wenig spöttisch geklungen, das merkte sie selbst und schob deshalb etwas versöhnlicher hinterher: »Ja, Herr Lüders, ich würde gerne mit Finja Fährmann sprechen, wenn möglich.«

Sie hörte förmlich, wie Hasso Lüders überlegte – ja, sie sah ihn dabei sogar regelrecht vor sich –, und war dann dennoch erstaunt, als er sie fragte: »Haben Sie etwas in dieser Richtung gehört, Frau von Platen? Also, dass noch eine andere Kommissarin zu uns kommen wird?«

Nun fehlten Amalia tatsächlich kurz die Worte.

Hasso Lüders – er war wirklich eine Seele von Mensch, aber …

Es raschelte in der Leitung, und im nächsten Moment hörte Amalia die klare und sehr pointierte Stimme Finja Fährmanns fragen: »Guten Tag, Frau von Platen, wie kann ich Ihnen behilflich sein?« Sie musste ihrem Kollegen Lüders wohl den Hörer abgenommen haben. Oder eher entrissen.

»Frau Fährmann!«, rief Amalia erleichtert aus. »Wie schön, Ihre Stimme zu hören.« Das war vielleicht ein klein wenig zu viel Euphorie gewesen, stellte Amalia selbst fest. »Ich wollte eigentlich sagen, dass ich Ihnen etwas mitzuteilen habe.« Meine Güte, Amalia, was redest du nur für ein Wirrwarr daher, dachte sie. »Entschuldigen Sie bitte, Frau Kriminalhauptkommissarin, es ist nur so, ich habe die letzten beiden Nächte …«

Stopp! Sofort aufhören. Amalia, jetzt reiß dich gefälligst zusammen.

»Geht es Ihnen nicht gut, Frau von Platen? Sind Sie allein, brauchen Sie Hilfe? Sollen wir den Rettungswagen verständigen?«

»Nein, nein, um Himmels willen, mir geht es bestens. Es ist nur so, Frau Kriminalhauptkommissarin …«

»Nun lassen Sie doch mal dieses ewige ›Kriminalhauptkommissarin‹ weg, nennen Sie mich bitte Finja.«

Ach du meine Güte, dachte Amalia, und während ihr Herz in Verzückung geriet, gab sie zurück: »Amalia, ich heiße Amalia.«

»Wunderbar«, sagte Finja Fährmann, wobei man ihr anhören konnte, dass ihr Amalias verzücktes Trällern ein wenig sonderbar, auf jeden Fall überspannt vorkam.

»Ich versuche es jetzt noch einmal, Finja, bitte sehen Sie mir mein Stammeln nach. Ich weiß auch nicht, was heute mit mir los ist. Wie auch immer, vor drei Tagen bin ich dieser mysteriösen *Dame* zufällig in einem Drogeriemarkt wiederbegegnet, die, kurz bevor das abscheuliche Verbrechen, das an Fiete Klünder verübt wurde, bei mir an der Haustür geklingelt und sich nach besagtem Landwirt erkundigt hatte. Die *Dame* wollte augenscheinlich nicht erkannt werden; sie hatte sich eine übergroße dunkle Sonnenbrille aufgesetzt und trug ein altmodisches Kopftuch. Zu meinem großen Bedauern habe ich dieser Szene zunächst keine Bedeutung beigemessen, schlichtweg in dieser Person nicht diejenige erkannt, die vor meiner Tür gestanden hatte. Erst später kam mir das Ganze sonderbar vor; sie hat sich Haarfärbemittel gekauft, und ja, mir wurde bewusst, dass es sich eben um dieselbe Frau handelte. Vielleicht ist meine Beobachtung nicht von Relevanz, womöglich doch. Ich hoffe auf jeden Fall, dass Sie mir verzeihen können und mir nachsehen, dass ich mich erst jetzt diesbezüglich bei Ihnen melde.«

Einen kurzen Moment war es still in der Leitung. Amalia befürchtete schon, Finja hätte das Gespräch einfach beendet, weil sie … na ja, sie für schrecklich nachlässig oder gar nervig hielt.

»Sind Sie momentan zu Hause, Frau von Platen?«, fragte Finja schließlich.

»Amalia, bitte nennen Sie mich doch Amalia, und ja, das bin ich«, beeilte sich Amalia zu antworten.

»In Ordnung, dann könnte ich in ungefähr zwanzig Minuten bei Ihnen sein. Passt das?«

»Ich kann auch zu Ihnen ins Polizeirevier kommen.«

»Nein, nein, ich komme zu Ihnen. Ihre Adresse ist mir bekannt.«

»Gut, dann brühe ich uns doch gleich eine Kanne frischen Tee auf. Trinken Sie Earl Grey?«

»Klingt perfekt!«, erklärte Finja Fährmann, und Amalia jubelte innerlich.

Constantin war kurz davor, die Flucht zu ergreifen, als Amalia ihm von ihrem Telefonat mit Finja Fährmann berichtete, das sah sie ihm an.

»Bitte, Constantin, das wäre wirklich nicht förderlich«, fand Amalia.

»Inwiefern?«, wollte er wissen, bereits im Begriff, das Haus zu verlassen.

»Dein plötzlicher Aufbruch könnte verdächtig wirken. Keine Ahnung, wie ich Finja das erklären soll.«

»Finja? Warum nennst du die beim Vornamen?«

Ein triumphierendes Lächeln huschte über Amalias Gesicht, sie konnte es einfach nicht unterdrücken. »Sie hat es mir angeboten, stell dir das nur vor, Conzi. Natürlich habe ich ihr im Gegenzug vorgeschlagen, mich Amalia zu nennen.«

»Wie bitte?« Constantin verzog ärgerlich das Gesicht. »Wie konntest du, Amalia? Die Frau ist schrecklich, und überhaupt verstehe ich nicht, warum du Kontakt mit ihr haben möchtest. Hast du vergessen, dass sie mich längst verdächtigt? Vielleicht hat sie dir deshalb diese vertrauliche Anrede angeboten, um Sympathie vorzutäuschen und dich dann in aller Seelenruhe und Vertrautheit auszuhorchen.«

Vehement schüttelte Amalia den Kopf. »Nein, natürlich

habe ich das nicht vergessen, Conzi. Und genau deshalb wäre es fein, wenn du uns Gesellschaft leisten würdest. Dann kann sie sich ein Bild von dir machen und wird feststellen, dass du zu solch einer abscheulichen Tat überhaupt nicht fähig wärest.«

»Nein!« Entschieden verschränkte Constantin die Arme vor der Brust. »Ich werde sicher nicht mit dieser arroganten Schne–«

»Constantin, bitte keine Beleidigungen«, unterbrach ihn Amalia.

Ihr Großneffe atmete tief durch und erklärte dann bemüht ruhig: »Wie auch immer, ich habe sowieso keine Zeit. Onno Friedrichs hat gerade angerufen, als du draußen warst. Sein Friese steht schon wieder auf drei Beinen. Ich muss jetzt direkt hin. Immerhin kann ich es mir mit den wenigen Kunden, die ich bisher habe, nicht auch noch verscherzen.«

Dem hatte Amalia beim besten Willen nichts entgegenzusetzen. Leider! Er durfte keinesfalls riskieren, dass sein ohnehin kleiner Kundenkreis noch weiter schrumpfte. Die Gerüchte über den getöteten Landwirt Klünder und die Verdächtigungen gegen den neuen Tierarzt – ihren Großneffen – hatten sich wie ein Lauffeuer verbreitet. Besonders, weil man ihn als Großstädter ohnehin skeptisch beäugte; schließlich war sein Vorgänger fast vierzig Jahre lang der Landtierarzt in der Gegend gewesen, ein bodenständiger Mann aus dem Raum Dithmarschen, der die Region lediglich zum Studieren verlassen hatte.

»Du hast natürlich recht, Conzi«, lenkte Amalia ein. »Und vielleicht ist es auch ganz gut, wenn Finja und ich uns erst einmal allein unterhalten und ich ihr klarmachen kann, dass du weder einer Fliege etwas zuleide tun könntest noch einem dir völlig unbekannten Landwirt.«

»Wenn du das sagst«, brummte Constantin und verließ endgültig das Haus.

Amalia blieb einen Moment lang unschlüssig in der großen Eingangshalle stehen. Sosehr sie sich auch auf einen näheren Austausch mit Finja Fährmann freute – schließlich hatte sie lange niemanden getroffen, der sie von der ersten Sekunde an so begeistert hatte –, war ihr die Ernsthaftigkeit der Situation bewusst. Conzi wurde verdächtigt, was völlig absurd war, und Amalia war überzeugt, dass Finja Fährmann letztendlich zu demselben Schluss gelangen würde. Doch die Menschen hier in der Region, insbesondere die alteingesessenen Landwirte, Pferdezüchter und Kuh- und Schafbauern, hatten oft eine feste Meinung über jemanden. Bevor sie diese revidierten, musste schon einiges geschehen. Ja, darüber machte sich Amalia tatsächlich große Sorgen.

8

»Ich hatte Ihnen doch aber ausdrücklich gesagt, dass Ihr Pferd absolute Boxenruhe einzuhalten hat, Herr Friedrichs!«

Der Pferdezüchter rieb sich über das unrasierte Kinn. »Hest du överhoopt en Ahnung, wat he mi allens utnanner nimmt, wenn ik den binnen laat, hä?«

»Wie bitte?«

»Ich hab gesagt: De Janulf nimmt mir den Stall auseinander, wenn der drinnen bleiben muss.«

Constantin nickte verstehend. »Ja, das ist natürlich immer ein Problem, wenn die Pferde keine Boxenhaltung kennen.«

»Soll dat jetzt ein Vorwurf sein?«

»Nein, bestimmt nicht, ich persönlich bin absolut kein Fan von Boxenhaltung. Ich finde es großartig, dass Sie hier Ihre Pferde Tag und Nacht draußen haben, optimal. Was ich damit zum Ausdruck bringen wollte, ist, dass man dann natürlich bei Boxenruhe ein Problem bekommt.«

»Wat mach ich nu?«

»Lassen Sie ihn von mir aus auf den Paddock. Vielleicht haben Sie ja die Möglichkeit, etwas davon für ihn abzustecken, sodass er nicht ins Rennen oder gar Toben kommt, aber die anderen Pferde sehen kann.«

Der Pferdezüchter runzelte die Stirn. Seine Hände strichen über die raue Oberfläche seiner Arbeitshose, während er wenig begeistert brummte: »Ik kann dat woll mal versöken.«

Constantin dachte über die Worte des Pferdezüchters nach. Der Dialekt war ihm wirklich fremd, wobei ihm Amalia neulich erklärt hatte, dass es sich dabei nicht um einen Dialekt, sondern um eine eigenständige Sprache handelte. Sie selbst sprach immer Hochdeutsch, und wenn er sich richtig erinnerte, hatte auch Onno Friedrichs bei seinem ersten Besuch überwiegend so gesprochen, dass er ihn verstehen konnte.

Versuchte der Pferdezüchter nun, ihn auf die Probe zu stellen, oder was war der Grund für diesen plötzlichen Wechsel?

»Ja, viel mehr kann ich dann jetzt auch nicht für Ihren Janulf tun, Herr Friedrichs«, erklärte Constantin und streckte dem Pferdezüchter die Hand entgegen, um sich zu verabschieden.

»Wissen Sie, Doktor«, begann Onno Friedrichs mit einem bedauernden Tonfall, »mir tut dat leid für Sie, dat Sie in solch dumm Sache hineingezogen wurden.«

Constantin zuckte ahnungslos mit den Schultern und fragte: »Welche Sache?«

»Na ja, wegen dem Klünder, weil de doch dood im Apfelmus steckt hat und, wenn ich richtig informiert bin, Sie da nun wohl zu de Kreis von de Verdächtigen gehören. Diese neue Kommissarin aus Düsseldorf soll ja wohl ziemlich auf Zack sein und dem trägen Hasso erst mal zeigen, wie man richtig ermittelt … Hab ich jedenfalls hört.«

Im ersten Moment wusste Constantin nicht, wie er darauf reagieren sollte. Doch dann spürte er, wie der Ärger regelrecht in ihm hochkochte, und er musste sich zwingen, sachlich zu antworten: »Zunächst einmal möchte ich klarstellen, dass es sich hierbei nicht um Apfelmus handelt, sondern um eine Tonne voller wurmstichiger Frühäpfel. Ich habe mir sagen lassen, dass diese Äpfel oft von der Apfelwicklerraupe befallen werden, die aus den Eiern des Apfelwicklers schlüpft und bereits sehr früh in der Saison die Früchte angreift. Und zweitens sind all diese Gerüchte, die Sie gehört haben, nichts weiter als Unsinn, Herr Friedrichs. Sie können sich beruhigt zurücklehnen. Ich habe selbstverständlich nichts mit dem Toten vom Klünderhof zu tun und –«

Der Pferdezüchter hob beschwichtigend beide Hände. »Nun regen Sie sich mal nicht so auf, Doktor«, sagte er ruhig. »Ich glaube de Gerede sowieso nicht. Sie haben gute Arbeit geleistet, Janulf lässt sich sonst gar nicht anpacken. Ihr Vorgänger hat immer Schwierigkeiten mit de. Aber Janulf vertraut Ihnen, und dat spricht für Sie. Außerdem sehen Sie überhaupt nicht aus wie 'n … nun ja, wie so en Mörder. Dat hab ich auch schon einigen hier gesagt, dat ich Ihnen dat nicht zutrauen würde.« Onno Friedrichs lächelte Constantin aufmunternd an, klopfte ihm dann kurz auf die Schulter.

»Ich möchte Sie mal erleben, wenn Sie in Verdacht geraten, jemanden getötet zu haben, den Sie nicht einmal kannten.«

»Genau dat hab ich auch zu de Kathrin Hoppe aus dem Lindenhof gesagt. Die is nämlich eine schlimme Tratsche und hat schon alle möglichen Dinge in dieser Sache behauptet. Gestern war Stammtisch, und da fing de direkt wieder damit an, und de anderen haben natürlich die Ohren gespitzt.«

Onno Friedrichs hielt kurz inne, schob die wulstige Unterlippe etwas vor und sagte schließlich mit bedeutungsvoller Stimme: »Wenn Sie mich fragen, Doktor, dann macht die dat nur, weil de von sich selbst ablenken will. Sie müssen nämlich auch wissen, de Kathrin, de hat mal eine Weile lang versucht, de knausrigen Klünder dat Geld aus de Tasche zu ziehen. Wegen de neuen Gästezimmern, die sie ausbauen wollte, weil doch immer mehr Urlauber plötzlich hierher zu uns kommen. Aber dafür hat sie kein Geld gehabt, und da hat de sich wohl gedacht, sie wirft sich dem Klünder an den Hals, und dann gibt er ihr dat Geld. Aber der hat de eiskalt abblitzen lassen. Seitdem war de nicht gut auf de zu sprechen. Aber na ja, ich will nichts gesagt haben, schon gar keine Gerüchte in die Welt setzen, wollte Ihnen nur raten, Doktor: Lassen Sie sich nicht fertigmachen.«

Constantin nickte und wusste nichts anderes darauf zu erwidern als: »Ich werde dann wohl mal besser Plattdeutsch lernen.«

Der Pferdezüchter lachte herzhaft. »Brauchen Sie nicht, Doktor, ich wollte Sie vorhin nur ein bisschen ärgern. Wir können ja hier alle schon sehr verständliches Hochdeutsch sprechen, keine Sorge.«

»Ach so, na ja dann … Gute Besserung für Janulf und bis zum nächsten Mal, machen Sie es gut, Herr Friedrichs.«

»Un du maakst dat beter, Herr Dokter!«

***

Amalia saß mit der Kommissarin in der Bibliothek zusammen. Sie hatte ihr feines englisches Porzellan-Teeservice aufgetragen, das sie nur zu ganz besonderen Anlässen aus der Glasvitrine holte. Constantin wusste, wie sehr sie es schätzte und pflegte, denn es war ein Geschenk ihres verstorbenen Mannes gewesen.

Es schien so, dass sie von Finja Fährmann tatsächlich beeindruckt war, wenn sie sogar auf ihr altes englisches Porzellan setzte.

Constantin hatte ehrlich darauf gehofft, die Fährmann noch hier bei seiner Tante anzutreffen. Er wollte ihr unbedingt von seinem Gespräch mit dem Pferdezüchter Onno Friedrichs berichten, und das aus zweierlei Gründen.

»Guten Tag, Frau Fährmann«, begrüßte er sie bemüht freundlich.

»Ach, der Tierarzt«, gab sie direkt wieder überheblich zurück.

Was für eine blöde Matschkuh, schoss es ihm durch den Kopf. Aber er beherrschte sich und lächelte sogar einigermaßen freundlich. »Sehr passend, dass ich Sie hier gerade treffe«, fuhr er unbeirrt fort. »Es ist nämlich so, dass ich eben bei einem Patienten war, und der hat mir gesagt –«

»Wie jetzt, Sie sind nicht nur Tierarzt, sondern auch Tierflüsterer?« Sie kicherte albern. »Oder wie soll ich mir vorstellen, dass Ihre Patienten zu Ihnen sprechen?«

Constantin beherrschte sich. Auch wenn ihm so einiges an *Nettigkeiten* bereits auf der Zunge lag.

»Natürlich habe ich mich nicht mit dem Hengst des Pferdezüchters Onno Friedrichs unterhalten, er wäre ja wohl ansonsten ein Wundertier. Aber ich zähle auch die Besitzer der Tiere zu meinen Patienten, schließlich sind sie diejenigen, die die Rechnung begleichen. Was ich Ihnen auf jeden Fall sagen wollte: Herr Friedrichs hat mir berichtet, dass man sich hier in der Gegend bereits erzählt, dass ich Ihr einziger Verdächtiger wäre. Sie können sich bestimmt vorstellen, dass mir das ganz und gar nicht gefällt, denn dieser Verdacht ist absurd und vollkommen unbegründet.«

»Behaupten Sie«, erwiderte die Fährmann.

»Weil es der Wahrheit entspricht. Ich kannte diesen Herrn Klünder nicht, und es gab keinerlei Grund für mich, ihn umzubringen. Das ist einfach Fakt.« Zur Bekräftigung seiner Worte nickte er entschieden und blickte der Kommissarin dabei fest in die blauen Augen. »Bei diesem Gespräch habe ich dann auch noch erfahren, dass es jemanden gab, der alles andere als gut auf den Verstorbenen zu sprechen war: die Inhaberin vom Lindenhof, eine Frau namens Kathrin Hoppe. Laut Pferdezüchter Friedrichs soll sie versucht haben, an das Geld des Herrn Klünder heranzukommen. Erfolglos, was sie wohl ziemlich offensichtlich geärgert hat.«

Die perfekt gezupften Augenbrauen der Kommissarin wanderten skeptisch nach oben. »Soso, und Sie behaupten, nur weil diese Gastwirtin in finanziellen Nöten war, hätte sie einen ausgewachsenen Mann erst geschlagen, dann erdrosselt und schließlich kopfüber in ein Apfelfass gesteckt? Die Frau muss ja über enorme körperliche Kräfte verfügen.«

»Ich *behaupte* gar nichts. Mir wurde das lediglich erzählt, ich kenne Frau Hoppe ja nicht persönlich. Aber nur weil sie eine Frau ist, bedeutet das jedenfalls nicht, dass sie schwach, zart und vor allem ehrlich sein muss.«

»Da kann ich meinem Großneffen nur zustimmen, Finja, wenn ich mir diese Anmerkung erlauben darf«, sagte Amalia.

Die Kommissarin bedachte Amalia mit einem bezaubernden Lächeln. »Sicherlich dürfen Sie das, liebe Amalia. Jedoch haben wir natürlich bereits mit der Gastwirtin Kathrin Hoppe gesprochen, da uns dieses Gerücht oder, besser gesagt, ihre Äußerungen bekannt sind. Sie hat allerdings ein hieb- und stichfestes Alibi für die Tatzeit, wodurch sich der Verdacht nicht erhärten ließ.«

Damit wandte sie sich wieder von Amalia ab und bedachte Constantin mit einem Blick, in dem Triumph und Anklage miteinander zu ringen schienen. »Was man von Ihnen nicht behaupten kann, Herr von Platen.«

»Es tut mir furchtbar leid«, gab Constantin voller Sarkasmus zurück, »dass wir den Rottweiler des Verstorbenen nicht befragen können, der könnte mir das fehlende Alibi geben. Aber wissen Sie, Frau Kommissarin –«

»Kriminalhauptkommissarin …«, verbesserte die Fährmann ihn.

»Von mir aus auch das, jedenfalls konnte ich *leider* nicht ahnen, dass ich ein Alibi benötigen würde.«

Finja Fährmann zeigte ihre strahlend weißen Zähne, als sie süffisant lächelnd erwiderte: »Ja, Herr von Platen, das ist wirklich sehr, sehr bedauerlich für Sie.«

»Aber, liebe Finja«, unternahm Amalia einen weiteren Versuch, »ich habe Ihnen doch gesagt, ich stehe für meinen Großneffen ein, und außerdem, wo bitte schön ist das Motiv? Mein Großneffe hat den Verstorbenen nicht einmal gekannt, er war ja nur von ihm angerufen und zum Hof gebeten worden. Ich lege meine beiden Hände für seine Unschuld ins Feuer.«

»Genau aus diesem Grund, liebe Amalia, ermitteln wir in alle Richtungen und sind natürlich auch dem Hinweis bezüglich der Gastwirtin unverzüglich nachgegangen.«

»Sehr gut«, lobte Amalia sie, wie Constantin fand, vollkommen überzogen, denn schließlich war das ja ihr verdammter Job.

Constantin sah dennoch ein, dass es absolut sinnlos war, sich weiter mit dieser selbstgefälligen Kommissarin auseinanderzusetzen, die Frau war dermaßen von sich und ihrer abstrusen Theorie überzeugt, dass jedes weitere Wort zwecklos war.

»Wo wollen Sie denn hin, Herr von Platen?«, rief die Fährmann verwundert aus, als Constantin sich abwandte und sich anschickte, die Bibliothek zu verlassen.

»Arbeiten, was sonst?«, antwortete er genervt und warf ihr einen flüchtigen Blick über die Schulter zu, der alles andere als freundlich war.

»Ich würde Ihnen aber gerne noch ein paar Fragen stellen.«

»Dann lassen Sie mir gefälligst eine verdammte Vorladung

zukommen. Ich kann dann gern zu Ihnen aufs Präsidium …
ähm, ich meinte, in die dörfliche Polizeistation kommen.« Er
hielt kurz inne, wandte sich nun doch wieder zu ihr um und
fragte: »Warum sind Sie eigentlich hierher versetzt worden?
Eine Frau von Welt wie Sie, Frau *Kriminalhauptkommissarin* –
das wundert mich schon. Was hat Sie ausgerechnet nach Marne
verschlagen? Ein Verbrechen gegen den guten Geschmack vielleicht?«

Die Fährmann funkelte ihn an. »Oh, Herr von Platen, ich
könnte Ihnen auch einige Fragen zu Ihrem eigenen Geschmack
stellen – insbesondere in Bezug auf Mord und Totschlag. Aber
ich fürchte, das würde nur in einer weiteren Flucht vor der
Realität enden.«

»Realität? Das klingt ja fast nach einem Abenteuer! Vielleicht sollten wir uns zusammentun und die Geheimnisse von
Marne aufdecken – oder ist das zu viel verlangt für einen Verdächtigen wie mich?«

»Sehen Sie es als Herausforderung, Herr von Platen. Oder
haben Sie Angst, dass ich Ihnen den Rang ablaufe? Schließlich
bin ich hier diejenige mit dem Ermittlungsauftrag.«

Constantin trat einen Schritt näher, sein Lächeln war jetzt
schneidend. »Angst? Ich? Das wäre ja noch schöner! Aber ich
muss gestehen, Ihre Hartnäckigkeit beeindruckt mich – auch
wenn sie hier fehl am Platz scheint. Denken Sie wirklich, dass
ich etwas mit dem Mord zu tun habe? Kann es tatsächlich
zutreffen, dass Sie komplett in die vollkommen falsche, ja geradezu absurde Richtung ermitteln?«

»Das werden wir herausfinden müssen«, entgegnete sie
scharf und ließ ihren Blick nicht von ihm weichen. »Und
glauben Sie mir, ich lasse mich nicht so leicht abwimmeln.«

»Kinder, Kinder!«, rief Amalia aus und klatschte in die
Hände, als wollte sie ein paar schnatternde Gänse zur Ordnung rufen. »Was soll denn diese Streiterei? Das führt doch
zu nichts.«

»Stimmt«, erklärte Constantin und wandte den beiden
Frauen erneut den Rücken zu. Er hatte die Nase mehr als nur

gestrichen voll, er ärgerte sich maßlos über diese arrogante Ziege und, ja, auch ein wenig über seine Tante, die anscheinend nach wie vor Feuer und Flamme für die Fährmann war.

Aufgebracht vor sich hin murmelnd verließ Constantin das Haus und stampfte mit dröhnenden Schritten zur ehemaligen Geräte- und Maschinenscheune, die längst nicht mehr für ihren ursprünglichen Zweck genutzt wurde. Stattdessen war sie teilweise in seine Tierarztpraxis umfunktioniert worden. Amalia hatte die Kosten übernommen, und das waren alles andere als Peanuts. Sie hatte ihm einen zinslosen Kredit gewährt, den er so schnell wie möglich zurückzahlen wollte.

So war zumindest der Plan gewesen. Doch jetzt drohte alles anders zu kommen. Seine Selbstständigkeit als Tierarzt stand unter einem düsteren Stern, seit er zum Hauptverdächtigen in einem Mordfall geworden war – und das an einem ihm völlig unbekannten Mann! So etwas Absurdes, so etwas …

Constantin konnte kaum fassen, was ihm da gerade widerfuhr. Ein brodelndes Gefühl von Fassungslosigkeit mischte sich mit steigendem Ärger und einer zunehmenden Verzweiflung. Wenn es richtig dumm lief, würde er seiner Tante das Geld nie zurückzahlen können, weil er als Tierarzt hier scheiterte, bevor er überhaupt richtig durchstarten konnte. Und wenn es noch schlimmer kam, könnte er wegen eines Verbrechens ins Gefängnis wandern, das er nicht begangen hatte!

Stinkwütend schob er die Tür zur Scheune auf und ließ sie mit einem lauten Knall ins Schloss fallen. Der Gedanke an diese eingebildete Kommissarin ließ ihn innerlich fast überkochen. Wahrscheinlich hatte sie selbst Dreck am Stecken, sonst wäre sie wohl kaum in einer so kleinen und verschlafenen Polizeidienststelle wie dieser hier gelandet!

Mit schnellen Schritten lief er den Gang entlang zu dem Vorzimmer, wo Amalia irgendwann einmal am Empfangstresen Platz nehmen sollte. Dahinter befand sich ein weiterer Raum, schon vollständig ausgebaut, in dem er plante, am Nachmittag die Kleintierbehandlung durchzuführen. Dieser

Plan fühlte sich jedoch gerade so an, als wäre er Lichtjahre von der Umsetzung entfernt. Jeder Schritt kam ihm wie ein weiterer Schlag gegen seine ohnehin schon ramponierte Existenz vor. Er musste einen Ausweg finden – und zwar schnell! Er durfte nicht kampflos aufgeben und …

Plötzlich stockte Constantin. Was war das für ein Geräusch gewesen? Schritte? Oder bildete er sich das nur ein?

»Hallo? Ist da jemand?«, rief er den Gang hinunter.

Keine Antwort.

Okay, jetzt schien er schon Halluzinationen zu haben – kein Wunder bei all dem Mist, mit dem er sich herumschlagen musste.

Doch, nein, stopp! Da war es wieder. Constantin hielt inne und lauschte angestrengt. Er war sich nun ganz sicher, Schritte gehört zu haben.

»Hallo? Wer ist da?«

Stille. Nur das leise Rascheln des Windes durch die Ritzen der Scheune war zu hören.

»Hey! Was soll das? Ich höre doch, dass da jemand ist, und hab echt kein –« Der Rest seines Satzes wurde abrupt unterbrochen, als ein dumpfer Schlag auf seinen Hinterkopf niederging.

Ein stechender Schmerz durchzuckte ihn, und für einen Moment verschwamm alles um ihn herum. Die Welt wurde zu einem wirren Brei aus Farben und Geräuschen, während er taumelte und schließlich zu Boden fiel.

Als Constantin langsam wieder zu Bewusstsein kam, fühlte er sich benommen und desorientiert. Sein Kopf pochte schmerzhaft, als würde eine unsichtbare Faust immer wieder auf ihn einschlagen. Seine Augenlider waren bleischwer, sein Blick verschwommen und verzerrt. Er versuchte, sich zu orientieren, doch es wollte ihm einfach nicht gelingen.

Ein Geräusch drang an sein Ohr – Schritte, sie kamen schnell näher.

»Wer ist da?«, brachte Constantin mühsam hervor.

Keine Antwort.

»Was soll der Scheiß?«, krächzte er mit einer Mischung aus Ärger und Sorge.

Plötzlich spürte er, wie sich jemand neben ihm hinhockte. Eine kalte Hand legte sich auf seine Stirn.

»Nicht …«, stieß er stöhnend hervor.

»Herr von Platen, Constantin, bleiben Sie ruhig, ich bin es, Finja Fährmann.«

»Aber …« Constantin schlug die Augen auf – bis zu diesem Moment war ihm nicht einmal bewusst gewesen, dass er sie geschlossen hatte, darum also der verschwommene Blick, jetzt kapierte er es. Und tatsächlich, neben ihm hockte Finja Fährmann und sah fast ein wenig besorgt aus.

»Was ist passiert? Sind Sie gestürzt?«

»Ich … Nein, ich weiß es nicht …«, begann Constantin mit rauer Stimme. »Da war jemand, ich habe Schritte gehört, und dann … Ich kann mich nicht erinnern, plötzlich war alles schwarz um mich herum …«

»Ihre Tante und ich haben gesehen, wie jemand mit hoher Geschwindigkeit auf einem Motorrad vom Hof gefahren ist. Das hat uns stutzig gemacht.«

»Wer … wer war das?«

Die Fährmann zuckte mit den Schultern. »Ich hatte gehofft, dass Sie mir das sagen könnten.«

»Nein«, brummte er und versuchte, sich aufzurichten. Doch der Schwindel überkam ihn sofort, und er unterließ den Versuch.

»Bleiben Sie bitte hier sitzen. Sie bluten am Hinterkopf.«

»Was?« Constantin hob die Hand, wollte sich selbst davon überzeugen, doch sie hielt ihn davon ab.

»Lassen Sie das lieber bleiben. Der Notarzt ist bereits verständigt. Er sollte jeden Moment hier sein. Ihre Tante wartet draußen auf dem Hof, um den Sanitätern den Weg zu zeigen.«

»Ich brauche keinen Arzt«, murmelte Constantin und versuchte erneut, sich zu erheben. Prompt wurde ihm wieder schwarz vor Augen.

»Jetzt seien Sie doch vernünftig und lassen Sie sich helfen«, forderte Finja eindringlich.

Tja, so wie es aussah, blieb ihm momentan tatsächlich nichts anderes übrig.

9

Finja steckte den Schlüssel ins Schloss und drehte ihn, doch er drang nur wenige Millimeter ein, dann blockierte er.

»Mist«, fluchte sie leise vor sich hin. Es bestand für sie nicht der geringste Zweifel daran, dass Helga Fritsch das absichtlich so gemacht hatte.

Mit einem frustrierten Seufzer blieb ihr nichts anderes übrig, als zu klingeln.

Wenige Augenblicke später erschien die Pensionsinhaberin im Türrahmen, ein breites Lächeln auf den Lippen. »Ach, die Frau Kommissarin! Das tut mir aber leid, irgendjemand muss aus Versehen den Schlüssel von innen stecken gelassen haben.«

Finja zweifelte keine Sekunde daran, dass es sich bei diesem »Irgendjemand« um die neugierige Frau selbst handelte. So konnte Finja ihr nicht entkommen; es war eine Leichtigkeit für die Fritsch, sie mit ihren ständigen Fragen und neugierigen Blicken zu durchlöchern.

»Möchten Sie eine Tasse Tee? Ich habe gerade eine Kanne aufgesetzt. Wir könnten uns zusammensetzen, und Sie erzählen mir ein bisschen von Ihrem Tag heute. Gibt es schon Neuigkeiten im Fall Klünderhof? Die Anke Jansen von den Landfrauen meinte nämlich, dass es bei der hochnäsigen von Platen auf dem Hof heute am späten Nachmittag zu einem Unfall gekommen wäre. Sie hat den Krankenwagen gesehen – der ist eindeutig zu der auf den Hof gefahren! Und sie meinte auch, dass es wohl Streit zwischen dem Tierarzt-Hallodri aus Hannover und der von Platen gegeben hätte. Hat er sie geschlagen? Ist sie ernsthaft verletzt? Schwebt sie in Lebensgefahr? Und dieser sonderbare Großneffe – haben Sie den jetzt endlich mal hinter Schloss und Riegel verfrachtet?«

Finja hätte der nervigen Frau gern eine alles andere als freundliche Ansage gemacht. Aber sie war es nicht mal wert, dass Finja ihr überhaupt antwortete. So beließ sie es bei einem beiläufigen Schulterzucken, drängte sich an Helga Fritsch vorbei und ging die Treppe hinauf in ihr Zimmer.

Als sie die Tür hinter sich zuzog, spürte sie sofort, dass jemand ihre Sachen durchsucht hatte. Ärgerlich schnappte sie nach Luft; was genug war, war nun wahrhaftig genug.

»Frau Fritsch!«, rief sie die Treppe hinunter.

»Ach, haben Sie es sich doch noch mal überlegt wegen dem Tee? Prima! Ich habe auch –«

Finja schnitt ihr das Wort ab. »Waren Sie in meinem Zimmer und haben es durchsucht, oder ist Ihr notgeiler Ehemann dafür verantwortlich?«

»Ich muss mich ja wohl verhört haben! Wie reden Sie denn mit mir! Und was fällt Ihnen ein, so von meinem Hermann zu sprechen?«

»Ihnen ist aber wohl bekannt, dass das unbefugte Durchsuchen eines Zimmers – ob nun Pension oder privater Raum – strafbar ist. Ich denke, ich werde das direkt zur Anzeige bringen.«

»Aber –«

»Wissen Sie was? Schenken Sie sich Ihre verlogenen Ausflüchte und Abers! Mir reicht's! Ich ziehe heute noch aus. Lieber übernachte ich bei den Schafen auf dem Deich, als noch eine einzige Nacht in Ihrer heruntergekommenen Pension zu verbringen.«

Mit einem lauten Knall ließ Finja die Tür hinter sich ins Schloss krachen und begann augenblicklich damit, ihre Sachen in die beiden Koffer zu werfen, mit denen sie hier angekommen war. Den Rest hatte sie sich eigentlich längst nachschicken lassen wollen – es war alles eingelagert, die Wohnung gekündigt und aufgelöst –, aber gewiss nicht in diese Pension! Außerdem hoffte sie inständig, dass ihr Aufenthalt hier nur kurz sein würde und sie ihren anderen Kram gar nicht erst hierherkommen lassen musste.

»Sie zahlen mir aber schon noch die ganze Woche, Frau Fährmann! Nicht, dass wir uns da falsch verstehen«, maulte die Pensionsinhaberin ihr entgegen, als Finja wenige Augenblicke später mit ihren beiden Koffern und ihrer Handtasche bepackt die Treppe hinunterging.

»Einen Dreck werde ich tun! Und Sie sollten gefälligst jetzt mal besser den Rand halten, bevor ich ernsthaft darüber nachdenke, Ihnen ein Verfahren wegen Hausfriedensbruchs und unbefugter Durchsuchung anzulasten. Das könnte für Sie erhebliche rechtliche Konsequenzen haben! Ich zahle für die Nächte, die ich hier verbringen musste – und keine einzige mehr! Die Rechnung schicken Sie an die Marner Polizeistation zu meinen Händen.«

»Ja, ja! Immer so schick und vornehm tun! Feine Klamotten am Leibe tragen wie so 'n Hollywoodstar, aber wenn erst die Hüllen gefallen sind … Da kommt das wahre Wesen zum Vorschein! Da kann einem ja direkt angst und bange werden, wie Sie reden und sich aufführen.«

Finja beschloss, der Fritsch nicht mehr zu antworten. Was auch immer diese Frau dachte – es interessierte sie nicht im Geringsten.

Mühsam drängte sie sich mit ihren Koffern aus der schmalen Haustür hinaus und ging einmal um das wenig ansehnliche Gebäude herum zu dem kleinen Parkplatz, wo ihr Wagen stand.

Ein Koffer fiel in den Kofferraum, der andere landete auf dem Beifahrersitz. Sie startete den Motor und betätigte den Schalter, um das Verdeck ihres Audi Cabriolets zu öffnen. Sie brauchte Luft, unbedingt ganz viel Luft! Als sie den Wagen auf die Landstraße lenkte, überkam sie ein Gefühl der Befreiung – zumindest für einen kurzen Moment.

Ohne ein Ziel zu haben, fuhr sie los, immer der Straße nach. Die Landschaft zog an ihr vorbei, ein monotoner Wechsel aus grauen Wolken, endlosen Feldern und deprimierten Dörfern – zumindest kam es ihr in ihrer eigenen gedanklichen Tristheit gefangen so vor. Der Himmel war verhangen, und die kühle Luft drang durch das offene Cabrio-Dach. Es fühlte sich an, als würde die Welt um sie herum in einem bleiernen Grau versinken. Schließlich landete sie auf der Bundesstraße 5 und irgendwann in Brunsbüttel. Tausend Gedanken gingen ihr

durch den Kopf – der Ärger über diese schreckliche Pensionsinhaberin Fritsch, der Mord auf dem Klünderhof –, schwirrten
weiter zu ihrem bisher einzigen Tatverdächtigen in diesem
Fall, der nun selbst niedergeschlagen worden war, ihr ganzes
Dasein in Marne – einer Gegend, in die sie sich sicherlich nicht
gewünscht hatte –, und vor allem: Wo sollte sie heute Nacht
schlafen?

Finja spürte, wie der Druck in ihrem Kopf zunahm. Sie
brauchte dringend einen Ort, an dem sie zur Ruhe kommen
und ihre Gedanken sortieren konnte.

Das Polizeirevier! Sie könnte auf der Pritsche in dem kleinen Sanitätsraum schlafen und einfach für einen Moment ab-
schalten.

Genau, das war die Lösung!

Entschlossen bog sie die nächste Straße nach rechts ein,
wendete und fuhr zurück nach Marne.

Wenig später lenkte sie ihr Cabrio auf den Parkplatz der
Polizeistation, schloss das Dach und stieg aus. Der Himmel
hatte sich mittlerweile weiter verdunkelt und drohte mit Regen.

Mit einem tiefen Atemzug nahm Finja den Koffer vom
Beifahrersitz und schleppte ihn zur Eingangstür des Reviers.
Den anderen ließ sie im Kofferraum, in der Hoffnung, dass
sich in diesem hier ihr Kulturbeutel und das Schminktäsch-
chen befanden. Vorhin hatte sie in ihrer Wut einfach alle ihre
Sachen wahllos in die Koffer gestopft, sodass sie nicht mehr
wusste, was sich wo versteckte. Normalerweise ging sie nicht
so achtlos mit ihren Sachen um, aber was war momentan bitte
schön noch normal in ihrem Leben?

Drinnen empfing sie der Geruch von Desinfektionsmittel
und Papier – eine Mischung aus Ordnung und Chaos. An
der Rezeption lehnte ein einsamer Regenschirm, der vorhin
noch nicht dagewesen war. Vermutlich hatte die Putzfrau ihn
dort stehen lassen, was den Geruch nach Reinigungsmitteln
erklärte. Nur das leise Summen des alten Kühlschranks im
Pausenraum unterbrach die Stille, die im spätabendlichen Revier vorherrschte.

Mit einem Seufzer ging sie den Flur entlang bis zu dem kleinen Sanitätsraum am Ende des Ganges. Die Wände hier waren kalkweiß gestrichen; das Licht flackerte gelegentlich über sie hinweg wie ein müder Puls. Der Raum war schlicht eingerichtet – eine schmale Pritsche stand an der Wand, daneben ein kleiner Tisch mit einigen medizinischen Utensilien darauf. Durch das schmale Fenster fiel das schwache Licht der Straßenlaterne herein, und von draußen hörte sie das leise Rauschen des Regens beginnen.

Finja stellte ihren Koffer mitten im Raum ab und ließ sich so, wie sie war, auf die Pritsche fallen. Sie atmete tief durch; der Druck in ihrem Kopf begann langsam nachzulassen. Sie versuchte, sich nur noch auf ihre Atmung zu konzentrieren und alles andere auszublenden. Doch ihre Gedanken verirrten sich zu dem Opfer Fiete Klünder. Es musste einen tieferen Grund dafür geben, dass der Täter, nachdem er den Landwirt erdrosselt hatte, ihn anschließend kopfüber in diese Tonne mit den wurmstichigen und längst nicht erntereifen Äpfeln gesteckt hatte – womöglich eine symbolische Handlung. Vielleicht sollte sie hier noch einmal ganz neu ansetzen – hatte sie bisher einen entscheidenden Hinweis sozusagen vor lauter Äpfeln übersehen? Hmmm, wurmstichige Äpfel ... Das war doch Blödsinn.

Und wie passte der heutige Überfall auf diesen überheblichen Tierarzt Constantin von Platen in das Bild? Bisher war er tatsächlich ihr einziger Tatverdächtiger in diesem Mordfall gewesen. Nun ja, mehr oder weniger tatverdächtig ... Amalia von Platen hatte ihr glaubhaft versichert, dass ihr Großneffe und das Opfer sich nicht gekannt hatten. Dennoch hätte es zu einem Streit zwischen den beiden gekommen sein können und Constantin von Platen so in Wut geraten sein, dass er den Landwirt erdrosselt hatte. Hinterrücks, extrem feige.

Traue ich ihm das wirklich zu?

Finja schloss die Augen und lauschte in ihr Inneres. Sie versuchte, sich an die Frau zu erinnern, die sie einst gewesen war, bevor monatelange Streitigkeiten und die Affäre ihres Ex-Partners sie vollkommen aus der Bahn geworfen hatten. Das Ganze hatte sie schwach gemacht, ihre Emotionen aufgewühlt und sie verletzlich zurückgelassen. Doch tief in ihr schlummerten noch immer der scharfe Blick für das Wesentliche und der ausgeprägte kriminalistische Instinkt – jene Eigenschaften, die sie früher geprägt hatten. Je mehr sie darüber nachdachte, desto klarer wurde ihr, dass Constantin von Platen absolut nichts mit dem Mordfall zu tun hatte. Jegliches Motiv dafür wäre völlig an den Haaren herbeigezogen, zumal er heute Nachmittag großes Glück gehabt hatte, wie der Notarzt angedeutet hatte: »Der hat 'nen ziemlich heftigen Schlag auf den Hinterkopf bekommen, das hätte auch gut und gern weitaus böser ausgehen können als nur 'ne kleine Platzwunde und wahrscheinlich eine Gehirnerschütterung.«

Constantin war ins Krankenhaus nach Brunsbüttel gebracht worden, auch wenn er bis zuletzt gemeint hatte, dass das total übertrieben sei. Ein paar Kopfschmerztabletten, dann ginge das so schon. Was für ein Dickschädel, im wahrsten Sinne des Wortes.

Mit einem weiteren tiefen Atemzug öffnete Finja die Augen wieder und sah zur Decke hinauf – das Licht flackerte nach wie vor unregelmäßig wie ein schwacher Sternenhimmel in einer dunklen Nacht. Sie hörte das Tropfen von Wasser irgendwo im Gebäude; höchstwahrscheinlich ein defekter Wasserhahn. Oder vielleicht war es auch nur der Regen draußen?

Nach einer Weile stand sie wieder auf und ging zum Fenster hinüber. Der Regen prasselte nun gegen die Scheiben. Draußen wurde es immer dunkler. Sie wusste nicht genau, wie lange sie schon hier war – vielleicht eine halbe Stunde? Vielleicht auch länger?

Für diese eine Nacht war es okay und genau das, was sie jetzt brauchte. Sie musste alles noch mal genau Revue passieren lassen und sich mit etwas Abstand ein Bild von dem machen, was vorgefallen war. Wie passten der Mord auf dem Klünderhof und der Überfall auf den Tierarzt auf dem Anwesen Amalia von Platens zusammen? Wo befand sich die

Schnittstelle – die Verbindung? Oder war das Ganze ein Zufall, hatte das eine nichts mit dem anderen zu tun? Womöglich hatte derjenige, der dem Tierarzt einen heftigen Schlag auf den Hinterkopf verpasst hatte, es auf wertvolle Gegenstände in der Tierarztpraxis abgesehen. Laut Amalia war die Einrichtung nicht nur absolut neuwertig, sondern die Praxis auch mit hochentwickelter medizinischer Ausrüstung ausgestattet.

War es dem Täter um das digitale Röntgengerät oder das Ultraschallgerät im Wert von mehreren tausend Euro gegangen? Die hochmodernen Anästhesiegeräte, die speziellen Medikamente für große Tiere oder die präzisen Diagnosetools?

Nur … wer bitte schön konnte damit etwas anfangen, außer eben Tierärzte?

Sie schüttelte den Kopf und versuchte, ihre Gedanken erneut zu sortieren. Mit Sicherheit gab es einen Markt für solche Geräte – Schwarzmarktgeschäfte, bei denen gestohlene medizinische Ausrüstung an Kliniken verkauft wurde, die nicht so genau hinsahen. Aber selbst dann blieb die Frage: Woher hatte der Täter von den teuren medizinischen Geräten gewusst, die sich in der zugegeben sehr gepflegten, aber eben auch nicht wirklich einbruchsicheren Scheune befanden?

Und außerdem … Amalia und sie hatten einen Motorradfahrer vom Hof rasen gesehen, dadurch waren sie überhaupt erst aufmerksam geworden und hinausgegangen … rüber zur Scheune, wo sie den Tierarzt dann besinnungslos vorgefunden hatten.

Ein Motorrad. Kein Transporter, der nötig gewesen wäre, um die medizinischen Geräte wegzuschaffen.

Oder hatte der Täter vielleicht zunächst die Situation erkunden wollen und war dann von Constantin von Platen überrascht worden? Es war ziemlich klar, dass es sich um einen Mann handelte – trotz der Geschwindigkeit, mit der er geflohen war, hatten seine Statur und Bewegungsart keinen Zweifel daran gelassen.

Oder?

Ein leises Geräusch ließ sie aufhorchen. Es kam aus dem

Flur. Finjas Herzschlag beschleunigte sich, während sie nach ihrer Dienstwaffe griff – doch die war nicht an ihrem Gürtel, den sie am Körper trug. Mist, schoss es ihr durch den Kopf, sie hatte sie vorhin mit in den Koffer geworfen. Wie unprofessionell von ihr!

Leise schlich sie zur Tür und drückte ein Ohr gegen die kalte Holzfläche. Ein weiteres Geräusch – ein Knacken, gefolgt von einem gedämpften Flüstern. Ihre Sinne waren geschärft, und der Adrenalinrausch ließ ihre Muskeln angespannt werden.

Wer war da? Ein Einbrecher? Wobei … was gab es hier bitte schon zu stehlen? Verdammt, wer war so dumm, in ein Polizeirevier einzubrechen? Okay, es gab immer wieder Spinner, die meinten, sie könnten die speziellen Waffenkammern oder gesicherten Bereiche, in denen die Dienstwaffen und andere Ausrüstungsgegenstände gelagert wurden, einfach mal so aufbekommen. Bestimmt nicht!

Hoch konzentriert zog Finja die Tür einen Spaltbreit auf und spähte hinaus. Der Flur war schwach beleuchtet, irgendeine der Glühbirnen musste in den letzten Minuten endgültig den Geist aufgegeben haben, und im Schatten konnte sie eine Gestalt erkennen, die sich vorsichtig bewegte. Finja zögerte nun nicht länger. Sie trat mit einem Satz heraus und stürzte sich auf die Person.

»Keine Bewegung!«, rief sie mit fester Stimme, riss die unbekannte Gestalt von den Beinen und drückte sie auf den Boden.

»Hey! Was soll das?«, kam es mit einer männlichen Stimme überrascht zurück.

Finja drehte den Einbrecher um – und erkannte in ihm ihren Kollegen Hasso Lüders, der sichtlich perplex war.

»Lüders, verdammt noch mal! Was machen Sie denn hier um diese Uhrzeit?«, motzte sie ihn an, während sie ihren Griff lockerte.

»Ich … ich«, begann er zu stammeln, »die Jutta, sie war beim Landfrauentreffen und ist mit dem Rad am Revier vorbeigekommen, sie meinte, sie hätte Licht gesehen.«

»Und deshalb schleichen Sie sich wie ein Einbrecher herein?«

»Ich habe gedacht, *Sie* wären ein Einbrecher.«

Finja rollte mit den Augen. »Dann sind wir ja jetzt quitt.«

Schwerfällig setzte Lüders sich auf und rieb sich mit gequältem Blick den Nacken. »Chefin, ich glaube, Sie haben mir den Nacken ausgerenkt«, murrte er vorwurfsvoll.

Finja winkte ab. »Jetzt stellen Sie sich mal nicht so an, Lüders.«

»Es tut aber ziemlich weh«, jammerte der weiter, versuchte, den Kopf leicht nach links zu drehen, und rief dann laut: »Aua!«

Finja seufzte genervt. »Dann fahre ich Sie eben ins Krankenhaus, wenn Sie so dringend ärztlichen Beistand brauchen.«

»Ich denke, das wäre das Beste.«

»Ernsthaft?« Finja konnte es nicht glauben. Das mit dem Krankenhaus war eher ironisch gemeint gewesen.

»Mein Rücken macht mir schon seit Längerem Schwierigkeiten, Chefin. Ich glaube, durch Ihren Wurf ist jetzt ernstlich was kaputtgegangen.«

Finja lag es bereits auf der Zunge zu sagen: »So ein Blödsinn, Lüders!«, doch ihr Kollege sah nicht danach aus, als wollte er sich demnächst mal erheben.

»Vielleicht wäre es am besten, Sie verständigen einen Krankenwagen«, sagte er nun auch tatsächlich. »Ach so, und Chefin, bitte sagen Sie doch auch der Jutta Bescheid. Sonst macht die sich nur unnötige Sorgen, wenn ich nicht gleich zurückkomme.«

Finja starrte Lüders an, als hätte er gerade verkündet, dass er ein UFO gesehen hatte. »Einen Krankenwagen? Lüders, das ist doch übertrieben! Sie haben sich nur ein bisschen den Nacken verrenkt. Das passiert jedem mal – ich meine, schauen Sie sich die ganzen Sportler an!«

»Ja, aber die haben Physiotherapeuten und keine Chefin, die sie mit einem Wurf zu Boden befördert«, beschwerte sich Lüders und sah dabei so aus, als würde er gleich anfangen zu heulen. Der Dackelblick war in vollem Gange.

»Okay, okay! Ich verständige den Notarzt«, gab Finja schließlich nach und griff zum Telefon.

»Denken Sie bitte auch an die Jutta«, wiederholte Lüders, während er sich theatralisch an den Nacken fasste.

Wenig später hallten die Sirenen durch die Nacht und kündigten den Krankenwagen an. Finja trat zur Tür hinaus, genau in dem Moment, als ein ihr bereits bekannter Notarzt aus dem Wagen stieg – derselbe, der am Nachmittag bei der Attacke auf Constantin von Platen gerufen worden war.

»Sie schon wieder«, murmelte er mit einem schiefen Grinsen.

Finja rollte mit den Augen. »Ja, ich schon wieder. Diesmal geht es um einen ausgerenkten Nacken.«

»Wenn nicht sogar um einen angebrochenen Halswirbel«, ertönte Lüders' klagende Stimme aus dem Inneren des Reviers.

Der Arzt hob eine Augenbraue und sah Finja an. »In Ihrer Nähe scheint *Mann* recht gefährlich zu leben.« Seine Betonung ließ keinen Zweifel daran, dass sie es hier mit einem Wortspiel zu tun hatte.

Das sie geflissentlich ignorierte. »Das bringt der Beruf einer Kriminalhauptkommissarin mit sich.«

»Wenn Sie das sagen«, erwiderte der Notarzt und schob sich an Finja vorbei in den Flur, wo Lüders mit leidender Miene noch immer auf dem Boden saß. Der Anblick war fast schon komisch, denn der enge, hellfliederfarbene Jogginganzug, den er trug, ließ Finja spontan vermuten, dass er in seiner Hektik versehentlich den seines Juttaleins angezogen hatte. Über die Gründe dafür wollte sie lieber nicht weiter nachdenken.

»Und wie genau ist das nun passiert?«, wollte der Arzt von Lüders erfahren, während er dessen Kopf behutsam umfasste und ihn vorsichtig nach links und rechts drehte. Lüders' kummervolles Jammern begleitete jede Bewegung.

»Die Chefin –«, begann Lüders, doch im nächsten Moment schien der Arzt es wohl mit der Dreherei etwas übertrieben zu haben. »Aua! Das tat jetzt aber richtig weh, Herr Doktor!«, beschwerte er sich vorwurfsvoll.

»Drehen Sie jetzt mal den Kopf«, verlangte der Notarzt ungerührt.

»Nein, das werde ich bestimmt nicht tun! Das da eben war schon schmerzhaft genug.«

»Nun machen Sie schon!«, forderte der Mediziner ihn erneut auf.

Als Lüders weiterhin zögerte, nahm er seinen Kopf selbst in beide Hände und drehte ihn nach links und rechts – und dann wieder nach links.

»Und? Tat das jetzt noch weh?«

»Ähm … neeein«, gab Lüders staunend von sich und blinzelte überrascht.

»Prima! Dann können wir jetzt ja wieder fahren.« Der Arzt wandte sich nach draußen und rief: »Lutz! Ihr könnt die Trage auf dem Wagen lassen. Hier ist alles wieder paletti.«

Aufmunternd klopfte er Lüders auf den Rücken. »Sie können jetzt ruhig wieder aufstehen.«

Lüders blieb skeptisch. »Sicher?«

»Ganz sicher! Der Wirbel ist wieder drin. Die nächsten Tage können Sie Ihren Nacken etwas warm halten, aber spätestens übermorgen sollten Sie damit keine Probleme mehr haben.«

Kurz bevor der Notarzt die Beifahrertür des Krankenwagens öffnete, drehte er sich noch einmal zu Finja um. »Ich weiß nicht, ob es eine gute Idee ist, Sie demnächst mal auf ein Glas Wein einzuladen, wenn *Mann* in Ihrer Gesellschaft so gefährlich lebt. Aber wie heißt es doch so schön: *No risk, no fun.* Also, wie sieht's aus?«

Ungerührt erwiderte Finja: »Wie Sie selbst gerade festgestellt haben: Nichts für Feiglinge.«

Der Arzt lachte leise auf und schüttelte den Kopf. »Na dann, viel Spaß beim nächsten Mal!«

Mit einem letzten Blick auf den Notarzt wandte sich Finja um und ging zurück in die Polizeistation. Dort fand sie Lüders wieder auf den Beinen – zwar immer noch reichlich mitgenommen, aber zumindest stand er.

»Soll ich Sie nach Hause fahren?«, fragte Finja und beobachtete, wie sich ein fast schon kindliches Lächeln auf Lüders' Gesicht ausbreitete.

»Das würden Sie tatsächlich für mich tun, Chefin?« Seine Augen leuchteten vor Freude.

Finja zuckte mit den Schultern, was so viel heißen sollte wie: Was bleibt mir anderes übrig? »Natürlich.«

»Ach, Chefin! Das ist wirklich sehr nett von Ihnen!«, rief Lüders begeistert aus und begann sogar wieder, mit dem Kopf zu wackeln, als hielte er sich für einen Wackeldackel – oh, was für eine wunderbare Heilung! »Die Jutta macht sich bestimmt schon große Sorgen, und das ist nicht gut für ihren Blutdruck. Damit hat sie nämlich schon seit einer Weile zu kämpfen. Der Arzt meinte …«

Was genau der Arzt über Lüders Schmusi gesagt hatte, entglitt Finja wie ein unaufhörlicher Wortstrom, der sich in endlosen Schleifen um ihre Gedanken wickelte. Sie versuchte bestimmt nicht, den Faden seiner Ausführungen zu erfassen, und war einfach nur dankbar, als der Moment gekommen war: Hasso Lüders krabbelte schwerfällig und begleitet von leidigem Stöhnen aus Finjas Cabriolet.

»Danke, Chefin, das war wirklich nett von Ihnen. Ich meine das Nachhausebringen, nicht das, was davor passiert ist!«

10

Amalia von Platen zog einen der beiden Stühle, die an einem kleinen Tisch im Krankenzimmer standen, näher an Constantins Bett. Das Licht der frühen Nachmittagssonne strömte sanft durch das halb geöffnete Fenster und malte goldene Muster auf den Boden, helle Vorhänge flatterten leicht im Wind. In der Ecke des Zimmers stand eine Vase mit frischen Blumen, der süße Hauch von Flieder und die zarten Blütenblätter verliehen dem ansonsten kühlen Raum eine fast einladende Note. Sie sollten wohl davon ablenken, wo man sich gerade befand.

Behutsam legte Amalia die Hand auf Constantins Schulter. »Und, Conzi, wie geht es dir heute? Schon etwas besser, oder hast du immer noch Kopfschmerzen?«

»Wenn ich hier raus bin, definitiv gleich besser«, murmelte Constantin hörbar genervt.

»Ach, mein Junge«, begann Amalia mit sanfter Stimme und einem besorgten Blick. »Mir tut das alles so leid. Du hast wahrlich einen besseren Start hier in Marne verdient, wo es sich doch eigentlich auch ganz wunderbar leben lässt. Aber wenigstens ist Finja jetzt von deiner Unschuld überzeugt.«

»Und darüber soll ich mich nun freuen, oder was?«, brummte Constantin und starrte an die Decke.

Amalia blickte nachdenklich. »Freuen wäre vielleicht ein bisschen übertrieben, aber erleichtert kannst du schon sein. Ich bin es jedenfalls.«

Constantin wurde hellhörig. »Du hast jetzt aber nicht ernsthaft gedacht, dass ich irgendetwas mit dem Tod dieses Klünder zu tun haben könnte?«

»Um Himmels willen!«, rief Amalia aus und setzte sich aufrecht hin. »Nicht eine Sekunde habe ich so etwas vollkommen Absurdes angenommen! Was denkst du denn von mir?«

»Und warum dann die Erleichterung?«, fragte Constantin

und verschränkte im Liegen demonstrativ die Arme vor der Brust.

Amalia atmete tief durch und schaute aus dem Fenster, wo ein paar Vögel fröhlich umherflogen, bevor sie antwortete. »Du wärest nicht der Erste, mein Junge, der aufgrund von falschen Verdächtigungen in ein schlechtes Licht gerückt worden wäre.«

»Wenn du damit meine sowieso nicht vorhandenen Kunden meinst«, entgegnete Constantin sarkastisch, »dann fürchte ich, die Freude ist verfrüht.«

»Du siehst das alles ein wenig zu schwarz«, erwiderte Amalia und lächelte zuversichtlich. »Die Leute hier sind halt etwas … na ja, misstrauisch allem Neuen gegenüber. Aber wenn sie dich erst einmal besser kennengelernt haben, dann werden sie dich mögen und –«

»Lass gut sein, Amalia«, unterbrach er sie. »Ich werde mir etwas überlegen. Allerdings muss ich dafür endlich mal aus diesem Krankenhaus entlassen werden.«

»Morgen, hat der Oberarzt gesagt«, erklärte Amalia, während sie tröstend die Schulter ihres Großneffen tätschelte. »In der Regel macht sich eine intrakranielle Blutung innerhalb von vierundzwanzig Stunden bemerkbar. Doch es ist größte Vorsicht geboten: Selbst infolge eines leichten Schädel-Hirn-Traumas können noch achtundvierzig Stunden später lebensbedrohliche Hirnblutungen auftreten.«

Trotz seiner schlechten Laune musste Constantin schmunzeln. »Das hast du aber schön auswendig gelernt.«

Amalia lächelte zurück. »Eingeprägt, Conzi! Aus reiner Sorge um dich.« Sie beugte sich noch etwas weiter vor und flüsterte verschwörerisch: »Ich habe sogar einige medizinische Fachbegriffe gegoogelt!«

»Perfekt, dann besprich dich bitte mit deinem Kollegen, dem Oberarzt, und mach ihm klar, dass ich jetzt auf der Stelle das Krankenhaus verlassen möchte.«

Amalia lächelte schmal. »Nein, mein Lieber, das werde ich gewiss nicht tun.«

Woraufhin ihr Großneffe entnervt, aber ergeben durchatmete.

»Leider muss ich jetzt auch direkt wieder los, Conzi. Herr Willems kommt gegen fünfzehn Uhr vorbei.«

»Herr Willems?«

»Der Sicherheitstechniker. Ich habe ihn gebeten, die Schlösser auszutauschen und dabei gleich ein umfassendes Sicherheitssystem zu installieren – ich denke da an Alarmanlagen und Überwachungskameras. Ursprünglich wollte ich den Auftrag hier im Ort vergeben und habe heute Morgen direkt bei dem Hansen angerufen. Aber der meinte, er hätte vor Ende nächster Woche keine Zeit. Ich finde so einen lahmen Service mehr als unerhört!« Amalia schüttelte den Kopf. »Also habe ich mich mit der Firma ›Sicherheitssysteme Willems‹ in Burg in Verbindung gesetzt, und der Chef hat mir direkt einen Terminvorschlag für heute Nachmittag angeboten. Das nenne ich mal erstklassigen Service!«

»Du willst Überwachungskameras anbringen lassen?«

»Ja, das habe ich vor!«

»Aber warum?«

Amalia rollte mit den hellblauen Augen. »Also, Constantin, das liegt doch wohl auf der Hand. So etwas wie gestern, nein, *so etwas* werde ich zukünftig zu verhindern wissen.«

Ihr Großneffe sah dennoch nicht begeistert aus. Und nannte auch den Grund dafür. »*So etwas* kostet aber auch ein Vermögen, Amalia.«

Amalia winkte ab. »Ich kann es mir leisten, Constantin, ja, ich sag es jetzt einfach mal so, wie es ist, ich bin schließlich wohlhabend.«

»Aber –«

»Gut jetzt, Conzi. Ich weiß, dass es dir nicht behagt, dass ich schon relativ viel Geld für deine Selbstständigkeit ausgegeben habe und du eh nicht weißt, wie und vor allem wann du mir das jemals zurückzahlen kannst. Aber ich brauche das Geld nicht, ich leide keinerlei Not, und erst recht muss ich nicht hungern. Außerdem habe ich unabhängig von deiner Tierarztpraxis schon länger darüber nachgedacht, den Hof und das Haus besser sichern zu lassen. Jetzt ärgert es mich, dass ich das nicht längst getan habe, denn dann würdest du jetzt nicht hier liegen.«

Als ihr Großneffe erneut Anstalten machte, von den Schulden zu sprechen, die er schon jetzt bei ihr hatte, beugte sie sich flugs vor, gab ihm einen Kuss auf die Stirn und war zur Tür hinaus, noch bevor er weiter protestieren konnte.

Amalia war viel zu spät dran, stellte sie fest, als sie draußen auf dem Gang einen Blick auf ihre goldene Armbanduhr warf. »Wie unaufmerksam von mir«, murmelte sie. Es wäre wirklich zu dumm, wenn der Sicherheitsexperte vor verschlossener Tür stünde und dann unverrichteter Dinge wieder abziehen müsste. Also beschleunigte sie ihren Schritt, geriet fast ins Laufen – etwas, das sie seit gefühlten Ewigkeiten nicht mehr getan hatte. Prompt bekam sie Seitenstechen und musste kurz innehalten.

Ich sollte wirklich mehr auf meine Fitness achten, dachte Amalia.

Seit dem Tod ihres Mannes – Gott hab ihn selig – war sie womöglich etwas träge geworden. Die gemeinsamen Reisen, die Besichtigungen und Unternehmungen waren weggefallen; allein hatte Amalia dazu einfach keine Lust mehr gehabt. Ja, ohne ihren geliebten Anton war ihr vieles zunächst sinnlos erschienen.

Amalia konnte sich nur über sich selbst wundern. Was sollten diese trübseligen Gedanken? Constantin brauchte ihre Hilfe jetzt mehr denn je! Kein guter Zeitpunkt für Selbstmitleid. Aber was ihre mangelhafte körperliche Fitness anging, daran musste sich unbedingt etwas ändern.

So vertieft in ihre Gedanken, bemerkte Amalia die Person, die ihr auf dem Gang entgegenkam, zu spät und lief in sie hinein.

»Oh … Entschuldigung!«, stammelte Amalia peinlich berührt.

Bei der Person handelte es sich um eine Frau, die sie mit strafenden Blicken bedachte und schnippisch erwiderte: »Haben Sie keine Augen im Kopf, oder was ist Ihr Problem, hä?«

Bevor Amalia sagen konnte: »Deswegen müssen Sie doch nicht gleich so unfreundlich sein, ich habe mich schließlich entschuldigt!«, war die Frau weitergehetzt.

Amalia sah ihr kopfschüttelnd nach. Was für eine übellaunige Person, ärgerte sie sich, lief dann aber ebenfalls weiter und verließ wenige Augenblicke später das WKK Brunsbüttel.

Amalia hatte gerade hinter dem Lenkrad ihres weißen Kombis Platz genommen, da fiel es ihr wie Schuppen von den Augen: Die grobe Frau, in die sie hineingelaufen war, war diejenige, die vor einiger Zeit in Begleitung des hageren Mannes vor ihrer Tür gestanden und nach Fiete Klünder verlangt hatte! Und sich später in der Drogerie »Wilde Pflaume« besorgte, das Haarfärbemittel mit einem sehr dunklen Grundton und kräftigem Lilastich, das jetzt ihr Haupt dominierte.

Zum Donnerwetter! Warum war ihr das denn nicht direkt aufgefallen? Das durfte doch nicht wahr sein! Erst hatte sie bei der Begegnung in der Drogerie zu spät geschaltet und jetzt schon wieder.

Während Amalia sich innerlich über sich selbst ärgerte, schälte sich aus den Tiefen ihres Bewusstseins eine beunruhigende Frage hervor: Was hatte diese Person im WKK Brunsbüttel zu suchen? Wollte sie etwa Constantin einen Besuch abstatten? Aber warum sollte sie das tun? Die beiden kannten sich schließlich nicht einmal. Doch konnte das wirklich nur ein Zufall sein, oder? So viele Fügungen waren doch kaum denkbar!

In Amalias Kopf überschlugen sich die Gedanken – und wenn diese Person für den Anschlag auf Constantin verantwortlich war? Finja und sie hatten zwar gemeint, einen Mann auf dem Motorrad davonfahren gesehen zu haben, aber in der dicken Lederkluft konnte es auch ganz anders gewirkt haben.

Kurzerhand sprang Amalia wieder aus ihrem Volvo und machte sich auf den Weg zurück zum Krankenhaus. Sie stürmte in die Eingangshalle und eilte am Empfangstresen vorbei, ohne auf die interessierten Blicke der umstehenden Patienten und Besucher zu achten. Der Fahrstuhl erschien ihr zu langsam, also entschied sie sich für die Treppe, um schneller in die erste Etage zu gelangen. Das Adrenalin pulsierte regelrecht in ihren Adern, während sie die Stufen hinaufstürmte.

Mit wild schlagendem Herzen erreichte sie Constantins Krankenzimmer, riss die Tür auf – und fand ein leeres Zimmer und Bett vor.

»Nein!«, rief sie erschüttert aus.

Allem Anschein nach war sie zu spät. Ihr Großneffe war verschwunden – entführt?

Amalia ballte die Hände zu Fäusten, versuchte, sich zu sammeln, sie durfte jetzt nicht die Nerven verlieren, musste nachdenken, genau überlegen, was zu tun war.

Finja fiel ihr ein. Ja genau, sie musste die Kriminalhauptkommissarin Finja Fährmann anrufen.

Mit zittrigen Fingern kramte Amalia ihr Handy aus der cognacfarbenen Handtasche. Finja hatte ihr freundlicherweise ihre Handynummer gegeben, was Amalia als Zeichen ihrer gegenseitigen Sympathie aufgefasst hatte. Jetzt war sie heilfroh, nicht erst im Marner Polizeirevier anrufen zu müssen. Ihr würde die Geduld fehlen, dem zwar sehr freundlichen, aber nicht besonders schnell denkenden Hasso Lüders die mutmaßliche Entführung ihres Großneffen darzulegen. Bente wäre eine Option gewesen, aber meistens war ja der Lüders am Apparat.

»Komm schon«, murmelte sie ungeduldig und drückte auf den Bildschirm.

Nach zweimaligem Tuten ertönte schließlich Finjas Stimme am anderen Ende: »Fährmann.«

»Finja! Sie müssen sofort ins WKK Brunsbüttel kommen! Constantin, mein Großneffe … Er ist verschwunden! Ich habe den furchtbaren Verdacht, dass diese Wilde-Pflaume-Person damit etwas zu tun haben könnte! Sie war –«

»Amalia, hallo? Sind Sie das?« Finja schnitt ihr mitten in dem erhitzten Redefluss das Wort ab.

»Ja, ich bin es! Amalia von Platen! Bitte entschuldigen Sie meine Aufregung, Finja, aber ich bin mir sicher, dass meinem Großneffen etwas zugestoßen ist.«

»Und Sie sind jetzt gerade wo genau?«, fragte Finja mit professionell beruhigendem Ton.

»Im Krankenhaus in Brunsbüttel, Ebene 1, Zimmer 11.«

»Bleiben Sie, wo Sie sind, Amalia. Ich bin gleich bei Ihnen.«

»Danke schön, Finja! Ich wusste doch, dass ich mich auf Sie verlassen kann!«

Amalia atmete erleichtert auf und steckte ihr Handy zurück in die Handtasche. Sie war froh, dass sie sich im letzten Jahr endlich dazu durchgerungen hatte, ein Handy anzuschaffen, auch wenn sie ursprünglich skeptisch gegenüber dieser Neuerung gewesen war. Zwar begrüßte sie den Fortschritt, doch hätte sie gut und gern auf manche Entwicklungen verzichten können.

Eine junge Krankenschwester schob einen Servierwagen mit Thermoskannen voller Tee und Kaffee sowie weißen Tassen und passenden Untertassen hinaus auf den Krankenhausflur. Der Wagen quietschte leise, als sie ihn über den linoleumbedeckten Boden lenkte.

»Schwester, hallo, entschuldigen Sie bitte!«, rief Amalia und eilte zu ihr, bevor die junge Frau ihren Weg in die entgegengesetzte Richtung einschlagen konnte.

Die Krankenschwester blieb stehen und sah Amalia mit einer Mischung aus Neugierde und Verschlossenheit an. Wahrscheinlich hielt sie sie für die Angehörige eines der Patienten, die mal wieder irgendetwas auszusetzen hatte.

Als Amalia sich ihr als Constantin von Platens Tante vorstellte, wurde der Gesichtsausdruck der jungen Frau auch direkt noch eine Spur verschlossener.

»Haben Sie vielleicht irgendetwas Verdächtiges beobachtet? Oder eine Frau gesehen, sehr dünn und recht groß, ich würde sagen, gut einen Kopf größer als ich? Auffallend sind ihre schulterlangen lockigen Haare, die sie in einem schwarzlila Ton gefärbt trägt.«

»Ich bin Schwesternschülerin«, sagte die junge Frau, als erklärte das alles.

»Sehr löblich«, erwiderte Amalia automatisch. Schließlich gab es immer weniger junge Menschen, die einen sozialen Berufsweg einschlugen. »Und was ist nun mit meinem Großneffen? Haben Sie etwas beobachtet? Ihn vielleicht weggehen sehen ... nicht freiwillig?«

Die Schwesternschülerin schüttelte perplex den Kopf. »Nein, das habe ich nicht. Wie gesagt, ich lerne hier erst. Wenn Sie Fragen haben, wenden Sie sich bitte an die Stationsschwester oder einen der Ärzte.«

»Gut, danke, dann werde ich das jetzt machen. Wo finde ich denn wohl die Stationsschw–«

»Amalia, was machst du denn noch hier?«, erklang hinter ihr eine Stimme, die sie kannte – sogar sehr gut.

Ruckartig fuhr Amalia herum und traute ihren Augen kaum: Vor ihr saß tatsächlich Constantin! Er war in einem Rollstuhl, der von einer Krankenschwester mit kurzen braunen Haaren und einem rundlichen Gesicht geschoben wurde. »Constantin, Junge, um Himmels willen, da bist du ja!«, rief Amalia viel zu laut und viel zu euphorisch aus. Sie konnte nicht anders; die Erleichterung überkam sie wie eine Welle. Im nächsten Moment wandte sie sich an die Schwester und umarmte sie impulsiv. »Danke! Danke, dass Sie meinen Großneffen im letzten Moment gerettet haben!«

»Ähm ... Amalia?«, hörte sie Constantin verdattert sagen. »Schwester Ulrike hat mich zwar netterweise zum MRT geschoben und auch wieder abgeholt, aber ... hm ... *gerettet* halte ich dann doch für ein kleines bisschen übertrieben.«

Amalia löste sich von der Schwester, die sie mit einem gequälten Lächeln bedachte, als hielte sie sie für reichlich ... na ja, mindestens überspannt.

»Sie haben ihn zum MRT geschoben?«, stammelte Amalia ungläubig.

»Ja, genau«, bestätigte Schwester Ulrike mit einem Schmunzeln. »Er hat sich gut benommen ...«

Hastig wandte sich Amalia wieder Constantin zu. »Dann …
dann bist du überhaupt nicht entführt worden?«

Constantin machte ein perplexes Gesicht. »Ich schätze,
nein.«

Mit einem hörbaren Klatschen landete Amalias Hand auf
ihrer Stirn. »Ach du lieber Himmel! Und jeden Augenblick
wird Finja hier im WKK eintreffen. Hoffentlich ist sie nicht
mit Blaulicht unterwegs!«

»Die Fährmann kommt hierher?«, wiederholte Constantin,
sein Gesichtsausdruck war nun noch verdatterter – falls das
überhaupt steigerungsfähig war. »Warum?«

Ein heißer Schauer lief Amalia über den Rücken, ein unangenehmes Gefühl, das sich wie ein Saharawind in ihr ausbreitete. Um die Wahrheit kam sie wohl nicht mehr herum.

»Ich habe sie angerufen und darum gebeten, weil ich angenommen habe, du wärest entführt worden«, gestand sie ihrem
Großneffen.

»Du hast WAS getan?«, rief Constantin laut aus und machte
Anstalten, aus dem Rollstuhl zu springen.

Doch die Hand der Krankenschwester, die wie automatisch
vorschoss und sich beruhigend auf seine Schulter legte, hielt
ihn davon ab.

»Ich habe wohl ein wenig überreagiert«, gab Amalia ver-
schämt zu und senkte den Blick. Am liebsten wäre sie ganz
kindisch weggelaufen, so peinlich berührt war sie von ihrer
eigenen Überreaktion. Wo sie doch sonst so besonnen und
klar strukturiert dachte. Das war ja noch unprofessioneller als
alles, was sie je bei den Ermittlern in den Kriminalromanen
las, über die sie sich so häufig aufregte.

Doch während dieser beschämende Impuls in ihr tobte, kam
ihr plötzlich das Bild der Frau mit den schwarzlila gefärbten
Haaren wieder in den Sinn. Womöglich hielt sie sich noch
immer im WKK Brunsbüttel auf. Und falls ja, aus welchem
Grund? Vielleicht, weil sie genau wie Amalia das Krankenzimmer von Constantin leer vorgefunden hatte? Ja, genau so
könnte es sich zugetragen haben.

Amalia spürte einen erneuten Anflug von Entschlossenheit in sich aufsteigen. Die Gefahr war längst nicht gebannt; der mutmaßlichen Täterin hatte es nur an der Gelegenheit gemangelt, ein weiteres abscheuliches Verbrechen zu begehen.

Eilige Schritte, die Amalia sofort High Heels zuordnete, näherten sich mit einer unmissverständlichen Entschlossenheit.

»Ich krieg die Krise«, knurrte Constantin ärgerlich neben ihr im Rollstuhl. »Die taucht hier tatsächlich auf.«

Mit »die« war Kriminalhauptkommissarin Finja Fährmann gemeint, die in einem schnellen Schritt auf die kleine Gruppe zueilte – gefolgt von Hasso Lüders, der eine dicke Halskrause trug, und dem kaufmännischen Geschäftsführer des WKK, Dr. Mangold, der Amalia gut bekannt war.

Finja Fährmann klappte den Mund auf, als wolle sie etwas ausrufen, hielt dann jedoch abrupt inne, als ihr Blick auf Constantin im Rollstuhl fiel.

»Kann mich bitte mal jemand aufklären, was hier eigentlich los ist?«, verlangte Dr. Mangold und sah zwischen den Beteiligten hin und her.

»Das würde mich tatsächlich auch interessieren«, erklärte Finja mit säuerlichem Gesichtsausdruck.

Amalia richtete sich wieder in ihrer gewohnt vornehmen und resoluten Haltung auf. Ein triumphierendes Lächeln umspielte ihre Lippen, während sie mit fester Stimme antwortete: »Nun ja, Herr Dr. Mangold, glücklicherweise habe ich noch rechtzeitig reagiert und konnte somit ein weiteres abscheuliches Verbrechen verhindern.«

Sie klopfte erleichtert auf Constantins Schulter, doch der Blick, den er ihr zuwarf, ließ keinen Zweifel daran: Er hielt sie für vollkommen durchgeknallt.

11

Constantin stand an der Bushaltestelle in Brunsbüttel. Eine warme Frühsommerbrise strich sanft über seine Haut. Die Luft war erfüllt vom Duft frisch gemähten Grases und blühender Pflanzen, während um ihn herum Insekten summten und das Licht der Vormittagssonne durch die Bäume fiel, von denen einige bereits in voller Blüte standen.

Er wartete auf den nächsten Bus, nachdem er soeben aus dem Krankenhaus entlassen worden war. Eigentlich sollte Amalia ihn abholen – so war es mit ihr vereinbart gewesen. Doch danach stand Constantin so gar nicht der Sinn. Diese vollkommen irrsinnige Aktion, die Amalia gestern im Krankenhaus veranstaltet hatte, schwirrte ihm noch im Kopf herum wie die Insekten im Licht der Vormittagssonne. Bei aller Wertschätzung und Dankbarkeit, das war eindeutig zu viel gewesen.

Im Allgemeinen interessierte es ihn nicht großartig, was die Leute über ihn redeten; das war schon in Hannover nie der Fall gewesen. Aber natürlich hatte sich Amalias unsinniger Verdacht, dass er entführt werden sollte, wie ein Lauffeuer im gesamten WKK verbreitet – und zu großer Belustigung bei dem Pflegepersonal und den Medizinern geführt.

Ganz ehrlich, so hatte er sich das hier alles nicht vorgestellt. Wahrhaftig nicht!

Constantins aufgebrachte Gedanken wurden jäh unterbrochen, als ein dunkelblauer, sichtbar in die Jahre gekommener Range Rover neben ihm anhielt.

»Hab ich mich doch nicht getäuscht!«, rief eine ihm bekannte Stimme durch das heruntergelassene Beifahrertürfenster. »De Pferdedoktor! Moin.«

Im ersten Moment wollte Constantin richtigstellen – »Ich behandele nicht nur Pferde!« –, aber er biss sich rechtzeitig auf die Zunge.

»Moin, Herr Friedrichs«, sagte er stattdessen zu dem Pferdezüchter, der ihn breit angrinste.

»Dann stimmt dat also doch, Doktor, dat Sie einen über den Kopf gezogen bekommen haben.« Er deutete auf Constantins schmalen Kopfverband, den er wegen der mit vier Stichen genähten Platzwunde am Hinterkopf trug.

Constantin hob kurz die Schultern. Ein Versuch, dem Ganzen an Wichtigkeit zu nehmen. »Tja, Marne macht es mir bisher nicht so leicht wie erhofft«, sagte er leichthin, doch die Bitterkeit in seiner Stimme war dennoch nicht zu überhören.

»Ach, Sie dürfen dat nich zu persönlich nehmen«, erwiderte Friedrichs.

Wie bitte schön soll ich das denn sonst auffassen?, dachte Constantin. Erst war er zum Hauptverdächtigen im Mord an einem ihm vollkommen Unbekannten geworden, dann hinterrücks niedergeschlagen worden. Äußerlich nickte er nur und blickte dann demonstrativ auf sein Handy. Wo blieb denn dieser verdammte Bus bloß?

»Wo wollen Sie denn hin, Doktor?«, fragte Onno Friedrichs neugierig.

»Nach Hause … also, nach Marne«, antwortete Constantin. Hannover wäre ihm in diesem Moment tatsächlich weitaus lieber gewesen.

Friedrichs winkte ihm mit einer einladenden Geste zu. »Dann steigen Sie mal ein! Da will ich auch hin.«

Constantin verspürte nicht die geringste Lust, sich in der Enge des Autos den Fragen des Pferdezüchters auszusetzen. Doch so wie es momentan aussah, gehörte der zu den wenigen Menschen hier, die ihm ihre Tiere anvertrauen wollten. Er konnte es sich einfach nicht leisten, es sich auch noch mit Onno Friedrichs zu verscherzen.

»Wenn es Ihnen keine Umstände bereitet«, sagte Constantin und gab sich Mühe, seine Stimme wenigstens ein wenig dankbar klingen zu lassen.

»Liegt doch auf dem Weg«, erwiderte Onno Friedrichs. Kaum hatte Constantin sich auf den Beifahrersitz gesetzt und die Tür hinter sich zugezogen, wollte Friedrichs auch schon wissen: »Und warum holt de von Platen Sie nicht ab?«

»Meine Entlassung ging jetzt ganz schnell, und ich hab gedacht ... Na ja, der Bus sollte ja auch gleich kommen«, antwortete Constantin.

Onno Friedrichs grinste schief. »Verstehe!«

Irgendetwas an der Art, wie er »verstehe« gesagt hatte, und dieses fast schon anmaßende Grinsen ließen Constantin stutzig werden. »Was genau, wenn ich fragen darf?«

Friedrichs rieb sich nachdenklich mal wieder das unrasierte Kinn. »Es geht mich nichts an, Doktor, aber ich finde, Sie haben einen guten Job mit de Janulf gemacht. Es wäre schade, wenn Sie hier bald wieder Ihre Zelte abbrechen würden ...«

»Warum sollte ich?«

»Na ja, von mir allein können Sie wohl kaum leben. So oft brauche ich keinen Tierarzt«, sagte er kopfschüttelnd.

»Ich hoffe doch wohl sehr, dass sich mein Wirkungskreis bald erweitern wird. Sicherlich war das ein mehr als unschöner Start mit dem Mordfall, aber –«

»Ich sag's mal so, Doktor«, fiel Friedrichs ihm ins Wort. »Ich freue mich für Sie, dat Sie nich mehr unter Verdacht stehen. Ich hab da sowieso nie dran geglaubt. Dat ist doch Unsinn – Sie kannten de Klünder doch überhaupt nich! Aber solange de Täter nich gefunden wird, haftet Ihnen dat schon noch an. Und jetzt, wo Sie auch noch mit de neuen Kommissarin quasi unter einem Dach wohnen ... Nehmen Sie es mir nich übel, aber dat riecht schon nach Mauschelei.«

Constantin verstand kein Wort. Welcher Verdacht haftete an ihm? Und wie kam Friedrichs auf die absurde Idee, er würde mit dieser Fährmann unter einem Dach wohnen?

»Mauschelei? Wie kommen Sie darauf?«

Onno Friedrichs schob die Unterlippe vor, auch etwas, das er häufig tat. »Wenn Sie mich gefragt hätten, hätte ich Ihnen nich dazu geraten. Aber Ihre Tante hat ja ihren eigenen Kopf – dat war schon immer so. Außerdem gehört ihr dat alles, und wenn de dat so möchte ... Nun ja, geht mich ja im Grunde nichts an. Is nur so, wie ich's gesagt habe: Finde, Sie haben dat gut hinbekommen mit de Janulf und wäre schade, wenn's direkt wieder vorbei wäre …«

Langsam, aber sicher wurde es Constantin zu bunt. »Herr Friedrichs, können Sie mir bitte einfach mal klar und deutlich erklären, wovon Sie überhaupt reden?«

Die buschigen Augenbrauen des Pferdezüchters gingen weit in die Höhe. »Sagen Sie mal, Doktor, kann es sein, dat Sie noch gar nichts davon wissen?«

»Wovon denn?«

»Na ja … diese neue Kommissarin aus Düsseldorf hat sich doch mächtig mit de Fritsch von de Pension ›Zur Sonne‹ gestritten. De hat ihr direkt ins Gesicht gesagt, dat sie dat Zimmer durchwühlt hätte. Da ist de Fritsch völlig ausgeflippt und hat sie rausgeworfen – zumindest behauptet de dat. Ob es stimmt, weiß ich nich. De erzählt immer viel, wenn de Tag lang ist. Auf jeden Fall hatte de Kommissarin keine Bleibe mehr. Die hätte zwar in de Marner Hof oder im Alten Bahnhof unterkommen können, aber dat wollte de wohl nich. Eine richtige Unterkunft brauchte de ja schließlich auch irgendwann so oder so, also wo de sich häuslich niederlassen kann, meine ich. Jetzt ist es gut für de Kommissarin, dat de de Einliegerwohnung bei Ihrer Tante bekommen hat. So wie ich dat mitbekommen hab, ist de da gestern Abend dann auch direkt eingezogen.«

Constantin lachte laut auf. »Nein, bestimmt nicht! Das wüsste ich.« In Gedanken fügte er hinzu: Und Amalia weiß ganz genau, was ich davon halten würde!

Doch zu Constantins Bestürzung blieb Onno Friedrichs dabei. »Sie werden es ja gleich sehen, Doktor. Die Kommissarin aus Düsseldorf ist gestern Abend bei Ihrer Tante auf de Hof eingezogen. Die hat de Einliegerwohnung mit dem separaten Eingang hinten rechts bekommen. Früher hat dort die Melanie Peters gewohnt – wie de jetzt heißt, weiß ich nich; de hat geheiratet und ist nach Kiel gezogen. Jedenfalls hat de früher bei de von Platens geputzt und gekocht, dann auch de kleine Wohnung da gehabt. Soll ein richtiges Prachtstück sein, hat de Melanie mal gemeint, und es ist ihr richtig schwergefallen, de Wohnung aufzugeben.«

»Nein!«, wiederholte Constantin sich. Das durfte nicht sein, das war unmöglich. Amalia wusste, wie wenig er diese arrogante Kommissarin ausstehen konnte. Zumal der Friedrichs richtig damit lag: Solange der Mörder von Fiete Klünder nicht gefasst war, lastete immer noch ein Hauch des Verdachts an ihm. Es war nicht gerade förderlich für seinen Ruf hier in der Gegend, mit der Kommissarin sozusagen gemeinsame Sache zu machen.

Als Constantin wenige Augenblicke später Onno Friedrichs' Range Rover entstieg und sich bei ihm fürs Mitnehmen bedankte, brodelte es regelrecht in ihm. Trotz der Hoffnung, dass das Ganze ein Missverständnis sein könnte, musste er sich beherrschen, als er seiner vollkommen verdutzten Großtante in der Eingangshalle ihres Hauses gegenüberstand.

»Constantin!«, rief Amalia überrascht aus. »Wie kommst du denn hierher? Ich hätte dich doch abgeholt, so war es schließlich abgesprochen!«

Constantin bemühte sich um einen freundlichen Ton. »Onno Friedrichs ist zufällig vorbeigekommen, als ich auf den Bus gewartet habe …«

»Auf den Bus? Warum das denn? Wir hatten doch vereinbart, dass du dich bei mir meldest und ich dich dann abhole! Du musst doch nicht mit dem Bus fahren, zumal du dich bestimmt noch schonen musst nach dem Schlag auf den Hinterkopf! Das ist wirklich kein Spaß.«

»Es ist ja alles gut gegangen, Amalia. Ich lebe noch. Aber was ich gerade gehört habe … das muss einfach ein dummes Gerücht sein. Hier in der Gegend schwirren ja ständig irgendwelche Geschichten herum, aber das hier ist einfach zu verrückt, als dass ich auch nur eine Sekunde daran glauben könnte.«

»Gerücht? Was meinst du damit?«

Constantin lachte übertrieben. »Ich hab dem Friedrichs direkt gesagt, dass das Unsinn ist! Niemals hättest du dieser

arroganten Schnepfe von einer Kommissarin deine Einliegerwohnung vermietet.«

Das Schweigen seiner Großtante sorgte für ein nervöses
Zucken in Constantins Magen.

»Amalia …?«

Sie verschränkte die Finger ineinander, hob die Schultern
und lächelte ihn unsicher an. »Ich hätte mich gewiss vorher
mit dir besprochen. Immerhin sind wir jetzt so was wie eine
Wohngemeinschaft – auch wenn du deinen eigenen Bereich
hast und ich meinen und Finjas natürlich komplett separat zu
unserem ist. Es war nur so, dass die arme Finja nicht wusste,
wohin und –«

»Warte!«, fiel Constantin seiner Großtante ins Wort. »Du
willst mir doch nicht sagen, dass diese Fährmann tatsächlich
hier auf dem Hof, quasi mit uns unter einem Dach, wohnt?«

Amalias erneutes Schulterzucken war ihm Antwort genug.

»Bei allem Respekt, Amalia – spinnst du? Ist dir eigentlich
klar, welches Licht das auf mich wirft?«

Empört rümpfte Amalia die Nase und griff nach ihrem
weißen Spitzentaschentuch, um wegzutupfen, was die Aufregung emporbrachte.

»Also Constantin, so mag ich eigentlich nicht mit mir reden
lassen – das ist dir sicherlich klar. Aber ich verstehe es: Du
bist jetzt aufgeregt. Es war wahnsinnig viel los in den letzten
Tagen – erst dieser Mordfall und dann der Überfall und gestern
im Krankenhaus … Ich verstehe das wirklich. Doch Finja hat
klar gesagt, dass sich der Verdachtsfall nicht gegen dich erhärten lassen konnte und dass sie an deine Unschuld glaubt. Sonst
hätte sie hier niemals einziehen können! Das wäre doch ein
kompletter Widerspruch gewesen und mit ihrem Beruf nicht
vereinbar.«

»Und was ist mit *meinem* Beruf?«, hielt Constantin ärgerlich dagegen.

»Du startest jetzt richtig durch, Conzi, da bin ich mir ganz
sicher«, erwiderte Amalia mit einem aufmunternden Lächeln.
»Ich unterstütze dich, wo ich nur kann.«

»Aber das Gerede der Leute ...«, erinnerte Constantin sie.

Amalia zupfte den Saum ihrer cremefarbenen Seiden-Schlupfbluse zurecht. »Ich mache mir nichts aus dem Gerede der Leute! Und du bist doch aus demselben Holz geschnitzt. Wenn du wirklich Bedenken hast, dass die Leute reden, weil Finja hier eingezogen ist – Constantin, das entlastet dich doch noch viel mehr! So werden die Leute das auch auffassen. Vertrau mir, ich kenne hier jeden. Ich wohne hier fast mein ganzes Leben lang und weiß genau, was richtig und falsch ist und wer warum gemocht oder nicht gemocht wird. Du kannst dich jetzt endlich auf deinen Beruf konzentrieren! Finja wird ganz sicher den wahren Mörder finden und auch denjenigen, der dich niedergeschlagen hat, und dann kehrt wieder Ruhe ein ...«

Constantin erkannte, dass es wenig Sinn hatte, Amalia vom Gegenteil zu überzeugen. Ohne ein weiteres Wort zog er sich zu seiner Praxis in der Scheune zurück, damit er nicht noch etwas von sich gab, das er später bereute. Doch als er vor der Scheunentür stand, musste er feststellen, dass diese mit einem neuwertigen Schloss ausgestattet worden war – wofür ihm natürlich der Code fehlte.

Constantins Laune wurde nicht besser. Tief durchatmend wandte er sich ab und stampfte zum Haus zurück, das glücklicherweise noch keine neuen Schlösser hatte.

Er fand Amalia in der Bibliothek. Sie saß mit dem Rücken zu ihm auf dem mit weinrotem Samtstoff überzogenen Fußhocker direkt vor dem massiven Kamin, in dem jetzt, zu dieser Jahreszeit, natürlich kein knisterndes Feuer brannte. Gerade wollte er sie ansprechen und nach dem Code fragen, als ihm auffiel, dass sie telefonierte und seine Anwesenheit offenbar nicht bemerkt hatte.

»Marianne, ich finde dein Verhalten mehr als befremdlich«, hörte Constantin sie ärgerlich ins Telefon sprechen. »Wir kennen uns seit über dreißig Jahren, und du zweifelst tatsächlich an meinen Worten? Nein, meine Liebe, das enttäuscht mich wirklich zutiefst. Und es ist einfach nur eine bodenlose Frechheit, zu behaupten, mein Großneffe hätte den Überfall auf sich nur vorgetäuscht, um wegen des Mordes auf dem Klünderhof von sich abzulenken. Das kannst du den *Damen* bitte von mir ausrichten!«

Marianne schien etwas zu erwidern, was Amalia nur noch mehr missfiel. Sie schüttelte vehement den Kopf und entgegnete unwirsch: »Ich lege meine beiden Hände für meinen Großneffen ins Feuer. Mehr gibt es dazu nicht zu sagen. Grüß die *Damen* des Literaturzirkels bitte herzlich, aber *nicht* von mir.«

Auch nachdem Amalia das Telefonat beendet hatte, war sie so in Rage, dass sie Constantin im Türrahmen nicht bemerkte. »Blöde Weiber!«, fluchte sie verärgert – eine Wortwahl, die Constantin ihr nicht zugetraut hätte. »Dann bleibe ich diesem dämlichen Literaturkreis eben fern. Das ist sowieso unter meinem Niveau mit diesen ganzen Trutschen! Und was soll das Gerede über das schlechte Licht, das Constantin auf mich werfen würde? Was für eine bodenlose Frechheit …«

Constantin hatte genug gehört und zog sich zurück, bevor Amalia ihn noch entdeckte. Er wollte sie nicht in die unangenehme Lage bringen, ihm Ausreden präsentieren zu müssen. Tatsache war, dass nicht nur er noch immer auf der Anklagebank der Einheimischen saß; auch Amalia war von den Geschehnissen stärker betroffen, als sie sich eingestehen wollte. Das war alles andere als gut, zumal sein Vertrauen in die Fähigkeiten dieser überkandidelten Kommissarin gleich null war. Es wurde Zeit, dass er handelte – es gab keinen anderen Ausweg. Er höchstpersönlich musste nun endlich aktiv werden und im besten Fall den wahren Täter finden und überführen. Anderenfalls, davon war Constantin nur immer mehr überzeugt, würde das Ganze hier für ihn und den Geldbeutel seiner Tante ganz sicher kein gutes Ende nehmen.

12

»Nur für ein paar Wochen, nicht länger, ganz bestimmt«, murmelte Finja leise vor sich hin, während sie ihre restlichen Kleidungsstücke sorgfältig aus dem Koffer nahm.

Die Einliegerwohnung auf dem Anwesen von Amalia von Platen war wirklich schön, komplett möbliert und mit viel Geschmack sowie einem ausgeprägten Sinn für Stil eingerichtet. Der separate Eingang führte durch eine kleine, einladende Veranda, die mit blühenden Pflanzen und einem rustikalen Holzstuhl samt Beistelltisch geschmückt war – ein perfekter Ort, um an warmen Tagen die frische Luft zu genießen.

Sobald man die Tür öffnete, wurde man von einem hellen, lichtdurchfluteten Raum empfangen. Große Fenster ließen das Sonnenlicht hereinströmen und tauchten den Raum in ein warmes, goldenes Licht. Die Wände waren in sanften Erdtönen gestrichen, was eine beruhigende Atmosphäre schuf. Das elegante Sofa in einem tiefen Blau stand im Mittelpunkt des Wohnzimmers, umgeben von stilvollen Kissen in verschiedenen Texturen und Mustern.

Ein handgewebter Teppich aus Naturfasern lag auf dem Boden und sorgte für Gemütlichkeit. An einer Wand hing ein großes Gemälde eines lokalen Künstlers, das lebendige Farben und dynamische Formen zeigte – es war ein echter Blickfang und verlieh dem Raum Charakter.

Die offene Küche war modern und funktional gestaltet, mit hochwertigen Geräten aus Edelstahl und einer großzügigen Arbeitsfläche aus Marmor. Regale aus hellem Holz waren liebevoll mit Kochbüchern und dekorativen Accessoires gefüllt, während blühende Pflanzen in Töpfen auf der Fensterbank standen und einen angenehmen Duft verbreiteten.

Das Schlafzimmer war eine Oase der Ruhe. Ein großes Bett mit einer edlen Bettwäsche aus feiner Baumwolle lud zum Entspannen ein. Neben dem Bett standen stilvolle Nachttische mit

Lampen in warmen Farben, die sanftes Licht spendeten. Der geräumige Kleiderschrank bot ausreichend Platz für persönliche Dinge und war geschickt in die Wand integriert.

Das Badezimmer war ebenso geschmackvoll eingerichtet, mit modernen Armaturen und einer großen Dusche mit gläserner Abtrennung. Weiche Handtücher hingen ordentlich auf einem Holzregal, während auch hier kleine Pflanzen auf der Fensterbank für einen Hauch von Natur sorgten.

Die Einliegerwohnung strahlte eine harmonische Mischung aus Eleganz und Behaglichkeit aus – ein wahrer Rückzugsort, der sowohl zum Entspannen als auch zum kreativen Arbeiten einlud und, wie es schien, nur auf sie gewartet hatte. Doch Finja war sich der Ambivalenz ihrer Situation durchaus bewusst: Es war nicht gerade vorteilhaft für ihr Ansehen als Kriminalhauptkommissarin, unter einem Dach mit dem Mann zu wohnen, der in den Augen der Einheimischen nach wie vor als Verdächtiger galt. Auch wenn das Anwesen so weitläufig war, dass man sich problemlos aus dem Weg gehen konnte, wenn man es wollte.

Als Amalia von Platen ihr gestern Nachmittag überraschend den Vorschlag machte, in ihre Einliegerwohnung zu ziehen, hatte Finja auch zunächst entschieden abgelehnt. Doch der Gedanke an eine weitere Nacht im Marner Polizeirevier, möglicherweise begleitet von einem neuen Alarm, weil Lüders' Schmusi vom nächsten Landfrauentreffen am Revier vorbeikam und in hellem Aufruhr ihren Mausbär verständigte – das wollte sie wirklich vermeiden. Natürlich hätte sie in eines der Hotels oder eine andere Pension ziehen können. Doch als Amalia ihr mit einem herzlichen Lächeln und dem Versprechen eines gemütlichen Zuhauses die Einliegerwohnung als Quartier angeboten hatte, hatte es sich für Finja tatsächlich fast wie eine Rückkehr nach Hause angefühlt. Also hatte sie spontan zugesagt, wohl wissend und ohne jeden Zweifel, dass dies nur vorübergehend sein würde – ein paar Tage, maximal Wochen, aber definitiv kein ganzer Monat.

Was Constantin von Platen anging, so konnte Finja ihn

nicht ausstehen. Insgeheim hatte sie sich sogar gewünscht, dass er in irgendeiner Weise mit dem Mord an dem Landwirt in Verbindung gebracht werden könnte. Doch tief in ihrem Inneren wusste sie, dass er mit dem Verbrechen nichts zu tun hatte. Er hatte keinerlei Motiv, und dass der Tierarzt ein kaltblütiger Mörder sein könnte, der aus purer Lust am Töten Verbrechen beging, war schlichtweg abwegig.

Der Überfall auf ihn ließ in ihr jedoch ein Gefühl der Verwirrung aufsteigen; es ergab für sie absolut keinen Sinn. Was, wenn der Angreifer nicht einfach nur auf vermutete Wertgegenstände in der Scheune aus gewesen war? Was, wenn er tatsächlich auf Constantin gewartet hatte? Vielleicht wollte er den bisherigen Hauptverdächtigen ausschalten, bevor sich dessen Unschuld herausstellen konnte.

Wenn das stimmte, dann hatte Finja den Mörder Fiete Klünders quasi direkt vor Augen gehabt – und ihn entkommen lassen. Allein bei dem Gedanken lief ihr ein Schauer über den Rücken.

Und wie passte die mysteriöse Person mit den schwarzlila gefärbten Haaren ins Bild, von der Amalia ständig sprach? War sie nichts weiter als eine Einbildung, ein Produkt von Amalias fraglos blühender Phantasie?

Finja kannte Amalia so gut wie gar nicht, und die Szene im Krankenhaus schien ihr absolut übertrieben, dennoch spürte sie eine gewisse Verbindung zu ihr, eine gegenseitige Sympathie. Vielleicht, weil Amalia sie an ihre Großmutter mütterlicherseits, Hella Hohenberg, erinnerte – eine kluge und inspirierende Frau, die bis zu ihrem viel zu frühen Tod ein Vorbild für Finja gewesen war. Der Verlust nagte noch immer an ihr und hatte eine schmerzhafte Leere in ihr hinterlassen.

Das Klingeln ihres Handys durchbrach die gedämpfte Stille ihrer Gedanken und holte sie unsanft ins Hier und Jetzt zurück.

»Hallo, Frau Fährmann, hier spricht Bente Fendrich«, hörte Finja ihre junge Kollegin recht atemlos sagen. »Ich wollte Ihnen nur mitteilen, dass der Hasso sich krankgemeldet hat. Der hat wohl doch mehr abbekommen als zunächst angenommen.«

»Ach so, hat er?«

Eine kurze Pause entstand, in der Bente sich offenbar sammeln musste. »Ich bin jetzt gerade allein im Revier …«

Finja verstand immer noch nicht, worauf Bente hinauswollte. »Ja, verstehe«, sagte sie dennoch, während sie einen Blick aus dem Fenster warf und den alten Eichenbaum betrachtete, dessen Blätter im leichten Wind tanzten.

»Frau Fährmann, haben Sie mich verstanden?« Bentes Stimme klang nun eindringlicher.

»Klar und deutlich.«

»Gut … Ähm, und wann kommen Sie?«

»Wohin, Bente?« Finja rollte mit den Augen, als würde das helfen.

»Na, aufs Revier.«

»Gibt es denn aktuell ein erhöhtes Besucheraufkommen?«

»Nein, ich bin allein, und bisher ist alles ruhig hier.« Im Hintergrund waren das leise Quietschen eines Stuhls und das Rascheln von Papier zu hören. Bente schien es sich demnach an ihrem Platz gemütlich gemacht zu haben, das gequälte Quietschen war eindeutig und vor allem unverwechselbar.

»Dann werden Sie sicherlich noch eine Weile lang die Stellung halten können, oder?«

Bente atmete hörbar durch. »Wenn es nicht anders geht, dann muss ich wohl. Aber eigentlich wäre es schon besser, zu zweit auf dem Revier zu sein. Und denken Sie an den Einbruch …« Die junge Polizistin hielt inne und schien sich bewusst zu werden, dass sie da wohl gerade die Fiktion mit der Realität verwechselt hatte, woraufhin sich Finja ein leises Auflachen nicht verkneifen konnte.

»Theoretisch wäre es schon möglich gewesen, dass hier bei uns eingebrochen wird«, murmelte Bente schließlich.

Finja lachte erneut. »Wie gut, dass die Theorie oftmals so überhaupt nichts mit der Praxis zu tun hat. Wie auch immer,

Bente, ich fahre jetzt noch mal zum Klünderhof raus und komme dann aufs Revier.«

»Gut. Ja, dann halte ich hier die Stellung. Wird schon irgendwie gehen.« Ihre Stimme klang jedoch alles andere als überzeugt.

»Ich vertraue auf Sie, Bente«, bestärkte Finja die junge Polizistin.

Daraufhin rief Bente hörbar überrascht: »Ja? Ist das wirklich so? Also, Frau Fährmann, das freut mich total! Sie müssen nämlich wissen, unser alter Chef, der Herr Oppermann ...« Sie stockte wieder und schien nachzudenken. Schließlich entschied sie sich für: »Ist ja auch egal. Ich bin jetzt hier, und Sie können sich auf mich verlassen.«

»Wunderbar!«, erwiderte Finja mit leichtem Sarkasmus und beendete das mehr als sonderbare Telefonat. Es wurde wirklich immer verrückter hier in diesem Ort am gefühlten Ende der Welt.

Als Finja kurz darauf die Einliegerwohnung verließ und zu ihrem Auto ging, sah sie, wie Constantin von Platen gerade in seinem weißen Tierarzt-Transporter vom Hof fuhr. Er musste sie ebenfalls gesehen haben, doch er tat so, als wäre sie Luft.

Wie kindisch, dachte Finja und schüttelte innerlich den Kopf über das ganze Kindergartenverhalten. Mit einem energischen Schwung öffnete sie die Fahrertür ihres Audis und ließ sich auf den Sitz sinken, als wollte sie all ihre Frustration mit einer einzigen Bewegung abwerfen. Nein, länger als nötig würde sie hier gewiss nicht bleiben. Der Gedanke, dass dieser affige Tierarztschnösel von Platen und sie mehr oder weniger unter einem Dach lebten, war von der ersten Sekunde an die dümmste Entscheidung gewesen, zu der sie sich jemals hatte hinreißen lassen – wenn die Wohnung nur nicht so schön wäre und sie sich auf der Stelle wohl, ja fast heimisch darin gefühlt hätte.

Aber all das nützte nichts, sie musste das rückgängig machen. Und zwar so schnell wie möglich!

Eigentlich hatte Finja geplant, auf direktem Weg zum Hof des ermordeten Kuhbauern zu fahren. Doch als sie den Ortskern von Marne erreichte, nahm sie aus dem Augenwinkel die Bäckerei wahr und lenkte kurz entschlossen ihren Wagen auf einen der vier freien Parkplätze direkt davor.

Sie hatte heute noch rein gar nichts gegessen, und ihr Magen beschwerte sich bereits mit nicht zu überhörendem Knurren.

Die Bäckereiverkäuferin, die ein kleines Schildchen trug, auf dem der Name »Henrike« stand und darunter »Ihre Brotberaterin«, musterte sie mit ausdrucksloser Miene und fragte: »Was bekommen Sie?«

»Haben Sie auch belegte Brötchen ohne Remoulade?«

»Nö. Da ist überall Remoulade drauf«, gab die *engagierte* Brotberaterin mit monotoner Stimme zurück.

»Okay, schade, aber wäre es wohl möglich, dass Sie mir ein Brötchen mit Käse belegen würden, und das bitte ohne Remoulade?«

»Und was soll dann darauf?«

»Käse … vielleicht ein Salatblättchen, wenn Sie haben.«

»Aber anstatt der Remoulade?«

Finja bemühte sich um Freundlichkeit, auch wenn sie die kompetente Brotberaterin gern angeblafft hätte, was denn an ihrer Bestellung so schwer zu verstehen sei.

»Nichts, tatsächlich nichts – nur das Brötchen, eine oder zwei Scheiben Käse und, wenn vorhanden, gern ein Salatblatt.«

»Aber dann fällt das doch auseinander.«

Finja atmete tief durch. »Ach, wissen Sie was? Geben sie mir einfach nur ein trockenes Brötchen, bitte.«

»Drei sind gerade im Angebot, fünf auch.«

»Mir reicht ein Brötchen.«

»Aber –«

»Ich möchte bitte lediglich ein einziges Brötchen«, fiel Finja ihr ins Wort.

Die junge Verkäuferin zuckte mit den Schultern, beförderte mit Hilfe einer längeren Gebäckzange eines der Brötchen in eine Tüte und reichte sie Finja über den Tresen.

»Was bekommen Sie dafür?«

»Dreiundvierzig Cent, drei wären wie gesagt günstiger gewesen.«

»Alles gut«, erklärte Finja, legte ein Fünfzig-Cent-Stück auf den weißen Münzteller und sagte: »Stimmt so.«

Als sie kurz darauf wieder in ihrem Cabrio saß, atmete sie tief durch, bevor sie den Motor startete. Das Brötchen in der Tüte landete auf dem Beifahrersitz, wo es bis zum Abend liegen bleiben sollte.

***

Eine kriminalistische Weisheit besagte, dass jeder Verbrecher irgendwann einen Fehler machte – beispielsweise, dass er an den Ort seines Verbrechens zurückkehrte. So dachte auch Finja, als sie Constantins Transporter auf dem Klünderhof entdeckte. Nach kurzer Suche fand sie ihn schließlich auch höchstpersönlich im Garten, direkt unter einem noch nicht allzu großen Apfelbaum, wo er die wenigen Äpfel an den Zweigen betrachtete.

»Was machen Sie hier?«, fragte sie ihn, und das Misstrauen in ihrer Stimme war unüberhörbar. Constantin von Platen zuckte erschrocken zusammen – oder, wie Finja es empfand, als wäre er ertappt worden.

»Jetzt erschrecken Sie mich doch nicht so!«, fuhr er sie an.

»Dann wäre es vielleicht klüger, nicht am Ort des Verbrechens herumzuschleichen – oder sollte ich besser sagen: an ihn zurückzukehren?«

Constantin schnaufte ärgerlich. »Jetzt fangen Sie tatsächlich wieder damit an! Meine Güte, wie verzweifelt muss man sein, um immer wieder dieselbe vollkommen absurde Leier herunterzubeten? Es ist kaum zu fassen, dass Sie sich nicht einmal die Mühe machen, den wahren Täter zu ermitteln.«

Finja kämpfte darum, ruhig zu bleiben, was ihr wirklich schwerfiel. Dieser unerträgliche Landtierarzt brachte es immer wieder fertig, sie mit nur wenigen Worten regelrecht zur Weißglut zu bringen.

»Herr von Platen«, entgegnete sie mühsam beherrscht, »was könnte Sie außer dem Versuch, mögliche Spuren zu vernichten, dazu bewegen, sich an dem Ort eines Gewaltverbrechens aufzuhalten? Ich bin gespannt auf Ihre Antwort!«

»Das erkläre ich Ihnen gerne, Frau Kriminalhauptkommissarin. Erstens wollte ich nach dem Hund sehen und zweitens nach den Kühen. Mir wurde zugetragen, dass hier niemand für die Tiere sorgt, weil sich anscheinend auch niemand dafür verantwortlich fühlt. Bei dieser Gelegenheit habe ich tatsächlich vorgehabt, mich erneut am Tatort umzusehen. Nicht etwa, um Spuren zu vernichten, wie Sie mir schon wieder unterstellen wollen, sondern im Gegenteil: Ich hoffe, welche zu entdecken. Leider habe ich wenig Vertrauen in die Arbeit der Marner Polizei, deren Leitung Sie ja innehaben. Da mir jedoch aus sicherlich sehr nachvollziehbaren Gründen viel daran liegt, dass dieser Fall schleunigst aufgeklärt wird, habe ich beschlossen, selbst aktiv zu werden.«

Finja lachte auf. »Wie bitte? Sie wollen sich hier als Polizist aufspielen und in meinem Fall ermitteln? Das ist das Dümmste und Frechste, das ich je gehört habe! Sie sind Tierarzt – überlassen Sie die Ermittlungen den Profis!«

»Das ist leider das Problem, Frau Fährmann. Ich kann weit und breit keine Profis entdecken. Und bevor ich meinen Ruf und meine Zukunft ruinieren lasse und dabei seelenruhig zusehe, werde ich selbst herausfinden, was hier geschehen ist – und vor allem, wer für den Tod des Landwirts verantwortlich ist.«

Finja brach erneut in sarkastisches Gelächter aus. »Oh, das ist ja wirklich zu köstlich! Sie wollen selbst ermitteln? Ein Tierarzt auf Verbrecherjagd? Das ist der Witz des Tages: Der Landtierarzt ermittelt!«

Constantin blieb ernst. »Ich mache das nicht zum Spaß, Frau Kriminalhauptkommissarin.«

»Natürlich nicht«, erwiderte sie mit einem spöttischen Grinsen. »Aber glauben Sie wirklich, dass Sie mit Ihrem Wissen über Kühe, Pferde und Maulwürfe hier irgendetwas erreichen können?«

»Ja, davon gehe ich aus, Frau Fährmann.«

»Wenn Sie sich hier einmischen, riskieren Sie nicht nur Ihre eigene Sicherheit, sondern gefährden auch die gesamte Ermittlung!«

»Was das Thema Sicherheit angeht: War es nicht so, dass ich eins über den Schädel gezogen bekommen habe, während Sie nicht weit entfernt seelenruhig Tee tranken? Verlangen Sie wirklich, dass ich da noch großartiges Vertrauen in die Kompetenz der hiesigen Polizei habe und deshalb tatenlos zusehe?«

»Ja! Genau das sollten Sie tun!«, erwiderte Finja eindringlich. »Wenn ich auch nur einen Schritt in Richtung Eigenmächtigkeit von Ihnen bemerke, wird das Konsequenzen haben. Weitreichende ...«

Leider schien ihn das herzlich wenig zu interessieren, musste Finja feststellen.

»Ich werde nicht einfach nichts tun und abwarten«, kündigte Constantin erneut und sehr entschlossen an.

»Und ich werde nicht zulassen, dass jemand wie Sie alles durcheinanderbringt«, erwiderte Finja mit warnender Stimme. Glauben Sie mir: Ich kann sehr unangenehm werden.«

Er hob eine Augenbraue. »Noch unangenehmer? Das klingt ja fast bedrohlich.«

»Es sollte so klingen, eine Tatsache!«, antwortete sie kühl. »Also überlegen Sie es sich gut, bevor Sie sich in etwas stürzen, das nicht nur weit über Ihre Fähigkeiten hinausgeht, sondern Ihnen auch ernsthafte Probleme einbringen kann.«

Nun lachte Constantin laut los. »Falls es Ihnen entgangen sein sollte: Die habe ich schon längst. Und verdammt, Sie sind ein großer Teil davon!«

Finja winkte genervt ab, während sie sich zum Gehen umwandte. Was für ein unverschämter Kerl! Unglaublich, was der sich herausnahm.

»Haben Sie sich schon einmal Gedanken darüber gemacht, was die vielen wurmstichigen Äpfel in der Tonne zu bedeuten haben?«, rief Constantin ihr hinterher. »Es ist noch längst keine Erntezeit, und dass der Mörder sein Opfer kopfüber in die Tonne gehievt hat – das war gewiss kein leichtes Unterfangen. Vielleicht steckt da mehr dahinter, als Sie denken.«

Finja blieb abrupt stehen, widerwillig und sichtlich genervt drehte sie sich zu ihm um. »Sie wollen sagen, irgendwer hat sich so über die Würmer in den Äpfeln geärgert, dass er zum Mörder geworden ist? Das ist doch Unsinn!«

»Unsinn oder nicht«, erwiderte Constantin mit einem herausfordernden Funkeln in den Augen. »Aber es könnte ein Hinweis sein. Manchmal sind es die kleinen Dinge, die das große Bild enthüllen.«

»Kleine Dinge?«, wiederholte Finja skeptisch und schnaubte verächtlich. »Das klingt eher nach einer schlechten Kriminalgeschichte als nach einer ernsthaften Theorie.«

»Vielleicht«, gab er zu, »aber denken Sie mal nach: Wenn jemand bereit ist, einen Menschen zu töten, dann muss es einen triftigen Grund geben. Und wenn wir die Motive verstehen wollen, müssen wir auch die Details betrachten – selbst die scheinbar belanglosen. Eben diese vielen kleinen Äpfel in der Tonne.«

Finja verschränkte die Arme vor der Brust und musterte ihn kritisch. »Und was genau wollen Sie damit erreichen? Glauben Sie wirklich, dass ich Ihrer Schnapsidee Bedeutung beimessen werde?«

»Ich will nur sicherstellen, dass wir nichts übersehen«, sagte Constantin ruhig. »Wenn wir hier zusammenarbeiten –«

»Zusammenarbeiten? Mit Ihnen?«, unterbrach sie ihn scharf. »Das wäre ja noch absurder! Ich bin nicht hier, um Ihre Phantasien zu unterstützen.«

»Phantasien oder nicht – ich lasse mich nicht einfach abwimmeln«, entgegnete er entschlossen. »Die Würmer könnten ein Schlüssel sein. Und wenn ich recht habe –«

»Wenn Sie recht haben? Das ist ein großes ›Wenn‹!«, schnitt sie ihm das Wort ab und schüttelte den Kopf. »Ich habe Wichtigeres zu tun, als mich mit Ihren Hirngespinsten aufzuhalten.«

»Und was wäre, wenn ich Ihnen etwas Wichtiges zeigen kann? Etwas, das Ihre Ermittlungen voranbringen könnte?«

Finja zögerte kurz und spürte einen Anflug von Neugier. »Dann würde ich Ihnen fünf Minuten meiner Zeit gewähren. Und wenn ich merke, dass das alles nur Zeitverschwendung ist –«

»Dann halte ich mich raus …«, vollendete Constantin ihren Satz mit einem Grinsen.

»Genau das wollte ich hören.«

13

»Ach, de Herr Tierarzt!«, staunte Onno Friedrichs, als Constantin aus dem Transporter stieg. »Sie sind ja richtig anhänglich.«

Constantin hielt ihm kameradschaftlich die Hand hin. Onno Friedrichs ergriff sie mit einem kräftigen Händedruck.

»Ich war gerade in der Gegend und dachte, ich schaue mal bei Ihrem Janulf vorbei«, erklärte Constantin.

Anerkennend pfiff Onno Friedrichs durch die Zähne. »Na, schau mal einer an! Dat nenne ich Service. Alle Achtung …« Doch plötzlich verschwand das Lächeln aus seinem Gesicht. »Aber dafür berechnen Sie mir nichts, oder? Seit de GOT für Tierärzte so unverschämt erhöht wurde und de Hausbesuchsgebühren ins Unermessliche gestiegen sind, überlegt man sich jeden Anruf beim Tierarzt genau.«

Constantin versicherte ihm, dass er nicht vorhatte, den Besuch in Rechnung zu stellen; er betrachtete es als reinen Service.

Auf die Erhöhung der Gebührenordnung ging er bewusst nicht ein, denn in diesem Punkt klafften die Meinungen von Tierärzten und Pferdehaltern bekanntlich weit auseinander. Er wollte keine schlechte Stimmung zwischen sich und dem Züchter aufkommen lassen.

»So ist's gut!«, erwiderte Onno Friedrichs, und sein Grinsen kehrte zurück. »Dat weiß ich wirklich zu schätzen! Aber sagen Sie mal, sind Sie denn selbst wieder ganz auf dem Damm? De Schlag, de Sie abbekommen haben, war ja kein Pappenstiel – sonst wären Sie nich im Krankenhaus gelandet. Weiß man inzwischen, wer Ihnen dat angetan hat?«

Constantin winkte ab. »Ach, das war nur eine Vorsichtsmaßnahme und ein bisschen übertrieben. Sie wissen ja, die müssen ihre Betten im Krankenhaus füllen. Mir geht's gut, alles bestens. Und nein, bisher gibt es nicht die geringste Spur, wie ich Ihnen schon im Auto gesagt habe. Ich vermute tatsächlich, dass jemand in der Scheune nach Wertgegenständen gesucht hat und ich ihn dabei gestört habe.«

»Hm ... Aber wer tut denn wohl so etwas?« Onno Friedrichs schüttelte den grau melierten Haarschopf, der am Hinterkopf bereits ziemlich licht geworden war. »Einen Mordfall gab es hier bisher auch noch nich. De Welt wird immer verrückter, selbst hier bei uns hinterm Deich.«

Gemeinsam machten sie sich auf den Weg Richtung Pferdestall, wo Constantin den Friesenhengst Janulf einer kurzen Untersuchung unterzog und sich dann zufrieden nickend an seinen Besitzer wandte. »Alles bestens, ich denke, morgen noch, dann können Sie ihn wieder auf die Koppel lassen.«

»Prima, dat freut mich. De Janulf ist ja keiner, de gern drinnen steht, aber dat wissen Sie ja.«

Constantin nickte und kam dann so beiläufig wie nur möglich auf den eigentlichen Grund seines Kommens zu sprechen. »Was mich interessieren würde, Herr Friedrichs: Wie steht es hier in der Gegend eigentlich mit der Apfelernte? Dithmarschen ist ja für seine Kohlfelder bekannt, aber wie sieht es mit dem Obstanbau aus?«

Onno Friedrichs lächelte breit. »Ach, dat freut mich ja, dat Sie sich auch über Ihren Job als Tierarzt hinaus für unsere Region interessieren!«

»Absolut!«, bestätigte Constantin.

»Nun, Sie werden hier nich die riesigen Obstplantagen finden wie beispielsweise im Alten Land, aber ein paar gibt es schon. Ein Hof hat sogar de Mut gefasst, Wassermelonen anzubauen – sehr gewagt und ein bisschen verrückt, aber man sagt, de haben damit Erfolg!«

»Wassermelonen? Hier? Das hätte ich nicht gedacht! Braucht man dafür nicht eine spezielle Temperatur?«

Onno Friedrichs nickte. »Ja, genau! De haben da wohl ein paar Tricks auf Lager. Und was de Äpfel angeht ...« Er senkte die Stimme und schaute sich um, als wolle er sicherstellen, dass niemand mithörte. »Hier im Nachbarort hat mal jemand mit einer neuen Sorte herumexperimentiert – eine ganz frühe und angeblich unverwüstliche.«

»Aha, und was macht diese Sorte so besonders?«, fragte Constantin. »Frühe Sorten sind ja nicht gerade neu.«

»Es geht nich nur darum, dat man de früher ernten und verkaufen kann. De Kollege behauptete, seine neue Sorte wär hundertprozentig frei von Wurmfraß, insbesondere de Apfelwicklerraupe, de eine echte Plage sein kann, da sie früh aktiv wird und de noch ganz junge Frucht befällt. Und dat Ganze komplett bio, also frei von jeglichen Schädlingsbekämpfungsmitteln.«

Constantin hob skeptisch eine Augenbraue. »Klingt fast zu gut, um wahr zu sein.«

Onno Friedrichs hob die Augenbrauen und lachte leise. »Na ja, am Ende war's dann wohl ein Schuss in de Ofen oder bewusster Betrug: De Raupe war drin – im wahrsten Sinne des Wortes!« Er hielt kurz inne, kratzte sich nachdenklich am Hinterkopf und sagte schließlich: »De Fiete Klünder hat deswegen mit dem Hinnerk übrigens auch Ärger gehabt, fällt mir gerade ein. Hinnerk war so dumm, sozusagen einen auf Zwischenhändler zu machen, und hat hier dann einigen junge Bäume aufgeschwatzt. De ist halt immer klamm und muss gucken, wo er bleibt, und lässt sich auf dummes Zeug ein. Ich hab's de gleich gesagt, dat dat Unsinn ist, mir wollte er nämlich auch was von de angeblichen Biobäumen aufschwatzen.«

Constantins Magen zog sich vor Aufregung zusammen. Das war definitiv eine heiße Spur! Ein leicht triumphierendes Gefühl überkam ihn, als er an die Fährmann dachte, die ihn für seine Überlegungen zu den wurmstichigen Äpfeln ausgelacht hatte. Regelrecht verspottet hatte sie ihn, weil er auch nur in Erwägung zog, dass die Art und Weise, wie das Opfer vorgefunden worden war, bedeutsam sein könnte.

»Wer ist denn dieser ominöse Apfelanbauer?«, fragte Constantin, bemüht, die Beiläufigkeit zu wahren, um Onno Friedrichs nicht misstrauisch zu machen.

Onno atmete tief durch und schien einen Moment nachzudenken. »Doktor, ich will da jetzt auch nichts Falsches in de Welt setzen. Wir kommen hier ja alle ganz gut miteinander zurecht und ... na ja, wie sacht man so schön: Leben und leben lassen.«

Okay, Onno Friedrichs hatte den Braten gerochen. Beiläufig und hinten herum würde er bei ihm jetzt garantiert nicht weiterkommen. Eine andere Strategie musste her – und zwar schnell. Nur welche? Constantin entschied sich schließlich für Ehrlichkeit; immerhin hieß es, die währe am längsten.

»Ich werde Sie unerwähnt lassen, Herr Friedrichs, Sie haben mein Wort. Aber Sie verstehen sicher, dass ich nicht länger tatenlos zusehen kann, wie meine Existenz zerstört wird. Wie Sie ja selbst gestern sehr richtig gesagt haben, glauben hier immer noch einige, dass ich etwas mit dem Mord vom Klünderhof zu tun haben könnte.«

Erneut atmete der Pferdezüchter tief durch, und seine Miene verriet eine Mischung aus Skepsis und Besorgnis. »Ich will jetzt mal nich hoffen, dat Ihr Besuch beim Janulf nur vorgeschoben war ...?«

»Absolut nicht! Mir ist das nur gerade so in den Sinn gekommen«, behauptete Constantin – was natürlich eine glatte Lüge war.

Die Unterlippe des Pferdezüchters schob sich gewohnt skeptisch vor. Constantin konnte förmlich spüren, wie Onno Friedrichs mit sich rang; ob er ärgerlich sein sollte oder Verständnis für Constantins Situation aufbringen konnte.

Schließlich brummte er: »Ärgerlich war de Klünder in erster Linie auf de Hinnerk. De Namen von de Kerl, wo de Hinnerk de Bäume gekauft hat, kenne ich nich. Und jetzt ist dann auch mal genug! Lassen Sie mich da gefälligst raus, Doktor.«

Onno Friedrichs wandte sich um und stampfte ohne ein weiteres Wort rüber zu seinem Wohnhaus. Constantin folgte ihm, wollte ihn bitten, ihm etwas mehr als nur den Namen Hinnerk zu nennen, wenigstens den Nachnamen. Doch in diesem Moment öffnete sich die Haustür, und die Gattin des Pferdezüchters trat heraus.

»Kommst du zum Essen, Onno?«, rief sie mit einer Stimme, die keinen Widerspruch duldete, während sie Constantin einen abweisenden Blick zuwarf.

Als der Pferdezüchter im Inneren des Hauses verschwand und dabei langsam die Tür hinter sich zuzog, hörte Constantin seine Frau noch deutlich sagen: »Was will der denn schon wieder hier, Onno? Ich finde es nicht gut, dass der ständig hier auftaucht. Du weißt doch, was die Leute sich hier über den erzählen …«

Die Tür fiel endgültig ins Schloss, und Constantin wurde unweigerlich bewusst, dass er hier nun tatsächlich nicht weiterkommen würde. Wobei … immerhin hatte er einen Namen in Erfahrung gebracht – womöglich den des Täters?

Hinnerk.

***

Constantin fand Amalia auf der Terrasse ihres Hauses, entspannt in einem der bequemen Korbsessel sitzend, ein Buch in den Händen. Vor ihr auf dem Tisch standen eine Karaffe mit erfrischendem Minzwasser und ein halb volles Glas.

Er verzichtete auf eine Begrüßung und kam direkt auf das zu sprechen, was er unbedingt von ihr erfahren wollte. »Sagt dir der Name Hinnerk etwas, Amalia?«

Prompt beschwerte sie sich über seine Unhöflichkeit, hob dann jedoch kurz die Schultern und erklärte: »Natürlich ist mir der Name Hinnerk bekannt. Aber wenn du eine bestimmte Person damit meinst, dann solltest du mir schon den Nachnamen nennen. Wo warst du überhaupt? Wäre es nicht besser gewesen, du hättest dich noch ein wenig ausgeruht?«

Bevor Constantin erwidern konnte, dass er sich weder ausruhen musste noch den Nachnamen dieses Hinnerk kannte, trat Finja Fährmann auf die Terrasse. Sie kam nicht von der Gartenseite, sondern aus dem Wohnbereich Amalias – was Constantin prompt an die Worte seiner Tante erinnerte: Er würde Finja Fährmann gar nicht bemerken, da sie schließlich einen separaten Bereich bewohne. Tja, das Wort »separat« schien hier unterschiedlich interpretiert zu werden.

Doch das, was er gerade von Onno Friedrichs erfahren hatte, brannte ihm so sehr unter den Nägeln, dass es regelrecht aus ihm herausplatzte: »Und ob die wurmstichigen Äpfel wie eine symbolische Aussage zu verstehen sind, Frau *Kriminalhauptkommissarin*!«

Finja funkelte ihn an. »Ich habe Ihnen doch klipp und klar gesagt, dass Sie sich gefälligst raushalten sollen!«

»Nein, wir hatten uns auf fünf Minuten verständigt, wenn ich etwas in Erfahrung bringe«, erinnerte er sie.

»Und Sie glauben, dass ich das ernst gemeint habe? Lachhaft, Herr von Platen, so viel Naivität hätte ich selbst Ihnen nicht zugetraut!«

»Soso, nicht nur arrogant, sondern auch wortbrüchig«, antwortete Constantin.

Empört schnappte Finja nach Luft. Doch bevor sie kontern konnte – gewiss nichts Freundliches –, mischte sich Amalia ein: »Kinder, Kinder! Was soll das denn?« Sie klatschte laut in die Hände und sah zwischen den beiden hin und her. »Ihr führt euch ja schon wieder wie alberne Streithähne auf! So etwas bringt euch nicht weiter.«

»Darin kann ich Ihnen nur beipflichten, Amalia, dennoch ist es einfach nur unverschämt, was Ihr Großneffe sich herausnimmt.« Finja schüttelte den Kopf. »Stellen Sie sich vor, er hat mir tatsächlich vorgeschlagen, gemeinsam in diesem Fall zu ermitteln.«

Wenn Finja gehofft hatte, dass Amalia diesen ihrer Meinung nach völlig abwegigen Vorschlag mit Humor aufnehmen würde, hatte sie sich getäuscht. Zu Constantins großer Freude stellte er fest, dass seine Tante die Idee alles andere als blöd fand. Im Gegenteil, sie schien richtig begeistert zu sein, was ihm ein breites Grinsen ins Gesicht zauberte.

»Nun ja, werte Finja«, begann Amalia sehr respektvoll. »Ohne Ihre zweifellos erstklassigen kriminalistischen Fähigkeiten in Frage stellen zu wollen: Die Leute sind der Polizei gegenüber oft nicht so gesprächig wie in einem unverbindlichen Plausch mit einem Tierarzt. Und ich kann Ihnen ebenfalls von Nutzen sein, denn schließlich kenne ich hier jeden und weiß über so ziemlich alles Bescheid.«

Finja lachte erneut auf, nicht mehr ganz so überheblich wie zuvor, doch ihre Ablehnung blieb spürbar. »Meine beiden Mitarbeiter Hasso Lüders und Bente Fendrich kennen sich hier ebenfalls bestens aus und haben, wie mir scheint, einen sehr direkten Draht zu der Landbevölkerung. Wenn ich meine Ermittlungen darauf aufzubauen gedachte, würde ich auf die hier einheimischen Kollegen setzen.«

»Nun ja, nun ja, liebe Finja«, warf Amalia weiter ein. »Bei allem Respekt vor der Polizei und Hochachtung vor deren Leistung – die beiden sind ausgesprochen nett und hilfsbereit, aber unter guten Ermittlern, besonders in einem heimtückischen Mordfall wie dem an Fiete Klünder verübt, stelle ich mir schon etwas anderes vor.«

»Sie müssen mir doch einfach nur kurz zuhören, was ich herausgefunden habe. Unsere vereinbarten fünf Minuten, die ich nicht einmal benötigen werde«, erinnerte Constantin sie erneut. »Dann können Sie selbst entscheiden, ob es tatrelevant ist oder eben nicht. Wo ist das Problem?«

Finja schnaufte vernehmlich. Ihr Unmut war so offensichtlich, dass er nicht nur in ihrem Gesichtsausdruck lag; ihre gesamte Körperhaltung strahlte einen tiefen Widerwillen aus. »Dann sagen Sie schon, was Sie herausgefunden haben!«, krächzte sie schließlich.

»Es gab einen Streit zwischen Fiete Klünder und einem gewissen Hinnerk, und zwar über von der Apfelwicklerraupe befallene Äpfel.«

Als Finja jedoch nicht sofort reagierte und in ihrer Gestik sowie Mimik reglos blieb, fügte er hastig hinzu: »Verstehen Sie, Frau Fährmann, *schädlingsbefallene Äpfel.* In der Tonne, in die das Opfer kopfüber gesteckt wurde, befanden sich diese Äpfel. Derjenige, der ihn dort hineinverfrachtet hat – sicherlich nicht ohne erhebliche körperliche Anstrengung –, hat sich anschließend die Mühe gemacht, eine große Menge genau dieser Äpfel hinterherzuwerfen. Das war ihm offenbar so wichtig, dass er sich möglicherweise länger am Tatort aufgehalten hat, als es ratsam gewesen wäre. Immerhin war es helllichter Tag, und er hätte jederzeit ertappt werden können. Zum Beispiel von mir!«

Schweigen.

Bis Amalia sich räusperte und sagte: »Je länger ich darüber nachdenke, desto sicherer bin ich mir, dass es sich nicht um einen Einzeltäter handeln kann. Es sei denn, dieser Mensch ist außergewöhnlich stark. Aber selbst dann wäre es kaum vorstellbar, dass eine einzelne Person in der Lage ist, den nicht gerade leichten Fiete Klünder kopfüber in die Apfeltonne zu hieven.«

Finja hob abwehrend beide Hände. »Wie auch immer, zum Glück müssen Sie, liebe Amalia, und erst recht Sie, Herr von Platen, sich darüber keine weiteren Gedanken machen. Das ist meine alleinige Aufgabe und Verantwortung.« Mit diesen Worten stampfte sie von der Terrasse, überquerte die perfekt gestutzte Rasenfläche und verschwand kurz darauf hinter der Hecke.

»Ich finde sie wirklich wunderbar, Conzi«, bemerkte Amalia mit einem Lächeln. »Aber ein wenig weniger Dickköpfigkeit würde ihr sicherlich guttun – falls sie mich nach meiner Meinung fragen würde.«

14

Finja war genervt. Genervt von Marne, von ihren Kollegen im Revier, von ihrer nun zwar wunderschönen, aber alles andere als konfliktfreien Wohnsituation und von dem arroganten, rechthaberischen Auftreten dieses nervigen Tierarztes. Am meisten jedoch ärgerte sie sich über sich selbst. Sie verrannte sich in tausend falsche Richtungen, weil sie zu viel Zeit damit verbrachte, alles und jeden als lästig zu empfinden. Ihr professionelles Handeln ließ zu wünschen übrig. Statt sich mit voller Konzentration und Erfahrung auf den Fall zu stürzen, war sie viel zu sehr mit ihrem eigenen Frust beschäftigt.

Hätte sie sich wirklich auf die Situation eingelassen, hätte sie vielleicht auch über die mögliche Bedeutung der von der Apfelwicklerraupe befallenen Äpfel im Fass nachgedacht. Es gab Morde mit wiederkehrenden Mustern … Hinweisen … Ritualen – obwohl sie hier nicht von einem Serienmörder ausging, nichts deutete darauf hin. Aber auch eine Tat im Affekt schloss sie aus, denn dann hätte der Täter sich nicht die Mühe gemacht, sein Opfer in die Tonne zu hieven und diese noch längst nicht reifen, aber dennoch schon befallenen Äpfel hinterherzuwerfen. Das hatte Zeit gekostet – Zeit, die jemand nicht aufbrachte, der im Affekt handelte. Zudem sprach die Art des Verbrechens – das Opfer wurde erst niedergeschlagen und dann, womöglich bereits wehrlos am Boden liegend, hinterrücks erdrosselt – nicht gerade für impulsives Handeln. Oder doch?

»Hasso hat sich jetzt tatsächlich für die gesamte Woche krankgemeldet«, informierte Bente sie und riss Finja damit aus ihren selbstzweiflerischen Gedanken.

Sie blickte zu ihrer jungen Mitarbeiterin auf, die skeptisch den Mund verzogen hatte. »Ein bisschen übertreiben tut er ja schon, finde ich.«

Zunächst nickte Finja zustimmend, doch dann gestand sie

sich selbst und Bente ein: »Vielleicht habe ich es auch übertrieben.«

»Wie meinen Sie das, Chefin?«

Finja seufzte leise. »Nun ja, ich hätte ihn nicht mit aller Gewalt auf den Boden schicken müssen.«

»Aber … Sie dachten doch, er wäre ein Einbrecher?«

Finja erhob sich von ihrem knarrenden Schreibtischstuhl – was für ein antikes Monstrum, dachte sie erneut – und beschloss, sich nicht länger an solchen unwichtigen Details aufzuhalten.

»Bente, helfen Sie mir bitte mal eben«, forderte sie ihre junge Kollegin auf und begann, die überfüllte Pinnwand von veralteten Flyern, Aushängen und Fahndungen zu befreien.

»Was haben Sie vor, Chefin?«, fragte Bente neugierig, während sie die Papiere entgegennahm.

»Platz schaffen.«

»Und wofür?«

»Für unseren Fall, Bente.«

Wenig später lag die weißgräuliche Magnetwand wie neu vor ihnen. Zu Finjas Freude stellte sie fest, dass die Oberfläche nicht nur magnetisch war; man konnte auch mit einem speziellen Stift darauf schreiben und die Notizen nach Belieben wieder entfernen. Innerhalb weniger Minuten hatte sie eine umfangreiche Mindmap für das Gewaltverbrechen »Apfelmord« erstellt.

»Wow, das sieht ja richtig professionell aus!«, staunte Bente mit großen Augen.

Doch Bentes offensichtliche Begeisterung führte bei Finja zu einem kurzen schmerzhaften Stich der Selbstreflexion. Während sie ihr unprofessionelles Umfeld immer wieder verflucht hatte, war sie selbst diejenige gewesen, die weit davon entfernt war, wie eine erfahrene Ermittlerin zu agieren. Ihr Selbstmitleid war unerträglich. Ab jetzt würde sie ihre gesamte Energie und Aufmerksamkeit ausschließlich auf den Fall »Apfelmord« richten.

»Bente, wir müssen alle verfügbaren Informationen zusammentragen und jeden noch so kleinen Hinweis ernst nehmen.«

»Verstanden! Ich werde sofort alle Berichte noch einmal genau durchforsten. Vielleicht haben wir etwas Wichtiges übersehen«, antwortete Bente eifrig, ihre Augen funkelten vor Entschlossenheit.

Finja trat näher an die Pinnwand heran. Sie begann, die bereits skizzierten Punkte weiter auszubauen: die befallenen Äpfel als mögliche Indizien, das Opfer und seine letzten Bewegungen sowie alle relevanten Zeugenberichte. Mit einem Stift in der Hand strich sie über die Informationen, während sie jeden Punkt sorgfältig abwägte und sie miteinander verknüpfte. Natürlich stand auch nach wie vor Constantin von Platens Name dort angeschrieben – allerdings unter dem Unterpunkt »Zeugen«.

Es wäre albern gewesen, ihn weiterhin zu dem Kreis der Verdächtigen zu zählen. Der wiederum war gähnend leer, denn momentan gab es einfach niemanden, den sie dort hätte hinschreiben können … Vielleicht diesen dubiosen Hinnerk, wer auch immer er sein mochte, aber nein, das war einfach zu abwegig.

»Bente, sagt Ihnen der Name Hinnerk was?«

Bente nickte. »Ja, ich kenne den Hinnerk Berger, dann auch noch den Hinnerk Ludwig und –«

»In Verbindung mit Obstanbau? Konkret gesagt, Äpfeln?«, fiel Finja ihr ins Wort, denn das reine Aufzählen der Hinnerks hier in der Gegend war nicht besonders zielführend, fand sie.

»Nö. Da fällt mir niemand ein. Zumindest nicht direkt.«

»Okay, war auch nur so eine kurze Idee.« Finja schüttelte über sich selbst den Kopf. Das Ganze war nichts als ein unnötiger Floh, den ihr dieser nervige Tierarzt ins Ohr gesetzt hatte, und sie tat gut daran, sich wieder auf ihre eigene Professionalität zu verlassen, ihr feines Gespür fürs Verbrechen.

»Wir sollten auch die Umgebung des Tatorts nochmals genau unter die Lupe nehmen«, beschloss Finja. »Vielleicht gibt es Spaziergänger oder Nachbarn, die etwas gesehen haben, was ihnen nicht bedeutsam vorkam, aber uns weiterhelfen könnte. Und Bente, bitte schicken Sie der Kathrin Hoppe von der

Gaststätte Lindenhof eine Vorladung aufs Revier. Am liebsten für morgen Vormittag.«

Bente sah sie verdutzt an. »Aber ich dachte, die Kathrin hätte ein Alibi?«

»Das mag sein«, entgegnete Finja mit fester Stimme und verschränkte die Arme vor der Brust. »Ich möchte mich dennoch noch einmal mit ihr unterhalten.«

Bentes Gesicht war ein einziges Fragezeichen, sodass sich Finja genötigt fühlte zu erklären: »Sie scheint das Opfer recht gut gekannt zu haben, wenn sie ihn um Geld gebeten hat. Und wie ich gehört habe, ist ihr dafür auch nichts zu viel gewesen. Ich erhoffe mir davon ein besseres Bild vom Opfer – und dadurch auch, ein Profil seines Mörders erstellen zu können.«

»Okay«, sagte Bente gedehnt.

»Wie gut kannten Sie das Opfer eigentlich?«

Die junge Polizistin verzog den Mund so stark, dass sich ein Doppelkinn bildete. »Gar nicht gut. Der war ja immer total abweisend und wortkarg. Als ich jünger war ... Ehrlich gesagt hatte ich richtig Angst vor ihm. Der konnte schimpfen! Puh! Und Ausdrücke hatte der drauf! Die Jutta Lüders hat sich mal so doll mit ihm gestritten – wenn der Hasso nicht eingegriffen hätte, glaube ich nicht, dass das gut ausgegangen wäre.«

»Und warum?«

»Weil der beim Hoffest von den Schwemmers sich einfach vordrängeln wollte am Bratwurststand! Die Jutta hat ihm ordentlich die Meinung gegeigt – und dann ist er so frech geworden, richtig ausfallend! Ich weiß ja, man soll nicht schlecht über Verstorbene sprechen, aber der hatte echt vor nichts und niemandem Respekt. Hat immer gemeint, weil er viel Geld hat, könnte er bestimmen. Über jeden und alles.«

»Jutta Lüders? Das ist ja hochinteressant«, murmelte Finja nachdenklich. »Laden Sie sie für morgen Vormittag auch vor – direkt nach Kathrin Hoppe vom Lindenhof.«

»Die Jutta?« Das Unbehagen in Bentes Gesicht war deutlich sichtbar; ihre Augen weiteten sich besorgt. »Aber ... die Jutta hat bestimmt nichts mit dem Mord auf dem Klünderhof zu tun! Die kann zwar ganz schön aufbrausend sein, aber so etwas würde sie nie tun! Außerdem ist sie doch mit einem Polizisten verheiratet, mit Hasso –«

»Stopp!« Finja hob eine Hand zur Beruhigung. »Ich verdächtige Jutta Lüders nicht. Aber sie scheint das Opfer ebenfalls näher gekannt zu haben, und dazu möchte ich sie befragen. Wie gesagt, es geht um ein klareres Bild vom Opfer.«

»Okay«, sagte Bente schließlich wieder, aber ihre Begeisterung hielt sich in Grenzen. »Das wird dem Hasso aber sicherlich nicht besonders gut gefallen.«

»Er kann sie ja aufs Revier begleiten – falls er dazu in der Lage ist mit seiner schlimmen Halswirbelsäule.« Finja zwinkerte verschwörerisch, und Bente fing zu grinsen an.

»Jetzt verstehe ich, Chefin. Sie sind wirklich mit allen Wassern gewaschen.«

***

Es war fast Mitternacht, und Finja wälzte sich schlaflos in ihrem Bett. Die Gedanken rasten durch ihren Kopf wie ein unaufhörlicher Strom. Sie konnte die drängenden Fragen und ungelösten Rätsel des Tages einfach nicht abschütteln. Schließlich hielt sie es nicht länger aus. Mit einem leisen Seufzer schwang sie die Beine über die Bettkante und stand auf.

Sie zog sich ein langes Sweatshirt über, das ihr angenehm warm war, schlüpfte in ihre weißen Birkenstocklatschen und schlenderte in die Küche. Dort bereitete sie sich eine Tasse Tee – etwas Beruhigendes, das ihr hoffentlich beim Einschlafen half. Während das Wasser kochte, blickte sie aus dem Fenster und sah den klaren Nachthimmel. Die Sterne funkelten wie kleine Kristalle, und für einen Moment vergaß sie ihre Sorgen.

Mit der dampfenden Tasse in der Hand trat Finja hinaus auf ihre kleine Veranda. Der kühle Nachtwind umspielte ihr Gesicht und brachte einen Hauch von frischer Luft mit sich. Sie atmete tief durch und nippte dann vorsichtig an dem heißen

Tee. Es war eine kleine Oase der Ruhe inmitten des Chaos ihres momentanen Lebens – aber diese Oase würde sie bald wieder verlassen müssen. Im besten Fall würde es bedeuten, dass sie erneut versetzt wurde – vielleicht endlich an einen aufregenderen Ort. Im schlimmsten Fall müsste sie hier in Marne noch weiter ausharren und sich eine andere Unterkunft suchen; hier konnte sie nicht bleiben, das war sicher. Sie und dieser Wichtigtuer von einem Tierarzt quasi unter einem Dach, nein, das führte zu nichts als Streit und Drama, beides konnte sie in ihrem Leben absolut nicht gebrauchen.

Und dann war da noch Amalia, die sie wirklich sehr mochte und schätzte. Die kluge Frau hatte in der kurzen Zeit ihrer Bekanntschaft bereits einen bleibenden Eindruck hinterlassen; doch trotz ihrer Freundlichkeit blieb zwischen ihnen eine gewisse Distanz spürbar. Amalia war Constantins Großtante und stand ihm eindeutig näher – das führte zu nichts Gutem für Finja. Konnte ja auch gar nicht. Wie sagte man doch so schön: Blut ist dicker als Wasser.

»Schlaflos in Marne«, murmelte sie leise und mit einem bitteren Lächeln vor sich hin. »Das klingt nicht ganz so romantisch wie ›Schlaflos in Seattle‹.«

Sie stellte die Tasse auf dem kleinen Tisch neben ihr ab und lehnte sich gegen das Geländer der Veranda.

»Sie sind doch noch gar nicht so alt, dass Sie diesen Klassiker schon kennen sollten«, erklang eine Stimme aus der Dunkelheit.

Erschrocken zuckte Finja zusammen, weit entfernt von der Abgeklärtheit einer erstklassigen Kriminalistin.

»Wer ist da?«, rief sie, ihre Stimme klang schärfer als beabsichtigt.

»Ähm … Entschuldigung, ich bin es, Constantin. Ich wollte Sie nicht erschrecken.«

»Verdammt! Was schleichen Sie denn mitten in der Nacht hier herum?«, blaffte sie ihn an und ballte unwillkürlich die Fäuste.

»Das könnte ich Sie auch fragen«, erwiderte er.

Finja spürte schon wieder den Ärger in sich aufsteigen, obwohl sie sich fest vorgenommen hatte, sich von nichts und niemandem mehr aus der Fassung bringen zu lassen. Schließlich war sie die kluge und kühle Analytikerin und Kriminalistin, die über Jahre hinweg von Kollegen und Vorgesetzten genau dafür geschätzt worden war.

Sie wandte sich ab, entschlossen, ohne ein weiteres Wort in ihre Wohnung zurückzukehren. Doch Constantin hielt sie auf.

»Warten Sie! Ich habe den Abend damit verbracht, das Telefonbuch durchzusehen; tatsächlich besitzt meine Tante noch ein gedrucktes Papierexemplar«, erklärte er und brachte sie damit von ihrem Vorhaben ab. »Es gibt einige Hinnerks, die ich Amalia präsentiert habe – die hier in der Gegend ja so ziemlich jeden kennt.«

Hinnerk! Dieser Name befand sich nicht auf Finjas Fallanalyse-Tafel. Sie hatte ihn nicht angeschrieben, wegen ihrer Aversion dem Tierarzt gegenüber – der nächste Haken hinter dem Wort: unprofessionell.

»Leider ist keiner der Hinnerks, soweit sich diejenigen überhaupt mit Vornamen eingetragen haben, Landwirt und erst recht meiner Tante als Obstbauer bekannt gewesen.«

»Herr von Platen, es ist mitten in der Nacht. Seien Sie nicht allzu enttäuscht, dass ich kein gesteigertes Interesse an einer Unterhaltung mit Ihnen habe. Gute Nacht!« Damit verschwand Finja endgültig in ihrer Wohnung, zog die Tür hinter sich zu und schloss obendrein die Vorhänge.

Gerade bevor dieser lästige Tierarzt sich in der Dunkelheit angeschlichen und sie angesprochen hatte, hatte sie dort gestanden, vom angenehm kühlen Nachtwind umweht, den Blick zum Sternenhimmel gerichtet. In diesem Moment hatte sie tatsächlich einen kurzen Hoffnungsschimmer verspürt: Vielleicht gab es doch einen Weg, in dieser schönen Wohnung auf dem Hof von Amalia von Platen bleiben zu können – zumindest, solange sie hier in Marne noch ausharren musste. Doch das plötzliche Auftauchen und die Distanzlosigkeit des Herrn von

Platen hatten diesen flüchtigen Gedanken sofort wieder zunichtegemacht.

Das hier führte zu nichts – vor allem zu nichts Gutem!

Am nächsten Morgen stand Finja vor dem Spiegel und versuchte, die Spuren der schlaflosen Nacht mit einer ordentlichen Schicht Make-up zu überdecken. Leider mit mäßigem Erfolg, wie sie fand.

Als sie wenig später das Polizeirevier betrat, musterte Hasso Lüders sie auch direkt mit besorgten Blicken.

»Moin, Chefin! Geht's Ihnen nicht so gut?«

»Morgen«, murmelte Finja und wandte sich halb von ihm ab. »Waren Sie nicht für die ganze Woche krankgeschrieben?«

Lüders spielte nervös mit seinem Stift, als wäre er ein Schuljunge, der auf die Antwort im Unterricht wartete. »Na ja, die Jutta meinte, es wäre nicht gut, Sie in so einer schwierigen Zeit allein zu lassen. Sie sind ja noch neu hier und können jemanden an Ihrer Seite wirklich gebrauchen ...«

Finja konnte sich ein schiefes Grinsen nicht verkneifen. »Die Jutta ist also für Ihre schnelle Genesung verantwortlich? Sogar die Halskrause haben Sie abgelegt. Ist das mit Ihrem Arzt abgesprochen?«

»Die habe ich nur vorsorglich getragen«, verteidigte sich Lüders hastig. »Außerdem –«

»Schon gut, Lüders«, unterbrach sie ihn und winkte ab. »Sie müssen sich nicht erklären. Ich bin wirklich froh, dass Sie wieder da sind.«

»Echt jetzt?« Lüders' Augen weiteten sich überrascht.

Finja nickte ernsthaft. »Absolut.«

Hasso Lüders strahlte Finja an. »Ich habe schon gesehen, was Sie an die Pinnwand geschrieben haben. Richtig professionell, Chefin!«

In diesem Moment wehte Bente mit einem frischen Windzug durch die Tür. Ihre braunen Augen glänzten vor Aufregung, und Finja bemerkte ein verdächtiges Zucken um ihre Mundwinkel.

»Frau Fährmann, ich weiß es jetzt!«, rief sie aus und hielt

kurz inne, als sie Lüders sah. Ihr Blick wurde verwundert, und sie zog das Kinn leicht ein. »Was machst du denn hier, Hasso?«

»Die Jutta meinte …«, begann Lüders hastig und schüttelte dann den Kopf. »Ich bin wieder fit. Hab mich gesundschreiben lassen.«

Bente schaute ihn skeptisch an. »Das geht?«

»Ist doch egal«, antwortete Lüders mit einem Schulterzucken und einer Mischung aus Unschuld und Entschlossenheit in der Stimme. »Ich bin hier, mehr musst du nicht wissen …«

»Was wollten Sie denn eigentlich gerade sagen, Bente?«, fragte Finja.

Bente holte tief Luft, wollte wohl die Spannung noch etwas steigern, bevor sie die Bombe platzen ließ. »Ich weiß, wer Hinnerk ist: Hinrich Albrecht aus der Nähe von Neufelderkoog.« Ihre Stimme hatte einen triumphierenden Ton angenommen. »Der betreibt da den Ziegenhof. Verkauft Ziegenmilch und -käse und manchmal auch frisches Ziegenfleisch. Außerdem kümmern sich seine Ziegen um die Landschaftspflege auf den Deichen. Der wird von einigen hier ›Hinnerk‹ genannt, aber eben nicht von jedem. Ist so was wie sein Spitzname, weshalb er mir nicht direkt eingefallen ist, als Sie mich gefragt haben.«

»Ja klar, der Hinrich«, sagte Lüders und nickte nachdenklich. »Der eine oder andere nennt den ›Hinnerk‹.« Er seufzte und lehnte sich leicht nach vorn, seine Hände auf dem Tisch gefaltet. »Aber das mit den Ziegen auf den Deichen, Bente, nee, das war mal.« Er schaute ernst in die Runde. »Seit der Wolf da umherstreift und ihm schon ein paar Ziegen zum Opfer gefallen sind, hat er die Tiere nur noch direkt am Haus. Nachts sind die immer im Stall eingesperrt. Kein Wunder, dass der so nervös ist! Erinnerst du dich an das Geschrei, das er hier wegen dem Wolfskuschler veranstaltet hat? Das war ja ein ganz schöner Zirkus!«

Bente verdrehte die Augen und ließ ein leises Seufzen hören. »Obwohl es nicht eindeutig bewiesen ist, dass es tatsächlich ein Wolf war«, verbesserte sie ihn und verschränkte die Arme vor der Brust.

»Aber der hat doch sogar ein Rissgutachten in Auftrag gegeben, das musste er selbst bezahlen! Und das war eindeutig!
Trotzdem hat er keinen Cent Entschädigung bekommen –
weder vom Staat noch von seiner Versicherung, weil die das
Gutachten nicht anerkannt haben. Schöne Sauerei, wirklich!«
Lüders verzog gequält das Gesicht und sah dabei aus, als würde
ihn die Ungerechtigkeit persönlich treffen.

»Also ich war auf einem Vortrag von dem Freddy Leidinger
und fand das sehr interessant, was der da so erzählt hat –«

»Halt!«, rief Finja dazwischen und klatschte in die Hände,
die Stirn war leicht gerunzelt. »Bitte einer nach dem anderen:
Wer ist Freddy Leidinger, und was hat das Ganze mit Ziegen,
Wölfen und Rissgutachten zu tun? Bisher habe ich diesen Hinnerk nur mit ungezieferbefallenen Apfelsorten in Verbindung
gebracht.« Nach einer kurzen Pause fügte sie mit einem skeptischen Blick hinzu: »Und wie kommt es, dass Ihnen beiden
auf einmal so viel zu unserem Fall einfällt, wo Sie bisher nur
ahnungslos mit den Schultern gezuckt haben?«

Bente deutete mit einem energischen Fingerzeig auf die Tafel
hinter Finja. »Die ganzen personellen Verflechtungen, die ge-
malten Verbindungen … Fallanalyse, oder wie auch immer man
das nennen mag – das ist alles neu für mich … für uns. Aber
Frau Fährmann, ich habe die ganze Zeit darüber nachgedacht!
Ich habe mir das Ganze immer wieder durch den Kopf gehen
lassen – mit den Kringeln und Linien und all dem Kram.«

Sie machte eine ausladende Geste mit ihren Händen, als
wollte sie ihre Gedanken sichtbar machen. »Plötzlich fiel
mir der Ziegenbauer ein, weil der vor einiger Zeit mit jungen
Obstbäumen gehandelt hat. Das hat damals ordentlich Ärger
gegeben, denn er hatte von schädlingsresistenter Bio-Quali-
tät geschwärmt, was aber nicht der Wahrheit entsprach. Mein
Onkel hat sich auch zwei Bäume von ihm geholt und fühlte
sich richtig betrogen. Er hat mich sogar gefragt, ob er den Albrecht wegen Täuschung anzeigen könnte. Ich hab ihm davon
abgeraten, weil der Streitwert unter hundert Euro lag – mehr
Aufwand als Nutzen, hab ich ihm erklärt. Und jetzt, wo ich

all diese Puzzlestücke zusammengefügt habe, weiß ich genau, wer mit Hinnerk gemeint ist.«

Hasso Lüders betrachtete Bente mit bewunderndem Blick und nickte zustimmend: »Das ergibt Sinn!« Doch plötzlich schien ihm ein weiterer Gedanke zu kommen, der ihn sichtlich unbehaglich machte. »Ach so, bezüglich Jutta: Ihr wäre es lieber, wenn sie erst gegen halb vier hierherkommen könnte, Frau Fährmann.«

Finja sah ihn fragend an.

»Na ja, weil Sie doch mit ihr sprechen möchten. Aber heute Vormittag geht es nicht, Jutta hat einen Arzttermin, den sie nicht verschieben kann, soll ich Ihnen ausrichten.« Er hielt kurz inne, verzog den Mund und schien mit sich zu ringen, bevor es regelrecht aus ihm herausplatzte: »Chefin, ich muss mal eben was loswerden: Ich verstehe nicht, warum Sie Jutta überhaupt ins Revier zitiert haben. Denken Sie wirklich, die hat irgendwas mit unserem Fall am Hut? Das ist doch totaler Quatsch! Für meine Jutta würde ich beide Hände ins Feuer legen, da können Sie sich drauf verlassen!«

Ehe Finja ihm klarmachen konnte, dass sie seine Jutta selbstverständlich nicht verdächtigte, sondern lediglich hoffte, von ihr weitere Details über das Mordopfer zu erfahren, gestand Bente sichtbar verlegen: »Kathrin Hoppe kann heute auch nicht. Sie lässt ausrichten, dass Sie gefälligst zu ihr kommen sollen, wenn Sie was von ihr wollen. Für so 'n Kram habe sie einfach keine Zeit, hat sie gesagt.«

»Aha, so 'n Kram«, murmelte Finja und erhob sich langsam von ihrem Stuhl, während sie die Hände in die Hüften stemmte.

Bente sah sie mit großen Augen an. »Was haben Sie vor, Frau Fährmann?«

»Der guten Dame einen Besuch abstatten, wie sie es sich gewünscht hat«, erwiderte Finja, bevor sie sich mit einem engelsgleichen Lächeln an Hasso Lüders wandte. »Und Sie begleiten mich, Lüders!«

15

Constantin war gerade damit beschäftigt, die verschiedenen Ausführungen von Verbandsmaterial einzuräumen, das am Vormittag geliefert worden war. Die große Bestellung hatte er in der Annahme aufgegeben, dass er auch Bedarf haben würde – nicht ahnend, dass er in einen abscheulichen Mordfall verwickelt würde, der ihm womöglich noch Jahre anhaftete. Zumindest solange der wahre Täter nicht hinter Schloss und Riegel saß.

Nächste Woche stand auch die Anlieferung von zwei neuen Untersuchungstischen an. Immerhin hatte er große Pläne geschmiedet: Am Nachmittag sollten regelmäßig Kleintiersprechstunden stattfinden. Wenn alles gut lief und die Nachfrage stieg, hatte er sogar schon eine Kollegin aus Hannover im Hinterkopf, die bereit wäre, sich ihm hier anzuschließen. Doch all das schien gerade an der harten Realität zu zerplatzen wie Seifenblasen; im Moment gab es ja nicht einmal genug Arbeit für ihn allein.

Seine Gedanken drifteten mal wieder zu Finja Fährmann ab – dieser unbelehrbaren Kommissarin mit ihrem überheblichen Blick und dem unerschütterlichen Glauben an ihre eigene Unfehlbarkeit. Wie konnte man nur so blind sein? Er hatte ihr Hinweise gegeben, kleine Puzzlestücke eines größeren Bildes, doch sie lehnte jede Art von Unterstützung ab, war dermaßen von sich selbst überzeugt, dass …

Das Handy klingelte in seiner Hosentasche und entriss ihn abrupt seinen düsteren Gedanken rund um Finja Fährmann.

»Ja, von Platen?«

»Hier spricht Hinrich Albrecht aus Neufelderkoog. Ich bräuchte mal den Tierarzt an den Apparat. Vier meiner Ziegen gefallen mir nicht, die haben angeschwollene Gelenke, liegen viel rum, fressen wenig und geben kaum noch Milch. Irgendwas stimmt da nicht.«

»Ja, Sie sprechen mit dem Tierarzt«, antwortete Constantin.

»Ach so, na dann … Haben Sie einen Verdacht?«

»Das kann ich pauschal nicht sagen. Ich müsste mir die Tiere anschauen.«

»Sie wollen zu uns auf den Hof kommen?«

»Das wäre sinnvoll.«

Eine kurze Pause. »Wenn es gar nicht anders geht –«

»Ich wüsste nicht, wie.«

»Na gut. Dann gebe ich Ihnen mal die Adresse. Wann können Sie hier sein?«

»Ich mache mich direkt auf den Weg.«

»Gut.« Hinrich Albrecht gab die Adresse durch, sagte noch: »Bis gleich«, und legte auf.

Constantin steckte das Handy weg und atmete tief durch.

Ein neuer Patient. Er konnte es fast nicht glauben. Wobei, womöglich hatte es sich noch nicht bis nach Neufelderkoog herumgesprochen, dass ein Besuch vom neuen Tierarzt unter Umständen tödlich enden konnte.

So erleichtert Constantin über den Anruf dieses Albrecht gewesen war, leider hatte er nach eingehender Untersuchung direkt einen ersten Verdacht. Keinen schönen. Wahrlich nicht.

»Ich muss zwar noch die Blutproben ins Labor schicken und auf den Bericht warten, aber die Symptome sind ziemlich eindeutig. Ich befürchte, dass sich die betroffenen Tiere mit CAEP, Caprine Arthritis-Encephalitis, infiziert haben.«

»Was sagen Sie da? Dat verstehe ich nicht. Wir hatten doch gar keinen Kontakt zu anderen Herden, schon seit Ewigkeiten nicht. Und wegen dem Mistwolf lasse ich die Ziegen auch nur noch hier auf der Wiese am Hof grasen. Auf den Deich kommen sie gar nicht mehr. Ich wüsste wirklich nicht, wo sie sich das geholt haben sollten.«

»Die Infektion kann manchmal Jahre im Körper sein, bevor die Krankheit ausbricht«, erklärte Constantin geduldig. »Die meisten Ziegen werden in jungem Alter infiziert, bleiben lebenslang seropositiv und können Monate bis Jahre nach der

Infektion Krankheitsanzeichen entwickeln. CAEP wird hauptsächlich durch die Aufnahme von virusinfiziertem Kolostrum oder Milch verbreitet.«

»Herr im Himmel! Und was nun? Was kann ich ihnen geben, damit sie wieder gesund werden?«

Constantin schüttelte bedauernd den Kopf, seine Miene war ernst. »CAEP ist leider nicht heilbar.«

»Sagen Sie doch so was nicht!«, keuchte Hinrich Albrecht.

»Gegen das Virus gibt es keine Behandlungsmöglichkeit. Der Verlauf ist langsam und schleichend, sodass immer mehr Tiere in der Herde angesteckt werden, während das Ausmaß erst spät sichtbar wird«, schilderte Constantin. »Es gibt eine Blutuntersuchung auf Antikörper gegen CAEP, die zeigt, ob Ziegen mit dem Virus in Kontakt gekommen sind. Diese Tiere gelten dann als infiziert und müssen bei Bestandssanierungen so schnell wie möglich aus der Herde entfernt werden, um eine Ansteckung weiterer Tiere zu vermeiden. Da diese Viren nicht auf Menschen übertragbar sind, können die Tiere normal zur Schlachtung gebracht werden.«

»Sie sagen mir aber gerade nicht, dass möglicherweise meine ganze Herde betroffen sein könnte?«, keuchte Albrecht, seine Augen weiteten sich vor Schreck.

»Das hoffe ich nicht, aber ausschließen kann man es natürlich nicht. Um Gewissheit zu haben, müssten wir das Blut jedes einzelnen Tieres untersuchen.«

»Und ... und was kostet mich das?«

»Das kann ich so nicht sagen; die Proben muss ich ins Labor schicken und –«

»Verdammter Mist!«, fiel Albrecht Constantin fluchend ins Wort. »Das klingt teuer. Ich weiß nicht, ob ich mir das gerade leisten kann. Erst dieser scheiß Wolf, der mir mehrere Ziegen gerissen hat und wo ich bis heute auf irgendeine Zahlung vom Staat oder zumindest von der Versicherung warte – und jetzt das.« Der Landwirt stemmte frustriert die rechte Hand in die Hüfte und fuhr sich mit der anderen über sein unrasiertes Gesicht, während er tief durchatmete. »Dann müssen die eben alle zum Abdecker; nützt ja nix. Sie haben ja gesagt, dass das Fleisch für Menschen zum Verzehr geeignet ist, oder?«

»In bestimmten Fällen übernimmt die Tierseuchenkasse die Untersuchungskosten beziehungsweise die Laborkosten«, erklärte Constantin ruhig. »Aber selbst, wenn nicht, es wird Sie jetzt kein Vermögen kosten, Herr Albrecht.«

»Und was verstehen Sie unter einem Vermögen, hä? Möglicherweise etwas völlig anderes als ich. Es ist nun mal so, dass man einem nackten Mann nicht in die Tasche greifen kann.« Albrecht sah Constantin herausfordernd an.

»Ich schätze, pro Tier kommen so um die zehn Euro Laborkosten auf Sie zu«, blieb Constantin sachlich.

»Und das, was Sie von mir haben wollen? Oder arbeiten Sie gratis? Weil Sie hier gleich zu Beginn in Verruf gekommen sind?«

Constantins Magen zog sich zusammen. Verdammt. Von wegen, das leidige Thema habe sich womöglich noch nicht ganz so weit herumgesprochen. Das Gegenteil war der Fall, und wenn Constantin richtiglag, versuchte dieser Albrecht tatsächlich, aufgrund dessen den Preis zu drücken. Wie dreist konnte man eigentlich sein?

»Nein, Herr Albrecht«, sagte er mit fester Stimme. »Ich arbeite natürlich nicht gratis. Ich wüsste auch nicht, warum ich das tun sollte. Sie erhalten eine Rechnung von mir, korrekt nach der aktuellen GOT. Darüber hinaus habe ich Ihnen erklärt, dass Sie eventuell die Kosten bei der TSK geltend machen könnten, da müssten Sie sich bitte selbst mal erkundigen.«

»Nun seien Sie doch nicht gleich so angefressen«, brummte Albrecht. »Hätte ja sein können, weil man sich ja so einiges erzählt.«

»Herr Albrecht, sehen Sie es mir bitte nach, aber ich gebe nichts auf das Gerede der Leute«, sagte Constantin und versuchte, seine Stimme ruhig zu halten, während er den Blick fest auf Albrecht richtete. »Und jetzt wäre ich Ihnen dankbar, wenn Sie mir sagen würden, wie wir weiter verfahren wollen.

Blutproben nehmen oder nicht? Meine Zeit ist tatsächlich etwas begrenzt.«

Constantin spürte ein leichtes Ziehen in der Magengegend; er log nicht gern – warum auch? Aber in diesem Moment fühlte er sich gezwungen, die angebliche Dringlichkeit seiner Situation zu betonen. »Ich habe einen randvollen Terminkalender, und die nächsten Patienten warten schon.«

»Ist das so?«, gab Albrecht mit einem skeptischen Blick zurück.

Constantin antwortete nicht; das Ganze war ihm jetzt wirklich zu dumm. Mit unbeweglicher Miene sah er dem Ziegenbesitzer fest ins Gesicht und wartete auf eine Reaktion. Als Albrecht jedoch weiterhin stumm blieb und sich nicht rührte, machte Constantin Anstalten zu gehen.

»Nun warten Sie doch mal, seien Sie nicht gleich beleidigt, Doktor. Wenn Sie hier bestehen wollen, dann müssen Sie aber Ihre Empfindlichkeit ablegen«, riet der Ziegenbesitzer ihm.

»Danke für den Tipp!«, entgegnete Constantin scharf, der Sarkasmus in seiner Stimme war unüberhörbar.

Albrecht hatte wohl kapiert, dass er zu weit gegangen war, und versuchte, die Wogen zu glätten. »Ich kläre das gleich mit der TSK und melde mich dann wieder bei Ihnen. In Ordnung?«

Gleichgültig zuckte Constantin mit den Schultern. »Herr Albrecht, machen Sie das, wie Sie es für richtig halten. Sie können natürlich auch einen anderen Tierarzt –«

»Nein, nein, ist ja schon gut. Ich hab's begriffen«, unterbrach Albrecht hastig. »Ist halt so, weil dieser verdammte Wolf bereits dreimal zugeschlagen hat und es kein Schwein hier schert.« Seine Augen funkelten vor Frustration. »Wolfschutzzäune soll man bauen; angeblich gibt es die vom Staat finanziert. Dummerweise ist das aber auf dem Deich nicht erlaubt. Was für ein Irrsinn«, fuhr er fort und ballte die Hände zu Fäusten. »Beim ersten Mal haben die doch tatsächlich was von einem wildernden Hund gesagt! Klar doch, der ist dann so in einen Blutrausch geraten und hat innerhalb kurzer Zeit über zehn Tiere gerissen – nur getötet, nicht mal gefressen! Nur totgebissen und weiter zum nächsten Tier.«

Constantin konnte sich dem Bild nicht entziehen, das Albrecht beschrieb; es war grausam und verstörend und der Ärger des Ziegenbesitzers mehr als nachvollziehbar.

»Ich sag's Ihnen, Doktor.« Seine Stimme wurde leiser, fast eindringlich. »Den Anblick am nächsten Morgen krieg ich nie wieder aus dem Kopf. Keine Woche später das Ganze noch mal – zwar nur drei Tiere, aber die Herde war vollkommen durch den Wind. Nachdem dann am nächsten Morgen ein weiteres Tier gerissen wurde, habe ich den Deich geräumt, und seitdem sind sie alle hier direkt am Haus geblieben.«

Seine Gestik, während er weitersprach, machte die Dramatik seiner Situation regelrecht greifbar. »Nachts stehen sie in der Scheune; ich muss also Heu füttern, schon jetzt – das hatte ich gar nicht geplant! Die Kosten rennen mir davon und ... nun ja«, er hielt kurz inne und senkte den Blick auf den Boden, »ich gehe ganz schön auf dem Zahnfleisch gerade.«

Constantin nickte verstehend. »Das glaube ich Ihnen«, sagte er und meinte es auch so.

»Ich ruf gleich bei der Kasse an. Können Sie so lange noch warten, oder soll ich Ihnen später Bescheid geben?«

Da Constantin behauptet hatte, dass sein Terminkalender randvoll wäre, zog er es vor, auch weiterhin so zu tun. »Ich muss jetzt erst einmal los, aber wenn Sie mir grünes Licht geben, werde ich es so einrichten, dass ich zeitnah wieder zu Ihnen kommen kann.«

Albrecht nickte. »Und was mache ich jetzt mit den vier Ziegen, denen es so beschissen geht?«

Wie er dastand – dünn, ja geradezu hager, blass unter der Arbeitsbräune, ausgemergelt, energielos, buchstäblich vom bestimmt nicht einfachen Leben gezeichnet –, tat er Constantin auf einmal leid.

»Sofort von der Herde trennen, das rate ich Ihnen dringend.«

Damit verabschiedete er sich.

Zurück auf dem Hof seiner Großtante sah er Amalia vor der Tür stehen, als hätte sie auf ihn gewartet. Sichtbar nervös zwirbelte sie an dem schmalen Stoffband ihrer eleganten blasslila Bluse und machte einen ganz und gar aufgewühlten Eindruck auf Constantin.

»Ist etwas passiert?«, fragte er sie.

Amalia holte tief Luft, bevor sie mit ernster Miene antwortete: »Wenn ich mich nicht täusche, ist hier gerade jemand auf dem Anwesen herumgeschlichen.«

»Wie bitte?« Constantin dachte natürlich sofort an den Überfall vor einigen Tagen – er war sich bis heute nicht sicher, was genau passiert war. Hatte er tatsächlich einen Dieb überrascht, oder hatte der Angriff gezielt ihm gegolten?

»Ich meine, dass es ein Mann in Motorradkleidung war.«

»Okay«, sagte Constantin langsam. »Denkst du, es könnte derjenige gewesen sein, dem ich den Schlag auf den Hinterkopf zu verdanken habe?«

Amalia nickte. »Ich befürchte, wir haben dem Ganzen wegen des Mords an Fiete Klünder nicht genug Beachtung geschenkt.«

»Hmmm …«, murmelte Constantin nachdenklich.

»Ich habe einen schlimmen Verdacht, Conzi«, begann sie, bevor er auch nur die Chance hatte, sein »Hmmm …« zu konkretisieren. »Und ich bitte dich, nimm das ernst. Vor einigen Jahren habe ich einen wirklich fesselnden Kriminalroman gelesen.«

»Amalia, bitte –«, begann Constantin, um sie darauf hinzuweisen, dass die Inhalte solcher Romane rein fiktiv waren und nichts mit der Realität zu tun hatten.

»Nein, lass mich ausreden! Ich weiß, dass es ein Roman ist, aber hör mir zu: In dieser Geschichte gab es einen Hauptverdächtigen, gegen den alle Indizien sprachen. Doch dann geschah das Unvorstellbare – er kam ums Leben. Zunächst deutete alles auf Selbstmord hin. Die Ermittler waren sich einig: Er konnte mit der Last seiner Taten nicht mehr leben und hat sich das Leben genommen. Aber die Auflösung war ganz anders! Der wahre Täter war derjenige, der den Hauptver-dächtigen ermordet hatte – ein absurder Plan, um den von ihm begangenen Mord als Selbstmord und damit als Geständnis seines zweiten Opfers darzustellen und so straffrei davonzu-kommen.«

»Das ist ein sehr, sehr schlechter Plot, Amalia. Wirklich absolut realitätsfern«, entgegnete Constantin kopfschüttelnd.

»Aber genau das könnte jetzt auch passieren! Fiete Klün-ders Mörder hat versucht, dich umzubringen! Vielleicht wollte er es wie einen Selbstmord aussehen lassen und –«

»Stopp! Amalia, ich bitte dich! Das ist wirklich komplett absurd!«

»Finja hat etwas Ähnliches gesagt oder zumindest ange-deutet.«

»Dann ist diese Theorie erst recht mit tausendprozentiger Sicherheit absolut idiotisch!«

Bevor Amalia erneut etwas erwidern konnte, klingelte Con-stantins Handy. Es war der Ziegenzüchter Albrecht.

»Die TSK übernimmt die Kosten nur, wenn die Gefahr einer Ausbreitung besteht«, erklärte er mit bitterer Stimme. »Aber ich habe mit meiner Frau gesprochen! Hanka sagt, wir dürfen die Ziegen nicht auch noch verlieren. Also, wann können Sie kommen und die Blutproben nehmen?«

»Ich versuche, es heute noch irgendwie einzurichten«, ver-sprach Constantin.

Amalia hatte ihn während des Telefonats nicht aus den Au-gen gelassen. »Worum ging es?«, wollte sie nun wissen.

»Um die Realität, Amalia – keine fiktive Handlung eines zweifelsohne schlechten Kriminalromans. Um die zuweilen bittere, harte und kantige Realität!«

16

Amalia von Platen war zutiefst verärgert über Constantin – ihr Unmut ihm gegenüber war deutlich spürbar. Wie konnte man nur so stur sein? Diese Hartnäckigkeit hatte er sicherlich von seinem Vater Johannes geerbt, der ebenfalls dafür bekannt war, mit dem Kopf durch die Wand zu wollen. Unmöglich! Auch ihr verstorbener Mann war oft unbelehrbar gewesen, das musste wohl in der Familie der von Platens liegen, die sich allesamt auf seltsame Weise für unverletzbar hielten. Doch am Ende hatte es sich zumindest für ihren Anton herausgestellt, dass er es doch nicht war – sosehr Amalia sich das auch gewünscht hätte.

Natürlich wirkte der Vergleich mit dem Kriminalroman auf den ersten Blick etwas weit hergeholt, aber immerhin hatte auch Finja so etwas in der Art bereits in Erwägung gezogen, wusste Amalia. Und der Verdacht, dass sich jemand in Motorradkleidung auf dem Anwesen herumgetrieben hatte, war real und kein Produkt ihrer manchmal etwas lebhaften Phantasie.

Mit einem tiefen Seufzen nahm sie sich vor, später beim Abendessen erneut zu versuchen, Constantin ins Gewissen zu reden, ihm klarzumachen, dass er unter Umständen in Gefahr schwebte – in Lebensgefahr!

Jetzt hatte sie jedoch einiges zu erledigen. Da Conzi sowieso wieder fortgefahren war, wollte sie die Zeit nutzen, um unter anderem die Bank, die Reinigung und die Bücherei aufzusuchen. Also setzte sie sich in ihren Kombi und fuhr, kaum dass Conzis Transporter vom Hof gerollt war, ebenfalls los. Die Fahrt in die Marner Innenstadt dauerte keine zehn Minuten; oft fuhr sie auch mit dem Rad dorthin.

Ihr Fahrrad bezeichnete man mittlerweile wohl als »Ökorad«, so gewöhnlich, wie es war, denn es bewegte sich ausschließlich durch Amalias Trittkraft. Der übertriebene E-Bike-Trend ging ihr furchtbar auf die Nerven. Sie fand es schrecklich, wie viele Leute Fitness vortäuschten und am Ende nichts weiter als Statisten auf ihren Rädern waren. Es grenzte schon an ein Wunder, dass sie ihre Fahrräder überhaupt noch selbstständig lenkten.

Heute musste ihr Rad jedoch in der Garage bleiben, denn sie hatte mehrere Blusen und zwei weiße Tischdecken für die Reinigung dabei – Dinge, die sich nur schwer auf dem Rad transportieren ließen.

Kaum hatte Amalia ihren Mercedes auf dem Parkplatz nahe der Marner Bücherei abgestellt, ein Ort, den sie auch besonders liebte, und wollte ihre Finanzgeschäfte erledigen – ihr langjähriges Bankhaus befand sich direkt gegenüber –, fiel ihr Blick auf eine Frau, die es offensichtlich eilig hatte, denn sie überquerte den Parkplatz und die Straße in einem rasanten Tempo. Ohne nach links oder rechts zu schauen, rannte sie einfach los, sodass ein Bus abrupt bremsen musste.

Unfassbar … Aber das war doch … Als Amalia endlich erkannte, um wen es sich bei dieser Frau handelte, war sie zunächst so überrascht, dass sie mitten in der Bewegung erstarrte.

Diese kurze Schockstarre dauerte vielleicht nur zwei oder drei Sekunden, doch das reichte aus, damit die Frau im Gebäude der Bank verschwinden konnte.

»Die wilde Pflaume«, flüsterte Amalia leise vor sich hin. Sie war endlich wieder in der Lage, sich zu bewegen, und lief los. Sie musste wirklich etwas für ihre Fitness tun, denn bereits nach wenigen Metern schnappte sie nach Luft. Dementsprechend atemlos stürmte Amalia in das Bankhaus und sah sich hastig um, doch von der Frau war keine Spur mehr zu finden.

»Verdammt!«, fluchte sie ärgerlich.

In diesem Moment trat Herr Hünegold, der Bankangestellte, der sich bevorzugt um ihre finanziellen Angelegenheiten kümmerte, an ihre Seite. »Moin, Frau von Platen. Kann ich Ihnen irgendwie behilflich sein?«

Amalia atmete tief durch. »Herr Hünegold, haben Sie gerade eine Frau hereinkommen sehen?«

Ein schelmisches Grinsen breitete sich auf seinem Gesicht aus. »Ja, das habe ich – Sie, Frau von Platen.«

Empört fuchtelte Amalia mit den Händen. »So ein Unsinn, Herr Hünegold. Ich spreche natürlich nicht von mir selbst! Es geht um eine große, schlanke Frau mit auffälliger Haarfarbe – einem Lilaschwarzton. Sie ist höchstens ein oder zwei Minuten vor mir in dieses Gebäude gegangen.«

Herr Hünegold schüttelte bedauernd den Kopf, seine schütteren Haare wogten sanft mit der Bewegung, und seine hohe, glänzende Stirn reflektierte das Licht. »Ich bin gerade erst aus meinem Büro gekommen. Es tut mir leid, aber wen suchen Sie genau, werte Frau von Platen? Vielleicht können wir gemeinsam nachsehen.«

Bildete sie sich das nur ein, oder sprach er tatsächlich mit ihr, als hielte er sie für ein wenig sonderbar oder kindisch … vielleicht sogar senil? Und dieses wohlwollende Lächeln – was sollte das bedeuten?

»Übrigens hatte ich für heute auf meiner Agenda vermerkt, Sie anzurufen.«

»Dann haben Sie die gesuchte Person also nicht gesehen?«

Herr Hünegold schüttelte erneut den Kopf. »Wie bereits erwähnt, ich bin gerade erst aus meinem Büro gekommen. Aber wenn es Ihnen so wichtig ist, frage ich gerne meine Kolleginnen und Kollegen an den Schaltern.«

»Tun Sie das!«

Doch niemandem war die wilde Pflaume aufgefallen, und allmählich begann Amalia tatsächlich an sich selbst zu zweifeln. War sie vielleicht wirklich etwas wunderlich? Nein, das war doch Unsinn! Ihre Sinne waren scharf und zuverlässig – daran bestand kein Zweifel.

»Liebe Frau von Platen, da Sie nun schon hier sind, würde ich gerne ein paar Dinge mit Ihnen besprechen«, setzte Herr Hünegold fort, ohne sich um ihre offensichtliche gedankliche Abwesenheit zu kümmern.

Amalia unterbrach ihn: »Gibt es hier noch andere Büroräume? Oder vielleicht einen Hinterausgang?«

»Ähm, ja, natürlich gibt es einen weiteren Ausgang, aber der ist nicht für die Öffentlichkeit bestimmt. Außerdem haben die Kollegen doch gerade gesagt, dass niemand auf Ihre Beschreibung passt.«

»Zeigen Sie mir bitte die anderen Ausgänge«, forderte Amalia eindringlich.

»Liebe Frau von Platen, ich bitte Sie …«, begann der Bankberater zögerlich.

»Ich habe jetzt keine Zeit, das weiter zu erklären, Herr Hünegold. Aber glauben Sie mir, es ist von enormer Wichtigkeit. Mag sein, dass ich Ihnen gerade etwas sonderbar vorkomme – damit muss und kann ich leben. Also bitte, zeigen Sie mir auf der Stelle den oder die weiteren Ausgänge!«

»Wenn es Ihnen so wichtig ist«, erklärte der Bankberater hörbar irritiert, »dann folgen Sie mir gerne.«

In diesem Moment mischte sich eine andere Bankkundin ein – eine Friseurin aus dem Salon, den Amalia regelmäßig besuchte. »Entschuldigung, Frau von Platen«, sagte sie und blickte etwas verlegen drein, als wollte sie nicht den Eindruck erwecken, neugierig gelauscht zu haben. Schließlich wusste man ja: Eine Friseurin ist immer über alles und jeden informiert.

»Ach, Neira, Sie sind das! Ich habe Sie gar nicht bemerkt. Sonst hätte ich Sie natürlich begrüßt«, erwiderte Amalia hektisch, aber dennoch freundlich.

Neira winkte ab. »Alles gut, ich stand ja auch hier hinten beim Kontoauszugsdrucker. Auf jeden Fall habe ich die Dame gesehen, nach der Sie suchen. Sie ist jedoch nicht in die Bank gekommen, sondern nebenan ins Treppenhaus nach oben geeilt. Das konnte ich von hier aus sehr gut beobachten, und es fiel mir auf, weil ich tatsächlich dachte, dass die Haarfarbe echt nicht geht, ganz besonders in Verbindung mit diesem krausen Haar und dem viel zu roten Lippenstift.«

»Wunderbar, Neira! Wie gut, dass Sie so aufmerksam waren«, triumphierte Amalia, während sich in ihr die Ungeduld mit einer Welle der Erleichterung vermischte. »Wo gelangt man dorthin?«

»Dort befinden sich mehrere Büroräume«, mischte sich nun wieder Amalias Bankberater ein.

»Gut! Danke schön.« Mit einem entschlossenen Schwung drehte Amalia sich auf dem Absatz um und verließ den Schalterraum. Sie spürte die neugierigen Blicke ihres Bankberaters, ihrer Friseurin und wahrscheinlich auch einiger anderer Kunden, die sie verwirrt oder sogar befremdet musterten. Doch jetzt war ihr Ruf unwichtig; sie konnte keine Rücksicht auf das nehmen, was andere über sie dachten.

Im Stechschritt eilte sie den schmalen Gang entlang, der sie in ein Treppenhaus führte. Der Geruch von frisch gebrühtem Kaffee und Putzmittel lag in der Luft und vermischte sich mit dem muffigen Duft des älteren Gebäudes. An den Wänden hingen drei Schilder: eines für einen Rechtsanwalt und Notar namens Sebastian Franken, ein weiteres für die Firma Hildebrandt OHG und schließlich das Schild eines Physiotherapeuten. Direkt unter der silbernen Tafel klebte ein in Folie geschweißter Zettel mit der Aufschrift »Dauerhaft geschlossen«.

Also blieben nur noch der Rechtsanwalt und die Firma Hildebrandt. Amalia war unentschlossen, denn beide waren ihr völlig unbekannt. Der Rechtsanwalt musste neu sein; seinen Namen hatte sie bisher noch nie gehört. Während sie noch überlegte, öffnete sich plötzlich die Tür der besagten Kanzlei, und im nächsten Moment stand sie der »wilden Pflaume« gegenüber – sozusagen Auge in Auge. Wobei Amalia dafür schon ein bisschen hochschauen musste.

»Darf ich mal durch!«, zischte die Frau sie direkt unfreundlich an, ihre Stimme schneidend wie ein Klingenstich.

Amalia versuchte instinktiv, sich größer zu machen, und entgegnete ein klares »Nein!«.

»Hä, geht's noch?«

»Nicht, bevor Sie mir ein paar Fragen beantwortet haben«, erwiderte Amalia entschlossen.

»Warum sollte ich?«, pampte die wilde Pflaume zurück und funkelte sie ärgerlich an.

Ja, warum sollte diese unfreundliche Person ihr freiwillig gestehen, dass sie mit dem Mord an Fiete Klünder etwas zu tun hatte? Dass es sich bei ihr vielleicht sogar um die Täterin handelte? Oder zumindest seine Komplizin?

»Sie erkennen mich wohl nicht!« Amalia sah dies nicht als Frage, sondern als Herausforderung.

»Ticken Sie nicht mehr ganz richtig? Warum sollte ich auch?«

Das ist also der wahre Umgangston dieser Person, dachte Amalia und konnte ein ablehnendes Naserümpfen nicht unterdrücken.

»Machen Sie jetzt gefälligst den Weg frei, sonst helfe ich nach!«, zischte die Frau und hob drohend die rechte Hand – ganz so, als wollte sie Amalia wie eine lästige Fliege zur Seite fegen.

»Amalia von Platen«, begann sie mit unbeirrter Stimme. »Sie haben vor einiger Zeit mit Ihrem Kumpan vor meiner Tür gestanden. Sie wollten Fiete Klünder sprechen. Kurz darauf war dieser tot. *Ermordet.*« Das Wort »ermordet« betonte Amalia besonders eindringlich und blickte der Frau dabei mit leicht zusammengekniffenen Augen fest ins Gesicht.

»Und was habe ich damit zu schaffen? Was soll das hier? Sind Sie verrückt?«

»Soso«, murmelte Amalia leise vor sich hin, »wenn die Maske fällt, kommt das wahre Gesicht zum Vorschein.« Sie spürte einen Anflug von Triumph in ihrem Inneren; doch gleichzeitig wusste sie auch, dass diese Konfrontation gefährlich werden konnte. »Aber Sie konnten mich eh nicht täuschen – neulich nicht und auch jetzt nicht.«

»Ey, mir reicht's jetzt! Mach Platz, Alte!«, keifte die Frau sie an, und bevor Amalia wirklich begreifen konnte, was geschah, stieß sie sie mit voller Wucht zur Seite. Amalia taumelte und krachte mit der linken Schulter und der Hüfte gegen die weiß verputzte Treppenhauswand. Ein heller Schrei entfuhr ihr – eine Mischung aus Verblüffung darüber, dass diese durchweg gewöhnliche Person tatsächlich handgreiflich geworden war, und dem stechenden Schmerz des Aufpralls.

»Bleiben Sie stehen!«, rief Amalia der Frau hinterher, doch die scherte sich einen feuchten Kehricht darum. Amalia rieb sich die schmerzende Schulter und suchte mit einer Mischung aus Frustration und Entschlossenheit in ihrer Handtasche nach ihrem Handy. Sie musste Finja Fährmann anrufen. Mit etwas Glück ... Da öffnete sich erneut die Tür der Rechtsanwalts- und Notarkanzlei. Ein Mann Mitte dreißig trat heraus – er trug eine dunkle Anzughose und ein weißes Hemd ohne Krawatte, was ihm ein lässiges, aber dennoch professionelles Aussehen verlieh. Seine Augen waren von einer Mischung aus Besorgnis und Neugierde geprägt, als er Amalia musterte.

»Alles in Ordnung?«, fragte er mit einem warmen Tonfall.

»Ja, danke schön, es geht mir gut«, erklärte Amalia und bemühte sich um ein Lächeln.

»Meine Kanzleigehilfin hat einen Schrei gehört ...?«

Amalia beeilte sich, abzuwinken, während in ihrem Kopf die Gedanken wie ein gut geöltes Uhrwerk zu rattern begannen. Innerhalb von Sekunden hatte sie einen Plan gefasst.

»Der Kreislauf, verstehen Sie? Mir war für einen kurzen Augenblick etwas blümerant, sodass ich beinah gestürzt wäre«, erklärte sie. »Aber die junge Frau, die kurz zuvor aus Ihrer Kanzlei geeilt kam, war so aufmerksam und hat mich im letzten Moment festgehalten. Sie hat damit Schlimmeres verhindert.« Bedauernd hob Amalia kurz die Hände, als wollte sie die Dramatik ihrer Worte unterstreichen. »Leider hatte sie es wohl sehr eilig, sodass ich mich nicht bedanken konnte – was ich aber unbedingt nachholen möchte. Sie war doch gerade bei Ihnen in der Kanzlei. Vielleicht können Sie mir ihren Namen und im besten Fall sogar ihre Adresse geben? Dann kann ich ihr einen kleinen Dankes-Blumengruß zukommen lassen.«

Amalia war selbst beeindruckt von der Leichtigkeit, mit der diese Lügengeschichte über ihre Lippen gekommen war.

Doch bedauerlicherweise schüttelte der Rechtsanwalt den Kopf. »Es tut mir sehr leid, aber wir sind zur Verschwiegenheit verpflichtet. Das betrifft natürlich auch die Namen und Adressen unserer Klienten.«

»Das verstehe ich natürlich«, entgegnete Amalia mit einer Unschuldsmiene, die filmreif war. »Ich hätte gewiss nicht danach gefragt, wenn es nicht so wichtig wäre. Nur … wenn sie mich nicht festgehalten hätte, hätte ich mich vielleicht sogar ernsthaft verletzt. Ich möchte mich wirklich bei ihr für ihre umsichtige Art und zupackende Hilfe bedanken.«

Der Anwalt lächelte unverbindlich. »Das verstehe ich, aber ich bin zur Verschwiegenheit verpflichtet«, wiederholte er monoton und ließ keinen Zweifel daran, dass seine Entscheidung feststand.

Amalia spürte, wie sich erneut Frustration in ihr breitmachte. So kam sie nicht weiter, das war ihr klar. Hier waren schwerere Geschütze erforderlich.

Sie atmete tief durch, bevor sie erklärte: »Mein Name ist Amalia von Platen. Sie können jeden in und um Marne herum nach meinem erstklassigen Leumund und Ruf befragen. Es ist mir wirklich sehr wichtig, mich bei der Dame zu bedanken.«

»Liebe Frau von Platen«, begann der Rechtsanwalt mit einem höflichen, aber bestimmten Tonfall, »ich bin zwar relativ neu mit meiner Kanzlei hier in Marne, doch selbstverständlich ist mir Ihr Name ein Begriff. Ich kann Ihnen versichern, dass ich nicht eine Sekunde an Ihrer Seriosität und Ihren guten Absichten gezweifelt habe. Dennoch sehe ich mich außerstande, Ihnen den Namen und die Adresse der Dame zu nennen. Und das nicht allein aus berufsethischen Gründen; beides ist mir schlichtweg selbst nicht bekannt.«

»Aha, so ist das also«, murmelte sie.

»Sie glauben mir nicht, stimmt's?«, fragte er.

Amalia zuckte kurz mit den Schultern. »Die Dame ist eindeutig aus Ihrer Kanzlei gekommen, ich irre mich nicht.«

»Ja, so ist es«, gab der Anwalt zu, und ein feines Lächeln schlich sich auf seine Lippen, fast ein wenig amüsiert über ihre Hartnäckigkeit. »Doch sie hatte weder einen Termin mit mir, noch wollte sie einen vereinbaren.«

»Was denn dann?«

»Liebe Frau von Platen«, antwortete er erneut mit einer

Mischung aus Höflichkeit und Entschlossenheit, »wie bereits erwähnt, bin ich zur Verschwiegenheit verpflichtet.«

»Was Ihre Klienten betrifft, da stimme ich Ihnen zu. Doch wenn ich es richtig verstanden habe, handelt es sich bei der Person um keine Klientin von Ihnen. Deshalb –«

»Und genau deshalb ist mir auch weder ihr Name noch ihre Adresse bekannt«, schnitt er ihr das Wort ab. Seine Miene blieb dabei ungerührt. »Es tut mir leid, Frau von Platen, aber ich kann Ihnen wirklich nicht weiterhelfen.«

»Oder wollen Sie nicht?«, entgegnete Amalia herausfordernd.

Seine Augenbrauen wanderten erkennbar verstimmt nach oben, während sein Gesichtsausdruck sich verhärtete. »Entschuldigen Sie bitte, die Arbeit ruft nun allzu deutlich nach mir.« Er nickte Amalia kurz zu und wandte sich dann ab, um ohne ein weiteres Wort in seine Kanzlei zurückzukehren.

»Herzlichen Glückwunsch, Amalia. Das hast du ja erstklassig vergeigt.«

17

Die lange Auffahrt zu Kathrin Hoppes Haus war gesäumt von üppigem Kirschlorbeer und hohen Thujen, die sanft im frühsommerlichen Wind wogten. Das Sonnenlicht funkelte auf dem dunklen Lack der Motorhaube des Audis, den Finja über die makellos gereinigten Waschbetonplatten lenkte. Auf dem Beifahrersitz saß Polizeihauptmeister Hasso Lüders und blickte aufmerksam aus dem Fenster.

Es war bereits das zweite Mal, dass sie hierherkamen; am Vormittag hatten sie vergeblich geklingelt, im Haus hatte sich nichts geregt. Doch das hatte Finjas Entschlossenheit nur noch verstärkt, Kathrin Hoppe erneut intensiv auf den Zahn zu fühlen und ihr angebliches Alibi gründlich zu hinterfragen.

»Die Kathrin Hoppe wohnt hier zusammen mit ihrem Bruder Holger und ihrem Sohn Jonas«, sagte Lüders.

»Das haben Sie mir vorhin schon erzählt«, erinnerte Finja ihren Kollegen.

»Habe ich?« Lüders schüttelte den Kopf, als wäre er aus seinen Gedanken gerissen worden. »Ist mir entfallen. Vielleicht noch Nachwirkungen von der Halswirbelsäulenverletzung.«

Vielleicht lag es auch daran, dachte Finja, dass er noch immer von dem Auftritt seiner Jutta im Polizeirevier irritiert war. Jutta Lüders war vorhin ganz in ihrem Element gewesen und hatte eine Reihe von Insiderinformationen über den ermordeten Fiete Klünder ausgepackt – wie sie es selbst genannt hatte. Nicht nur ein Mal hatte ihr Hasso sie mit großen Augen angesehen und gesagt: »Ich wusste gar nicht, dass du den Klünder so gut gekannt hast, Schmusi.«

Als sie schließlich aus dem Auto stiegen und auf das Haus zugingen, verzog Finja leicht das Gesicht, während sie erneut dachte, dass das Ganze an Geschmacklosigkeit kaum zu übertreffen war. Die Fassade des älteren Bauernhauses war mit gräulich-weiß geriffeltem Kunstklinker verkleidet, die Fenster mit aufgeklebten Sprossen verziert. An verschiedenen Stellen prangten verschnörkelte schmiedeeiserne Gitter, die eher an einen kitschigen Traum als an ein kultiviertes Zuhause erinnerten. Der Stil war alles andere als einheitlich. Es war offensichtlich, dass hier mit wenig Geld und noch weniger Geschmack versucht worden war, das mindestens hundert Jahre alte Bauernhaus auf modern und luxuriös zu trimmen – der Versuch war kläglich gescheitert.

Die Türglocke ertönte mit einer Melodie, die Finja schon heute Vormittag bei ihrem ersten Versuch, hier jemanden anzutreffen, bekannt vorgekommen war, doch sie konnte sie einfach nicht zuordnen.

Tatsächlich hatten sie dieses Mal mehr Glück, als ein Mann die Tür öffnete. »Moin, Hasso!«, begrüßte er Lüders und warf einen irritierten Blick zwischen dem Polizeiobermeister und Finja hin und her.

»Moin, Holger!«, erwiderte Hasso Lüders mit einem freundlichen Nicken. »Das ist meine Chefin, Kriminalhauptkommissarin Fährmann.«

»Kriminalhauptkommissarin? Wie komme ich denn zu so einer Ehre?«

Holger Hoppe war Anfang bis Mitte vierzig, groß und übergewichtig. Sein kräftiger Bürstenhaarschnitt ließ ihn noch robuster erscheinen, während die vernarbten Stellen in seinem Gesicht auf eine Akne aus seiner Jugend hindeuteten. Sein grünlich gemustertes Hemd und die olivgrüne Weste im Jägerlook waren farblich gesehen ein absoluter Fauxpas.

Er taxierte Finja von Kopf bis Fuß, mit einem Blick, der kaum etwas Gutes verhieß. Doch Finja ließ sich davon nicht beeindrucken. Sie schenkte ihm ein herzliches Lächeln – ein Ausdruck, der sagen sollte: Mit Leuten wie dir komme ich locker klar!

»Guten Tag, Herr Hoppe«, sagte sie freundlich und bemühte sich um einen professionellen Ton. »Ist Ihre Schwester zu Hause?«

Holger Hoppe brummte ein Ja!«, bat sie und Lüders herein und führte sie in ein gediegen eingerichtetes Wohnzimmer. Die wuchtige Sofagruppe in Moosgrün wirkte fast erdrückend in dem Raum. Auf dem Couchtisch, der mit ebenfalls grünlich gemusterten Keramikkacheln versehen war, standen eine Flasche Bier und eine Schüssel mit Erdnussflips. Auf dem Fernseher an der Wand lief die Übertragung eines Fußballspiels.

Holger Hoppe griff zur Fernbedienung und stellte den Ton leise, während seine Miene ernst wurde. »Ich hab schon gehört: unschöne Sache mit dem Fiete. Und da stellt sich einem die Frage, was nützt einem das ganze Geld, wenn man am Ende dann doch mit runtergelassenen Hosen vor dem lieben Herrgott dasteht.« Holger Hoppe sprach mit einer Mischung aus Bitterkeit und, wenn Finja sich nicht täuschte, einer Spur Schadenfreude. »Unabhängig davon«, fügte er hinzu, »wirft so ein Unglück natürlich kein gutes Licht auf Marne – was sag ich, auf die ganze Region.«

Er ging breitbeinig, mit leicht wiegenden Schritten, durch den Raum und deutete auf die Sofas. »Setzt euch! Nehmt doch Platz!« Seine Einladung klang freundlich, aber auch etwas hastig. »Frau Fähr… ähm, kann ich Ihnen etwas anbieten? Eine Tasse Kaffee oder ein Bier? Hasso?«

»Da wäre ich gar nicht so abgeneigt«, antwortete Lüders, doch als Finja ablehnte, beeilte auch er sich, zu verneinen. »Wir sind ja noch im Dienst.«

Holger Hoppe lächelte gequält und sank schwerfällig in den Sessel.

»Wo ist denn nun aber Ihre Schwester, Herr Hoppe?«, wollte Finja wissen und sah ihn dabei direkt an. »Wären Sie so freundlich, ihr zu sagen, dass wir hier auf sie warten?«

»Nee, muss ich nicht, die weiß schon Bescheid«, murmelte Holger Hoppe mit einer wegwerfenden Handbewegung.

»Okay«, sagte Finja, wobei sie die zweite Silbe betonte und dehnte, um ihre Ungeduld auszudrücken. »Dann hoffe ich mal, dass sie sich bald zu uns gesellt.«

»Die kommt bestimmt gleich. Wollen Sie nicht doch was trinken?« Holger Hoppe lächelte bemüht.

»Nein, danke«, wiederholte Finja und setzte sich an die vordere Kante des Sofas, mit einem neuen, ganz plötzlichen Gedanken: Vielleicht konnte sie ein paar Informationen aus Kathrin Hoppes Bruder herauskitzeln, die seine Schwester ihr beim ersten kurzen Gespräch nicht hatte geben wollen. »Ihre Schwester hat mir bereits erzählt, dass Sie große Pläne haben, Ihre Gaststätte in Ferienwohnungen umzubauen.«

Holger Hoppe schüttelte seufzend den Kopf. »Wissen Sie was, Frau Kommissarin? Ich habe wirklich Besseres zu tun, als diesen nervigen Urlaubern alles recht zu machen.« Seine Stimme klang frustriert, als er fortfuhr: »Das habe ich der Kathrin auch gesagt, aber sie war ganz versessen darauf, alles neu und schön zu machen. Dabei haben wir doch erst das Haus schick gemacht.«

»War?« Finja hob eine Augenbraue und dachte sich ihren Teil darüber, wie dehnbar der Begriff »schick« offenbar sein konnte, während sie ihr Gegenüber aufmerksam musterte.

»Na ja«, meinte Holger Hoppe mit einem abwinkenden Tonfall. »Die von der Sparkasse haben gesagt, dass sie uns dafür kein Geld geben. Wir brauchten ja schon Kohle für die Hausrenovierung. Damit war das Thema dann sowieso durch. Kiste zu, Affe tot. So ist das halt!«

»Darum hat Ihre Schwester dann die Idee gehabt, den wohlhabenden Fiete Klünder um ein Darlehn zu bitten«, fügte Finja hinzu. Sie musste innerlich direkt ein wenig grinsen, wie leicht es ihr dieser Holger Hoppe machte. Er war so herrlich redselig.

Jetzt plauderte er weiter: »Ach herrje, was hat die Kathrin alles aufgestellt! Die wollte es einfach nicht wahrhaben, was ich ihr von Anfang an gesagt habe. Der Klünder, der war so ein Geizhals, der hätte nicht einen Cent rausgerückt. Und selbst wenn sie ihm dreißig Prozent Zinsen angeboten hätte – nichts! Zumal der sowieso sein Geld nicht noch mehr vermehren musste, weil er eh schon nicht wusste, wohin damit.«

Holger Hoppes Stimme klang nun richtig frustriert. »Aber wenn die Kathrin sich mal was in den Kopf gesetzt hat, dann –«

In diesem Moment öffnete sich die Wohnzimmertür mit einem leisen Quietschen, und Kathrin Hoppe betrat den Raum. Sie war das genaue Gegenteil ihres Bruders: schlank, fast schon drahtig in ihren Bewegungen. Ihr unruhiger Blick verriet eine gewisse Nervosität, die Finja bereits zuvor bemerkt hatte. Aber vielleicht war dies einfach typisch für eine Frau, die so extrem geschäftig und fast schon rastlos wirkte. Das Faible für Grüntöne in diversen Ausrichtungen schien sie jedoch mit ihrem Bruder Holger zu teilen: eine blassgrüne Strickjacke über einer moosgrünen Bluse und dazu eine klein karierte, schmal geschnittene Hose – ebenfalls in verschiedenen Grüntönen. Unabhängig von der Farbwahl viel zu bieder und altmodisch für eine Frau in den Vierzigern. Freundlich lächelte sie Finja und Lüders an und tat so, als würde sie sich über den Besuch freuen. Doch dann wandte sie sich direkt an ihren Bruder: »Holger, sag mal, hast du der Kommissarin und dem Hasso nicht einmal etwas angeboten? Eine Tasse Kaffee oder Tee?«

»Hat er getan, doch wir haben abgelehnt«, erklärte Finja mit einem höflichen Lächeln. »Aber schön, dass Sie jetzt Zeit haben, sich mit uns zu unterhalten.«

Kathrin Hoppe schien den Sarkasmus in Finjas Stimme entweder bewusst zu überhören oder tatsächlich nicht wahrgenommen zu haben. Ihr Lächeln blieb unverändert freundlich. Dann aber wandte sie sich erneut an ihren Bruder. »Jetzt schalte den Fernseher doch mal aus! Ständig sitzt du vor der Flimmerkiste. Mach dich mal lieber nützlich«, wies sie ihn zurecht, woraufhin er beleidigt das Wohnzimmer verließ.

Finja rutschte ungeduldig auf ihrem Polster herum, sie wollte endlich mit der Vernehmung beginnen. »Frau Hoppe, ich werde das Gefühl nicht los, dass Ihnen der Ernst Ihrer Lage überhaupt nicht bewusst ist«, begann sie und sah ihr fest in die Augen.

»Wie meinen Sie das?«, fragte Kathrin Hoppe, ihre Stimme klang defensiv.

»Dass Sie meiner *freundlichen Einladung* aufs Polizeirevier nicht gefolgt sind und uns heute Morgen dann nicht geöffnet haben, obwohl Ihr Auto in der Einfahrt stand, wirkt sich nicht sonderlich förderlich auf Ihre Glaubwürdigkeit aus. Alles deutet darauf hin, dass Sie etwas zu verbergen haben. Und dass Sie uns etwas verschweigen.«

Kathrin Hoppe rollte die Augen und ging im sonderbaren Wiegeschritt, ähnlich ihrem Bruder, einmal um die Polstergarnitur herum, bevor sie sich schließlich in den Sessel sinken ließ, den Holger Hoppe gerade frei gemacht hatte. »Sie vergessen wohl, dass ich ein Alibi für die Tatzeit habe, Frau Kommissarin.«

»Das Ihnen Ihr Bruder gegeben hat, Frau Hoppe«, entgegnete Finja kühl und beobachtete genau die Reaktion der anderen Frau.

»Und mein Sohn!«

»Zu dritt ist es wesentlich leichter, einen leblosen Mann von der Statur des Verstorbenen in ein Fass zu heben.«

»Dumm nur für Ihre Theorie, Frau Fährmann, dass Jonas in der Berufsschule war – dafür gibt es jede Menge Zeugen«, konterte Kathrin Hoppe in scharfem Ton.

»Ach sooo!«, rief Finja fast triumphierend aus. »In der Berufsschule war also der Jonas. Wie ist es dann nur möglich, dass er bestätigen kann, dass Sie und Ihr Bruder – also Sie alle drei – zur Tatzeit hier zusammen zu Hause waren?«

Kathrin Hoppe biss sich auf die Unterlippe; man konnte ihr ansehen, dass sie sich wegen dieser unbedachten Bemerkung über sich selbst ärgerte.

»Also Kathrin«, sagte Lüders mit einem vorwurfsvollen Blick. »Das interessiert mich jetzt aber auch. Da kann ja was nicht stimmen.«

»Er ist etwas später dazugekommen«, räumte Kathrin Hoppe mit geröteten Wangen ein. »Aber da mein Bruder und ich –«

»Moment, Frau Hoppe! Lassen Sie uns das bitte jetzt noch mal zeitlich genau eingrenzen. Wann genau ist Ihr Sohn schließlich zu Hause gewesen?«

»Ich erinnere mich nicht mehr so genau«, stammelte Kathrin Hoppe nervös. »Mein Bruder und ich waren mit der Renovierung der Küche beschäftigt – wie ich es Ihnen bereits mehrfach bei unserem ersten Gespräch gesagt habe. Da vergisst man schon mal Zeit und Raum.«

»Dann können Sie also auch nicht mit Sicherheit sagen, von wann bis wann Sie mit Ihrem Bruder zusammen waren«, schloss Finja aus Kathrin Hoppes Aussage.

Die schüttelte nun aber energisch den Kopf. »Nun drehen Sie mir doch gefälligst nicht das Wort im Mund um! Wir haben um dreizehn Uhr angefangen – direkt nach dem Mittagessen – und sind erst kurz vor der ›Tagesschau‹ mit dem Streichen fertig geworden. Der Lindenhof war geschlossen, Ruhetag. Mein Bruder und ich waren die ganze Zeit hier im Haus zusammen. So ist das gewesen – so und nicht anders!«

Finja wollte sie keinesfalls vom Haken lassen. »Man sagt, Sie hätten zu dem Toten nicht das beste Verhältnis gehabt.« Eine kurze Pause folgte, dann fügte sie hinzu: »Es gab da früher schon Auseinandersetzungen zwischen Ihnen. Es heißt sogar, Sie hätten so ziemlich alles getan, um an sein Geld zu kommen.«

»Was wollen Sie damit sagen?«, giftete Kathrin Hoppe. »Fangen Sie jetzt schon wieder damit an?«

»Sie sollen sich ihm regelrecht an den Hals geworfen haben – um es mal im vorrangigen Jargon derjenigen zu formulieren, die es so ausgesagt haben. Und das nicht zum ersten Mal.«

Nach dieser Behauptung war es bei Kathrin Hoppe endgültig vorbei mit der Gemütlichkeit. »Mein liebes Fräulein«, begann sie, »jetzt will ich Ihnen mal was sagen: Ein Motiv dafür, diesen streitsüchtigen Geizkragen umzubringen, hat der halbe Ort gehabt!«

Finja spürte eine leichte Röte in ihr Gesicht steigen – vielleicht lag es auch an der Temperatur im Wohnzimmer; die hatte mittlerweile saunaähnliche Ausmaße angenommen.

»Kriminalhauptkommissarin Finja Fährmann und bestimmt nicht Ihr ›Fräulein‹, Frau Hoppe!«, stellte sie mit schneidender Stimme klar.

»Von mir aus auch so. Tatsache ist: Ich habe ein hieb- und stichfestes Alibi für die Tatzeit! Und was die Leute über mich denken oder wissen wollen – *wissen* Sie was? Das ist mir so egal wie nichts!« Demonstrativ erhob Kathrin Hoppe sich aus dem Sessel und deutete zur Wohnzimmertür. »Wenn ich Sie nun bitten darf zu gehen, ich habe Wichtigeres zu tun.«

Neben Finja schnappte Lüders hörbar nach Luft. »Also Kathrin! Mal 'nen anderen Ton bitte! Das geht ja wohl gar nicht, wie du hier mit uns redest.«

»Ich wehre mich nur gegen haltlose Beschuldigungen«, gab sie patzig zurück.

Lüders wollte etwas erwidern, doch Finja legte ihm blitzschnell die Hand auf die Schulter und sagte: »Schon gut, Lüders; wir wollen Frau Hoppe bestimmt nicht von irgendetwas abhalten.« Sie lächelte süffisant und wandte sich dann wieder an Kathrin Hoppe. »Sie halten sich bitte zu unserer Verfügung.«

»Wenn's gerade passt.«

Finja sah der Frau fest in die Augen. »Möchten Sie wirklich riskieren, dass ich Sie verhaften lasse?«

Kathrin Hoppe lachte kurz auf, doch Finja bemerkte sofort das nervöse Zucken ihrer Lippen – ihre Selbstsicherheit begann zu schwinden. »Wie wollen Sie das denn begründen?«, fragte Kathrin Hoppe herausfordernd.

»Das werden Sie schon sehen«, antwortete Finja ruhig und zog eine Visitenkarte aus ihrer Jackentasche. »Ich lasse Ihnen sicherheitshalber meine Karte hier, falls Ihnen doch noch etwas einfällt.« Sie legte die Karte auf den Wohnzimmertisch.

»Das ist nicht nötig, Frau Kommissarin. Ich werde Sie bestimmt nicht anrufen, denn ich habe Ihnen bereits alles gesagt – jetzt sogar zum zweiten Mal.«

Als Finja und Lüders kurz darauf wieder im Auto saßen, waren sie sich einig: Kathrin Hoppe hatte definitiv etwas zu verbergen!

***

Vor der Polizeistation parkte der weiße Mercedes-Kombi von Amalia von Platen.

»Nanu, was will denn die von Platen hier?«, wunderte Lüders sich. Er warf einen Blick auf seine Armbanduhr. »Eigentlich ist ja schon zu.«

Finja atmete tief durch – Lüders und seine festen Öffnungszeiten. Als würde sich das Verbrechen danach richten.

Amalia von Platen war inzwischen ausgestiegen und an Finjas Fahrertür getreten. Finja erkannte sofort, dass sie völlig aufgewühlt war.

»Ist etwas passiert?«

Amalia schnappte nach Luft, bevor sie antwortete: »Ich habe versucht, Sie anzurufen, Finja, aber Ihr Handy war aus. Und die Polizeistation geschlossen.« Der leichte Vorwurf, der mitschwang, war unüberhörbar.

»Frau von Platen, es ist Donnerstag, da ist nur bis sechzehn Uhr geöffnet«, wies Lüders sie auf seine heiligen Öffnungszeiten hin.

Amalia rümpfte sichtbar die Nase. »Und was machen Sie, wenn um zehn nach vier am Donnerstag jemand eine Bank in Marne überfällt, Herr Lüders? Sagen Sie dann: Entschuldigung, Herr Bankräuber, halten Sie sich bitte an die Öffnungszeiten der Marner Polizeistation mit Ihrer Straftat?«

Lüders schnappte nach Luft, wusste offensichtlich nichts auf Amalia von Platens ironischen Kommentar zu erwidern.

»Was ist denn eigentlich passiert, Amalia?«, fragte Finja, um Ruhe bemüht.

Amalia machte eine dramatische Geste, bevor sie erklärte: »Die wilde Pflaume, Finja, ich habe sie tatsächlich erneut gesehen und auch versucht aufzuhalten, aber diese Person hat ihr wahres Gesicht gezeigt und ist mir gegenüber sogar handgreiflich geworden.«

»Handgreiflich?«

Amalia nickte mit einer gewissen Theatralik. »Sie hat mich brutal zur Seite gestoßen, sodass ich gegen die Wand gekracht bin.«

»Ist Ihnen etwas passiert? Soll ich Sie zum Arzt fahren?«, bot Finja an.

Doch Amalia winkte ab. »Es wird wohl einen ordentlichen Bluterguss geben, aber nichts Dramatisches. Doch ich denke, wenn ich die Verfolgung aufgenommen hätte … Diese Person ist noch zu etwas ganz anderem fähig.« Sie holte kurz Luft, womöglich um die Dramatik zu steigern, dachte Finja. »Jedenfalls habe ich sie direkt auf den Mordfall auf dem Klünderhof angesprochen, woraufhin sie mich attackiert hat und dann geflüchtet ist.«

»Ist das wieder diejenige, Frau von Platen, die Sie auch schon im Krankenhaus vermutet haben?«, wollte Lüders wissen. Seine Stimme klang skeptisch, was Finja ihm nicht verübeln konnte, immerhin war im Krankenhaus von der besagten Person nicht die geringste Spur auszumachen gewesen. Und dass Constantin von Platen entführt werden sollte, hatte sich auch als blühende Einbildung der guten Amalia herausgestellt.

»Sie müssen das gar nicht so komisch sagen, Herr Lüders. Ich weiß selbst, dass die Szene im Krankenhaus nicht zu meinem Vorteil ausgelegt werden kann. Dennoch ist es jetzt bereits das vierte Mal, dass mir diese Person begegnet, und ich bin mir absolut sicher, dass sie etwas mit dem Mord an Fiete Klünder zu tun hat.«

»Eine überaus gewagte Theorie«, fand auch Finja.

»Sie und ihr Kumpan haben rund zwei Wochen vor Fiete Klünders Ermordung bei mir vor der Tür gestanden und nach ihm verlangt, Finja. Es wäre doch wohl zumindest interessant, herauszufinden, ob die beiden ihm tatsächlich einen Besuch abgestattet haben und aus welchem Grund.«

Finja nickte – da war definitiv etwas dran. »Wir werden

der Sache mit dieser dubiosen Frau und ihrem Kumpan nach-
gehen«, versprach sie.

»Chefin, aber doch wohl nicht jetzt gleich, oder?«, warf
Lüders ein, den Blick schon wieder nervös auf seine Armbanduhr gerichtet. »Ist ja bereits Feierabend.«

»Herr Lüders«, sagte Amalia, den Kopf verständnislos
schüttelnd. »Wie bereits erwähnt, das Verbrechen kennt keine
Uhrzeit und erst recht keinen Feierabend.«

18

Constantin war erst nach zwanzig Uhr wieder zurück auf dem Anwesen seiner Großtante. Die Blutproben von über vierzig Ziegen zu nehmen, war alles andere als ein schnell zu erledigender Job gewesen, besonders weil sich einige der Ziegen hartnäckig dagegen gewehrt hatten, eingefangen zu werden. Nachdem er es schließlich geschafft hatte, alle Proben zu entnehmen, musste er jede einzelne sorgfältig mit der passenden Ohrmarkennummer beschriften und sicher verpacken.

In seiner noch immer nicht komplett eingerichteten Praxis machte er sich erst mal einen starken Kaffee und fing dann an, die Proben ordentlich auf dem Tisch zu verteilen. Damit alles flott und reibungslos lief, beschloss er, einen Kurier zu engagieren, der die Proben am nächsten Morgen um sieben Uhr abholen und ins Labor bringen sollte. Bis dahin musste Constantin aber sicherstellen, dass die Röhrchen gut gekühlt blieben.

Er hoffte für Hinrich Albrecht, dass sich bei keinem weiteren Tier das Virus nachweisen ließ. Obwohl er den Mann kaum kannte, verspürte er eine gewisse Sympathie für ihn. Es schien, als hätte das Leben Hinrich Albrecht schon einige Steine in den Weg gelegt, und Constantin konnte nicht anders, als ein wenig mit ihm zu fühlen.

Bevor er die Praxis wieder verließ, trug er noch schnell die heute gefahrenen Kilometer in sein Fahrtenbuch ein und schaltete die Kaffeemaschine aus. Danach aktivierte er am Scheunentor das moderne Sicherheitssystem und machte sich auf den Weg hinüber zum Haus.

Sein Wohnbereich befand sich in der ersten Etage des über dreihundert Quadratmeter großen Landhauses; eine eigene Küche, Wohn- und Schlafzimmer sowie ein kleines Büro und ein modernes Duschbad – alles stand für ihn zur Verfügung, war vollständig eingerichtet und urgemütlich. Doch irgendwie hatte es sich eingebürgert, dass er immer unten bei Amalia aß. Als er nun die Haustür öffnete, die inzwischen ebenfalls mit einem hochmodernen Sicherheitssystem versehen war, und eintrat, hoffte er insgeheim, dass Amalia ihm etwas vom Abendessen übrig gelassen hatte.

Doch in der Küche empfing ihn eine kalte Stille; weder vom Mittagessen noch vom Abend fand sich etwas Essbares.

Verdammt!

Sein Kühlschrank oben in der Wohnung glänzte durch gähnende Leere. Frustriert blickte er durch den Raum. Sich einfach an Amalias Vorräten zu bedienen, kam ihm übergriffig vor – schließlich war er alt genug, um sich selbst um seine Versorgung zu kümmern.

Zwei getrennte Haushalte hatten sie vereinbart; nur weil Amalia ihn in den ersten Wochen hier quasi mit durchgefüttert hatte, konnte er kaum auf sein Gewohnheitsrecht pochen. Er überlegte kurz, ob er noch einmal nach Marne in den Ort fahren und etwas einkaufen sollte, falls da überhaupt noch irgendwas geöffnet hatte. Doch dann blitzte eine Idee auf – der Pizza-Lieferservice! Das war definitiv die schnellste und einfachste Lösung.

Mit einem entschlossenen Nicken griff er nach seinem Handy in der Hosentasche und suchte im Internet nach einem Bringdienst in der Nähe. Nach wenigen Minuten hatte er seine Bestellung aufgegeben: eine Pizza Parma und einen gemischten Salat über den Bestelldienst Lieferando.

Kurz schoss ihm der Gedanke durch den Kopf, in der Bibliothek nachzusehen, ob Amalia dort war, und sie zu fragen, ob er für sie auch etwas mitbestellen sollte. Doch diese Idee verwarf er sofort wieder. Amalia hatte längst zu Abend gegessen; vielleicht hatte sie ihm ganz bewusst nichts mit zubereitet, weil sie dachte, dass es an der Zeit sei, dass er sich selbst um seinen Kram kümmerte – womit sie natürlich absolut recht hatte.

Keine halbe Stunde später klingelte es an der Tür, und Constantin war echt erleichtert; sein Magen fühlte sich mittlerweile wie ein riesiges, hungriges Loch an. Er hatte die Bestellung kaum abwarten können. Als er die Tür schwungvoll aufriss, rechnete er mit dem Pizzaboten – aber da stand Kriminalhauptkommissarin Finja Fährmann vor ihm. »Ach, Sie sind das!«, entwich es ihm mit einer Mischung aus Enttäuschung und Überraschung.

»Ich möchte zu Amalia«, erwiderte Finja knapp und machte einen Schritt vor, als wäre es selbstverständlich, dass er zur Seite trat und sie hereinließ.

Doch Constantin kam nicht einmal auf diesen Gedanken. »So wie ich das sehe, ist sie nicht zu Hause«, erwiderte er kühl und verschränkte demonstrativ die Arme vor der Brust.

Finja runzelte die Stirn – eine Miene, die sie häufig zur Schau stellte. Das ließ Constantin jetzt darüber nachdenken, ob ihr wohl bewusst war, dass sie davon Falten bekam. Ein absurdes Gedankenspiel, das wohl dem Loch in seinem Magen geschuldet war.

»Wir sind verabredet! Sie muss daheim sein!«, beharrte die Fährmann mit einem ungeduldigen Tonfall.

»Tja, Pech geha…« begann Constantin gerade, als sich hinter ihm etwas regte.

»Warum lässt du die liebe Finja denn nicht herein, Conzi?«, fragte Amalia hörbar verwundert.

Constantin fuhr überrascht zu ihr herum. »Ich … ich dachte, du wärst gar nicht zu Hause«, antwortete er wahrheitsgemäß.

Amalia atmete tief durch die Nase ein und ließ die Luft mit einem leisen Stoß wieder entweichen. »Ich hatte mich einen Moment hingelegt.«

»Geht es dir nicht gut?«, fragte Constantin besorgt. Normalerweise ließ sie sich nicht vor zweiundzwanzig Uhr ins Bett treiben. Wenn sie sich direkt nach dem Abendessen hingelegt hatte, dann …

»Alles in Ordnung, Conzi, mach dir keine Sorgen«, antwortete sie mit einem sanften Lächeln, das jedoch nicht ganz ihre Augen erreichte. »Heute ist mir mit Schrecken klar geworden, dass es um meine Fitness wirklich nicht gut bestellt ist. Das hat mich ziemlich nachdenklich gemacht, und ich glaube, ich muss dringend etwas ändern. Regelmäßig walken gehen oder vielleicht eine andere Art von Ausdauersport ausprobieren. Es wird höchste Zeit, dass ich mich darum kümmere und etwas für meine Gesundheit tue.«

Constantin musste wirklich dumm aus der Wäsche geguckt haben, denn nun erbarmte sich sogar die Kommissarin und erklärte ihm geduldig: »Ihre Tante ist der Person wiederbegegnet, die sie neulich auch im Krankenhaus in Brunsbüttel vermutet hatte.«

»Die wilde Pflaume!«, ergänzte Amalia fast triumphierend. »Und dieses Mal hat sie ihr wahres Gesicht gezeigt und ist mir gegenüber sogar handgreiflich geworden. Ich bin mir absolut sicher, dass diese schrecklich gewöhnliche Person Dreck am Stecken hat.«

Constantin blinzelte ungläubig und sah zwischen den beiden Frauen hin und her. »Handgreiflich? Was meinst du damit?«

Amalia stellte sich aufrecht hin, ihre Schultern zurückgezogen, als würde sie sich auf einen Kampf vorbereiten. »Ich habe sie direkt zur Rede gestellt! Ich habe ihr ins Gesicht gesagt, dass ich annehme, sie und ihr Kumpan hätten etwas mit dem hinterhältigen Mord an Fiete Klünder zu tun!«

»*Was* hast du getan? Bist du denn jetzt vollkommen wahnsinnig geworden, Amalia?« Constantin schnappte fassungslos nach Luft. »Wenn diese Frau und ihr Begleiter wirklich so gefährlich sind, wie du uns die ganze Zeit erzählst, dann begibst du dich doch mit solch einer Äußerung in Gefahr!«

»Meine Worte«, murmelte Finja Fährmann zustimmend, was fast einem Wunder gleichkam. Bis zu diesem Moment waren die beiden sich in nichts einig gewesen.

»Dann sind Sie jetzt aber doch wohl hier, um Amalia ordentlich den Kopf zu waschen«, sagte Constantin in der Hoffnung, sich nicht zu irren.

»Entschuldigung, Conzi, dir ist bewusst, dass ich neben dir stehe?«, wandte Amalia leicht schnippisch ein, bevor sie sich Finja zuwandte und sie hereinbat.

»Ich wollte nicht großartig stören, und es ist ja jetzt auch schon ganz schön spät geworden –«, begann Finja.

»Papperlapapp, Sie stören nie, Finja. Außerdem habe ich Sie ja darum gebeten.«

Constantin sah den beiden Frauen nach, die auf die Bibliothek zusteuerten, und rang mit sich, ob er ihnen folgen sollte oder sich nach oben verziehen. Eigentlich hatte er kein besonderes Interesse an Finja Fährmanns Gesellschaft.

Doch es schien so, als hätte Amalia es tatsächlich geschafft, die Kommissarin dazu zu bringen, sich mit ihr über den Fall auszutauschen – vielleicht sogar zu beratschlagen.

Nach einem kurzen Moment des Zögerns folgte Constantin mit einem leisen Murren den beiden in die Bibliothek, wo Amalia ihm sofort eine Flasche Rotwein hinhielt und ihn bat, sie zu öffnen.

»Du möchtest jetzt wirklich noch Wein trinken?«, wunderte sich Constantin.

Amalia verzog das Gesicht. »Also, Conzi, jetzt ist es aber genug! Ich bin weder ein Kleinkind noch senil. Ich kann sehr wohl selbst entscheiden. Finja und ich sind der Meinung, dass man bei einem guten Glas Rotwein besser ins Gespräch kommt. Du bist herzlich eingeladen, uns Gesellschaft zu leisten.«

»Ich habe noch nichts gegessen«, entfuhr es Constantin, was er sofort bereute. Es ließ ihn wie einen bockigen Jungen erscheinen, der auf sein Abendessen wartete.

Tatsächlich musterte Finja ihn so, als hielte sie ihn genau dafür. Und es sollte nicht besser, sondern unangenehmer werden.

»Ach, Conzi, entschuldige bitte, dass ich dir nichts zubereitet habe«, sagte Amalia und sah schuldbewusst aus. »Es war heute einfach ein verrückter Tag, und ich habe mir vorhin schnell eine Kleinigkeit unterwegs besorgt, ohne an dich zu denken.«

»Alles okay, Amalia, ich kann für mich selbst sorgen«, erwiderte Constantin, doch er schaffte es nicht, den Eindruck zu vermeiden, wie ein beleidigtes Kind zu wirken – zumindest, wenn er Finjas Blick richtig deutete.

Die Frauen nahmen in der gemütlichen Sitzecke der Bibliothek Platz; ein weiches, tiefrotes Sofa und zwei bequeme Ledersessel. Amalia und die Kommissarin prosteten sich mit den Gläsern zu, die Constantin ihnen eingeschenkt hatte, während er selbst unentschlossen im Raum stehen blieb.

Sein Magen knurrte inzwischen so laut, dass er befürchtete, die beiden könnten es hören.

Prompt deutete Amalia auf die kleine, in der Ecke der Bibliothek eingebaute Bar, aus der sie zuvor die Weinflasche und die Gläser herausgenommen hatte.

»In der Bar sind Kräcker, Conzi.«

Er schüttelte den Kopf. »Ich habe mir etwas bestellt und denke, es wird jeden Moment geliefert.«

»Ah, verstehe. Na ja, dann ist alles in Ordnung, ich hoffe nur, dass dein Essen bald eintrifft.«

»Alles gut«, winkte Constantin ab. Und wollte dann wissen: »Was gibt es denn jetzt zu besprechen?«

Finja nahm einen weiteren Schluck aus ihrem Glas und sah ihn über den Rand hinweg an. »Herr von Platen, gut, dass –«

Doch sie kam nicht weiter, denn Amalia klatschte in die Hände und rief mit einem breiten Grinsen: »Also, Kinder, das ist doch wirklich albern! Frau Fährmann und Herr von Platen? Ihr seid ungefähr in einem Alter, Anfang dreißig, und wohnt quasi unter einem Dach – da kann man doch dieses übertrieben Förmliche mal beiseitelassen!«

Constantin und Finja tauschten einen Blick aus, der deutlich machte, dass sie sich ausnahmsweise einig waren und absolut nichts von Amalias Vorschlag hielten.

»Wie auch immer«, fuhr Finja fort. »Diese Aktion heute, liebe Amalia, ich kann das nicht gutheißen, und das aus zweierlei Gründen –«

Amalia unterbrach sie mit einem vehementen Kopfschütteln. »Ich gebe zu, meine Strategie, die wilde Pflaume direkt mit dem Mord zu konfrontieren, war leichtsinnig, jedoch spricht die Reaktion dieser Person ja wohl eine klare Sprache. Wenn sie ein reines Gewissen hätte, wäre sie mir gegenüber wohl kaum handgreiflich geworden.«

»Hast du denn irgendwelche Beweise dafür?«, fragte Constantin.

Amalia nickte gestenreich. »Die beiden haben sich zwei Wochen vor dem abscheulichen Verbrechen an Fiete Klünder nach ihm erkundigt, die Frau hat wenig später ihr Aussehen verändert, und den dritten Beweis habe ich dir gerade genannt. Und nun sollten wir endlich besprechen, wie wir weiter vorgehen.«

»Sehr gerne«, pflichtete Finja Fährmann ihr bei, was Amalia ein triumphierendes Lächeln ins Gesicht zauberte – das allerdings direkt erstarrte, als die Kommissarin nun erklärte: »Sie, liebe Amalia, sind bitte so vernünftig und halten sich raus. Lassen Sie mich meinen Job machen, so wie ich es auch schon Ihrem Großneffen gesagt habe.«

»Aber, Finja, wir wollten uns doch austauschen, und außerdem, was ist mit dem Rechtsanwalt? Er hat zwar behauptet, dass ihm die wilde Pflaume nicht bekannt sei, aber ich glaube dem das nicht. Der hatte so ein eigenartiges Funkeln in den Augen, ich kenne das sehr genau, es ist das Funkeln der Lüge.«

»Amalia, wirklich, also … du übertreibst«, fand auch Constantin.

Amalia blickte ihm fest ins Gesicht. »Conzi, mein Lieber, du selbst hast mir doch gesagt, dass du Finja bei den Ermittlungen unterstützen wolltest, weil –«

»Und ich habe sehr deutlich erwidert, dass das absolut nicht notwendig ist.« Finja nahm einen weiteren Schluck aus ihrem Glas, stellte es dann auf den kleinen ovalen Couchtisch aus schwarzem Kirschholz und erhob sich. »Es war ein langer Tag, und ich bin nun wirklich müde.«

»Aber, Finja, wir –«

Es klingelte an der Haustür. Constantin erhob sich, um zu

öffnen, und Finja nahm die Gelegenheit wahr, ihm zu folgen. Während Conzi das Essen von dem Boten entgegennahm, ihm noch ein Trinkgeld gab, huschte Finja hinaus und verschwand eiligst.

Amalia trat neben Constantin, blickte der Kommissarin hinterher und schüttelte den Kopf. »Auf die Gefahr hin, dass ich mich wiederhole: Finja ist klug, apart, bildschön, aber leider auch unfassbar dickköpfig. Ich versteh sowieso nicht, warum die Menschen ihre Kräfte und unterschiedlichen Fähigkeiten nicht viel öfter einfach bündeln und so schneller und erfolgreicher zum Ziel gelangen.«

»Ich stimme dir zu, Amalia, bis zu einem gewissen Punkt. Aber was du da heute abgezogen hast, sorry, bei allem Respekt, das war wirklich dumm. Und auch wenn ich es wahnsinnig ungern tue, aber in diesem Punkt muss ich der Fährmann echt mal recht geben. So schwer es mir fällt.«

19

»Sie sind verpflichtet, mir Auskunft zu geben, wenn es sich um eine wichtige Zeugin in einem Mordfall handelt«, erklärte Finja mit fester Stimme und fixierte den Anwalt mit einem durchdringenden Blick. In ihrem Inneren wusste sie genau, dass ihre Aussage nicht der Wahrheit entsprach. Der Anwalt war durch die anwaltliche Schweigepflicht geschützt und musste keinesfalls den Namen oder die Identität einer Zeugin preisgeben, die ihm im Rahmen seiner beruflichen Tätigkeit anvertraut worden war.

Doch Finja hatte in der Vergangenheit oft erlebt, wie solche forsch und drängend vorgetragenen Behauptungen Wirkung zeigten. Sie erinnerte sich an die hitzigen Verhöre bei der Düsseldorfer Mordkommission, bei denen sie mit ihrer Entschlossenheit selbst die hartnäckigsten Zeugen zum Reden gebracht hatte. Es war ein Spiel, das sie meisterhaft beherrschte – ein Tanz auf dem schmalen Grat zwischen Recht und Unrecht.

Doch Sebastian Franken zeigte sich völlig unbeeindruckt. Der zweifellos attraktive Rechtsanwalt, der in maßgeschneiderte Kleidung gehüllt war – fast schon zu elegant für die beschauliche Kanzlei in Marne –, lehnte sich entspannt zurück. Mit verschränkten Armen und einem spöttischen Lächeln, das um seine Lippen spielte, strahlte er Selbstsicherheit und Gelassenheit aus. »Werte Frau Kriminalhauptkommissarin«, begann er mit ruhiger Stimme, »Sie wissen ebenso gut wie ich, dass ich nicht einfach Informationen preisgeben kann, nur weil Sie es sich wünschen.«

Finja ließ sich nicht beirren. »Das hängt ganz von der Perspektive ab, Herr Franken. Wenn Ihr beharrliches Schweigen dazu führt, dass ein weiteres abscheuliches Verbrechen geschieht, mögen Sie rechtlich auf der sicheren Seite sein – aber was ist mit Ihrer Moral? Wie steht es um Ihr Gewissen und Ihre Verantwortung?«

»Sie sind gut, Frau Kommissarin. Oh ja, wirklich gut«, sagte Sebastian Franken. »Ich hätte nicht gedacht, dass jemand wie Sie hier in Marne bei der Polizei tätig ist. Was ist passiert, haben Sie Ihre Vorgesetzten geärgert, das man Sie hierher verbannt hat?«

Er grinste nun deutlich ... deutlich überheblich, was Finja mit einem süffisanten Lächeln zu kontern wusste und den Worten: »Ich fasse das jetzt einfach mal als Kompliment auf und hoffe doch sehr, dass Sie mir ein bisschen entgegenkommen. Wie mir scheint, sind auch Sie eher hier gestrandet, als dass Sie sich zu Beginn Ihres Jurastudiums hierher gewünscht hätten. Oder irre ich mich?«

Sebastian Franken lachte kurz auf, doch Finja konnte er nichts vormachen, sie hatte genau registriert, wie sich für einen kurzen Moment seine Züge verdunkelt hatten.

»Was Sie sich da zusammenreimen, ist wirklich abenteuerlich. Aber ich muss Sie enttäuschen, sogar gleich zwei Mal: Ich bin tatsächlich freiwillig hier, und selbst wenn mir der Name und die Adresse der Dame, nach der Sie suchen, bekannt wäre, es widerspräche dem Eid, den ich beim Eintritt in meinen Beruf geleistet habe, diese Informationen weiterzugeben.«

»Und was ist mit Ihrer Verantwortung als Mensch?«, wiederholte Finja, ihre blauen Augen funkelten herausfordernd. »Können Sie wirklich zulassen, dass jemand leidet, nur um Ihren Eid zu wahren?«

Der Rechtsanwalt hielt ihrem Blick nach wie vor stand. »Das ist eine gefährliche Frage«, murmelte er schließlich. »Vielleicht sollten wir uns darauf konzentrieren, was wir gemeinsam erreichen können – ohne die Grenzen des Gesetzes zu überschreiten.«

»Mein Reden«, gab Finja zurück. »Ich habe nicht vor, Sie in Schwierigkeiten zu bringen.«

Er betrachtete sie einen Moment lang intensiv, seufzte schließlich und lenkte tatsächlich ein, womit Finja nicht mehr zu rechnen gewagt hatte. »Die Dame, deren Name und Adresse mir tatsächlich unbekannt sind – ob Sie es mir nun glauben oder nicht –, wollte sich gestern in einer Erbangelegenheit von mir beraten lassen. Allerdings erschien mir das Ganze etwas fragwürdig. Als ich sie dann bat, einen Termin mit meiner Sekretärin zu vereinbaren, hat sie sich mit wenig charmanten Worten abrupt verabschiedet. Seitdem habe ich ebenso wie meine Rechtsanwaltsgehilfin nichts mehr von ihr gehört.«

Finja lag es bereits auf der Zunge zu sagen: »Und warum nicht gleich so, wenn Sie eh nichts zur Sache beitragen können?«, doch sie verkniff sich den bissigen Kommentar. Es war vielleicht nicht unklug, sich mit diesem Sebastian Franken gutzustellen, falls die Dame doch noch mal hier auftauchen sollte. So verabschiedete sie sich mit einem versöhnlichen Lächeln und verließ die Rechtsanwaltskanzlei.

Finja hatte sich gerade wieder hinter das Lenkrad ihres Audi Cabriolets gesetzt, als ihr Handy klingelte. Es war Polizeihauptmeister Lüders.

»Moin, Chefin! Sie wollten doch die Adresse von Hinrich Albrecht haben, der dem Onkel von Bente die angeblichen Bioapfelbäume verkauft hat.«

»Richtig«, antwortete Finja und wunderte sich ein wenig über den Anruf. »Was gibt's?«

»Na ja, Sie haben den Zettel auf dem Schreibtisch liegen lassen. Wollt ich Ihnen nur schnell sagen.«

»Ach so, kein Problem. Ich habe mir die Adresse vorhin direkt ins Handy getippt.«

»Aha, sicher, das macht Sinn. Dann passt das ja. Oder wollen Sie dem heute keinen Besuch mehr abstatten? Sieht ja schon wieder nach Gewitter aus …«

Finja schüttelte den Kopf, auch wenn er es nicht sehen konnte. »Warum sollte mich ein bisschen Regen davon abhalten, eine Befragung durchzuführen, Lüders?«

»Na gut, wenn Sie meinen, Chefin, aber fahren Sie vorsichtig!«, warnte er. »Liegt viel Blütenstaub auf den Straßen, und wenn da Regenwasser draufkommt, kann's ganz schön rutschig werden.«

»Danke für den Hinweis«, sagte Finja und musste schmunzeln. »Wir sehen uns später im Revier.«

»Alles klar, dann bis später! Also, falls Sie pünktlich zurück sind, versteht sich. Ich mache um vier Feierabend, und Bente hat heute frei wegen dem Geburtstag ihrer Oma, die wird ja stolze achtzig. Das wissen Sie doch, Chefin, oder?«

»Es ist nicht einmal ein Uhr, Lüders«, entgegnete Finja mit einem Hauch von Sarkasmus in der Stimme. »Ich gehe stark davon aus, dass die Zeugenvernehmung keine drei Stunden in Anspruch nehmen wird. Also bis später.«

***

»Kriminalhauptkommissarin Fährmann, guten Tag, Frau Albrecht. Ist Ihr Mann zu sprechen?«

»Moin«, sagte Hanka Albrecht und musterte Finja skeptisch. »Der ist nicht da. Was wollen Sie denn von ihm?«

Finja ignorierte die Frage und deutete auf den sich schnell verdunkelnden Himmel. »Darf ich vielleicht reinkommen? Es sieht nach einem heftigen Gewitter aus.«

Hanka Albrecht stockte einen Moment, warf dann einen Blick nach draußen. »Ich bin gerade beim Saubermachen und muss mich auch ums Mittagessen kümmern. Außerdem habe ich Ihnen doch gesagt, dass mein Mann nicht zu Hause ist.«

»Vielleicht können Sie mir ja ein paar Fragen beantworten«, erklärte Finja. »Aber es wäre mir wirklich lieb, wenn wir uns drinnen unterhalten. Es könnte jeden Moment losgehen mit dem Regen.«

Nach einem kurzen Zögern seufzte Hanka Albrecht genervt und öffnete die Tür weiter. »Na gut, kommen Sie rein. Aber machen Sie keinen Schmutz!«

Finja folgte der recht kleinen Frau mit den schulterlangen dunkelblonden Haaren, die sie zu einem Zopf geflochten hatte. Sie trug eine abgetragene Jeans und ein helles T-Shirt, das von Putzmittel- und Küchenflecken gezeichnet war.

Sie setzten sich an den ovalen Küchentisch, der mit einer

bunten abwischbaren Tischdecke bedeckt war, und Hanka Albrecht sah Finja herausfordernd an. »Also, was gibt es?«

»Wie bereits gesagt, geht es um Ihren Mann«, begann Finja.

Ein lauter Donnerschlag ertönte draußen, gefolgt von einem sturzflutartigen Starkregen, der geräuschvoll gegen die Fenster prasselte.

»Verdammt, die Bettwäsche«, murmelte Hanka Albrecht und schüttelte ärgerlich den Kopf. »Na ja, jetzt ist es zu spät, um sie abzunehmen.«

Finja ließ sich davon nicht ablenken und fragte direkt: »In welchem Verhältnis standen Sie und Ihr Mann eigentlich zu Fiete Klünder?«

Hanka Albrechts Augen weiteten sich vor Überraschung, und sie schnappte hörbar nach Luft. »Was soll denn diese Frage, bitte schön? Wollen Sie uns unterstellen, wir hätten etwas mit seinem Tod zu tun?«

Finja erwiderte gelassen: »Ich unterstelle Ihnen und Ihrem Mann überhaupt nichts, Frau Albrecht. Ich habe mich lediglich nach dem Verhältnis erkundigt, das zwischen Ihnen bestanden hat.«

»Da hat nichts bestanden! Rein gar nichts!«, rief Hanka Albrecht empört aus und nestelte nervös an den Enden der Wachstischdecke, die über den Tischrand hing.

»Aber es trifft doch zu, dass Ihr Mann dem Verstorbenen vor zwei Jahren diverse junge Apfelbäume verkauft hat, die angeblich sowohl bio als auch resistent gegen jegliche Art von Wurmbefall, insbesondere der Apfelwicklerraupe, sein sollten. Und dass beides nicht der Fall war, weshalb es Streit zwischen Ihrem Mann und dem Opfer gegeben hat, richtig?«

Hanka Albrecht machte eine wegwerfende Handbewegung. »Es waren nur zwei Bäume! Nur zwei! Und wir haben dem Klünder das Geld dafür direkt wiedergegeben. Außerdem ist das ewig her.«

»Dennoch gab es Streit zwischen Ihrem Mann und dem Toten«, beharrte Finja.

Hanka Albrecht schnaufte verärgert. »Der Klünder hat sich

halt aufgeregt, aber das war bei ihm an der Tagesordnung. Er hat sich ständig über alles und jeden aufgeregt. Mein Mann ist selbst auf diesen angeblichen Bio-Obstbaumzüchter hereingefallen, von dem er die jungen Bäume damals zuhauf gekauft hatte, und hat das dem Klünder auch so gesagt. Aber der ist mal wieder ausgeflippt. Eigentlich hat er nur darauf gewartet, dass man ihm einen Grund präsentiert, um schlecht über jemanden reden zu können.«

»Das klingt, als ob es in der weitläufigen Nachbarschaft viele Spannungen gab.«

»Oh ja«, bestätigte Hanka Albrecht, wobei ihr Lächeln einen bitteren Zug bekam. »Ich weiß, über Tote soll man nicht schlecht reden, aber Fiete Klünder war wirklich kein guter Mensch. Viele hier in der Gegend hatten Streit mit ihm – sehr viele.« Sie hielt inne, ihre Augen blitzten vor unterdrücktem Zorn.

Finja sah ihr an, dass sie mit sich kämpfte, ob sie weitersprechen oder jetzt lieber den Mund halten sollte. Schließlich aber brach es aus ihr heraus: »Nur mit diesem bekloppten Wolfskuschler hat er sich verstanden! Den hat er über den grünen Klee gelobt und unterstützt, wo er nur konnte, der Stinkstiefel.« Sie ließ von dem Tischdeckenzipfel ab, um ihre Hände auf dem Tisch zu Fäusten zu ballen. »Selbst als uns die Ziegen von diesem Mistvieh gerissen wurden – dreimal hintereinander! –, stand er diesem Kerl fest zur Seite und behauptete, das wäre nicht der Wolf gewesen, sondern irgendwelche streunenden Hunde.«

»Wie haben Sie und Ihr Mann darauf reagiert? Sie waren bestimmt sehr verärgert, oder? Ich nehme an, Ihr Mann hat sich das nicht einfach gefallen lassen?«

Hanka Albrecht schnaufte ärgerlich. Doch bevor sie antworten konnte, läutete es an der Haustür. Finja verspürte einen Anflug von Frustration; sie war sich sicher, dass sie gerade so ziemlich alles aus der Frau hätte herausquetschen können.

Verdammt!

Als Nächstes geschahen zwei Dinge auf einmal.

Hanka Albrecht öffnete die Tür und sagte: »Ach, Sie sind das.«

»Ich wollte zu Ihrem Mann. Wegen der Proben. Die Ergebnisse liegen tatsächlich schon vor«, antwortete Constantin von Platen.

Zeitgleich war von draußen das Motorengeräusch eines anfahrenden Autos zu hören. Instinktiv sprang Finja auf und sah zum Fenster hinaus, wo ein älterer schwarzer Mercedes Kombi die Auffahrt neben dem Haus entlangschlitterte, seine Reifen rutschten zischend über den überschwemmten Weg.

Für einen kurzen Augenblick erstarrte Finja, dann stürzte sie zur Haustür, wo Constantin und Hanka Albrecht ebenso perplex dem davonfahrenden Fahrzeug nachschauten.

»Frau Albrecht«, entrüstete sich Finja. »Das darf doch nicht wahr sein!«

Constantin schaute verwirrt zwischen den beiden Frauen und dem davonschlitternden Mercedes hin und her. »Was geht hier vor sich?«, fragte er schließlich.

»Tja, äh, das weiß ich jetzt auch nicht, wo mein Mann auf einmal hergekommen ist und wo er jetzt so übereilt hinmuss«, nuschelte Hanka Albrecht.

Finja warf der Frau noch einen bösen Blick zu, dann hetzte sie durch den Regen zu ihrem Audi, um die Verfolgung aufzunehmen.

Mit einem entschlossenen Schwung warf sie sich hinter das Lenkrad, startete den Audi und drückte das Gaspedal bis zum Anschlag durch. Der Motor jaulte auf, während die Reifen auf dem nassen Beton durchdrehten und der Wagen zu rutschen drohte – bevor Finja darauf reagieren konnte, schwang die Fahrertür auf.

»Lassen Sie mich fahren!«, forderte Constantin mit Nachdruck.

Entrüstet sah Finja ihn an. »Bestimmt nicht!« – und ließ mit einem wütenden Ruck den Motor absaufen.

»Jetzt rücken Sie schon rüber!«, drängte Constantin, und

als sie sich weiterhin weigerte, machte er tatsächlich Anstalten, sich einfach auf sie draufzusetzen.

»Sind Sie jetzt vollkommen durchgeknallt?«, rief Finja ärgerlich aus, während sie hastig auf den Beifahrersitz kletterte und ihm widerwillig den Platz hinterm Lenkrad überließ.

Geschickt und mit beeindruckender Geschwindigkeit lenkte Constantin den Audi vom Hof auf die Landstraße, gerade als der alte Benz von Hinrich Albrecht in der Kurve Richtung Friedrichskoog verschwand. Constantin ließ die Gänge voll auslaufen, beim Schalten ertönte ein kurzes Knirschen aus dem Getriebe. Finja bedachte ihn mit einem kritischen Seitenblick. Auf der Geraden brachte er den Audi auf über einhundert Stundenkilometer, doch vor der nächsten Kurve musste er abrupt bremsen, sodass Finja leicht nach vorn flog. Hätte sie sich vorhin nicht geistesgegenwärtig angeschnallt, wäre sie bestimmt mit der Stirn gegen die Windschutzscheibe gekracht.

Constantin hielt beide Hände fest am Steuer und stellte mit einem Schnippen seines kleinen Fingers den Scheibenwischer auf die höchste Stufe. Dennoch war die Sicht extrem eingeschränkt; es schüttete wie aus Kübeln – kein Gewitter mehr, aber sturzbacharteriger Regen, begleitet von heftigen Sturmböen. In der nächsten Kurve geriet der Audi auf der nassen Fahrbahn bedenklich ins Rutschen, was dazu führte, dass sich Finjas Magen schlagartig verkrampfte. Doch dann erkannte sie in der Ferne verschwommen den alten Benz, der rasant nach links abbog.

»Constantin, haben Sie das gesehen?«, rief sie aus. Im nächsten Moment wurde ihr bewusst, dass sie ihn beim Vornamen genannt hatte. Trotz des Adrenalins, das durch jede Ader ihres Körpers strömte, korrigierte sie sich hastig: »Ich meine natürlich, Herr von Platen.«

»Meine Güte, nehmen Sie doch gefälligst mal den Stock aus dem Hintern!«, knurrte Constantin zurück.

»Wie bitte? Ich habe bestimmt keinen Stock im Hintern!«, entgegnete Finja empört und schob ein so leises wie halbherziges »Unerhört« hinterher.

Die Scheibenwischer kämpften verzweifelt gegen den strömenden Regen, der wie ein Wasserfall auf die Frontscheibe prasselte. Das Geräusch der Wischer war so laut, dass Constantin ihre Worte wahrscheinlich nicht einmal gehört hatte.

Der Abstand zu dem alten Benz blieb hartnäckig gleich – trotz der riskanten Fahrweise, mit der Constantin den Audi über die glitschigen Straßen jagte. Als sie in den nächsten Ort einfuhren, schien die Welt um sie herum zu verschwimmen. Die Lichter der Häuser an diesem grauen Mittag flogen an ihnen vorbei, während der Regen unaufhörlich auf das Dach trommelte. Finja spürte das Adrenalin in ihren Adern pulsieren; jeder Herzschlag schien lauter zu werden als das Dröhnen des Motors.

»Wir müssen näher ran!«, rief sie, woraufhin Constantin noch mehr aufs Gaspedal trat, was jedoch zur Folge hatte, dass sie in der nächsten scharfen Kurve gefährlich zur Seite abdrifteten. Im letzten Moment bekam Constantin den Wagen wieder unter Kontrolle.

»Das war knapp«, murmelte er.

»Da vorne!«, rief Finja und deutete auf eine schmale Seitenstraße, die in Richtung Deich führte.

Mit einem waghalsigen Manöver bog Constantin ab. Der Mercedes war nur noch wenige Meter entfernt. Der Deich kam näher und näher, und Constantin drückte das Gaspedal bis zum Anschlag durch.

»Halten Sie sich fest!«, warnte er Finja, kurz bevor er mit voller Geschwindigkeit auf den Mercedes zusteuerte.

Finja hielt den Atem an, als Constantin den Audi direkt neben dem flüchtenden Fahrzeug positionierte und dann abrupt nach rechts zog. Der Benz geriet ins Schleudern und kam schließlich zum Stehen – direkt vor dem Deich.

Ein tiefer Atemzug, dann sprang Finja aus dem Auto, gefolgt von Constantin. Mit einem kräftigen Ruck öffnete sie die Fahrertür des Mercedes und stellte sich entschlossen vor Hinrich Albrecht.

»Hinrich Albrecht! Steigen Sie aus dem Fahrzeug!«, rief sie

mit fester Stimme, die durch den Regen und das Dröhnen des Windes hindurchdrang.

Nach einem kurzen Moment des Zögerns folgte der Angesprochene widerwillig ihrer Aufforderung – sein Gesicht war blass vor Schreck.

»Das ist ein Missverständnis!«, stammelte er panisch. »Alles nur ein schreckliches Missverständnis! Ja, wir haben gestritten. Mal wieder wegen dem Wolf!« Seine Stimme begann zu zittern. »Und vielleicht habe ich sogar drohend die Hand erhoben, ihm eine verpasst. Aber als ich gegangen bin – ach was, er hat mich vom Hof gejagt wie einen räudigen Köter –, da hat der Klünder noch gelebt! Das müssen Sie mir glauben, Frau Kommissarin! Er hat gelebt und mir alles Übel an den Hals gewünscht!«

»Das klären wir auf dem Revier!«, ranzte Finja ihn an. Sie trat einen Schritt näher, den Blick fest auf Hinrich Albrecht gerichtet. »Kommen Sie freiwillig mit, oder muss ich Ihnen Handschellen anlegen?«

»Handschellen?« Albrechts Augen weiteten sich. »Ich bin doch kein Schwerverbrecher!«

»Das wird noch zu klären sein«, erwiderte Finja. »Also, was nun?«

Hilfesuchend blickte Hinrich Albrecht zu Constantin. »Doktor, jetzt sagen Sie doch auch mal was. Sie kennen mich doch und wissen, dass ich keiner Fliege etwas zuleide tun könnte.«

Constantin atmete geräuschvoll durch. »Herr Albrecht, es tut mir leid, aber Ihr Fluchtversuch … Nun ja, wenn Sie wirklich nichts zu verbergen haben, dann war das alles andere als klug.«

»Ich weiß ja selbst nicht, was mich da gerade geritten hat«, jammerte Hinrich Albrecht und ließ seine Schultern hängen.

Sein Gejammer prallte an Finja ab. »Ich möchte das Gespräch auf dem Polizeirevier fortsetzen – und zwar jetzt!«, forderte sie in einem Ton, der keine Widerrede duldete.

»Ich kann Ihnen auch hier Ihre Fragen beantworten«, versuchte es Hinrich Albrecht dennoch.

»Vielleicht ist Ihnen ja mal aufgefallen, dass es regnet.« Finjas Kleidung war zwar bereits durchnässt bis auf die Haut – genauso wie bei Constantin und dem flüchtigen Hinrich Albrecht –, aber ein Standortwechsel war nicht nur deshalb angebracht.

»Sie steigen jetzt in meinen Wagen, Herr Albrecht, jetzt auf der Stelle!«, erklärte Finja.

»Und mein Auto? Soll das da einfach so stehen bleiben?«

»Sieht ganz so aus«, gab Finja ungerührt zurück.

»Aber … das … das geht doch nicht! Wenn es geklaut wird! Der Schlüssel steckt ja sogar noch in der Zündung und –«

Finja ließ ihn nicht ausreden. »Herr Albrecht, Sie haben anscheinend immer noch nicht begriffen, dass Sie weitaus größere Probleme haben als die Frage, was aus Ihrem Fahrzeug wird.«

»Ich fahre den Mercedes zurück zum Hof der Albrechts. Mein Transporter steht ja sowieso dort«, bot Constantin an.

»Danke, Doktor«, murmelte Hinrich Albrecht erleichtert. »Sie sind wirklich schwer in Ordnung.«

Finja musste sich sehr anstrengen, diese Aussage unkommentiert zu lassen.

20

Constantin hatte sich also gründlich geirrt. Er hatte Mitleid mit dem vom Leben gezeichneten Ziegenbauern Hinrich Albrecht empfunden – der von einigen Alteingesessenen und wohl auch vom Mordopfer »Hinnerk« genannt wurde –, und das, ohne zu wissen, warum. Irgendetwas an diesem Mann hatte einen Knopf in ihm gedrückt und damit Emotionen geweckt, die ihm ganz und gar nicht lieb waren. Als der Anruf aus dem Labor kam und man ihm mitteilte, dass der erste Schnelltest bei allen Proben negativ ausgefallen sei, hatte er sich tatsächlich gefreut – ja, aufrichtig gefreut für die Albrechts.

Doch als er dann vergeblich versucht hatte, Hinrich Albrecht telefonisch zu erreichen, und schließlich in seinen Transporter gestiegen war, um ihn persönlich aufzusuchen, war der Ziegenbauer schon dabei gewesen zu fliehen.

Das Gefühl der Enttäuschung und des Ärgers überkam ihn wie eine Welle. Der Albrecht hatte sein Mitleid schamlos ausgenutzt und dabei genau gewusst, dass Constantin unter Verdacht stand – zumindest wohl noch immer bei den Einheimischen.

Es war nicht nur das Schweigen des Mannes, das ihn wütend machte; es war auch die Art und Weise, wie der Albrecht während seines ersten Besuchs angedeutet hatte, dass es Constantin bestimmt an Kundschaft fehlen würde. Was für ein abgebrühter Kerl!

Die Gedanken wirbelten durch seinen Kopf, während er ärgerlich durch die Eingangshalle des Hauses seiner Großtante stampfte. Er wollte sich einfach nur in seine Wohnung zurückziehen; es gab keinen Grund, sich hier unten in der Tierklinik aufzuhalten. Auf besorgte Tierbesitzer, die ihre Lieblinge untersuchen lassen wollten, konnte er ohnehin lange hoffen, und Anrufe von Großtierbesitzern waren noch unwahrscheinlicher. Die Leute hier hatten kein Interesse daran, mit ihm zu sprechen oder ihm ihre Tiere anzuvertrauen.

Und wem hatte er das zu verdanken? Dem scheinheiligen Hinrich Albrecht alias Hinnerk – diesem Typen, der womöglich dem Opfer von hinten eine dünne Schnur um den Hals gelegt und es kaltblütig erdrosselt hatte, bevor er es kopfüber in die Tonne verfrachtete und die Früchte des Übels gleich hinterherschmiss. Constantin fragte sich allerdings auch, wie der schmale und eher kleine Albrecht das allein geschafft haben sollte. Das Opfer war ein stattlicher Mann gewesen, mindestens einen Kopf größer als der Albrecht und doppelt so breit. Da musste es einen Gehilfen gegeben haben. Oder eine Gehilfin. Seine Frau? Hmmm, die war sogar noch um einiges kleiner und zerbrechlicher als ihr Mann – kaum vorstellbar.

Doch warum war der Albrecht dann geflüchtet? Finja Fährmann hatte ihn doch nur als Zeugen befragen wollen, wie sie Constantin berichtet hatte. Diese Flucht kam einem Geständnis gleich, das ließ sich nicht anders interpretieren.

»Ach hallo, Constantin, du bist ja schon wieder zurück. Und, wie haben die Albrechts die guten Nachrichten aufgefasst?«

Constantin hatte Amalia nicht in der Tür des Esszimmers bemerkt und zuckte leicht zusammen, was seiner Tante natürlich nicht entging.

»Ist etwas passiert? Du bist ja pitschnass.«

»Es regnet«, gab er zunächst zurück, eine Spur zu sarkastisch, wie er selbst merkte.

»Das sehe ich. Und sonst so?«

Constantin amtete tief durch. »›Sonst so‹ haben die Fährmann und ich gerade Hinrich Albrecht auf regennasser Straße verfolgt, er in seinem alten Benz, wir im Audi der Fährmann. Anschließend habe ich die Karre zurück auf den Hof der Albrechts gebracht, wo mir Frau Albrecht heulend versichert hat, dass ihr armer Hinrich absolut nichts mit dem Mord an Fiete Klünder zu tun hätte und sie selbst nicht wüsste, warum er gerade geflüchtet war. All das hat unter freiem Himmel bei prasselndem Regen stattgefunden, deshalb bin ich pitschnass!«

»Hinrich Albrecht soll der Mörder von Fiete Klünder sein?«, wiederholte Amalia ungläubig.

Constantin nickte. »Es deutet zumindest einiges darauf hin.«

»Niemals, Conzi!« Amalia verneinte entschieden. »Niemals war das der Hinrich!«

»Weil du dich nicht von deiner Theorie lösen magst, dass diese sonderbare Frau mit den lilaschwarz gefärbten Haaren dahintersteckt, oder warum bist du dir da so sicher?«

Amalia holte tief Luft, und ihre Stimme klang belegt, als sie fortfuhr: »Die Albrechts haben bisher nicht viel Glück im Leben gehabt.« Sie hielt kurz inne, als ob sie die richtigen Worte suchte. »Vor zehn Jahren haben sie ihr Kind noch im Mutterleib verloren«, fügte sie mit einem traurigen Blick hinzu, »danach konnte die Hanka wohl nicht mehr schwanger werden. Der Hof und alles, was daran hängt, stand mehrfach kurz vor der Zwangsversteigerung. Und Hanka Albrecht leidet seit Jahren unter einer Muskelerkrankung, die sie immer wieder für Tage, manchmal sogar Wochen vollkommen außer Gefecht setzt.«

Amalia seufzte schwer. »Die beiden haben viel ertragen – gewiss. Erhalten wohl auch keine Unterstützung von der Familie. Die Hanka kommt ja aus dem Osten, hat niemanden sonst hier, und die Familie vom Hinrich«, ein bitteres Lächeln huschte über ihr Gesicht, »nun ja, die haben wohl selbst nichts. Hinrich hat auch einige Dummheiten gemacht, aus der Not heraus alles Mögliche probiert, um an Geld zu kommen.« Sie sah Constantin direkt in die Augen. »Aber der ist niemals in der Lage, jemanden zu töten.« Ihre Stimme wurde fester. »Nein, Conzi«, sagte sie und verschränkte entschlossen die Arme vor der Brust, »so wie ich hier stehe – das kann mir keiner erzählen.«

Constantin sah Amalia einen Moment lang nachdenklich an. Schließlich erklärte er: »Ich glaube auch nicht, dass Hinrich Albrecht der Mörder ist. Ich kenne ihn ja eigentlich nicht wirklich, aber ich bin mir ziemlich sicher, dass der niemandem etwas antun könnte.«

Amalia nickte und wirkte sichtlich erleichtert. »So ist es, Conzi. Der arme Kerl tut niemandem was.« Sie wandte sich um und ging zur Garderobe. Mit einer fließenden Bewegung öffnete sie den Schrank und nahm ihre leichte grüne Lodenjacke heraus. Der Stoff raschelte leise in ihren Händen, während sie den passenden Hut und ebenfalls grüne Gummistiefel griff.

»Was hast du vor?«, fragte Constantin.

»Ich fahre zum Polizeirevier«, antwortete Amalia entschlossen und warf ihm einen kurzen Blick über die Schulter zu. »Du hast doch gesagt, dass Finja den Hinrich dorthin mitgenommen hätte, oder habe ich das falsch verstanden?«

»Hast du nicht, nein.«

»Dann braucht der arme Kerl jetzt jemanden, der für ihn spricht«, sagte Amalia. »Darin ist er nämlich auch nicht besonders gut.«

»Und diejenige bist du?« Constantin schüttelte den Kopf, als würde er damit ihre Idee gleich mit abschütteln. »Ich glaube nicht, dass deine von dir so verehrte Kriminalhauptkommissarin sich mit dir in dieser Sache austauschen möchte, und auch nicht, dass sie dich bei der Vernehmung dabeihaben will.«

Amalias Lächeln war leicht triumphierend, und das beunruhigte Constantin sofort. »Was hast du vor, Amalia?«, fragte er eindringlich.

»Die Albrechts haben kein Geld, um sich einen Anwalt zu nehmen. Darum engagiere ich jetzt einen, der dem Hinrich bei der Vernehmung beisteht. *Das* habe ich vor.« Sie sprach es aus, als wäre es das Selbstverständlichste der Welt.

»Du willst einen Anwalt für Hinrich Albrecht engagieren?« Entgeistert verzog Constantin das Gesicht. Natürlich empfand auch er Mitleid mit dem Ehepaar; ja, auch er glaubte nicht daran, dass Hinrich der Täter war. Aber direkt einen Anwalt beauftragen? Und … Es sei denn …

»Amalia, jetzt sag nicht, du gedenkst, diesen Anwalt zu beauftragen, bei dem du dieser ominösen Frau begegnet bist?«

»Er ist noch relativ neu in der Gegend und hat bestimmt noch Kapazitäten«, antwortete Amalia scheinheilig.

Doch Constantin konnte sie nichts vormachen.

»Ich glaube dir kein Wort«, entgegnete er scharf. »Du versuchst, dir so sein Vertrauen zu erschleichen, ihn in die Sache zu integrieren, damit er dir irgendwas über diese Frau erzählt. Das ist der wahre Grund. Gib es wenigstens zu.«

Gespielt empört schüttelte seine Großtante den bereits behuteten Kopf. »Was du mir da wieder unterstellen willst – also wirklich!«

»Keine Unterstellung, die Wahrheit!«, beharrte Constantin.

»Ich möchte nur helfen, Conzi. Alles andere entspringt deiner Phantasie …«

»Amalia, ich bitte dich …«

Doch bevor er weiterreden konnte, öffnete sie die Haustür und eilte hinaus, als wäre sie von dem Wind erfasst worden, der noch immer draußen fegte und sie widerstandslos mit sich zog.

***

»Moin, Herr Doktor, hier spricht Friedrichs.«

Constantin hatte gerade beschlossen, seiner Tante zu folgen und sie vor einer Dummheit zu bewahren, die sie mit Sicherheit begehen würde, als sein Handy in der Hosentasche klingelte. »Was gibt es?«, fragte er, während seine Gedanken noch bei seiner Tante waren und bei dem unbedingten Drang, sie aufzuhalten.

»Es geht um de Kühe vom Klünder. Da muss jetzt mal wat geschehen.«

»Ich denke, da ist dann wohl der Amtstierarzt für zuständig«, antwortete Constantin, noch immer in Gedanken bei Amalia und dem Unsinn, den sie zu begehen vorhatte.

»Warum de denn?«, wollte Onno Friedrichs wissen. »Sind de irgendwie beschlagnahmt oder so 'n Ähnliches oder wat?«

»Nicht, dass ich wüsste.«

»Und warum sagen Sie denn, dat de Amtstierarzt sich darum kümmern muss?«, fragte er. »Versteh ich nich, Doktor, echt nich.«

»Ehrlich gesagt bin ich selbst gerade damit überfragt, Herr Friedrichs. Was ist denn mit den Kühen?«

»Na, was soll sein? Da kümmert sich keiner drum. De Geizkragen hat zwar seine eigene Beerdigung schon mit 'n Bestatter ausgehandelt und um Prozente gefeilscht, aber wat mit de Kühe und de anderen Viehzeug werden soll, dat hat de nich geregelt. De Hund haben sie inzwischen ins Tierheim gebracht, weil de keiner haben wollte – de is ja ziemlich scharf. Dat soll ein ganz schönes Theater gewesen sein, de aus 'm Zwinger zu bekommen, ohne gebissen zu werden, hab ich jedenfalls gehört.«

»Können sich denn nicht diejenigen um die Kühe kümmern, die den Hund weggebracht haben?«

»Also, Doktor, jetzt mal im Ernst, so 'n Hund, wenn er auch scharf wie sonst was is, ist ja trotzdem leichter zu händeln als 'nen großen Stall voller Milchkühe.«

»Wer kümmert sich denn bisher darum? Die müssen doch gefüttert, gemolken und versorgt worden sein, oder nicht?«

»De Jonas, de hat ja bei dem Klünder immer mal wieder gearbeitet, allerdings hat de Stänkerkopp ihm kurz vor seinem Tod gekündigt. De Jonas hat Brief und Siegel geschworen, de Hof nie wieder zu betreten. Jetzt ist de aber eingesprungen, kriegt er natürlich nich bezahlt. Diese ganze Sache mit dem Nachlass von de Klünder, dat is ja alles noch in der Schwebe. Undurchsichtige Sache, sag ich Ihnen, Doktor. Jedenfalls bekommt de Jonas dafür keinen Cent und hat jetzt auch gemeint, er würde dat nich mehr machen wollen.«

»Und was kann ich dabei tun?«, erwiderte Constantin und meinte die Frage ernst. Oder nahm Onno Friedrichs an, dass er zukünftig die Versorgung der Kühe übernehmen würde? So nach dem Motto, der liebe Herr Tierarzt hat ja eh nichts Besseres zu tun? »Wenn der Landwirt verstorben ist und keine

Verwandten hat, fällt das Erbe an den Staat oder wird verwaltet. Die Kühe müssen gut versorgt werden, bis eine Lösung gefunden ist.«

»Aber wer regelt dat denn? Sie sind doch de Tierarzt! Sagen Sie denen mal Bescheid, dat sich um de Kühe gekümmert werden muss. Wenn ich Platz hätt, würd ich sie ja nehmen, aber damit macht man sich wohl strafbar. Dat hat zumindest de Claas Fricke gesagt. De hat einen Stall voller Milchkühe und hätt de vom Klünder nehmen können, aber hat Muffensausen, weil de befürchtet, gegen irgendein Gesetz zu verstoßen.«

»Na ja, so einfach ist das tatsächlich nicht«, antwortete Constantin. »Es gibt Tierschutzgesetze, die sicherstellen, dass die Tiere gut versorgt werden müssen. In solchen Fällen könnte auch eine Tierschutzorganisation eingeschaltet werden, um sich um die Kühe zu kümmern.«

»Dann sagen Sie denen doch mal Bescheid, Doktor!«

»Ich kümmere mich darum«, versprach Constantin, hauptsächlich um das Telefonat endlich beenden zu können und Amalia von ihrem irrsinnigen Vorhaben abzubringen.

Onno Friedrichs dankte ihm überschwänglich und betonte, dass er ihn schwer in Ordnung finde. »Echt schade, wenn Sie hier nich Fuß fassen könnten«, fügte er hinzu.

Doch noch während Onno Friedrichs sprach, schoss Constantin plötzlich ein Gedanke durch den Kopf. »Und Sie sagen, es hat Streit zwischen diesem Jonas und dem Verstorbenen gegeben? Und dennoch ist er so nobel und kümmert sich um die Kühe? Dann kann der Streit ja nicht so schlimm gewesen sein, oder?«

»Nicht so schlimm? Dat denken aber auch nur Sie! Man soll ja über de Toten nich schlecht reden, aber wie de Fiete de Jonas behandelt hat – wie seinen Leibeigenen! Dabei war de immer so fleißig und hat sich für nichts zu schade gefühlt. Musste immer nur das Geschimpfe von de ertragen. Dat de nicht schon vorher der Kragen geplatzt ist, dat wundert hier wirklich jeden. Fast ein halbes Jahr hat de Jonas es ausgehalten, de wollte sogar seine Lehre abbrechen und ganz beim Klünder auf de Hof gehen, aber da hat seine Mutter nich mitgemacht. Ich find's wirklich fein von ihm, dat er sich jetzt dennoch um de Kühe und de Hof kümmert. Er hat ja nichts davon … rein gar nichts und müsste dat auch nich tun.«

»Und dieser Jonas macht das also gerade alles ganz allein? Wie ist er denn gebaut?«

»Hä? Wie soll ich dat denn verstehen, Doktor?«

»Ich meine ja nur«, setzte Constantin nach und versuchte, seine Stimme ruhig zu halten. »Er ist doch bestimmt sehr kräftig. Ähnlich, wie der Klünder es war, oder?«

»Der hätt de Klünder mit einer Hand zerdrücken können! Und an seiner Stelle hätte ich es wohl sogar auch gemacht! Aber de hat alles so hingenommen. Keine Ahnung, warum.«

Interessant, dachte Constantin, wirklich sehr interessant.

»Ist dieser Jonas denn wohl gerade auf dem Hof des Verstorbenen? Wissen Sie das, Herr Friedrichs?«

»Kann sein, so genau weiß ich dat nich. Diese Woche, hat er gemeint, würde er sich noch kümmern, aber dann wär's genug. Dat kann ich Ihnen sagen!«

»Okay, dann fahre ich am besten mal dorthin und unterhalte mich mit ihm, falls er da ist. Vielleicht finden wir ja eine Lösung.«

»Danke, Doktor! Sie sind wirklich schwer in Ordnung«, sagte Onno Friedrichs – wahrhaftig nicht zum ersten Mal.

Nachdem Constantin das Telefonat beendet hatte, stieg er die Treppen zu seiner Wohnung hinauf und tauschte seine durchnässte Kleidung gegen frische, trockene aus. Als er schließlich das Haus wieder verließ, schlug ihm die kühle Brise des Sommers entgegen, die nach dem heftigen Regen frisch und klar war. Die Wolken hatten sich verzogen, und der Himmel zeigte sich in einem strahlenden Blau, das nur nach einem Gewitter so intensiv sein konnte.

Constantin startete den Motor seines Transporters und machte sich auf den Weg zum Klünderhof.

Während er die Straßen entlangfuhr, wurde ihm immer bewusster, dass Fiete Klünder hier anscheinend keine Freunde gehabt hatte – bisher hatte Constantin tatsächlich noch niemanden getroffen, der ein gutes Wort über den Mann verloren hätte.

Diese Gedanken begleiteten ihn noch, als er wenig später durch die imposante Einfahrt des Drei-Seiten-Hofes fuhr und sein Blick auf einen jungen Mann fiel, der gerade von einem Fahrrad stieg. Er war kräftig gebaut, mit strohblondem, raspelkurzem Haar. Seine muskulösen Arme zeugten entweder von intensiven Trainingseinheiten im Fitnessstudio oder von harter körperlicher Arbeit.

Constantin trat auf die Bremse, stellte den Motor ab und stieg aus dem Transporter.

»Moin, sind Sie Jonas?«, fragte er und nickte dem jungen Mann freundlich zu.

Dieser musterte ihn misstrauisch, seine Augen blitzten unfreundlich. »Und wer will das wissen?«, entgegnete er schroff.

Constantin deutete auf den Schriftzug »Tierarzt Dr. Constantin von Platen« an der Seite seines Transporters.

»Ach, Sie sind das«, murrte der junge Mann unverändert unfreundlich und verschränkte die Arme vor der Brust.

»Herr Friedrichs hat mich gerade angerufen. Wegen der Kühe. Er meinte, jemand müsste sich kümmern, dass sie weiterhin versorgt werden.«

Dieser Jonas, wovon Constantin ausging, dass er es war, verzog verächtlich das Gesicht und machte eine wegwerfende Geste. »Alter, typisch, dass der Friedrichs sich wieder einmischen muss. Der hält sich hier für den Platzwart, obwohl ihn das Ganze überhaupt nichts angeht.« Seine Stimme triefte vor Verachtung.

»Nun ja, erst einmal ist es doch sehr engagiert von Herrn Friedrichs, dass er sich versucht zu kümmern. Zumal er von Ihnen – falls Sie Jonas sind – in den besten Tönen gesprochen hat.« Constantin hielt kurz inne und beobachtete Jonas' Reaktion. »So wie ich das mitbekommen habe, wollen Sie hier nicht mehr arbeiten, weil Sie dafür nicht bezahlt werden.«

»Der Friedrichs soll sich da gefälligst raushalten!«, polterte Jonas los, und sein Gesicht nahm nun einen regelrecht bedrohlichen Ausdruck an. Die Muskeln in seinem Nacken spannten sich, als würde er gleich losschlagen. »Die sollen sich alle raushalten, diese neugierigen Ärsche hier! Echt schlimm ist das! Hat mein Vater auch gesagt: alles nur rotzneugierige Arschgeigen!«

Gute väterliche Erziehung, schoss es Constantin durch den Kopf. Sehr lobenswert – echt.

»Wie auch immer«, sagte er, bemüht um einen ruhigen Tonfall, auf dass die Situation nicht weiter eskalierte. »Ich schaue mir jetzt die Tiere einmal an und melde das Ganze dann tatsächlich am besten dem Amtstierarzt. So kann es ja wohl auf Dauer nicht weitergehen.«

»Das lässt du mal schön bleiben, hörst du!«, ranzte Jonas ihn an und stellte sich ihm drohend in den Weg, als Constantin sich in Richtung Stall bewegen wollte.

»Wie bitte?«

»Du hast schon richtig gehört! Du sollst dich vom Acker machen und dich um deinen eigenen Kram kümmern!«

Constantin dachte nach; ja, er überlegte tatsächlich, es darauf ankommen zu lassen. Doch in einer Sache hatte Onno Friedrichs recht gehabt: Dieser Jonas war ein Schrank von einem Kerl – muskulös und einschüchternd. Es wäre unklug gewesen, eine körperliche Auseinandersetzung zu riskieren.

»Wie Sie meinen, Herr …?«, fragte Constantin vorsichtig.

»Geht dich 'nen Dreck an! Und jetzt sieh zu, dass du Leine ziehst! Und zwar zack, zack!«

Constantin stand da und überlegte für zwei, drei Sekunden, ob er sich wirklich von diesem deutlich jüngeren, aber leider auch eindeutig kräftigeren Kerl vom Hof jagen lassen sollte. Eigentlich war es nicht seine Art, sich feige davonzuschleichen. Doch gleichzeitig fragte er sich, warum er überhaupt hier war. Das ganze Drama ging ihn eigentlich nichts an, auch wenn es sich leider anders anfühlte. Es war ein regelrechter innerer Zwiespalt: der Drang, nicht klein beizugeben, gegen das Bedürfnis, einfach abzuhauen und sich nicht um die Sache zu scheren.

»Wie Sie meinen«, sagte Constantin schließlich mit einem resignierten Schulterzucken, drehte sich um und ging zu seinem Transporter zurück. Er startete den Motor und fuhr langsam vom Hof. Im Rückspiegel sah er noch, wie Jonas ihm mit erhobener Hand den Mittelfinger zeigte. »Arschloch«, murmelte Constantin leise vor sich hin. Nicht originell, aber es war das Erste, was ihm zu diesem Kerl einfiel.

21

Finja konnte es nicht fassen; Amalia war tatsächlich mit diesem Sebastian Franken in der Marner Polizeistation aufgetaucht und präsentierte ihn ihr als Hinrich Albrechts Rechtsanwalt.

Der wusste jedoch so gar nichts von einem Rechtsanwalt und lehnte diesen auch zunächst strikt ab. »Für so was haben wir doch überhaupt kein Geld. Außerdem habe ich nichts getan und brauche deshalb auch keinen Anwalt.«

Nachdem Amalia von Platen ihm aber versichert hatte, dass es immer klug war, einen Anwalt an seiner Seite zu haben, wenn man als dringend Tatverdächtiger in einem Mordfall vernommen wurde, und dass er sich wegen der Bezahlung keine Sorge machen müsse, weil sie das nämlich für ihn erledigte, schwieg er auf Anraten dieses besagten Anwaltes anschließend wie ein Grab.

Sehr zu Finjas Ärger, die sich der Aufklärung des Falls schon ganz nahe gesehen hatte.

So kam es auch, dass sie in einem, wie sie meinte, unbeobachteten Moment Amalia zuzischte: »Was soll das denn, Amalia? Sind Sie von allen guten Geistern verlassen, mir so ins Handwerk zu pfuschen?«

»Er war es nicht, glauben Sie mir, Finja«, zischte Amalia ebenso unterdrückt zurück. »Sie sind auf einer falschen Fährte.«

»Wenn die Damen dann genug geflüstert haben«, meldete sich Rechtsanwalt Sebastian Franken zu Wort, dem das Ganze dennoch nicht entgangen war, »würden mein Mandant und ich jetzt gerne gehen. Ich denke, dagegen spricht auch nichts.«

Finja spürte, wie ihr die Röte der Ertappten ins Gesicht schoss. Diese Reaktion ärgerte sie dermaßen, dass ihre Gesichtsfarbe noch eine Nuance mehr in Richtung »glühend« wechselte. »Natürlich spricht da etwas dagegen!«, rief sie empört und verschluckte sich fast vor Wut. Ein Hustenanfall überkam sie, bevor sie ihre Argumentation fortsetzen konnte. »Herr Albrecht hat versucht, sich der Vernehmung zu entziehen, indem er in seinem Auto die Flucht ergriff.«

»Das ist doch Unfug, Frau Kriminalhauptkommissarin«, entgegnete der Rechtsanwalt bestimmt. »Der Fluchtversuch war lediglich eine Kurzschlussreaktion in einer extremen Stresssituation, hat er mir gerade in unserem Vier-Augen-Gespräch glaubhaft versichert. Herr Albrecht hat keinerlei Absicht, sich abzusetzen, zudem fehlen ihm die finanziellen Mittel dazu. Er wird seine Frau nicht im Stich lassen, ein solches Verhalten wird sich nicht wiederholen.«

»Und woher, bitte schön, nehmen Sie diese Gewissheit, Herr Anwalt?«, fragte Finja mit einem Hauch von Zynismus in der Stimme. »Bis vor einer halben Stunde war Ihnen Ihr Mandant doch völlig unbekannt.«

»Meine Auftraggeberin, Frau von Platen, hat mich bestens über den familiären und finanziellen Hintergrund meines Mandanten informiert, Frau Kriminalhauptkommissarin.«

»Die Albrechts haben wirklich kein Geld, Chefin«, flüsterte Polizeihauptmeister Lüders, als ob er der Einzige wäre, der die Wahrheit kannte.

Finja spürte, wie sich der Zorn noch weiter in ihr aufbaute, und sie musste sich beherrschen, um nicht laut loszuschreien.

»Und seine Frau ist schwer krank. Die lässt er nicht allein, weil sie –«

»Haben Sie nicht längst Feierabend, Lüders?«, schnitt sie ihm das Wort ab, ihre Stimme scharf wie ein Messer.

Lüders zuckte nur mit den Schultern und begann, seine Tasche zu packen. »Wenn Sie mich nicht mehr brauchen, Chefin …«

»Brauch ich nicht!«

»Dann bis morgen.«

»Wir machen uns dann auch auf den Weg«, sagte Rechtsanwalt Franken und nickte seinem Mandanten ermutigend zu. Hinrich Albrecht stand zögerlich auf, seine Knie schienen unter ihm nachzugeben, als er dem Anwalt zur Tür folgte.

»Halten Sie sich zu unserer Verfügung!«, rief Finja ihm hinterher, ihre Stimme fest und unmissverständlich. Dann richtete sie ihren Blick auf den Anwalt. »Und dass das klar ist – ich mache Sie persönlich dafür verantwortlich, falls *Ihr Klient* verschwindet. Nur damit wir uns verstehen!«

»Tun Sie, was Sie nicht lassen können!«

Die Tür fiel ins Schloss, und Finja sank erschöpft auf ihren knarrenden, uralten Schreibtischstuhl. Zwei Atemzüge lang verharrte sie in dieser Starre, bevor sie den Blick hob und Amalia ansah. Mit tonloser Stimme fragte sie: »Warum? Warum sind Sie mir so in den Rücken gefallen, Amalia? Der Albrecht war kurz davor zu gestehen, bis Sie plötzlich hier aufgetaucht sind – in Begleitung dieses ominösen Rechtsanwalts.«

»Er war es nicht, dafür lege ich meine beiden Hände ins Feuer. Und das mit dem Anwalt, Finja, das habe ich mir sehr genau überlegt. Nun muss er uns Auskunft über diese Person mit den –«

»Nein!«, rief Finja und streckte die Hände beschwörend in Richtung Zimmerdecke. »Nicht schon wieder das *Phantom mit den lila Haaren*, Amalia. So langsam kann ich es nicht mehr hören.«

Die Tür wurde schwungvoll geöffnet, und Constantin stürmte ins Polizeirevier. Er sah sonderbar gehetzt aus, richtig aufgewühlt.

»Nur ganz kurz – Amalia, ich habe gerade gesehen, wie Hinrich Albrecht in Begleitung eines Mannes in einen dunklen Volvo gestiegen ist und beide weggefahren sind. Ist das tatsächlich dieser Anwalt? Hast du dich nicht davon abbringen lassen?«

»Aber Conzi«, begann Amalia, ihre Miene war besorgt, »du bist dir doch ebenfalls sicher, dass Hinrich Albrecht unschuldig ist und –«

»Wir wissen leider, dass du diesen Anwalt aus einem ganz anderen Grund beauftragt hast«, unterbrach er sie scharf. »Aber nun gut, später mehr dazu. Nur so viel: Ich bin dagegen.« Er schüttelte den Kopf, als wollte er damit seine Aussage noch unterstreichen. Dann wandte er sich an Finja, die sich in diesem Moment wie eine Komparsin in einer irrwitzigen Komödie vorkam.

»Ich war vorhin auf dem Klünderhof und bin dort einem gewissen Jonas begegnet. Den Nachnamen hat er mir leider nicht genannt, aber ich kann ihn sicherlich bei Onno Friedrichs erfragen. Wie auch immer«, fuhr Constantin fort, und sein Ton wurde eindringlicher, »ich habe mir jetzt eine Weile Gedanken darüber gemacht, die Begegnung war wirklich … sonderbar. Ich schätze, dass dieser Jonas irgendwas mit dem Mord an Fiete Klünder zu tun hat.«

Finja sah von Constantin zu Amalia und wieder zurück. In diesem Moment schien alles um sie herum stillzustehen – selbst das Ticken der Wanduhr wurde leiser. Dann brach es aus ihr heraus: Sie begann herzhaft zu lachen, ein unkontrollierbares Lachen, das wie ein Wasserfall aus ihr herausbrach. Sie lachte so lange, bis sie Seitenstechen davon bekam; selbst dann konnte sie kaum aufhören zu glucksen und nach Luft zu schnappen. Ihr Lachen hallte durch den Raum und traf auf die vollkommen perplexen Gesichter der von Platens – eine Mischung aus Verwirrung und Unverständnis.

Irgendwann beruhigte Finja sich, irgendwann hatte sie sich wieder so weit unter Kontrolle, dass sie sagen konnte: »Warum um alles in der Welt kann ich bitte meinen Job nicht allein machen? Was ist mit Ihnen beiden, dass Sie meinen, sich unentwegt einmischen zu müssen?«

»Das kann ich Ihnen kurz und bündig beantworten«, entgegnete Constantin mit einem scharfen Unterton. »Ich bin hier in den Köpfen der Einheimischen noch immer irgendwie der Hauptverdächtige im Fall Apfelmord, und zwar so lange, bis der wahre Mörder hinter Schloss und Riegel sitzt. Ich finde, das ist Grund genug, sich einzumischen.«

»Und ich muss meinen Großneffen darin unterstützen. Das verstehen Sie ja wohl, Finja, oder?«

Finja ballte die Fäuste auf ihrem Schreibtisch, ihre Geduld war endgültig erschöpft. »Das Einzige, was ich hier verstehe, ist, dass Sie beide dauernd in meinen Ermittlungen herumfuhrwerken!«

Ihre Worte hingen noch in der Luft, als plötzlich ein Klingeln das angespannte Gespräch unterbrach. Finja zuckte erschrocken zusammen, bevor sie den Hörer abnahm und etwas atemlos sagte: »Polizeistation Marne.«

Am anderen Ende der Leitung erklang eine panische weibliche Stimme: »Spreche ich mit der Kommissarin?«

»Ja, hier ist Kriminalhauptkommissarin Finja Fährmann. Und mit wem habe ich das Vergnügen?«

»Kathrin Hoppe. Es geht um meinen Sohn, den Jonas. Er ... er ist angefahren worden.«

»Wo befinden Sie sich, Frau Hoppe? Sind Sie bei ihm? Ist er ansprechbar, und haben Sie bereits den Notarzt gerufen?«

»Er ... er bewegt sich nicht, und es ist überall Blut ... so viel Blut ...« Kathrin Hoppes Stimme zitterte und drohte in Panik zu verfallen.

»Frau Hoppe, bitte hören Sie mir genau zu: Haben Sie den Notarzt verständigt?« Finja sprach ruhig und bestimmt, darauf bedacht, der verzweifelten Frau am anderen Ende der Leitung Halt zu geben. Das zeigte Wirkung.

»Nein, das habe ich nicht getan. Ich ... ich ... ich wollte nur sehen, wo er bleibt, und da habe ich ihn liegen gesehen ... halb im Graben, das Rad auf dem Feld. Überall Blut ...« Der Rest ihrer Worte versank in lautem Aufschluchzen.

»Wo sind Sie, Frau Hoppe? Ich verständige den Notarzt, und der wird sofort bei Ihnen sein und Ihrem Sohn helfen! Aber dazu müssen Sie mir sagen, wo genau Sie und Jonas sich befinden.«

»Auf dem Feldweg zwischen dem Gemüsehandel und dem Klünderhof. Jonas hat nach den Kühen gesehen – ein letztes Mal, hat er gesagt ...«

»Gut! Okay! Dann weiß ich Bescheid.« Finja nickte. »Ich lege jetzt auf und verständige den Rettungswagen. Dann mache ich mich selbst auf den Weg. Bleiben Sie ruhig, Frau Hoppe! Behalten Sie die Nerven!«

Sie beendete das Telefonat und wählte sofort die Nummer des Notarztes, doch die Nachricht, die sie erhielt, war alles andere als beruhigend: Aufgrund eines schweren Unfalls in der Nähe von Brunsbüttel waren alle Einsatzkräfte bereits dort im Einsatz, sodass es eine Weile dauern konnte, bis jemand dem verletzten jungen Mann zu Hilfe kommen konnte.

»Was um Himmels willen ist denn passiert?«, fragte Amalia, ihre Stimme zitterte leicht.

»Keine Ahnung«, antwortete Finja hastig. »Kathrin Hoppes Sohn Jonas liegt besinnungslos und blutüberströmt am Feldwegrand. Es scheint so, als hätte ihn jemand mit dem Auto erfasst.«

»Oh mein Gott!« Amalia schüttelte den Kopf. »Das ist ja schrecklich!«

»Jonas?«, krächzte Constantin und wurde schlagartig kalkweiß.

Finja lief zur Tür und drehte sich bereits mit der Klinke in der Hand abrupt um: »Kommen Sie mit, Constantin! Der Notarzt braucht eine Weile; es hat einen schweren Verkehrsunfall auf der B 5 zwischen Marne und Brunsbüttel gegeben – da sind alle gerade im Einsatz! Ich kann also einen Mediziner an meiner Seite gebrauchen.«

»Ich komme auch mit«, beschloss Amalia. »Bestimmt muss jemand der armen Kathrin Hoppe beistehen.«

Keine zwei Minuten später saßen sie in Constantins Transporter. Der Motor gab ein gequältes Geräusch von sich, als er das Gaspedal durchdrückte, und die Reifen quietschten leicht beim scharfen Abbiegen auf die Hauptstraße. Der Wagen beschleunigte zügig, während die Landschaft sich in einen verschwommenen Film verwandelte – Felder flogen an ihnen vorbei, und Bäume wurden zu grünen Strichen.

Finja klammerte sich an den Haltegriff über dem Fenster. »Halten Sie bitte die Geschwindigkeit im Rahmen!«, hätte sie Constantin gern zugerufen, unterließ es aber.

Amalia saß auf der Rückbank und wiederholte fassungslos: »Angefahren? Aber wer macht denn so etwas?«

Sie hatten bereits den Gemüsehändler passiert, da kam Finja etwas in den Sinn, das sie Constantin von der Seite anstarren ließ. »Ich hoffe doch wohl, dass Sie nichts mit dem Unfall dieses Jonas zu tun haben? Immerhin wollten Sie mir gerade einen Jonas als möglichen Mörder von Fiete Klünder verkaufen, und nun liegt anscheinend dieser junge Mann bewusstlos und blutüberströmt ganz in der Nähe des selbigen Hofes, auf dem Sie gerade gewesen sind. So wie ich es verstanden habe, von einem Auto angefahren ...«

Sie sah Constantin schwer schlucken, seine Kieferknochen arbeiten. »Ich weiß selbst, wie sich das anhört, Finja. Glauben Sie mir, ich weiß es selbst. Aber ich versichere Ihnen, auch damit habe ich nichts zu tun.«

Die Worte waren kaum ausgesprochen, da bogen sie in den Feldweg ein, ein schmaler Streifen aus staubigem Asphalt, gesäumt von hohen Gräsern und wildem Gestrüpp, der direkt zu dem Hof des getöteten Landwirtes führte.

»Da sind sie!«, rief Finja und deutete auf die beiden Gestalten am Boden, ein gutes Stück von ihnen entfernt.

Constantin trat erneut aufs Gas; der Transporter beschleunigte mit einem Ruck. Als sie schließlich am Rand des Feldweges hielten, sprang Finja als Erste aus dem Wagen und rannte los.

Der Anblick war erschütternd: Der junge Mann lag regungslos am Boden. Das Gesicht blutüberströmt. Das linke Bein eigenartig verdreht, als ob es nicht zu ihm gehörte. Seine leicht geöffneten Lippen hatten ein fast unwirkliches Blau. Neben ihm am Boden kniete seine Mutter. Sie hielt seine Hand und strich ihm über die blutverschmierte Wange. Sie weinte bitterlich, ihr Körper zuckte wie unter Strom.

»Frau Hoppe, wir sind da und kümmern uns jetzt«, redete Finja beruhigend auf sie ein. »Lassen Sie bitte den Arzt zu Ihrem Sohn«, verlangte sie, während sie die Frau behutsam in die Höhe zog, weg von ihrem Sohn.

Amalia nahm sie in Empfang, legte ihr die eigene Jacke um die zitternden Schultern, führte sie noch etwas mehr zur Seite.

»Frau Hoppe, Kathrin, ich bin es, Amalia von Platen. Alles wird gut«, versprach sie der verzweifelten Mutter mit einer Stimme, die warm und tröstend war, wie eine sanfte Umarmung inmitten des Chaos.

Kathrin Hoppe schüttelte den Kopf, Tränen liefen über ihr Gesicht. »Er bewegt sich nicht! Er bewegt sich nicht!«

Unterdessen hatte Constantin sich neben den reglosen Jonas gekniet. Seine Hände zitterten leicht, als er nach dem Puls des jungen Mannes suchte. Der Moment schien endlos zu dauern; doch dann spürte er es – einen schwachen, aber deutlichen Schlag unter seinen Fingern. Er atmete erleichtert auf und wandte sich an Finja: »Er lebt!«

»Gott sei Dank«, keuchte sie.

Constantin bemühte sich, den besinnungslosen Mann möglichst behutsam in die stabile Seitenlage zu befördern – er wusste ja nicht, ob sich dieser Jonas bei dem Sturz womöglich irgendwelche Frakturen der Wirbelsäule zugezogen hatte, die durch eine unachtsame Bewegung verschlimmert werden konnten.

Da blitzte in der Ferne plötzlich das Rot-Weiß eines Krankenwagens auf; die Sirene heulte durch die Luft wie ein wütender Wolf und schnitt durch die drückende Stille des Moments. »Zum Glück«, sagte Finja mit einem Anflug von Erleichterung in ihrer Stimme. »Das ging ja jetzt schneller als angekündigt.«

Die Geräusche des herannahenden Rettungswagens wurden lauter, wenige Sekunden später hatte er sie erreicht und hielt an. Zwei Rettungssanitäter sprangen aus dem Wagen und eilten mit einer Professionalität heran, die sofort Vertrauen erweckte.

»Was ist passiert?«, fragte einer von ihnen, während er seine Ausrüstung ablegte.

»Wir nehmen an, er wurde angefahren!«, rief Finja hastig und deutete auf Constantin. »Herr Dr. von Platen hat Erste Hilfe geleistet.«

»Ich bin Veterinär«, stellte Constantin klar. »Viel habe ich noch nicht für ihn tun können.«

»Alles klar. Danke schön, jetzt übernehmen wir.« Der Rettungssanitäter nickte und fügte dann erklärend hinzu: »Der Notarzt kann nicht kommen, die sind alle wegen dem Unfall auf der B 5 im Einsatz.«

»Ich habe schon davon gehört«, sagte Finja.

Augenblicke später wurde Jonas auf eine Trage gelegt und in den Krankenwagen geschoben.

Türen knallten. Der Motor wurde angelassen. Zuckendes Blaulicht. Das heulende Geräusch der Sirene.

Plötzlich ging ein Ruck durch Kathrin Hoppes Körper. Abrupt warf sie Amalias Jacke von ihren Schultern, befreite sich aus dem besorgten Griff und rannte dem Krankenwagen hinterher.

»Halt!«, kreischte sie. »Halt! Ich will mitfahren. Anhalten! Ich will bei meinem Sohn sein!«

Tatsächlich hielt der Krankenwagen nach einigen Metern an. Kathrin Hoppe rannte noch schneller, stolperte, schlug der Länge nach auf den Boden. Sie schrie laut auf, vor Schmerz, Kummer, Verzweiflung, eine Mischung aus allem.

Der Sanitäter, der hinten bei Jonas im Wagen war, stieg aus. Inzwischen hatte auch Constantin die am Boden liegende Kathrin Hoppe erreicht und half ihr hoch.

»Kann ich mitfahren?«, wisperte sie wie ein kleines, verzweifeltes Kind. »Ich kann meinen Jungen doch nicht allein lassen.«

Beruhigend legte der Sanitäter den Arm um sie, nickte ihr zu. »Ja, das können Sie«, erklärte er und half ihr in den Krankenwagen.

Finja hörte ihn auch noch sagen: »Machen Sie sich keine zu großen Sorgen, der wird schon wieder. Immer positiv denken.« – und fand diese Aussage zwar ziemlich gewagt, aber irgendwie auch wahnsinnig tröstlich.

22

Constantin saß mit seiner Großtante Amalia zusammen in der Bibliothek, jeder in seine eigenen Gedanken vertieft. Die Ereignisse des Tages hatten ihre Spuren hinterlassen, und so herrschte eine nachdenkliche Stille zwischen ihnen.

Nach dem kräftigen Gewitter am Mittag war die Luft jetzt am Abend frisch und wohltuend klar, sodass die Fenster offen standen, um etwas von dieser Klarheit hereinzulassen – im besten Fall in ihre Köpfe, was bisher aber noch nicht zutreffen wollte.

Finja Fährmann war ins Krankenhaus gefahren. Sie hoffte wohl darauf, dass Jonas Hoppe bald das Bewusstsein wiedererlangen würde, damit sie ihn befragen konnte, wer ihm das angetan hatte. Zumindest hatte sie etwas in der Richtung zu Constantin gesagt, als er sie vorhin am Marner Polizeirevier abgesetzt hatte.

Nach einem Tag, an dem so viel geschehen war, dass Constantin es kaum erfasste, geschweige denn sortiert bekam, hätte er sich am liebsten hoch in seine Wohnung verzogen, doch Amalia hatte ihn gebeten, noch ein Glas mit ihr zu trinken – das nun aber beide bisher gänzlich unberührt gelassen hatten.

Das Klingeln an der Haustür durchbrach schließlich die Stille in der Bibliothek. Das kann nur Finja sein, dachte Constantin. Er machte keine Anstalten, sich zu erheben, denn Amalia war direkt wie angestochen aufgesprungen und zur Tür geeilt. Kurz darauf kehrte sie wie nicht anders erwartet mit der Kommissarin zurück, die ohne Umschweife zur Sache kam.

Sie nahm noch nicht einmal Platz, sondern baute sich direkt vor Constantin auf. »Jonas Hoppe liegt aufgrund eines schweren Hirntraumas im Koma«, sagte sie und blickte Constantin dabei fest ins Gesicht. »Eine Art energiesparendes Notfallprogramm seines Körpers. Er zeigt zwar bestimmte Regungen, und seine Lider bewegen sich, aber das sind nur Reflexe. Der junge Mann hat ein kräftiges Herz, und sein Gehirn funktioniert, wenn auch stark eingeschränkt. Dennoch kann er im schlimmsten Fall noch eine unbestimmte Zeit so daliegen und künstlich beatmet werden ... Oder er wacht mit einem Mal wieder auf.«

Constantin hielt ihrem Blick stand. »Ich nehme an, Sie erzählen mir das nicht ohne Grund?«

Finja nickte knapp. »Ich kann also nicht darauf hoffen, dass er mir bald selbst schildern wird, was geschehen ist. Deshalb frage ich Sie: Was wissen Sie darüber?«

»Ich weiß leider rein gar nichts!«, antwortete Constantin ehrlich.

»Aber Sie sind ihm auf dem Hof begegnet, und es kam zu einer Auseinandersetzung?«, bohrte Finja weiter. »Das haben Sie mir doch selbst gesagt.«

Constantin bestätigte dies mit einem knappen Nicken.

»Und als Sie gefahren sind, was hat Jonas Hoppe da gemacht?«

Constantin nahm nun doch einen tiefen Schluck aus seinem Weinglas, bevor er fragte: »Was wird das jetzt hier, eine offizielle Befragung, Frau Kommissarin? Dann sollten wir das nicht in den privaten Räumen meiner Tante vollziehen, sondern morgen bei Ihnen auf dem Polizeirevier.«

Finja schob die Unterlippe vor, was ihr einen trotzigen Ausdruck verlieh. »Bisher habe ich tatsächlich nicht geplant, Sie offiziell vorzuladen, aber wenn Sie es wünschen, bitte schön.« Damit drehte sie sich auf dem Absatz um und wollte die Bibliothek direkt wieder verlassen.

»Finja, bleiben Sie doch hier und lassen Sie uns in Ruhe reden«, bat Amalia, die bisher dem Schlagabtausch der beiden nur schweigend beigewohnt hatte, was so gar nicht ihrer Art entsprach. »Das Ganze ist mittlerweile so verzwickt, ich muss zugeben, ich weiß selbst nicht mehr, wer, was, wie und wann getan hat und wie alles zusammenpasst. So viele Fragen die offen sind: Warum wurde Jonas Hoppe brutal angefahren?

Der Überfall auf dich, Constantin, und diese sonderbare Frau, die mir immer wieder begegnet, und der flüchtende Hinrich Albrecht ... Vielleicht hat das eine mit dem anderen nichts zu tun. Womöglich aber doch.«

Nach Amalias kleiner Rede herrschte einen Moment lang wieder absolute Stille in der Bibliothek, nur das Ticken der antiken Wanduhr war zu hören. Constantin schwirrte das Gleiche durch den Kopf wie seiner Tante, und wenn er Finjas Mimik richtig deutete, ging es ihr ebenso.

Wie passten all diese Geschehnisse zusammen, wo war die Schnittstelle – oder gab es die nicht?

Waren die Anhäufungen von Gewalttaten Zufall ... Hatte das eine mit dem anderen nichts zu tun?

Blödsinn. Alles hing irgendwie zusammen. Nur wie?

»Nun setzen Sie sich doch, Finja!«, forderte Amalia sie ungewohnt resolut auf.

Finja atmete tief durch und folgte schließlich Amalias deutlicher Bitte.

Wieder herrschte einen Augenblick Schweigen, bis Finja sich schließlich leise räusperte und mit ungewohnter, ja fast schon sanfter Stimme zu Constantin sagte: »Ich bin nicht glücklich darüber, das können Sie und auch Sie, Amalia, mir glauben. Aber inzwischen ist es wohl tatsächlich so gekommen, dass wir eine Art von Team bilden ... Unfreiwillig, das möchte ich nochmals betonen.«

»Wie kann man von ›Team‹ sprechen, wenn die eine den anderen immer wieder als vorrangigen Hauptverdächtigen auserkoren hat? Oder wollen Sie mir weismachen, dass Sie nicht eine Sekunde mit dem Gedanken gespielt haben, dass ich derjenige gewesen bin, der Jonas Hoppe über den Haufen gefahren hat, hä?«

»Der Verdacht liegt nahe.«

Constantin fuhr sich mit beiden Händen durch sein dichtes dunkelblondes Haar, seine Fassungslosigkeit war unübersehbar. »Das hier ist doch inzwischen zu einer schlechten Kriminalkomödie verkommen«, stieß er heiser hervor, stand auf und begann, unruhig im Raum auf und ab zu gehen, als könnte die Bewegung ihm helfen, einen klaren Gedanken zu fassen. Seine Hände ballten sich immer wieder zu Fäusten, nur um sich im nächsten Moment wieder zu öffnen, als suchten sie nach einem Halt.

»Beruhigen Sie sich«, sagte Finja mit einer Stimme, die so gleichgültig klang, dass es fast unheimlich wirkte. Sie hob das Glas Rotwein, das Amalia ihr zuvor angeboten hatte, und nahm einen tiefen Schluck, bevor sie fortfuhr: »Sie können es nicht gewesen sein. Es war kein weißer Transporter, der Jonas Hoppe angefahren hat, sondern ein dunkler Kombi, wahrscheinlich ein älterer Ford Mondeo.«

Amalia schnappte hörbar nach Luft, bevor sie rief: »Woher wissen Sie das, Finja?«

Finja atmete geräuschvoll durch die Nase, während sie sich in ihrem Sessel zurücklehnte. »Es gibt einen Zeugen«, erklärte sie schließlich. »Ein Landwirt war gerade mit seinem Traktor unterwegs und wäre beinahe in den Graben gefahren, weil ebendieses Fahrzeug mit hoher Geschwindigkeit aus dem Feldweg geschossen kam. Außerdem hat Kollege Lüders das Fahrrad des jungen Mannes sichergestellt. Am Rahmen haben wir Spuren eines dunkelblauen Lacks gefunden.«

»Hat der Zeuge erkannt, wer am Steuer saß?«, fragte Amalia aufgeregt, ihre Stimme zitterte vor Spannung. »War es eine Frau?«

Constantin unterdrückte den Drang, genervt zu reagieren. Er wollte ihr schon sagen, dass sie endlich mit dieser mysteriösen Person aufhören solle, die ihm inzwischen wie ein Phantom vorkam. Doch dann sah er Finja nicken.

»Ja«, bestätigte Finja ruhig. »Der Landwirt ist sich ziemlich sicher, dass es eine Frau war. Er konnte sie allerdings kaum erkennen, weil sie ein Kopftuch trug, das tief ins Gesicht gezogen war.«

»Die wilde Pflaume!«, rief Amalia triumphierend und sprang von ihrem Sessel auf. »Ich habe es von Anfang an gewusst! Sie steckt hinter all den abscheulichen Verbrechen!«

Sie wollte die Bibliothek verlassen, doch Finja hielt sie zurück. »Was haben Sie denn vor, Amalia?«

»Ich werde jetzt auf der Stelle Rechtsanwalt Sebastian Franken anrufen«, erklärte sie zu allem entschlossen. »Er ist ja nun mittlerweile in den Fall involviert, als Rechtsbeistand von Hinrich Albrecht. Also sollte er auch ein Interesse daran haben, dass sein Mandant entlastet wird. Also nennt er uns jetzt sicher auch bereitwillig den Namen und bestenfalls den Aufenthaltsort dieser Verbrecherin!«

»Das können Sie sich sparen«, erwiderte Finja erstaunlich ruhig, was Constantin wunderte, besonders nachdem seine Tante gerade den wahren Grund gestanden hatte, warum sie den Anwalt für Hinrich Albrecht engagiert und bezahlt hatte.

»Ich war bereits bei ihm. Er hat mir glaubhaft versichert, dass ihm weder der Name noch die Adresse bekannt sind. Die Dame wollte sich lediglich in einer Erbangelegenheit beraten lassen. Da ihm das Ganze jedoch merkwürdig vorkam, bat er sie darum, einen ordentlichen Termin zu vereinbaren. Daraufhin ist sie zickig geworden und hat sich, ohne ihren Namen zu nennen oder weitere Angaben zu machen, verzogen.«

»Dann sind Sie meinem Hinweis ja doch nachgegangen, Finja«, rief Amalia erstaunt aus und hob die Augenbrauen. Auch der Anflug von Stolz war weder zu überhören noch zu übersehen.

Constantin wunderte sich ein wenig über ihre Reaktion, denn trotz aller Bemühungen waren sie kein Stück schlauer – dieser Anwalt Franken wusste nichts.

»Und wie gehen wir jetzt weiter vor?«, wollte Amalia von Finja wissen.

Finja aber wandte sich an Constantin und beugte sich dabei leicht nach vorn, ihm entgegen. »Jetzt, wo ich Ihnen glaubhaft versichert habe, dass ich Sie nicht für die Attacke auf Jonas Hoppe verantwortlich halte, können Sie mir vielleicht irgendetwas sagen?«

Constantin zuckte mit den Schultern. »Ich wüsste nicht, was.«

»Ist Ihnen irgendetwas aufgefallen? Haben Sie jemanden gesehen, der sich in der Nähe des Hofes aufgehalten hat? Vielleicht eine Frau, eine Fußgängerin – das Auto hätte sie ja auch ganz woanders abgestellt haben können?« Sie hielt den Blickkontakt aufrecht, gestikulierte mit einer Hand, um ihre Worte zu unterstreichen. »Denken Sie nach, Constantin. Jeder noch so kleine Hinweis könnte wichtig sein.«

»Die Begegnung mit Jonas Hoppe war alles andere als freundlich«, begann Constantin, während er die Arme vor der Brust verschränkte. »Er war regelrecht angepisst, dass ich auf dem Hof aufgetaucht bin.«

Finja legte den Kopf leicht schräg, ließ ihn nicht aus den Augen. »Warum waren Sie eigentlich dort?«

Constantin hob kurz die linke Schulter. »Onno Friedrichs, einer meiner wenigen Kunden hier, hatte mich angerufen. Die Kühe auf dem Hof wären sich selbst überlassen, meinte er. Dieser Jonas kümmerte sich wohl noch, aber das sollte ein Ende haben, weil er dafür nicht bezahlt würde.« Constantin hielt kurz inne, verzog den Mund und erklärte dann: »Ich wollte mir selbst ein Bild machen, doch in den Stall bin ich erst gar nicht gekommen – Jonas Hoppe hatte was dagegen und hat mir ziemlich deutlich zu verstehen gegeben, dass ich mich gefälligst vom Acker machen soll.«

»Sie hatten also Streit mit ihm?«, schlussfolgerte Finja. Sie musste wohl seinen skeptischen Blick bemerkt haben, denn sie beeilte sich hinzuzufügen: »Das ist keine Fangfrage, verstehen Sie das nicht falsch, Constantin.«

»Okay«, gab er gedehnt zurück. »Aber von ›Streit‹ kann auch nicht wirklich die Rede sein. Jonas Hoppe hat mir sehr deutlich klargemacht, dass ich mich gefälligst verziehen soll, und ich habe es vorgezogen, seiner freundlichen Aufforderung zu folgen.«

»Aha«, machte Finja, was auch immer das zu bedeuten hatte.

Er überlegte, ob er Finja erzählen sollte, warum er vorhin so aufgebracht ins Polizeirevier gestürmt war. Jonas hatte sich seiner Meinung nach extrem verdächtig verhalten, und laut Onno Friedrichs hatte er auch mehr als nur einen Grund, um sich an Fiete Klünder zu rächen. Doch Constantin entschied sich dagegen. Es schien jetzt irrelevant; schließlich war Jonas durch die Attacke auf ihn als Täter ziemlich gewiss ausgeschlossen. Oder war er da gedanklich komplett auf dem Holzweg?

Finja ließ sich mit einem tiefen Seufzer in ihren Stuhl zurücksinken und strich sich müde durch ihre langen Haare. Man sah ihr die Erschöpfung an; sie wirkte völlig ausgelaugt. Mit einem Hauch von Verzweiflung in der Stimme wandte sie sich an Constantin und Amalia. »Ich muss diesen Fall endlich lösen, unbedingt! Mein Vorgesetzter hat mich heute darüber informiert, dass am Montag die Kollegen der Mordkommission Kiel hier auf der Matte stehen werden, wenn ich das nicht allein hinkriege. So wird das gehandhabt, wenn die örtlichen Ermittlungen ins Stocken geraten. Ihre Anwesenheit bedeutet aber bei Weitem nicht nur zusätzliche Erfahrung und Fachwissen, sondern auch ein Misstrauensvotum gegenüber meinen bisherigen Bemühungen – ein Umstand, der sozusagen der letzte Nagel im Sarg für meine Karriere bedeuten würde, wenn ich es nicht einmal in der tiefsten Provinz schaffe.«

»Tiefste Provinz, also Finja«, erwiderte Amalia mit leisem Vorwurf in der Stimme. »Ich fühle mich hier gerade deshalb sehr wohl, weil die Uhren etwas langsamer ticken und es eben im Allgemeinen nicht von Mord, Betrug und Totschlag hagelt. Aber natürlich verstehe ich, dass Sie enorm unter Druck stehen.«

Finja hob den Blick, und Constantin bemerkte die Tränen, die ihre blauen Augen verdunkelten. »Ich bin einfach nicht fürs Landleben geschaffen, Amalia. Entschuldigen Sie bitte, wenn ich Ihnen …«

Amalia hob beschwichtigend die Hände. »Da gibt es doch nichts zu entschuldigen, Finja, wirklich nicht.«

Im nächsten Moment fiel sie Amalia in die Arme und weinte bittere Tränen an ihrer Schulter. Constantin war vollkommen baff, sie so zu sehen, so verletzlich. Er hätte nie gedacht, dass sie so weich sein könnte. Dass eine Frau wie sie überhaupt Tränen produzieren konnte.

Es dauerte eine Weile, bis Finja sich wieder einigermaßen beruhigt hatte und sich von Amalia löste.

Mit einem tiefen Atemzug versuchte sie wohl, ihre Gedanken zu ordnen, bevor sie stockend begann: »Es … es liegt alles an mir. Mein Ex, wir haben uns getrennt. Er war auch mein Kollege, und seitdem kriege ich einfach keinen klaren Gedanken mehr hin.« Sie wischte sich mit dem Handrücken über die Augen. »Das hat sich auf meine Arbeit ausgewirkt, und ich habe Fehler gemacht. Große Fehler. Mit schlimmen Konsequenzen. Deshalb wurde ich hierher versetzt – als eine Art Bewährungsprobe. Aber selbst hier schaffe ich es nicht, mich zu konzentrieren oder irgendetwas richtig zu machen. Ich stehe immer noch total neben mir.«

Ihre Stimme zitterte leicht, aber sie bemühte sich merklich um Fassung. »Und jetzt droht mir auch noch die Mordkommission aus Kiel im Nacken zu sitzen … Es ist einfach alles zu viel.«

Amalia drückte Finjas Hand und meinte mit einem sanften Lächeln: »Du bist nicht allein in diesem Schlamassel. Wir kriegen das schon irgendwie hin.«

Constantin stand daneben und fühlte sich ein bisschen wie das fünfte Rad am Wagen. Doch er konnte nicht anders, als Mitleid für Finja zu empfinden. Irgendwie rutschte seine Hand auf ihren zitternden Rücken, und bevor er es richtig realisierte, hörte er sich selbst sagen: »Ja, klar, Finja. Gemeinsam wurschteln wir uns da durch.«

Es war ein merkwürdiger Moment – drei so unterschiedliche Menschen in dieser beeindruckenden Bibliothek, umgeben von edlen Holzregalen und dem sanften Duft von Leder und altem Papier. Und doch standen sie da und versprachen sich gegenseitig, nicht nur einen Mordfall, sondern auch den ganzen anderen Wahnsinn irgendwie zu lösen.

Constantin ließ seinen Blick schweifen und dachte flüchtig, dass sie alle in einem skurrilen Schauspiel eine gute Figur abgeben würden. Vielleicht war genau das der Funken Hoffnung, den sie brauchten: ein Hauch von Galgenhumor und die verrückte Idee, dass sie das zusammen schon irgendwie hinkriegen würden. Doch dann kam ihm der Gedanke, dass vielleicht der Wein an allem schuld war. Zu viel davon in kurzer Zeit nach einem langen Tag – das konnte einen schon dazu bringen, Dinge zu sagen und zu tun, die später völlig absurd erschienen.

Oder womöglich war es einfach nur das Leben selbst, das einem manchmal widersprüchlich und unlogisch erschien. Aber eines war sicher: Alle Beteiligten – ja, sie alle drei – steckten irgendwie mittendrin in diesem absurden Schlamassel.

23

»Wie gehen wir also vor?«, fragte Amalia am nächsten Morgen, während sie zu dritt am Frühstückstisch saßen. Es war ihre Idee gewesen, sich bei ihr unten im Esszimmer zum Frühstück zu treffen, um die nächsten Schritte zu besprechen.

Finja rührte gedankenverloren in ihrem Kaffee und wirkte heute zwar deutlich erholter als am Abend zuvor, doch Amalia sah ihr an, dass der Umstand, sich den beiden so verletzlich und verzweifelt gezeigt zu haben, schwer an ihr nagte, sie sich dafür schämte.

Nach einem Moment des Schweigens nahm Finja einen tiefen Atemzug und sagte: »Ich werde heute Morgen direkt in Kiel anrufen und denen klarmachen, dass wir – also ich – den Fall so gut wie gelöst haben. Nicht, dass die noch auf die Idee kommen, vor Montag hier aufzutauchen.« Sie bemühte sich um einen selbstbewussten Tonfall, doch das leichte Zucken ihrer Augenbraue verriet ihre Unsicherheit.

Amalia nickte zustimmend und legte ihre Hand kurz auf Finjas Arm. »Ja, das solltest du unbedingt tun. Mach denen klar, dass du die aus Kiel nicht brauchst!« Ihre Worte klangen regelrecht kämpferisch, und genau so fühlte sie sich an diesem Morgen auch.

Constantin hatte bisher wenig gesagt; die neue Vertraulichkeit zwischen ihnen schien ihm noch nicht wirklich zu behagen.

Doch jetzt ergriff er das Wort. »Ich könnte noch mal bei Onno Friedrichs vorbeifahren und versuchen, ihn in ein Gespräch über das Mordopfer zu verwickeln. Er ist im Allgemeinen recht zugänglich und scheint mir zu vertrauen. Allerdings hat er, wenn ihm etwas nicht gepasst hat, auch schon mal komplett dichtgemacht und ist regelrecht grantig geworden. Ich habe ihn allerdings bisher noch nicht auf diese ominöse Frau angesprochen; vielleicht kennt er sie ja sogar. Was meinst du?« Er warf einen Blick zu Finja, die ihm mit einem kurzen Lächeln zunickte.

»Ja, versuch ruhig noch mal dein Glück bei ihm.«

Seit gestern Abend waren sie zum vertraulichen Du übergegangen; niemand hatte es angesprochen, es war einfach passiert und fühlte sich jetzt auch richtig an. Aber noch sehr ungewohnt.

»Ich werde Kathrin Hoppe einen Besuch abstatten«, verkündete Amalia entschlossen und schob ihren Stuhl zurück.

Constantin schien die Idee nicht so zu gefallen, denn er klang ziemlich skeptisch, als er fragte: »Und was erhoffst du dir davon?«

Amalia zog eine besorgte Miene. »Na ja, zuerst will ich natürlich nach Jonas' Gesundheitszustand fragen und Kathrin meine Unterstützung anbieten. Sie hat zwar ihren Bruder, aber ob der mit emotionalen Themen klarkommt, wage ich zu bezweifeln. Außerdem hoffe ich, dass sie vielleicht etwas erwähnt, das ihr unwichtig erscheint, aber für uns von Bedeutung sein könnte.«

Finja fand auch diese Idee gut, sie schien sich wirklich mit der Unterstützung Amalias und Constantins angefreundet zu haben … zumindest abgefunden.

»Vielleicht öffnet sie sich dir gegenüber mehr, als wenn sie sich von mir als Kommissarin gleich wieder offiziell verhört fühlt. Bisher war sie ja alles andere als zugänglich und erst recht nicht umgänglich«, meinte Finja nachdenklich.

Constantin runzelte die Stirn. »Umso mehr wundert es mich, dass sie dich dann in der Not auf deinem Handy angerufen hat, Finja, und nicht einfach die 112 gewählt hat, wie es fast jeder in so einer Situation getan hätte.«

Finja zuckte mit den Schultern und erklärte: »Das war wohl eine Weiterschaltung vom Polizeirevier. Sie wird dort angerufen haben, und der Anruf wurde auf mein Handy umgeleitet. Aber du hast schon recht, die 112 zu wählen, wäre einfacher gewesen.«

»Ich werde sie auch dazu befragen – natürlich unauffällig

und sehr einfühlsam«, erklärte Amalia, entschlossen, keine Zeit mehr zu verlieren. Sie war so voller Tatendrang, dass sie sogar das Geschirr auf dem Tisch stehen ließ, etwas, das für sie normalerweise undenkbar war.

Bevor die drei sich jedoch trennten, hatte Finja noch etwas zu sagen. »Eine Sache noch, ihr beiden. Was auch immer ihr tut, ich habe euch nicht dazu ermutigt oder gar aufgefordert. Das muss klar sein. Und natürlich ist das eine Ausnahme. Also, die Sache mit dem ... ähm ... Team.«

Amalia schüttelte gespielt überrascht den Kopf. »Du uns ermutigt? Wer behauptet denn so was?«

Constantin nickte zunächst nur zustimmend, sagte dann aber schließlich: »Keine Sorge, Finja. Wir wissen genau, was wir tun – meistens jedenfalls. Und an langfristiger Teamarbeit, das kannst du mir glauben, bin ich ebenso wenig interessiert wie du.«

✳✳✳

Der Zufall ist ein Eichhörnchen, pflegte Amalia von Platen immer zu sagen, und heute Morgen schien das mal wieder zu stimmen. Finja und Constantin hatten inzwischen das Haus verlassen. Finja wollte zum Polizeirevier, während Constantin sich vorgenommen hatte, dem Pferdezüchter Onno Friedrichs einen erneuten Besuch abzustatten.

Amalia selbst hatte eigentlich auch schon längst losgewollt, war sich aber nicht sicher, ob sie Kathrin Hoppe überhaupt zu Hause antreffen würde. Wahrscheinlich war Kathrin bei ihrem Jonas im Krankenhaus, und dass man sie als Nicht-Verwandte dort reinlassen würde, hielt Amalia für ziemlich unwahrscheinlich.

Und dann war da noch der unaufgeräumte Frühstückstisch. Nein, so konnte sie einfach nicht gehen – das widersprach ihren Prinzipien. Also räumte sie schnell alles ab: Die Lebensmittel wanderten in den Kühlschrank, Tassen, Teller und Besteck in die Spülmaschine. Da die Maschine noch nicht voll war, gab es keinen Grund, sie anzuschalten. Außerdem verließ Amalia das Haus grundsätzlich nicht, während elektrische Geräte liefen – da war sie altmodisch und vorsichtig.

Als sie mit dem Aufräumen endlich fertig war, schlug die imposante Standuhr in der Eingangshalle ihres schönen alten Gutshauses tatsächlich schon zehn Uhr. Genau in diesem Moment klingelte es an der Haustür. Sie erwartete niemanden, und für den Postboten war es noch zu früh. Neugierig und ein wenig vorsichtig öffnete sie die Tür einen Spalt, dann weitete sich ihr Gesicht zu einem Lächeln, als sie rief: »Kathrin, Sie sind das! Kommen Sie doch herein.«

»Ich wollte Sie nicht einfach so überfallen, Frau von Platen …«

»Bitte, nennen Sie mich doch Amalia«, sagte sie mit einem warmen Tonfall.

Kathrin Hoppe nickte zögerlich. Sie wirkte blass und erschöpft, ihre Augen lagen tief in dunklen Schatten. Ihr Haar war hastig zu einem unordentlichen Dutt gebunden, und sie trug eine dunkelgrüne Jogginghose, die an den Knien leicht ausgebeult war. Über ihr grünes T-Shirt hatte sie eine grob gestrickte graue Jacke mit braunen Trachtenknöpfen geworfen.

»Danke schön, Frau v… ich meine, Amalia«, stammelte Kathrin Hoppe leise.

»Kommen Sie jetzt aber wirklich erst einmal herein und setzen Sie sich. Sie wirken ganz aufgelöst, was natürlich verständlich ist«, sagte Amalia sanft und führte Kathrin Hoppe in den großen Salon, das offizielle Wohnzimmer des Hauses. Obwohl Amalia sich dort selten aufhielt – ihr Herz hing an der gemütlichen Bibliothek –, hielt sie das Wohnzimmer für dieses Gespräch irgendwie für angemessener.

Sie platzierte Kathrin Hoppe auf dem cognacbraunen Ledersofa und setzte sich neben sie. Doch kaum saß sie, sprang Amalia wieder auf. »Ich mache Ihnen erst einmal eine Tasse Tee.«

Kathrin Hoppe hob abwehrend die Hand. »Nein, das ist nicht nötig. Ich muss Ihnen etwas sagen, Amalia. Ich habe die ganze Nacht darüber nachgedacht, und jetzt muss die Wahrheit ans Licht. Eigentlich wollte ich es der Kommissarin sagen, aber ... na ja ...« Ihre Stimme zitterte leicht vor Anspannung. »Das, was Jonas gestern passiert ist ...«

Sie war es!, schoss es Amalia durch den Kopf, sie ist die Mörderin, und sie machte instinktiv einen halben Schritt zurück. Sie musterte Kathrin Hoppe eindringlich, bereit, jede ihrer Bewegungen zu registrieren. Was, wenn Kathrin plante, sich auf sie zu stürzen? Aber warum sollte sie das tun? Ihr alles gestehen und dann ... was? Sie töten? Der Gedanke war absurd, und Amalia zwang sich, ruhiger zu atmen.

Dennoch blieb sie vorsichtig und setzte sich nicht wieder neben Kathrin Hoppe aufs Sofa. Stattdessen wählte sie den schweren Sessel schräg gegenüber. Zwischen ihnen stand der ovale Tisch mit seiner massiven Platte aus edlem schwarzem Granit. Ihr verstorbener Mann Anton hatte diesen Tisch geliebt; Amalia fand ihn immer etwas zu wuchtig. Doch jetzt bot er zumindest eine symbolische Barriere zwischen ihr und Kathrin Hoppe – für den Fall, dass diese doch noch auf dumme Gedanken kommen sollte.

»Ich weiß nicht, wo ich anfangen soll«, flüsterte Kathrin Hoppe und nestelte nervös an ihrem Strickjackenärmel. Sie vermied es, Amalia direkt anzusehen.

»Reden Sie sich den Kummer von der Seele«, ermutigte Amalia sie sanft. »Einfach freiheraus.«

Langsam hob Kathrin Hoppe den Blick und traf Amalias Augen. Dann begann sie zu nicken. »Sie haben recht, das hätte ich schon längst tun sollen ... schon vor einundzwanzig Jahren.«

Verwundert runzelte Amalia die Stirn. »Vor einundzwanzig Jahren?«

Kathrin nickte erneut, ihre Stimme war kaum mehr als ein Flüstern. »Ich war die ganze Nacht bei Jonas im Krankenhaus. Sein Zustand ist unverändert, aber die Ärzte sagen, ich soll mir nicht zu viele Sorgen machen. Der Körper regeneriert sich nach einem schweren traumatischen Erlebnis, das wär normal.«

Amalia nickte verständnisvoll, auch wenn sie keine medizinische Expertin war. Es klang plausibel: Der Körper schaltete auf Sparflamme, um alle Kräfte für die Heilung zu mobilisieren.

»Dass es so weit gekommen ist, dass er jetzt dort liegt … All das ist meine Schuld«, brach es plötzlich aus Kathrin Hoppe heraus. Aufschluchzend schlug sie die Hände vors Gesicht. Nichts erinnerte mehr an die sonst so robuste und resolute Besitzerin der altmodischen Gaststätte Lindenhof. Die Frau vor Amalia wirkte gebrochen und verletzlich … geständig?

Amalia überwand ihre Sorge, erhob sich und setzte sich neben Kathrin Hoppe, um ihr tröstend über die Schulter und den Rücken zu streichen, bis sie sich wieder einigermaßen beruhigt hatte.

»Ich weiß nicht, wem ich mich anvertrauen kann«, flüsterte Kathrin Hoppe schließlich und sah Amalia mit rot verweinten Augen flehend an. Ihre Stimme war brüchig, voller Verzweiflung und Sorge um ihren Sohn – ihr einziges Kind, das sie allein großgezogen hatte. Über den Vater wusste Amalia nur Gerüchte: ein Urlaubsflirt, der sich seiner Verantwortung entzogen hatte.

»Sie können mir alles sagen, Kathrin. Trauen Sie sich«, ermutigte Amalia sie sanft, auch wenn sie insgeheim unsicher war, wie sie auf ein mögliches Geständnis reagieren sollte.

»Der Fiete …« begann Kathrin Hoppe zögernd.

Amalias Gedanken rasten. Hatte Fiete Klünder sie mit seiner rüden Art zur Weißglut getrieben? War es im Affekt geschehen?

»… ist … war Jonas' Vater.«

Stille. Absolute Stille erfüllte den Raum. Einen Moment lang schien die Zeit stillzustehen. Mit allem hatte Amalia gerechnet – wirklich mit allem, sogar damit, dass Kathrin Hoppe ihr einen Mord gestehen würde. Aber dass der knausrige, ewig mürrische Fiete Klünder einen Sohn gehabt hatte – mit Kathrin Hoppe –, das war einfach unglaublich.

»Ich war damals jung, dreiundzwanzig Jahre«, fuhr sie fort, ihre Stimme leise und nachdenklich. »Fiete war ja auch nicht immer so unansehnlich und mürrisch. Er konnte charmant sein und hat mir viele Komplimente gemacht. Ich glaube, ich war sogar ein bisschen in ihn verliebt.« Ein schwaches Lächeln huschte über ihr Gesicht, was aber direkt wieder verschwand, als sie fortfuhr: »Als ich dann schwanger wurde, habe ich mir tatsächlich vorstellen können, Fiete zu heiraten. Eine kleine Familie zu gründen, glücklich zu sein … wir drei. Doch als ich ihm von der Schwangerschaft erzählt habe, ist er richtig wütend geworden. Er hat mich beschimpft und beleidigt. Mir unterstellt, ich hätte ihm das Kind untergeschoben – wegen seines Geldes!«

Sie seufzte tief. »Er hat mir klargemacht, dass er weder mit mir noch mit dem Kind in meinem Bauch jemals etwas zu tun haben wollte.« Die Enttäuschung dieser Zurückweisung war auch nach all den Jahren noch deutlich spürbar.

Amalia saß schweigend neben Kathrin Hoppe und versuchte, die ganze Tragik dieser Enthüllung zu erfassen. Kathrin Hoppe hatte all dies allein getragen – die Hoffnung, die Enttäuschung und schließlich die Verantwortung für ihren Sohn.

»Es tut mir leid«, sagte Amalia schließlich leise und legte eine Hand auf Kathrin Hoppes Arm. Die atmete tief durch und richtete sich auf, als ob sie die Stärke von damals wiederfinden wollte – die Stärke, die sie hatte aufbringen müssen, weil es keine andere Wahl gegeben hatte. »Er hat mich dann gezwungen, eine Vereinbarung zu unterschreiben. Ich durfte niemandem erzählen, dass das Kind von ihm ist. Dafür hat er mir zehntausend Euro gegeben.« Sie wischte sich mit der Hand über die Augen und schüttelte den Kopf, als ob sie über ihre eigene Naivität staunte.

»Ich war völlig überfordert. Es gab niemanden, mit dem ich darüber reden konnte. Holger war bei der Bundeswehr und hatte sich verpflichtet. Unsere Eltern waren schon eine Weile tot, und ich hatte die Gaststätte am Hals. Meine beste Freundin Angela war nach Hamburg gezogen … Also habe ich unterschrieben.« Sie lachte kurz auf, bitter, durch und durch bitter. »Insgeheim habe ich immer gehofft, dass Fiete seine

Meinung ändern würde, wenn er das Kind erst einmal sähe. Aber er blieb stur all die Jahre. Irgendwann wollte ich es dann auch nicht mehr. Jonas verdient einen besseren Vater als diesen geizigen Mistkerl.«

Amalia sah Kathrin an, sichtlich überrascht von dem, was sie gerade gehört hatte. »Damit habe ich wirklich nicht gerechnet«, sagte sie leise. Der Gedanke kam ihr, dass Fiete doch deutlich älter gewesen war, aber sie entschied sich, es nicht auszusprechen. Es hätte jetzt ohnehin nichts geändert.

Kathrin Hoppe verzog den Mund. »Dass ich so dämlich war und auf diesen ekelhaften Klünder hereingefallen bin? Ich verstehe selbst nicht mehr, wie das passieren konnte. Fiete saß immer als Letzter am Tresen. Zuerst dachte ich, es wär Zufall – er hatte ja schon damals keinen guten Ruf hier im Ort. Aber dann fragte er mich nach einem Treffen außerhalb der Gaststätte. Natürlich so, dass es niemand mitbekommen konnte.« Kathrin Hoppe gab einen gequälten Ton von sich, wohl bei der Erinnerung an ihre damalige Hoffnung. »Eine Weile lang war er wirklich freundlich und bemüht um mich. Ich dachte tatsächlich, er meint es ernst, aber nun ja, das war ganz und gar nicht der Fall.«

Amalia suchte nach Worten und gab schließlich offen zu: »Ich weiß gerade nicht, was ich dazu sagen soll. Vor allem nicht zu seinem Verhalten gegenüber Jonas – das ist wirklich abscheulich.«

Kathrin Hoppe nickte.

»Weiß Jonas davon? Also, dass Fiete Klünder sein Vater ist ... oder war?«, fragte Amalia neugierig.

Kathrin Hoppe seufzte tief. »Nicht von mir. Jonas ist ständig pleite, wie die jungen Leute eben so sind. Und mit seiner Mechatroniker-Ausbildung war er auch nie wirklich zufrieden. Dann hat er wohl gehört, dass Fiete jemanden für seinen Hof sucht, und ist einfach hingefahren, ohne mir Bescheid zu sagen. Sonst hätte ich ihm das natürlich versucht auszureden.«

»Und Fiete hat ihn eingestellt? Wusste er denn, dass Jonas sein Sohn ist? Hat er ihn erkannt?«, hakte Amalia nach.

Kathrin Hoppe strich sich mit der Hand eine Haarsträhne aus dem Gesicht, die sich aus dem Dutt gelöst hatte, während sie sprach. »Er hat mich am nächsten Tag angerufen und beschimpft, was ich mir jetzt wohl wieder ausgedacht hätte, um ihn weichzukochen. Das hat mich so geärgert.« Sie hielt inne, und Amalia konnte sehen, dass etwas Schweres auf ihr lastete. Kathrins Augen flackerten kurz, als ob sie mit sich selbst rang. »Ich bin darauf nicht stolz, wirklich nicht, aber ich habe die Gelegenheit genutzt, ihn wegen Geld zu fragen. Die Gaststätte muss dringend saniert werden, die wenigen Gästezimmer …« Ihre Stimme brach, und sie schüttelte den Kopf über sich selbst, bevor sie bitter auflachte. »Ich war so dumm, schon wieder so dumm. Er hat mir natürlich nichts geliehen, hat mich übelst beschimpft und gedroht, Jonas zu sagen, dass ich ihn erpressen wollte mit seiner Existenz. Was natürlich nicht stimmte! Ich hätte ihm am liebsten den Schädel eingeschlagen. Ja, das hätte ich wirklich gern getan.«

Amalia legte eine Hand auf Kathrins Arm. »Haben Sie aber nicht«, sagte sie ruhig. Nicht nur, weil Fiete Klünder erdrosselt worden war, sondern weil sie es Kathrin Hoppe einfach auch nicht zutraute.

»Nein, ich habe Fiete Klünder nicht ermordet. Trotz allem ist er der Vater meines Sohnes, und Jonas bedeutet mir alles. Ich hätte ihm das nicht antun können.«

»Dann weiß Jonas also, dass Fiete sein Vater ist?«, fragte Amalia vorsichtig.

Kathrin hob die Schultern und seufzte tief. »Fiete muss es ihm gesagt haben … Von mir wusste er es jedenfalls nicht.«

»Und wie hat er darauf reagiert?«

»Ziemlich gefasst«, antwortete Kathrin nachdenklich. »Als ginge ihn das gar nichts an. Er meinte nur, dass sie gesprochen hätten und sich einig waren, dass sich nichts ändert.«

Amalia runzelte die Stirn. »Aber es hat sich doch etwas geändert? Immerhin haben Vater und Sohn Zeit auf dem Hof verbracht.«

»Jonas wollte nicht darüber reden«, sagte Kathrin leise. »Er meinte nur, er wird dafür bezahlt und braucht das Geld. Es wäre ihm egal, dass Fiete sein Vater ist.«

»Haben Sie ihm das geglaubt?«, bohrte Amalia sanft nach.

»Nein, ich kenne meinen Jungen. Er hat sich mehr davon erhofft – er hat sich einen Vater erhofft.«

Amalia nickte verständnisvoll. »Was Fiete ihm aber wohl nie sein wollte?«

»Kurz vor Fietes Tod hat Jonas mir noch gesagt, dass er da nicht mehr hingehen will«, erzählte Kathrin Hoppe mit einem traurigen Lächeln in den Augenwinkeln. »Fiete wurde wohl immer gemeiner und ungerechter … Das konnte er besonders gut.«

Amalia überlegte kurz und entschied sich dann für eine direkte Frage: »Kathrin, hat Jonas seinen Vater getötet?«

Kathrin Hoppe schüttelte den Kopf. »Nein …«, flüsterte sie. »Das heißt, ich weiß es nicht … Ich weiß es wirklich nicht.«

24

»Ganz schön was los gerade, Chefin«, meinte Lüders und rieb sich das Kinn. »Und wenn die aus Kiel hier wirklich auftauchen, na dann, Prost Mahlzeit.«

»Als ob die es besser könnten«, stimmte Bente zu und verdrehte die Augen. »Das Ganze ist aber auch echt verzwickt. Und jetzt auch noch der Hinrich Albrecht mit seinem feinen Herrn Anwalt, Mannomann.«

»Gutes Stichwort«, sagte Finja und erhob sich von ihrem knarrenden, ewig klagenden Schreibtischstuhl. »Dem wollte ich jetzt direkt einen Besuch abstatten.« Sie nickte ihrem Kollegen auffordernd zu. »Und Sie kommen mit.«

»Dem Anwalt von Hinrich Albrecht?«, fragte Lüders verwirrt.

Finja verzog genervt das Gesicht. »Nein, dem gewiss nicht. In dessen Gegenwart ist der Herr Albrecht ja bekanntlich stumm wie ein Fisch. Wir fahren zu ihm nach Hause, unangekündigt, und fühlen ihm noch mal auf den Zahn.«

»Und der Anwalt?«

»Bevor der davon Wind kriegt, haben wir den Fall längst geklärt«, behauptete Finja und lächelte zuversichtlich in die Runde ihrer Mitarbeiter. »Bente, Sie halten hier die Stellung. Falls jemand anruft und nach mir fragt, sagen Sie bitte nicht, dass Lüders und ich bei den Albrechts sind.«

»Natürlich nicht!«, gab Bente eifrig zurück.

Kaum saßen sie im Auto – in Finjas Audi, denn der Polizeiwagen wäre zu auffällig gewesen –, meinte Lüders: »Chefin, ich hab's ja schon mal gesagt: Ich trau dem Hinrich das nicht zu. Klar war das dumm mit seiner Flucht, aber jemanden ermorden? Nee, das macht der nicht.«

Finja warf ihm einen skeptischen Blick zu. »Lüders, wem sieht man schon an, dass er zu so etwas fähig ist? Garantiert den meisten nicht. Und wer kann schon sagen, wie sehr das

Opfer ihn getriezt hat? Was wir über Fiete Klünder wissen, spricht ja nicht gerade für einen feinen Charakter.«

Lüders stieß die Luft aus: »Puuuh ... Nö, nett war der wirklich nicht. Und Jutta hat ja schon gesagt, der konnte einen ganz schön provozieren.«

»Sehen Sie, Lüders«, sagte Finja. »Womöglich hat er den verzweifelten Hinrich Albrecht so sehr gereizt, dass der keinen anderen Ausweg mehr gesehen hat.«

»Mhm«, murmelte Lüders unsicher. »Ich weiß nicht ... Ich weiß nicht ...«

Hanka Albrecht wurde käseweiß, als sie die Tür öffnete und Finja zusammen mit Polizeihauptmeister Lüders vor sich sah. »Was ... was wollen Sie denn schon wieder?«, fragte sie nervös.

»Moin, Hanka«, sagte Lüders mit einem beruhigenden Lächeln. »Reg dich mal nicht gleich auf. Die Frau Kommissarin und ich müssen noch mal mit dem Hinrich schnacken.«

»Der ist nicht da«, behauptete Hanka Albrecht trotzig und schob die Unterlippe vor.

Finja hob eine Augenbraue. »Das haben Sie beim letzten Mal auch behauptet, Frau Albrecht. Und o Wunder, plötzlich war Ihr Mann doch zu Hause.«

»Dieses Mal ist es aber so«, beharrte Hanka Albrecht und verschränkte die Arme. »Mein Mann ist nicht da. So, und nun möchte ich bitte in Ruhe gelassen werden.« Sie versuchte, die Tür zuzuschieben, doch Lüders stellte blitzschnell seinen Fuß dazwischen.

»Sag mal, Hasso, geht's noch?«, empörte sich Hanka Albrecht. »Das ist doch Hausfriedensbruch oder so was.«

»Wir sind die Polizei, Hanka, wir dürfen das!«, brummte Lüders mit einem entschuldigenden Schulterzucken.

Von drinnen erklang Hinrichs Stimme: »Lass mal gut sein, Hanka.«

Lüders schüttelte den Kopf. »Also, dass du so lügen kannst, Junge, Junge, das hätte ich dir nicht zugetraut, Hanka.«

Hanka Albrecht verteidigte sich empört: »Wenn ihr uns

nicht endlich mal in Ruhe lasst! Wir haben nichts getan – der Hinrich nicht und ich auch nicht. Aber wenn die Polizei einen am Wickel hat, wird das Wort im Mund verdreht, und plötzlich ist man … schuldig! Das geht doch so nicht.« Ihre Stimme brach, und sie schlug sich die Hände vors Gesicht, während sie bitterlich zu weinen begann.

Hinrich Albrecht trat neben seine Frau und legte behutsam den Arm um ihre zitternden Schultern. »Hanka, das ist nicht gut für dich«, sagte er mit sanfter Stimme, während er ihr einen besorgten Blick zuwarf. »So viel Aufregung tut dir nicht gut. Ich werde der Kommissarin jetzt alles erzählen. Den ganzen Streit in allen Einzelheiten.«

Hanka Albrecht hob den Kopf, ihre Augen glänzten vor Tränen. »Und wenn sie dir nicht glauben?«, wisperte sie verzweifelt. »Wenn sie dir daraus wieder nur einen Strick drehen wollen? Denen sind wir doch gar nicht gewachsen.«

»Frau Albrecht, bitte beruhigen Sie sich«, sagte Finja mit sanfter Bestimmtheit. »Wir haben nicht vor, irgendjemandem einen Strick zu drehen. Wenn Ihr Mann nichts getan hat, dann hat er auch nichts zu befürchten. Um das herauszufinden, sind wir hier.«

Hinrich Albrecht öffnete die Tür weiter. »Kommen Sie rein«, forderte er Finja und Lüders auf, während er zur Seite trat.

Wenig später saßen sie alle am Küchentisch, der Raum erfüllt von einer angespannten Stille. Eine neue Tischdecke, wieder aus abwaschbarem Material – praktisch und unauffällig zugleich. Finja konnte sich nur selbst über ihre Gedankengänge wundern.

Hinrich Albrecht lehnte sich etwas zurück und fuhr sich nervös durch die Haare. »Müsste ich nicht eigentlich meinen Anwalt anrufen?«, überlegte er laut und sah Finja fragend an.

Innerlich ballte Finja die Fäuste, bemühte sich jedoch um ein gelassenes Äußeres. Bloß das nicht, dachte sie bei sich. Dann kommen wir hier heute keinen Schritt weiter.

»Wenn Sie nichts zu befürchten haben, Herr Albrecht«,

sagte Finja mit einem Lächeln, wobei ihre Augen jedoch ernst und durchdringend blieben, »dann brauchen Sie auch keinen Anwalt. Aber natürlich steht es Ihnen frei, Ihren zu kontaktieren.«

»Mensch, Hinrich«, begann Lüders, lehnte sich vor und tippte mit dem Finger auf den Tisch, wohl um seine Worte zu unterstreichen. »Jetzt mach hier nicht den großen Affenzirkus. Du hast doch gehört, was die Kommissarin gesagt hat: Wenn du nichts verbrochen hast, dann passiert dir auch nichts. Aber wenn du Dreck am Stecken hast, dann kann dir auch kein Anwalt helfen.«

»Ich meine ja nur«, murmelte Hinrich Albrecht und blickte zur Decke, als ob dort die Antwort geschrieben stünde. »Weil doch die Frau von Platen den jetzt engagiert und bestimmt viel Geld dafür ausgegeben hat. So ein Anwalt kostet doch.«

»Na ja«, begann Lüders mit einem Schulterzucken, »wenn du den nicht in Anspruch nimmst, dann kann er auch keine Rechnung schreiben. Aber die Chefin hat schon recht – wir dürfen dir das natürlich nicht verbieten. Wenn du ihn also anrufen willst …«

»Nö, will ich eigentlich nicht«, erklärte Hinrich Albrecht und verzog das Gesicht, als hätte er in eine saure Zitrone gebissen. »Der ist mir sowieso nicht ganz geheuer gewesen, viel zu geschniegelt.« Er atmete tief durch. »Also, es stimmt schon, dass ich an dem Tag, wo der Fiete Klünder ermordet wurde – wenn mich nicht alles täuscht, sogar unmittelbar davor –, einen ziemlich bösen Streit mit ihm hatte. Es ging um den Wolf. Ich hab ihm gesagt, dass er diesen Wolfskuschler endlich stoppen soll und nicht auch noch unterstützen. In meiner Wut hab ich dann auch damit gedroht, den Wolf selbst abzuknallen«, gestand er mit einem Anflug von Trotz in der Stimme. »Ich hab sowieso nicht verstanden, warum der sich so plötzlich für die Wölfe eingesetzt hat. Normalerweise hat ihn so was doch gar nicht interessiert.«

Hinrich Albrecht machte eine kurze Pause und kratzte sich umständlich am Hinterkopf. »Aber vielleicht hat das auch was mit dem Jonas zu tun«, überlegte er laut. »Der da bei ihm ausgeholfen hat – der Sohn von der Kathrin Hoppe vom Lindenhof. So wie ich das verstanden habe, ist der auch dafür, die Wölfe zu schützen«, sagte er mit einem Kopfschütteln des Unverständnisses. »Auf jeden Fall haben wir gestritten. Der war aber mal wieder null einsichtig. Und dann fing der auf einmal wieder mit den Bäumen an. Hat 'ne Schubkarre vorgeholt. Randvoll mit kleinen Äpfeln – voller Würmer oder Raupenlarven oder was weiß ich.«

Hinrich Albrecht schnaubte verächtlich. »Ich hab ihm dann gesagt, dass die Sache doch geklärt ist – dass ich ihm das Geld doch sogar zurückgegeben habe und dass ich selbst betrogen worden bin.« Er schüttelte erneut den Kopf, diesmal langsamer und resignierter. »Aber der wollte nichts davon hören, hat mich beschimpft und bedroht. Und dann fängt er plötzlich an von wegen, er will mich auf Schadensersatz verklagen!« Hinrich Albrechts Augen blitzten ärgerlich auf. »Mir ist dann irgendwann die Hutschnur geplatzt. Ich konnte diesen Kerl nicht mehr ertragen.« Er machte eine kurze Pause, betrachtete seine Hände und gestand schließlich: »Und dann hab ich dem eine verpasst.« Hinrich Albrecht ließ seine Faust in die offene Handfläche schlagen zur Verdeutlichung seiner Worte. »So richtig!«

Er lehnte sich zurück und atmete tief durch, als müsse er sich selbst beruhigen. »Der ist ein paar Schritte nach hinten getorkelt. War auch baff – hat mich angeguckt, als wäre ich ein Gespenst. Und dann hat er mir natürlich wieder gedroht mit 'ner Anzeige wegen Körperverletzung und so, und dann –«

»Haben Sie plötzlich das Seil in den Händen gehabt«, führte Finja den Satz für ihn zu Ende, ihre Stimme ruhig, aber eindringlich.

Hinrich Albrecht winkte entschieden ab. »Nein, das habe ich nicht«, widersprach er mit Nachdruck. »Ich bin dann weg. Ich wollte mir diese Beschimpfungen nicht mehr anhören.«

Er verschränkte die Arme vor der Brust. »Ich bin weg, und

als ich gegangen bin, hat der Fiete Klünder noch gelebt«, betonte er mit fester Stimme. »Der hat sogar noch bei dem Tierarzt angerufen, das hab ich wohl noch mitgekriegt, weil der so ins Telefon gerotzt hat wegen der Kuh, der Berta. Irgendwie wollte die Geburt von dem Kalb nicht so richtig weitergehen.« Seine Augen suchten Finjas Blick, bevor er erklärte: »Das ist die ganze Geschichte, das ist die Wahrheit!«

Finja öffnete den Mund, um etwas zu entgegnen, doch in diesem Moment klingelte ihr Handy. Sie hob entschuldigend eine Hand und sagte: »Da muss ich kurz drangehen.« Mit einem knappen Nicken erhob sie sich vom Tisch und ging ein paar Schritte auf den schmalen Flur hinaus.

»Fährmann!«

»Finja, ich bin's, Amalia«, erklang die Stimme am anderen Ende der Leitung, leicht atemlos und voller Dringlichkeit. »Ich weiß jetzt, wer unser Täter ist: Jonas. Seine Mutter war gerade hier bei mir und hat mir so einiges erzählt, zum Beispiel, dass Fiete Klünder Jonas' Vater war. Jonas wusste das wohl erst seit Kurzem und suchte die Nähe zu seinem Vater, der ihn jedoch ziemlich grob zurückgewiesen haben soll. Demnach deutet alles darauf hin, dass Jonas wahrscheinlich aus einem Affekt heraus diese fürchterliche Tat begangen hat.«

Einen Moment lang wusste Finja nicht, was sie sagen sollte. Ihre Finger trommelten nervös gegen das Gehäuse des Handys. Schließlich räusperte sie sich und sprach leise in das Gerät: »Und wie passt dann der Anschlag auf Jonas ins Bild?«

»Ja, das ist der Haken an der Geschichte«, sagte Amalia mit einem Seufzen, das selbst über die Leitung hörbar war. »Darauf kann ich mir auch keinen Reim machen.«

Finja nickte, obwohl Amalia es nicht sehen konnte, und antwortete: »Okay, danke erst mal für den Anruf, Amalia.« Sie strich sich eine Haarsträhne hinters Ohr und überlegte kurz. »Wir sind hier gleich fertig. Dann fahre ich zurück ins Polizeirevier oder noch besser: direkt ins Krankenhaus. Vielleicht gibt es ja schon Neuigkeiten zu Jonas Hoppes Zustand.«

»Soweit ich das von seiner Mutter gehört habe«, erwiderte

Amalia, »ist er immer noch nicht wieder bei Bewusstsein. Aber die Ärzte sind sehr optimistisch, dass er recht bald wieder aufwacht.«

»Okay«, sagte Finja entschlossen. »Wie gesagt, wir fahren direkt ins Krankenhaus.« Sie beendete das Gespräch und steckte das Handy in ihre Tasche.

Zurück in der Küche nickte sie Lüders auffordernd zu und wandte sich dann an Hinrich Albrecht. »Herr Albrecht, vielen Dank für Ihre offenen Worte«, begann sie mit einem sachlichen Tonfall. »Sie hätten sich vieles ersparen können – auch uns –, wenn Sie gleich mit der Wahrheit herausgerückt wären. Aber nun gut, in Extremsituationen reagiert man manchmal nicht unbedingt logisch.«

Sie bedeutete Lüders mit einem kurzen Blick, dass sie nun gehen wollten.

Er erhob sich prompt und sah sie fragend an. »War's das jetzt hier, Chefin?«

Finja nickte knapp. »Ja, wir sind hier fertig.«

»Und … und was … was bedeutet das jetzt?«, rief Hanka Albrecht. Ihre Stimme zitterte leicht. »Ist mein Mann jetzt nicht mehr verdächtig?«

Finja zuckte mit den Schultern und antwortete: »Ehrlich gesagt war er das nie wirklich. Wir sind eigentlich erst so richtig auf ihn aufmerksam geworden, als er meinte, vor uns flüchten zu müssen.«

Hinrich Albrecht keuchte. »Ist das so?«

»Wenn es die Kommissarin dir doch sagt, du Sturkopp, dann ist das auch so!«, erklärte Lüders und klopfte ihm aufbauend auf den schmalen Rücken.

Als Finja und Lüders im Auto saßen, sagte Lüders: »Daher also das Veilchen, das der Fiete unterm Auge hatte. Jetzt ergibt das einen Sinn.«

Finja nickte, ihre Gedanken waren jedoch woanders.

»Wer hat denn da eben angerufen?«, fragte Lüders neugierig. »Muss ja wichtig gewesen sein.«

Finja zögerte kurz, konterte dann mit einer Gegenfrage: »Was wissen Sie über Jonas Hoppe?«

Lüders runzelte die Stirn und antwortete nachdenklich: »Netter Junge. Manchmal etwas kurz angebunden, aber fleißig, soweit ich das beurteilen kann. Unser Sören, der ist ja jetzt zum Studieren in Berlin –«

»Sie haben einen Sohn?«, fiel ihm Finja überrascht ins Wort.

Lüders richtete sich mit sichtbarem Stolz auf. »Ja, unser Sören ist ein wirklich guter Junge und unglaublich klug! Er hat bereits mit siebzehn sein Abitur gemacht und studiert nun seit drei Jahren Jura in Berlin. Sein großer Traum ist es, eines Tages Richter am Bundesverfassungsgericht zu werden.«

Finjas Überraschung wuchs noch mehr, und gleichzeitig schämte sie sich ein wenig dafür, dass sie Jutta und Hasso Lüders einen Jura studierenden Überflieger-Sohn nicht zugetraut hätte. Das Klischee lässt grüßen, liebe Finja, dachte sie bei sich.

»Wie auch immer«, fuhr Lüders fort, »Sören und Jonas sind zusammen zur Schule gegangen. Eine Zeit lang waren sie wohl befreundet, aber irgendwann wollte Sören nicht mehr so gern zu Jonas nach Hause gehen. Die Kathrin war anscheinend immer sehr streng mit Jonas, hat viel geschimpft und ihn ziemlich kurzgehalten. Viel mehr kann ich über ihn aber auch nicht sagen.«

Finja atmete tief durch, bevor sie die Neuigkeit offenbarte: »Es deutet einiges darauf hin, dass Jonas seinen Vater, Fiete Klünder, ermordet hat.«

»Nee!« Lüders starrte sie ungläubig an. »Der Jonas ist der Sohn vom Klünder? Und er hat ihn … ermordet?«

»Scheint so«, bestätigte Finja.

»Mannomann«, murmelte Lüders erschüttert, »das wäre ja bitter.«

25

Pferdezüchter Onno Friedrichs stand in der Tür seines Stalls, die Hände tief in den Taschen seiner abgetragenen Jacke vergraben.

»Doktor, sein Sie mir nich bös, aber ich will nix mehr zu de ganze Sache sagen«, erklärte er mit einem leichten Kopfschütteln. »Was da mit de Jonas von de Kathrin Hoppe passiert is, herrje, so was hat es hier noch nich gegeben … Meine Frau sagt auch, ich soll mich da raushalten. Und was de Kühe angeht, de können zwar nix dafür, aber de Fiete Klünder … Na ja, de hätte sich im umgekehrten Fall bestimmt auch keinen Kopp wegen meiner Pferde gemacht.«

Constantin nickte verständnisvoll, auch wenn er insgeheim enttäuscht war. Er hatte gehofft, mehr Informationen aus dem sonst so redseligen Pferdezüchter herauszubekommen.

»Alles okay, Herr Friedrichs«, erwiderte er mit einem gezwungenen Lächeln – es blieb ihm auch kaum etwas anderes übrig. »Das Ganze ist ja auch wirklich extrem verworren …«

Constantin wollte sich gerade verabschieden, als Onno Friedrichs ihn mit einer leichten Handbewegung zurückhielt.

»Wo Sie aber schon mal da sind, Doktor«, begann er, seine Stirn nun sorgenvoll in Falten gelegt. »Ich hab da ja de drei Jährlinge. Zwei sind gar nich meine, de hab ich nur zur Aufzucht hier. Aber de dritte, dat is meiner, und de sollte eigentlich mal in de Fußstapfen … oder besser Hufstapfen seines Vaters treten, de Janulf.«

Er machte eine kurze Pause und schaute gedankenverloren über den Hof zu den Weiden, wo die Pferde auf den unterschiedlichen Arealen grasten, seufzte tief und lang gezogen. »Aber seit ein paar Tagen gefällt de mir nich. Im Vergleich zu de beiden anderen is de eh ziemlich zart und auch noch recht klein, aber nun fängt de an, hinten so komisch zu treten, wenn er losgeht. Ich mach mir langsam wirklich Sorgen. Ich hab da wohl 'nen leisen Verdacht, aber dat will ich noch nicht wahrhaben.«

»Soll ich ihn mir mal anschauen? Ihn untersuchen?«

Onno Friedrichs schob mürrisch die Unterlippe vor. »Führt wohl kein Weg dran vorbei«, murmelte er und kratzte sich nachdenklich am Kinn. »Aber, Doktor, wie is dat denn mit de Anfahrt? Sie sind ja eigentlich sowieso hierhergekommen, also von sich aus. Muss ich de dann auch zahlen?«

Constantin neigte den Kopf nach links und lächelte leicht, wobei er versuchte, seine Worte mit einer gewissen Strenge zu versehen. »*Ausnahmsweise* nicht«, sagte er und betonte das »Ausnahmsweise« besonders deutlich. Er kam mit dem Züchter gut klar, und bislang war dieser auch sein einziger Stammkunde in der Gegend, doch es durfte nicht zur Gewohnheit werden, dass Friedrichs bei jedem Besuch einen Rabatt erwartete. Außerdem war Constantin diese müßige Diskussion wegen der neuen Gebührenordnung, die inzwischen jedoch gar nicht mehr so neu war, wirklich leid.

Onno Friedrichs führte Constantin zu einer der Weiden, die direkt an den Hof angrenzten. Die drei Hengstjährlinge standen nah am Gatter und grasten. Machten allesamt auf den ersten Blick einen recht fidelen Eindruck, fand Constantin.

Der Pferdezüchter deutete mit der ausgestreckten Hand auf eines der Tiere in der Gruppe. »De ganz linke is es«, sagte er.

Constantin betrachtete den kleinen Friesenjährling aufmerksam. »Wie viel ist er denn jünger?«, fragte er, während er das Gatter öffnete.

»De is im März geboren, de anderen beiden im Mai und Juni. Also, er is tatsächlich de Älteste von denen.«

»Okay«, erklärte Constantin, »aber das allein würde mich jetzt nicht beunruhigen. Ist ja wie bei uns Menschen – einer ist etwas größer und schwerer, andere sind eben zarter.«

Onno Friedrichs ließ ein tiefes Seufzen hören. »Dat is es ja auch nich, Doktor. Es is …« Er stockte plötzlich, als sich sein Jährling in Bewegung setzte.

Das junge Pferd begann langsam zu gehen, doch schon

nach wenigen Schritten zog es eines seiner Hinterbeine unkontrolliert hoch. Constantin beobachtete aufmerksam, wie das Bein in einem merkwürdigen Rhythmus immer wieder hochschnellte – ein erstes Anzeichen des Hahnentritts.

»Sehen Sie?« Onno deutete mit der ausgestreckten Hand auf das auffällige Bewegungsmuster des Pferdes. »Dat macht de jetzt seit Kurzem immer öfters so.«

»Ja, ich sehe es«, sagte Constantin, ging zu dem Jährling, klopfte ihm behutsam den Hals und wandte sich dann wieder an Onno Friedrichs. »Können Sie ihn für mich mal ein paar Tritte rückwärts richten, macht er das wohl schon mit?«

»Ich kann's mal versuchen«, erklärte Onno Friedrichs, nahm den Jährling links und rechts am Halfter und schob ihn sanft rückwärts.

»Danke, das reicht schon«, erklärte Constantin mit ruhiger Stimme. »Es könnte sich um einen beginnenden Hahnentritt handeln.«

Onno Friedrichs entglitten die Gesichtszüge. »Nich ihr Ernst, Doktor?«

»Ich fürchte doch. Wir sollten ihn gründlich untersuchen. Je früher wir wissen, was los ist, desto besser können wir helfen.«

Der Züchter stöhnte gequält und fuhr sich mit der Hand über das Gesicht. »Ach herrjemine, dann krieg ich de ja später niemals gekört. So was hab ich noch nie gehabt, in all de vielen Jahren. Is dat denn überhaupt behandelbar?«

Constantin zeigte eine Mischung aus Nicken und Kopfschütteln, begleitet von leichtem Schulterzucken. »Es ist schon so, dass der Hahnentritt schwierig zu behandeln sein kann, weil die Ursachen dafür variieren und nicht immer vollständig verstanden sind. In einigen Fällen können aber schon Veränderungen im Management und der Haltung des Pferdes helfen, die Symptome zu lindern.«

Onno Friedrichs schaute skeptisch drein. »Was meinen Sie damit genau?«

»Nun«, erklärte Constantin geduldig, »dazu gehören Anpassungen in der Fütterung, Bewegung und Umgebung. Wobei ich schon sagen muss, dass die Pferde hier bei Ihnen natürlich optimale Bedingungen haben, sodass mir jetzt nicht einfällt, was Sie daran großartig ändern oder eben besser machen können. Es gibt auch chirurgische Eingriffe wie die Neurektomie oder die Myotomie, die in bestimmten Fällen in Betracht gezogen werden können.«

»Und was machen diese Operationen?«

»Diese Eingriffe zielen darauf ab, die Nerven oder Muskeln zu durchtrennen, die für das unkontrollierte Hochziehen der Beine verantwortlich sind«, erläuterte Constantin weiter. »Allerdings sind solche Eingriffe nicht immer erfolgreich und, ja, bergen leider auch Risiken.«

»Dat klingt alles nich so einfach.«

»Das ist es auch nicht«, gab Constantin zu. »Physiotherapie und gezielte Übungen können ebenfalls helfen, die Beweglichkeit zu verbessern und die Symptome zu reduzieren. In einigen Fällen verschwinden die Symptome von selbst oder werden weniger ausgeprägt. Vielleicht beginnen Sie damit rein vorsorglich schon mal.«

Onno nickte langsam, sichtlich bemüht, all diese Informationen zu verarbeiten. »Na gut, Doktor«, sagte er schließlich. »Da muss ich mal in Ruhe drüber nachdenken und dann mal sehen, was ich für de tun kann.«

»Machen Sie das, Herr Friedrichs.«

Kurz darauf verließ Constantin endgültig den Hof des Friesenzüchters. Gedanklich war er noch bei dem Jährling, wägte einige Optionen ab, doch vollständig darauf konzentrieren konnte er sich nicht. Immer wieder drängte sich ihm die Sache mit Jonas Hoppe auf, der ihm so aggressiv gegenübergetreten war – etwas, das laut den Leuten hier gar nicht seiner Art entsprach. Irgendetwas stimmte da nicht, irgendetwas war komisch daran, ging es ihm zum wiederholten Male durch den Kopf, als sein Handy klingelte.

»Von Platen«, meldete er sich.

»Ja, hallo, hier ist Caroline Karrenbauer. Spreche ich mit dem Tierarzt?«

»Ja, Sie sprechen mit dem Tierarzt. Was kann ich für Sie tun?«

»Super, da bin ich erleichtert. Ich rufe aus Büsum an. Mein Pferd steht auf dem Hansenhof, etwas außerhalb von Büsum gelegen. Normalerweise habe ich den Dr. Borg als Tierarzt, aber der ist im Urlaub, und ich habe gehört, dass in Marne jetzt ein neuer Tierarzt ist, und hab dann auch jemanden gefunden, der mir Ihre Telefonnummer gegeben hat.«

»Um was geht es denn?«

»Meine Stute kolikt. Sie schmeißt sich immer wieder hin. Ich habe ihr schon ColoSan gegeben, aber das hilft nicht. Die hat echt Schmerzen und braucht dringend 'nen Tierarzt.«

»Ich bin gerade sowieso unterwegs und könnte direkt zu Ihnen kommen.«

»Super, das wäre wirklich super. Ich gebe Ihnen mal die Adresse, und eine meiner Stallkolleginnen wird Sie dann vorne am Tor erwarten. Der Hof ist ziemlich groß, weil daran eine Ferienhofanlage anschließt. Sonst suchen Sie sich noch 'nen Wolf. Außerdem braucht man einen Code für das große Tor.«

»Ja, gut, alles klar. Ich denke, spätestens in einer halben Stunde müsste ich bei Ihnen sein. Hindern Sie Ihre Stute daran, sich hinzulegen. Führen Sie sie oder lassen Sie sie an der Longe laufen. Alles andere machen wir gleich.«

»Ja, okay, danke. Bis gleich!«

Constantin fuhr die lange, von Bäumen gesäumte Auffahrt des Hansenhofes entlang und war schon beeindruckt, bevor er das Ganze von Nahem betrachtet hatte. Die Anlage war ein wahres Paradies für Pferdeliebhaber – weitläufige Weiden, moderne Stallungen und eine Reithalle, die bereits aus der Ferne wirklich imposant wirkte. Es war offensichtlich, dass hier keine Kosten gescheut worden waren – und die Einsteller deshalb auch ziemlich tief in die Tasche greifen mussten, wenn sie ihr Pferd hier beherbergen ließen.

Als er am Tor ankam, stellte er fest, dass niemand da war, um ihn zu empfangen.

Er stieg aus seinem Wagen und sah sich um, konnte immer noch niemanden entdecken. »Na gut«, murmelte er zu sich selbst, »dann eben auf eigene Faust.«

Constantin betrat durch ein schmaleres Tor den Hof, das breitere, durch das er mit dem Transporter fahren müsste, ließ sich wie angekündigt nicht öffnen. Also marschierte er über das weitläufige Gelände und ließ seinen Blick über die makellos gepflegten Wege und die luxuriösen Paddockboxen schweifen, hielt Ausschau nach irgendjemandem, der ihn erwartete. Alles hier schrie förmlich nach Exklusivität, stellte er zunehmend fest, doch für seinen Geschmack war es fast schon zu viel des Guten. Er wollte gar nicht wissen, was die Einsteller hier monatlich an Boxenmiete zu zahlen hatten.

Er orientierte sich in Richtung der Reithalle. Wenn die Besitzerin des kolikenden Pferdes seinen Ratschlägen gefolgt war, würde sie vermutlich dort sein und ihr Pferd longieren oder führen, eben alles tun, um es vom Hinlegen abzuhalten. Doch als er die Halle betrat, war weit und breit niemand in Sicht – nur gähnende Leere in einer sehr beeindruckenden Reithalle, die bestimmt an die hundert Meter lang war, oberhalb der Bande vollständig mit Spiegeln ausgestattet und mit einem erstklassigen Ebbe-und-Flut-Boden. Okay, bei dem Luxus hier war das zu erwarten gewesen.

Gerade wollte Constantin sein Handy zücken, um die Nummer der Pferdebesitzerin zurückzurufen, als ihn eine junge Frau mit blonden Haaren ansprach. Ein paar Sommersprossen zierten ihre Nase und verliehen ihr ein jugendliches Aussehen. Sie trug ein äußerst geschmackvolles Reitoutfit, das bestimmt teuer gewesen war – aber etwas anderes hätte er sich auch kaum vorstellen können. Wer hier sein Pferd hatte, musste über das passende Kleingeld dafür verfügen.

»Hi, sind Sie zufällig der Tierarzt?«, fragte sie mit einem freundlichen Lächeln unter grünen Augen.

»Ja, der bin ich«, antwortete Constantin ebenfalls lächelnd. »Und sind Sie zufällig diejenige, die mich am Tor empfangen sollte?«

Sie nickte und verzog dabei schuldbewusst das Gesicht. »Sorry, Caro wird stinksauer sein, bitte verraten Sie mich nicht.«

Constantin schüttelte den Kopf. »Mache ich nicht. Aber jetzt sollten wir uns wohl mal besser beeilen. Zeigen Sie mir den Weg.«

Die blonde Frau nickte erneut, machte jedoch keine Anstalten, sich zu beeilen. In gemächlichem Tempo schlenderte sie neben ihm her.

»Ich habe neue Stiefel«, erklärte sie schließlich mit einem Seufzen. »Die sind so was von eng, dabei waren die Maßanfertigungen. Schöne Kacke, echt. Haufen Kohle für minimalen Gehkomfort. Und ja, ich weiß, das muss am Anfang so sein, aber so schlimm habe ich das noch nie erlebt.«

»Aha«, machte Constantin nur und unterdrückte ein Schmunzeln. Mit maßangefertigten Reitstiefeln kannte er sich nicht aus und hatte auch ehrlich gesagt kein Interesse daran.

»Die Caro übertreibt immer gleich«, fuhr sie fort. »Ich glaube ja, dass Charlotta einfach nur ein Pups querhängt, aber sie macht gleich wieder fast 'ne Kolik-OP daraus.«

»Aha«, wiederholte Constantin trocken. Viel mehr gab es seiner Meinung nach dazu nicht zu sagen.

Nach einer gefühlten Ewigkeit erreichten sie schließlich eine supermoderne Führanlage – natürlich komplett überdacht –, neben der zwei High-Tech-Pferdelaufbänder standen.

Constantin konnte es kaum fassen, als er die dunkelbraune Stute im langsamen Tempo auf einem der Laufbänder gehen sah. Wenn das Pferd versuchen würde, sich hinzulegen, wollte er nicht erleben, wie die Besitzerin es dort wieder herausbekommen wollte.

»Da sind Sie ja endlich!«, rief ihm die dunkelhaarige Besitzerin entgegen, als sie ihn an der Seite ihrer Stallkollegin erblickte. Sie war Mitte bis Ende zwanzig, trug ihre langen Haare zu einem Zopf geflochten und strahlte eine natürliche Attraktivität aus, die nur schwer zu übersehen war.

»Ja, Entschuldigung, es hat doch etwas länger gedauert.

Ist das die Stute, um die es geht, Frau Karrenbauer?«, fragte Constantin und deutete auf das Pferd auf dem Laufband.

Caroline Karrenbauer nickte mit einem Hauch von Erleichterung in ihren Augen. »Ja, ich wusste mir keinen anderen Rat mehr, weil sie sich an der Longe und beim Führen immer wieder versucht hat hinzulegen. Hier auf dem Laufband kann sie das ja nicht.«

Constantin holte tief Luft. »Sie könnte schon«, mochte er sich nicht verkneifen zu sagen. »Dann allerdings mit fatalen Folgen.«

Sie machte große Augen. »Echt jetzt?«

»Stellen Sie das bitte mal ab und holen Sie sie dort herunter«, wies er sie an.

»Ja, klar doch«, sprach sie und tat wie geheißen.

Wenige Augenblicke später stand die Stute sicher, aber erkennbar unruhig neben dem Laufband. Constantin begann mit seiner Untersuchung: Zuerst betrachtete er das Zahnfleisch des Pferdes – blass oder verfärbt wäre ein schlechtes Zeichen –, dann die Augen und schließlich horchte er den Magen-Darm-Trakt ab.

»Auf jeden Fall ist da ziemlich viel los«, erklärte er.

»Und ist das ein gutes Zeichen?«, wollte Frau Karrenbauer besorgt wissen.

»Wenn sich was bewegt, ist das grundsätzlich ein gutes Zeichen. Hat sie denn geäppelt?«

Die Besitzerin verzog kummervoll ihr Gesicht. »Nein, leider nicht. Wenn ich das richtig sehe – sie war ja heute noch nicht draußen –, ist in ihrer Box und auf dem Paddock seit gestern Abend lediglich ein einziger kleiner Haufen dazugekommen. Ich weiß das so genau, weil ich momentan selbst miste.«

»Okay«, sagte er schließlich. »Ich spritze Ihrer Stute jetzt erst mal etwas zur Entkrampfung.« Er zog eine Spritze aus seiner Tasche und verabreichte dem Pferd vorsichtig das Medikament. »Kann ich hier irgendwie mit dem Transporter ranfahren?«

Bevor die Besitzerin antworten konnte, hatte ihre Freundin mit den zu engen Maßstiefeln das für sie erledigt: »Ich mache Ihnen das Tor auf. Wenn Sie sich links halten und dann immer geradeaus fahren, können Sie direkt hier an die Führanlage heranfahren ... Oder wissen Sie was? Ich komme dann einfach mit und zeige Ihnen den Weg.«

Gesagt, getan, was allerdings einiges an Zeit kostete, denn die Stiefel waren ihr natürlich immer noch zu eng und beeinträchtigten ihr Tempo enorm.

»Ich zieh die jetzt aus«, erklärte sie schließlich entschlossen und ging dann auf Socken weiter.

Als Constantin wieder zurück bei dem kolikenden Pferd war, hatte das Medikament noch keinerlei Wirkung gezeigt; die verzweifelte Besitzerin konnte die Stute nur schwer davon abhalten, sich hinzulegen.

»Gott sei Dank sind Sie zurück«, rief Frau Karrenbauer ihm entgegen, als er aus dem Transporter stieg.

»Auweia, es scheint ja wirklich ernst zu sein«, bemerkte die Stallkollegin mit einem besorgten Blick.

»Natürlich ist es ernst!«, fuhr die Besitzerin sie an. »Meinst du, ich rufe sonst einen Tierarzt?«

»Ist ja schon gut ...«, lenkte die andere ein und trat einen Schritt zurück.

»Ich werde jetzt eine Nasenschlundsonde legen«, erklärte Constantin ruhig. »Das wird helfen, den Druck im Magen zu entlasten.«

Er holte die Sonde und etwas Gleitmittel aus dem Transporter und näherte sich vorsichtig der Stute. »Halten Sie ihren Kopf ruhig und sprechen Sie beruhigend mit ihr«, wies er die Besitzerin an.

Mit geübten Händen führte Constantin die Sonde in eine der Nüstern des Pferdes ein. Die Stute schnaubte und zog den Kopf leicht zurück, doch die Besitzerin hatte sie gut im Griff, beruhigte sie zusätzlich mit leiser Stimme: »Ganz ruhig, Mädchen. Alles wird gut.«

Langsam schob Constantin die Sonde weiter voran, bis sie

den Magen erreichte. Er lauschte aufmerksam auf das Geräusch von Luftblasen.

»Da ist einiges an Gas drin«, sagte er schließlich. »Aber keine Sorge, das ist normal bei einer Kolik.«

Vorsichtig begann er, das Gas abzulassen. Die Stute schnaubte erneut, doch nach einigen Augenblicken entspannte sie sich merklich; der Druck ließ nach, und man konnte direkt sehen, wie sich ihre Atmung beruhigte.

Nachdem das Gas abgelassen war, zog er die Sonde vorsichtig wieder heraus und beobachtete das Pferd genau; die Stute wirkte nun deutlich ruhiger und entspannter.

»Das sollte ihr schon einiges an Erleichterung gebracht haben«, erklärte Constantin.

Die Besitzerin atmete tief durch und lächelte schwach. »Danke«, sagte sie leise. »Ich hoffe wirklich, dass es ihr bald besser geht.«

»Es sieht so aus, als hätte sie das Schlimmste überstanden«, begann er. »Aber es gibt ein paar Dinge, die Sie beachten sollten, um sicherzustellen, dass Ihre Stute vollständig genesen kann.«

»Was muss ich tun?«

»Zunächst einmal sollte sie bis heute Abend nichts fressen«, erklärte Constantin. »Ihr Verdauungssystem braucht etwas Zeit, um sich zu erholen. Sie können ihr aber gerne frisches Wasser anbieten.«

»Okay, das kriege ich hin«, antwortete sie entschlossen.

»Es wäre auch gut, wenn Sie sie in Bewegung halten«, fuhr Constantin fort. »Ein leichter Spaziergang alle paar Stunden hilft, den Darm in Schwung zu bringen. Aber achten Sie darauf, dass sie nicht zu viel macht – nur ruhiges Gehen.«

»Verstanden«, sagte die Besitzerin.

»Heute Abend können Sie ihr dann ein wenig dünnes Mash geben«, fügte Constantin hinzu. »Etwas Leichtes und gut Verdauliches wird ihr helfen, wieder Energie zu bekommen. Wenn alles gut geht und sie normal äppelt sowie keine weiteren Koliksymptome zeigt, können Sie langsam wieder zur normalen

Fütterung übergehen. Aber machen Sie das schrittweise und beobachten Sie sie genau.«

Die Besitzerin atmete erleichtert auf. »Okay, ich achte darauf. Danke noch mal für Ihre Hilfe und dafür, dass Sie so schnell kommen konnten. Ich hatte echt richtig Angst um meine Maus. Ach so, ich bin übrigens Caro.«

Constantin lächelte, während er sanft auf den Hals des Pferdes klopfte. »Gern geschehen, Caro. Und wenn irgendetwas Ungewöhnliches passiert oder Sie sich Sorgen machen, zögern Sie nicht, mich sofort anzurufen.«

»Das werde ich auf jeden Fall tun«, versprach sie. »Ach so, wegen der Rechnung, soll ich Ihnen meine Adresse via WhatsApp schicken?«

Constantin nickte. »Ja, das können wir so machen.« Mit einem letzten Blick auf die nun deutlich entspanntere Stute verabschiedete er sich und wollte in den Transporter steigen.

»Ich muss Ihnen das Tor wieder öffnen. Das geht nur mit 'nem Code«, erklärte die Stallkollegin. »Nehmen Sie mich wieder mit?« Sie grinste schief. »Hab keine Lust, noch mal auf Socken zu laufen.«

»Ja, klar doch, steigen Sie ein.«

»Ich bin übrigens Viviane«, sagte sie zu Constantin, kaum dass sie die Tür der Beifahrerseite hinter sich zugezogen hatte. »Haben Sie 'ne Karte? Also, falls mal mit meinen Pferden was sein sollte«, fragte sie ihn, zwinkerte und fügte dann hinzu: »Ich finde, Sie haben gute Arbeit gemacht. Charlotta ist ja immer gleich total panisch, liegt vielleicht auch ein bisschen an Caro, weil die halt jedes Mal gleich so ausflippt und …«

Constantin hörte ihr nicht mehr zu. Nicht, weil er ihr Reden so uninteressant fand oder sie ihn sogar nervte, nein, seine Aufmerksamkeit war auf eine andere Frau gerichtet – sozusagen in dem Moment, als er sie durch das schmale Tor treten sah, durch das er vorhin zu Fuß auf das Gelände der Reitanlage gekommen war.

Groß, sehr schlank, fast schon dürr, lange gewellte Haare in einem Schwarzton mit deutlichem Lila-Stich.

»Die wilde Pflaume«, entfuhr es ihm.

»Ja, echt, die Haarfarbe geht gar nicht. Wir amüsieren uns hier auch ständig über die. Klamottenmäßig passt das allerdings tatsächlich zusammen. Die scheint ihren Geschmack echt auf dem Grabbeltisch bei Woolworth gefunden zu haben.« Viviane lachte hell auf. »Aber ›wilde Pflaume‹ ist echt gut, das merke ich mir.«

»Kennen Sie die Frau? Ich meine, ist die öfter hier?« Constantins Pulsschlag beschleunigte sich, so aufgeregt war er plötzlich.

»Kennen bestimmt nicht, nee, echt nicht mein Niveau, genauso wie ihr Kerl. Die wohnen seit ein paar Wochen hier auf dem Hof oder, besser gesagt, in einer der kleinen Ferienwohnungen.«

»Die wohnt hier?« Constantin merkte selbst, dass er viel zu laut und viel zu aufgeregt geklungen hatte.

Entsprechend verwundert sah Viviane ihn an. »Ähm … ja. Also, mich wundert das auch. Die fahren so 'nen alten dunkelblauen Ford Mondeo oder so was Ähnliches und sehen echt nicht nach Kohle aus, und die Wohnungen hier sind arschteuer, das weiß ich, weil ich hier mal Freunde aus Hamburg für 'n Wochenende untergebracht habe. Aber angeblich haben die fett geerbt, irgendwelche Ländereien oder so, ich glaube, auch 'nen Hof. Da wollen die dann hin, wenn das alles geklärt ist, oder den ganzen Rumms verkaufen, kein Plan. Hat mich ehrlich gesagt bisher auch nicht so interessiert. Ich hab das auch nur zufällig mitgekriegt, weil Frau Hansen, das ist hier die Besitzerin, die neulich mal nach der Miete gefragt hat, und da hat die das relativ laut und extrem angeberisch hier herausposaunt. Soll nur noch 'ne Frage von Tagen sein.«

»Okay, vielen Dank, ich muss jetzt auch dringend weiter«, beeilte sich Constantin zu sagen. »Ich muss telefonieren!«

»Ach so, ja, alles klar. Dann bis dann vielleicht mal«, erwiderte Viviane, lächelte und stieg aus.

26

»Du hast recht gehabt«, hörte Amalia ihren Großneffen sagen und wunderte sich. Nicht so sehr über seine Worte, sondern wegen der hektischen roten Flecken in seinem Gesicht und an seinem Hals. »Diese Frau, die wilde Pflaume, treibt sich tatsächlich hier in der Gegend herum. Genau gesagt, wohnt sie mit irgendeinem Mann in einer Ferienwohnung auf dem Hansenhof.«

»Der vornehme Reiterhof kurz vor Büsum?«, fragte Amalia, obwohl ihr gerade tausend andere Fragen durch den Kopf schwirrten.

Constantin nickte. »Genau dort.«

»Und woher weißt du das?«

»Ich habe sie gesehen. Ich war dort wegen einer Kolik, und als ich den Hof wieder verlassen wollte, lief sie mir direkt über den Weg. Eine der Einstellerinnen war recht gesprächig und hat mir erzählt, dass die Frau seit einigen Wochen dort in einer Ferienwohnung wohnen würde. Angeblich, weil sie hier in der Nähe etwas geerbt hat. Ländereien, einen Hof ...«

»Die Erbangelegenheit, von der Rechtsanwalt Franken erzählt hat«, fiel es Amalia direkt ein.

Constantin nickte erneut, aber seine Gedanken schienen noch woanders zu sein. »Möglich. Aber das ist nicht alles, was mich stutzig gemacht hat. Viviane, die Einstellerin, erwähnte auch, dass ihr Typ einen alten Ford Mondeo oder zumindest ein ähnliches Fahrzeug fährt.«

»In Dunkelblau?«, warf Amalia atemlos ein.

Constantin bestätigte es mit einem weiteren Nicken. »Ja, in Dunkelblau.«

Amalias Herzschlag begann sich zu beschleunigen. »Wir müssen sofort Finja informieren. Auf der Stelle«, rief sie aufgeregt.

Doch ihr Großneffe war absolut nicht ihrer Meinung. »Ich

würde das Ganze erst einmal selbst in die Hand nehmen und überprüfen wollen!«

»Aber Conzi, das ist doch viel zu gefährlich«, wandte Amalia ein.

»Viel riskanter ist es, wenn Finja dort in Begleitung eines ihrer Mitarbeiter auftaucht. Dann wird die *Dame* nämlich direkt das Weite suchen, falls sie tatsächlich Dreck am Stecken hat. Nein, ich fahre da nachher noch mal hin; muss eh nach dem Koliker gucken, und bei dieser Gelegenheit –«

»Ich komme mit!«, unterbrach Amalia ihn entschlossen.

Doch Constantin wies das entschieden zurück. »Bestimmt nicht. Sie kennt dich doch. Dann ist sie sofort alarmiert.«

»Ich könnte mich … ähm … verkleiden. Allein lasse ich dich auf keinen Fall dorthin, das kannst du vergessen, mein Lieber.« Amalia war fest entschlossen.

»Verkleiden?« Erneut war Constantin anderer Meinung. »Das ist doch Unsinn.«

»Du kannst davon halten, was du willst, aber ich lasse dich auf keinen Fall allein dorthin fahren. Andernfalls informiere ich Finja, was eigentlich sowieso das Vernünftigste wäre.«

»Dann bleibst du aber im Transporter.«

Amalia täuschte ihre Zustimmung vor – was ihr Großneffe jedoch sofort bemerkte.

»Das ist mein Ernst, Amalia. Du verhältst dich still und bleibst im Hintergrund. Zumal wir ja ohnehin nichts Genaueres wissen. Bisher ist das Ganze nur ein Verdacht …«

»Und das Auto, Conzi? Dass genau so ein Modell gesehen wurde, als es mit hoher Geschwindigkeit aus dem Feldweg gerast kam, kurz nachdem Jonas Hoppe angefahren wurde – ganz ehrlich, das kann kein Zufall sein.«

Constantin zuckte mit den Schultern. »Keine Ahnung, möglich ist alles. Aber ich muss zugeben, dass mir das Ganze auch ziemlich verdächtig vorkommt.«

»Dann ist ja alles geklärt, und wir können direkt losfahren«, meinte Amalia und wollte zur Garderobe gehen.

Doch Constantin hielt sie davon ab. »Ich war gerade da,

Amalia. Wenn ich jetzt sofort wieder dort auftauche, wird das nicht nur die Besitzerin des Kolikers stutzig machen.«

Amalia hielt inne, dachte über Constantins Worte nach und schlug schließlich vor: »Du könntest etwas vergessen haben – irgendein Utensil, das du dringend benötigst, und musstest deshalb sofort zurück.«

»Ich wüsste nicht, was das sein sollte.«

Amalia klatschte ungeduldig in die Hände. »Also bitte, Constantin, dir wird sicher etwas einfallen.«

»Mir geht es vor allem darum, das Ganze so unauffällig wie möglich durchzuziehen«, erklärte Constantin mit Nachdruck.

Amalia rollte mit den Augen. »Im schlimmsten Fall ist die Dame dann längst weitergezogen, samt dem Mann und dem Fahrzeug – dem *Tatfahrzeug*!«

»Das ist unwahrscheinlich«, meinte Constantin überzeugt, doch er kam nicht dazu, seine Gedanken weiter auszuführen. Durch Amalia ging plötzlich ein Ruck, als hätte sie einen elektrischen Schlag erhalten. Ihr Gesicht lief rot an, und ihr Puls raste. »Conzi, weißt du, was mir gerade eingefallen ist?« Die Frage war rein rhetorisch; sie erwartete keine Antwort von ihrem Großneffen und ließ ihm auch keine Zeit dafür. »Diese Erbangelegenheit, weswegen diese Person bei Rechtsanwalt Franken war und von der du gerade erzählt hast – Conzi, weißt du, was ich vermute?«

Nun fühlte sich ihr Großneffe wohl doch verpflichtet zu antworten, konnte aber nur die Schultern heben, bevor Amalia weitersprach: »Die sind hinter dem Klünderhof her. Es geht um das Erbe von Fiete Klünder. Deshalb sind die noch immer hier in der Gegend. Ländereien, ein großer Hof … Das ist es!« Ihre letzten Worte rief Amalia mit triumphierender Stimme aus.

Doch Constantin wirkte nicht überzeugt, verneinte erneut, und das wesentlich energischer. »Dann müsste ja einer der beiden mit Fiete Klünder verwandt sein. Und du hast doch gesagt, dass es keine lebenden Verwandten gibt.«

Amalia platzte fast vor Aufregung. »Jonas, er … er ist Fiete

Klünders Sohn … gewesen, Kathrin Hoppe hat es mir gebeichtet.« Plötzlich schien alles klar – der Fall gelöst. Es ergab einen abscheulich mörderischen Sinn.

»Die beiden – die wilde Pflaume und ihr Gehilfe – haben Fiete Klünder ermordet. Zu zweit konnten sie ihn problemlos in die Tonne hieven und dann die Äpfel hinterherwerfen. Anscheinend besteht eine Verwandtschaft zwischen ihnen, vielleicht um zehn Ecken herum; ja, so wird es sein. Dann kam jedoch heraus, dass es sehr wohl einen nahen Verwandten gibt: seinen unehelichen Sohn Jonas, der natürlich erben würde. Also haben die beiden versucht, diesen Haupterben auszuschalten, indem sie ihn überfahren haben. Doch Jonas hat überlebt – zum Glück! Darum müssen wir jetzt sofort Finja verständigen, denn Jonas schwebt in Lebensgefahr. Wenn das Gaunerpaar erfährt, dass er noch lebt, werden sie auf jeden Fall versuchen, ihren grausamen Plan zu Ende zu bringen und Jonas zu töten.«

Constantin sah Amalia an, atmete tief ein und aus, schließlich begann er, langsam zu nicken. »Du hast recht, so könnte es tatsächlich gewesen sein.«

Amalias Augen leuchteten auf. »Dann bist du also auch der Meinung, dass wir jetzt sofort Finja informieren sollten?«

»Nein!«

***

»Ach, hallo, Sie schon wieder. Geht es Caros Pferd etwa wieder schlechter?«, fragte Viviane mit einem Hauch von Besorgnis in der Stimme, während sie Constantin musterte.

Er schüttelte den Kopf. »Das will ich nicht hoffen. Aber da ich sowieso hier in der Nähe war, dachte ich, ich schau einfach noch mal vorbei.«

Viviane zwinkerte ihm zu und erwiderte: »Ja, okay, ich dachte schon …« Dann senkte sie die Stimme ein wenig, gerade so laut, dass er es noch hören konnte: »Oder vielleicht meinetwegen?«

Constantin spürte den Flirtversuch deutlich, entschied sich jedoch, ihn zu ignorieren. Nicht etwa, weil er Viviane unattraktiv fand – im Gegenteil –, sondern weil weder der Zeitpunkt noch die Umstände für einen Flirt oder gar mehr geeignet waren. Außerdem war ihm das Anbaggern durch junge Pferdebesitzerinnen nicht unbekannt; als Tierarzt, ledig und nicht gerade unansehnlich, war er in dieser Szene aus vielerlei Gründen recht beliebt.

Constantin ließ seinen Blick über den Hof schweifen, während er unauffällig nach dem verdächtigen Pärchen und ihrem Auto Ausschau hielt. Plötzlich kam ihm eine Idee.

»Tatsächlich habe ich gehofft, Sie hier zu treffen«, sagte er mit einem verschmitzten Grinsen.

Viviane schaute ihn überrascht an, und wenn er sich nicht täuschte, wurde sie sogar ein bisschen rot – etwas, das er bei ihrem sonst so coolen Auftreten nicht erwartet hätte.

»Echt jetzt? Oh ... okay ...«, stammelte sie leicht verlegen.

Er sprang schnell ein, um ihr Stammeln abzufangen. »Wegen der Ferienwohnung, die Sie erwähnt haben. Ich kriege bald Besuch aus Hannover – alte Kollegen. Vielleicht könnte ich die ja hier auf dem Hof unterbringen? Sie hatten doch erzählt, dass Sie auch mal Freunde hier untergebracht haben.«

»Ja, klar!« Viviane nickte – wie Conzi fand, fast ein wenig erleichtert. Aha, war ihr eigener Flirtversuch ihr dann wohl selbst ein wenig zu direkt gewesen.

»Soll ich Ihnen die Anlage mal zeigen?«, schlug Viviane mit einem einladenden Lächeln vor. »Ist echt schön hier, aber wie ich schon gesagt habe, nicht gerade günstig. Aber wenn Sie von Kollegen reden – Tierärzte können sich das bestimmt leisten.«

Constantin lachte herzhaft. »Weil Tierärzte ja bekanntlich im Geld schwimmen, klar«, erwiderte er mit hörbarer Ironie in der Stimme.

»Ist das nicht so?«, fragte Viviane scheinheilig grinsend. »Ich dachte immer, so ein Tierarzt wäre eine richtig gute Partie!«

Constantin zuckte mit den Schultern. »Hmmm … Kommt immer darauf an, wie hoch die Ansprüche sind.« Er merkte, dass es Zeit war, das Geplänkel zu beenden. Schließlich war er nicht hier, um über seinen Job als vermeintlich schlecht verdienender Tierarzt zu plaudern oder gar zu flirten. »Sie können mir sonst auch einfach nur den Weg beschreiben. Dann schaue ich mir das Ganze erst mal von außen an.«

Viviane schüttelte entschieden den Kopf. »Nein, nein, ich komme mit. Ich kann auch den Schlüssel besorgen – zumindest von einer gerade leer stehenden Wohnung –, dann können Sie sich die von innen anschauen.«

Constantin nickte erfreut. »Das wäre natürlich großartig.«

»Na dann, kommen Sie mit, Herr Doktor«, sagte sie mit einem weiteren Zwinkern und dem selbstbewussten Auftreten, das sie ihm zuerst gezeigt hatte.

Die Ferienanlage war tatsächlich ein eigener kleiner Mikrokosmos, stellte Constantin fest, als er neben Viviane durch ein weiteres geschwungenes Gatter trat. Dahinter erstreckte sich eine wirklich idyllische Anlage, die sofort Urlaubsstimmung aufkommen ließ. Ein kleiner, aber feiner Pool glitzerte in der Sonne und wurde von gemütlichen Liegestühlen umrahmt, die zum Entspannen einluden.

Drei charmante Backsteinhäuser, wie sie typisch für Norddeutschland waren, verliehen der Anlage einen rustikalen Charme. In zweiter Reihe, etwas versetzt dahinter, befanden sich drei weitere Häuser.

Bunte Blumenbeete säumten die gepflasterten Wege, und hier und da standen alte Eichenbäume, die angenehmen Schatten spendeten. In der Ferne konnte man das leise Rauschen des Meeres hören, das wohl nur einen kurzen Spaziergang entfernt lag.

»Wow, das ist ja wirklich ein kleines Paradies«, sagte Constantin beeindruckt und ließ seinen Blick über die gepflegten Rasenflächen und den kleinen Teich mit Seerosen schweifen. »Hier kann man es aushalten.«

Viviane lächelte stolz und deutete auf das rechte Haus. »Ja, es hat schon was Besonderes«, sagte sie. »Die untere Wohnung in diesem Haus ist zurzeit frei. Wenn Sie wollen, können wir sie uns von innen anschauen.« Sie zog einen Schlüssel aus ihrer Tasche und ließ ihn verlockend klimpern.

Constantin runzelte die Stirn und fragte sich, warum sie den Schlüssel einfach so bei sich trug. »Aber müssen Sie nicht erst einmal die Besitzer fragen?«, wunderte er sich laut.

Viviane winkte lässig ab. »Das passt schon«, erklärte sie mit ihrem typischen Augenzwinkern. »Das Ganze hier, nun ja, es gehört meinen Eltern.«

»Ach so, ja, ähm … Dann natürlich gerne«, stammelte Constantin ein wenig überrascht. Damit hätte er nun wirklich nicht gerechnet. Vorhin war sie ihm überhaupt nicht wie die wohlhabende Juniorchefin erschienen. Hatte sie nicht sogar erwähnt, dass ihren Freunden die Wohnung fast ein wenig zu teuer gewesen war? Er musste sich selbst daran erinnern: Er war nicht hier, um über die Familienverhältnisse der jungen hübschen Frau nachzudenken oder sich von ihrem Charme ablenken zu lassen.

Die Wohnung war genauso phantastisch, wie Constantin es sich vorgestellt hatte, ausgestattet mit allem erdenklichen Schnickschnack. Viviane erzählte beiläufig, dass ihre Eltern das alles selbst aufgebaut hatten. Es sei schon immer ihr Traum gewesen, und durch die beträchtliche Erbschaft, die ihre Mutter vor rund fünfzehn Jahren gemacht habe, habe sie diesen Traum verwirklichen können.

Das war Constantins Stichwort: »Apropos Erbschaft, Sie hatten doch vorhin gesagt –«

Doch Viviane unterbrach ihn mit einem Lächeln. »Wollen wir nicht einfach Du sagen? Dieses Siezen und so, ich find's total albern und überhaupt.«

Constantin nickte zustimmend. »Ja, klar, gern. Ich bin Constantin.«

Sie lächelte zurück. »Viviane, aber Vivi reicht völlig aus.«

»Okay«, sagte Constantin und grinste. »Also noch mal

wegen dieser Leute, von denen du vorhin geredet hast – die haben doch auch geerbt? Hauptsache, die machen euch keine Konkurrenz.«

Vivi lachte leicht verächtlich auf. »Die? Niemals! Denen fehlt es definitiv an Geschmack und Klasse. Sorry, das soll jetzt nicht überheblich klingen, aber wenn man so etwas hier errichten will, braucht man zwar sehr viel Geld, aber eben auch das richtige Gespür dafür – Geschmack, Ästhetik. Davon haben die beiden gewiss nichts.« Sie schüttelte den Kopf mit einem Ausdruck von Unglauben. »Nee, die werden, wenn das mit dem Erbe wirklich stimmt, ihre Kohle schneller wieder durchgebracht haben, als sie sich endlich mal geschmackvolle Klamotten kaufen können.«

Constantin hob eine Augenbraue und fragte interessiert: »Aha, okay … In welchem Haus wohnen die denn?«

Einen Moment lang musterte Viviane ihn stutzig, und Constantin befürchtete schon, dass sie seine Neugier durchschaut hätte. Doch dann entspannte sich ihr Gesichtsausdruck, und sie antwortete: »Ganz hinten, da ist noch ein etwas älteres Haus. Es stand hier schon, als meine Eltern das Ganze gekauft haben. Es ist sozusagen das einzige Relikt aus vergangenen Zeiten – recht nett, aber eben nicht so neuwertig und luxuriös wie die Häuser hier vorne.«

Viviane deutete in Richtung des Hauses und fügte hinzu: »Es hat seinen eigenen Charme, keine Frage. Aber es passt einfach nicht zu dem Stil und der Eleganz unserer Anlage. Die vier kleinen Wohnungen darin werden oft von Geschäftsreisenden gebucht, häufig über Booking.com. Also selten von Urlaubsgästen, die hier ihre Ferien verbringen wollen. Dafür ist das Haus dann natürlich echt super geeignet.«

Constantin nickte und bemerkte: »Und nun habt ihr da diese Quasi-Langzeitmieter drinnen wohnen.«

Vivi verdrehte die Augen. »Ich hab echt keinen Plan, warum meine Mutter denen die Wohnung vermietet hat.« Sie hielt inne, musterte Constantin noch ein wenig eindringlicher und fragte dann direkt: »Jetzt mal im Ernst, warum bist du so an denen interessiert? Das bilde ich mir doch nicht ein!«

Mist, dachte Constantin.

»Hast du irgendwelche Aktien mit denen?«, hakte sie nach.

»Ähm … nein. Also, nein, wirklich nicht«, versuchte er, sich herauszureden.

»Hmmm, kommt mir aber irgendwie so vor«, sagte Viviane skeptisch.

In diesem Moment klopfte es an der Wohnungstür, die Viviane nur angelehnt hatte. Eine Stimme rief: »Hallo, Frau Hansen, kann ich Sie mal sprechen?«

Viviane warf Constantin einen vielsagenden Blick zu und sagte: »Siehst du, wenn man vom Teufel spricht. Aber wenn du noch Fragen hast, kannst du sie ihr jetzt direkt selbst stellen.« Mit einem leicht spöttischen Unterton in der Stimme rief sie etwas lauter: »Kommen Sie ruhig rein. Ich glaube, Herr von Platen brennt darauf, Sie persönlich kennenzulernen.«

27

»Frau Fährmann, Sie glauben nicht, was ich gestern erfahren habe!«, rief Bente aufgeregt, als sie in die Marner Polizeidienststelle gestürmt kam.

Lüders brummte: »Moin, Bente«, und schüttelte vorwurfsvoll den Kopf.

»Moin!«, erwiderte Bente knapp, ignorierte ihn dann aber. Stattdessen baute sie sich direkt vor Finjas Schreibtisch auf, die Hände fest auf die Tischplatte gestützt und den Oberkörper leicht nach vorn gebeugt. »Ich war gestern Abend beim Bowlen mit meinen Mädels.«

Lüders an seinem Schreibtisch verschränkte die Arme und zog eine Schnute. »Und deshalb kommst du heute erst so spät zum Dienst?«, mischte er sich ein.

Bente warf ihm einen genervten Blick zu. »Meine Güte, Hasso, deine Probleme möchte ich haben. Ich hatte einen Arzttermin, die Chefin wusste Bescheid. Bist du jetzt zufrieden?«

»Nee, eigentlich nicht, weil nichts davon im Dienstplan steht«, sagte er mit einem beleidigten Unterton.

Bente funkelte ihn kurz ärgerlich an. »Natürlich steht es drin! Ich habe es selbst eingetragen«, beharrte sie.

»Gut jetzt«, fand Finja. »Was haben Sie denn so Wichtiges erfahren, Bente?«

»So geht es aber auch nicht«, knurrte Lüders eingeschnappt, doch Bente und Finja ignorierten ihn gekonnt.

»Die Luisa, die arbeitet auf dem Hansenhof«, begann Bente mit einem verschwörerischen Unterton. Als Finja fragend die Augenbrauen hob, fügte Bente erklärend hinzu: »Das ist eine recht große Ferienanlage nahe Büsum. Die haben da auch einen Reiterhof mit dran, alles ziemlich nobel und echt nur was für Leute mit genügend Geld dafür.«

»Aha«, machte Finja, noch immer unsicher, worauf Bente hinauswollte.

»Jedenfalls hat die Luisa sich den halben Abend über irgendwelche Dauermieter aufgeregt. Die Frau muss wohl irre zickig sein und der Mann ein ›unordentlicher fauler Sack‹ – so hat es jedenfalls Luisa gesagt. Und die verdrecken wohl das Zimmer, das sie seit ein paar Wochen bewohnen, so dermaßen, dass Luisa die am liebsten zum Mond schießen würde. Jetzt hat sie sich gestern geweigert, irgendwelche alten Essensreste von denen wegzumachen, und da ist ihr dann die Frau wohl dermaßen frech geworden, dass sie sich bei ihrer Chefin beschwert hat. Und jetzt kommt es, Frau Fährmann.«

Bente legte eine theatralische Pause ein und holte tief Luft. Man konnte förmlich spüren, wie sich die Spannung im Raum verdichtete. Dann schoss sie es heraus wie unter Kanonenhagel: »›Diese doofe Kuh! Ich sag's euch, wenn die sich nicht bald wieder vom Acker macht, dann garantiere ich für nichts mehr. Was für eine schreckliche Frau! Und Geschmack hat die auch nicht – mit ihren billigen schwarzlila Haaren.‹«

»Schwarzlila?«, brummte Lüders.

Bente nickte energisch mit dem ganzen Oberkörper. »Jawohl, die Beschreibung passt eins zu eins auf diese sonderbare Frau, die aller Wahrscheinlichkeit nach hinterm Steuer gesessen hat, als Jonas angefahren wurde, ja, ganz genau so.«

Nun wurde auch Finja hellhörig. Hatte sie das Ganze bisher nur als eine typische Bente-Anekdote abgetan, spürte sie plötzlich das Adrenalin durch ihre Adern pulsieren.

»Was hat sie noch gesagt, Bente? Nun raus damit!«, forderte Finja ungeduldig, während auch sie sich jetzt nach vorn lehnte, als könnte sie die Informationen schneller aus Bente herausziehen.

Bente strahlte vor Stolz über ihre detektivische Leistung. »Ich habe Luisa dann natürlich direkt zur Seite genommen – bei nächster Gelegenheit und ganz unauffällig«, schilderte sie. »Ich wollte ja kein Risiko eingehen, nicht dass Luisa sich verquatscht und die Verdächtigen gewarnt sind. Also habe ich sie in diese Richtung gefragt, dass ich gar nicht wusste, dass man auf dem Hansenhof auch dauerhaft wohnen könnte.« Wieder legte Bente eine dramatische Pause ein, holte tief Luft und fuhr dann fort: »Frau Fährmann, Sie glauben es nicht: Die wohnen dort seit ein paar Wochen. Luisa kann sich nicht ganz genau erinnern, weil sie auch Urlaub hatte. Die haben geerbt. Der Vater ihres Mannes – also von dieser unmöglichen Frau – ist wohl kürzlich verstorben, und deshalb sind die hier. Wegen dem Erbe. Und solange das noch nicht geklärt ist, also alles abgewickelt ist – ganz genau wusste Luisa das auch nicht –, wohnen die eben auf dem Hansenhof. Was sagen Sie nun, Chefin?«

Finjas Gedanken rasten. Und wenn es um das Erbe von Fiete Klünder ging? Was, wenn der Landwirt noch einen weiteren unehelichen Sohn hatte? Ja, so könnte es sein, die Puzzleteile fügten sich in ihrem Kopf zusammen, und ein klares Bild begann sich abzuzeichnen. Hier lag das Motiv auf einmal ganz offen vor ihr: Das Mordopfer war demnach nicht nur Jonas' Vater gewesen, sondern auch noch der eines weiteren Sohnes, und dieser steckte mit großer Wahrscheinlichkeit hinter dem Verbrechen an dem wohlhabenden Landwirt. Womöglich hatte es Streit gegeben, und infolgedessen war Fiete Klünder von seinem eigenen Sohn, den er wahrscheinlich genauso verleugnet hatte wie Jonas, erdrosselt worden. Doch dann war plötzlich Jonas aufgetaucht, und dieser hatte natürlich aus dem Weg geräumt werden müssen – deshalb der Anschlag auf ihn.

»Lüders, Sie kommen mit!«, erklärte Finja entschlossen und bemühte sich um Ruhe in ihrer Stimme, obwohl es in ihr drinnen regelrecht vibrierte vor Aufregung und Entschlossenheit.

Lüders blickte hektisch auf, sein vorheriges Beleidigtsein wie weggeblasen angesichts der Dringlichkeit in Finjas Stimme und der ganzen Situation.

»Wir fahren sofort zum Hansenhof«, ordnete Finja an, während sie ihre Tasche und Jacke vom Stuhl schnappte.

Lüders nickte zustimmend und griff ebenfalls nach seiner Jacke. Sein Gesichtsausdruck schwankte zwischen Ernsthaftigkeit und Aufregung. Gemeinsam eilten sie zum Streifenwagen. Lüders nahm hastig hinter dem Steuer Platz, während Finja Bente noch schnell letzte Anweisungen zurief, bevor sie sich auf den Beifahrersitz schwang. Die Reifen quietschten laut auf dem Asphalt, als Lüders etwas zu eilig losfuhr.

»Hoffentlich kommen wir nicht zu spät, Chefin«, sprach Lüders aus, was Finja durch den Kopf ging, zumal sich der Weg zum Hansenhof endlos zu ziehen schien, jetzt, wo quasi jede Minute doppelt zählte.

Finja spielte in Gedanken alle möglichen Szenarien durch: Wie würden die Verdächtigen reagieren? Würden sie kooperieren oder versuchen abzuhauen? Und wie hatte Fiete Klünder es geschafft, seine beiden unehelichen Söhne all die Jahre geheim zu halten – sogar vor ihnen selbst? Die Brüder hatten ja wohl beide erst kürzlich erfahren, wer ihr Vater war. Oder stimmte nichts davon?

Als der Hof endlich in Sicht kam, atmete Finja tief durch und überprüfte noch einmal, ob ihre Dienstwaffe sicher im Holster saß – um wenige Augenblicke später direkt vor dem großen Tor des Hansenhofes einen Kleintransporter zu entdecken, der ihr nur zu gut bekannt war.

»Constantin«, murmelte sie fassungslos. »Was macht der denn hier?«

Und es kam noch überraschender: Die Beifahrertür öffnete sich, und Amalia stieg aus. Ihr Blick war eindeutig schuldbewusst, auch wenn ihre Stimme erleichtert klang, als sie sagte: »Dann hat euch Constantin also doch verständigt?«

Finja schüttelte den Kopf, unterdessen stellte Lüders sich neben sie. »Frau von Platen, was machen Sie denn hier?«, fragte er mindestens so baff, wie auch Finja war.

Finja spürte ein ungutes Gefühl in ihrem Magen aufsteigen. »Warum sollte Constantin uns verständigt haben?«, wollte sie von Amalia wissen.

»Nun ja, wir ... Er hat doch den Aufenthaltsort des Pärchens herausgefunden, die wilde Pflaume samt Anhang, und Constantin ist –«

»Amalia«, unterbrach Finja sie aufgeregt. »Wo ist Constantin gerade?«

»Er … Na ja, er schaut nach, ob die beiden, also dieses dubiose Pärchen, tatsächlich diejenigen sind, die wir suchen.«

Finjas Geduld war am Ende. »Lüders, schnell, öffnen Sie das Tor!«, rief sie und war schon dabei, sich hinter das Steuer des Streifenwagens zu setzen.

Doch Amalia hielt sie auf. »Das funktioniert leider nicht. Dafür braucht man einen Code.«

Frustriert stieg Finja aus dem Wagen und stieß ein leises »Mist!« aus. Sie gab Lüders ein Zeichen, dass sie zu Fuß weitermachen würden. Doch die Anlage erwies sich als viel größer als gedacht, und die richtige Richtung zu finden, schien einem Glücksspiel gleichzukommen.

Gerade als sie sich unschlüssig umsahen, rief Amalia: »Links geht's zur Ferienanlage, rechts zum Reiterhof!«

»Danke«, antwortete Finja knapp.

»Soll ich lieber mitkommen?«, fragte Amalia zögernd.

»Auf gar keinen Fall. Amalia, du bleibst bitte genau dort, wo du gerade bist!«, befahl Finja in einem Tonfall, der keinen Widerspruch duldete. In Gedanken fügte sie hinzu, dass es später noch ein unangenehmes Gespräch mit den von Platens geben würde. Wie konnten sie nur auf die irrwitzige Idee kommen, sie könnten einfach den Job einer erfahrenen Kommissarin übernehmen? Das mit dem Team war eigentlich schon ein Unding gewesen, aber was Amalia und Constantin sich hierbei nun gedacht hatten, grenzte an große Dummheit!

Während sie mit Lüders losrannte, spürte Finja den Ärger in sich hochkochen. Sie musste schnell handeln – nicht nur, um den Fall zu lösen, sondern auch, um sicherzustellen, dass niemand anderes in Gefahr geriet.

Constantin von Platen, wenn ich dich in die Finger kriege, dann …

Sie erreichten die Poollandschaft, dahinter die in zwei Reihen versetzten Häuser. Lüders blieb einen Moment stehen, machte große Augen und meinte dann tatsächlich, von sich geben zu müssen: »Mannomann, das ist ja schick hier. Vielleicht sollte ich mit der Jutta mal ein Wochenende hier verbringen.«

Finja konnte sich nur noch wundern. »Ihr Ernst, Lüders?«

»Ähm, na ja …«, setzte er an, doch seine Worte blieben ihm im Hals stecken, als plötzlich eine junge Frau in Reitkleidung auf sie zugestürmt kam. Ihre langen blonden Haare waren zu einem Zopf gebunden, und hektische rote Flecken zeichneten sich auf ihren Wangen ab – so deutlich, dass man sie schon aus einiger Entfernung sehen konnte.

»Gott sei Dank, dass Sie so schnell hier sind«, rief sie ihnen zu. »Unser Tierarzt, Constantin, er … er …«

»WAS?«, rief Finja ungeduldig aus, als sie nun voreinander standen.

»Warum ›so schnell hier‹?«, wollte Lüders wissen.

»Ich … ich habe doch die Polizei verständigt. Die 110 gerufen.«

»Ach so, aber wir sind von uns aus hierher –«, begann Lüders, doch Finja unterbrach ihn harsch.

»Das ist jetzt völlig egal.« Sie wandte sich wieder an die junge Frau. »Was ist mit Constantin?«

»Unsere Mieter, dieses unmögliche Paar, sie … sie haben ihn in ihrer Gewalt. Die Frau hatte plötzlich eine Waffe in der Hand, und dann tauchte ihr Typ auf und verdrehte Constantin die Arme hinter dem Rücken. Und dann sind die mit ihm einfach weg …«

»Wie ›weg‹? Wohin?«, fragte Finja drängend.

Die blonde Frau zuckte mit den Schultern, Tränen standen ihr in den Augen. »Ich hätte nicht einfach weglaufen dürfen«, schluchzte sie.

»Okay, gut, beruhigen Sie sich«, versuchte Finja, die Situation zu entspannen. »Zeigen Sie mir bitte nur, wo genau das passiert ist.«

Vehement schüttelte die Frau den Kopf. »Da gehe ich nicht noch mal hin! Die hatte eine Waffe – eine echte Waffe. Nein, das können Sie nicht von mir verlangen.«

Finja tätschelte ihr sanft die Schulter. »Keine Sorge, Sie sollen uns nur den Weg beschreiben. Nicht mitkommen.«

»Ach so, ja«, sagte sie zögernd und deutete mit ausgestreckter Hand auf die Häuser rund um den Pool. »Im hinteren Haus. Noch weiter zurück ist ein größeres weißes Haus mit vier kleinen Wohnungen. Dort sind sie mit ihm hin. Die bewohnen die ganz rechte in der unteren Etage.«

»Okay, danke.« Finja wollte schon losstürmen, da fiel ihr noch etwas ein. »Kann man von dort das Anwesen verlassen, oder geht das nur durch das Haupttor?«

»Zu Fuß kann man auch hinten raus«, erklärte die Frau hastig. »Da ist zwar ein Zaun, aber den kann man leicht überwinden. Mit dem Auto kommt man nur durch das Tor vom Grundstück.«

»Gut, alles klar. Gehen Sie jetzt bitte irgendwohin, wo Sie in Sicherheit sind.«

»Ja, das mache ich«, wisperte die Blondhaarige, wollte loslaufen, doch dann fiel ihr noch etwas ein. »Der Schlüssel«, rief sie und streckte Finja einen Bund mit mehreren Schlüsseln entgegen, den sie aus ihrer Reithosentasche geholt hatte. »Der mit dem gelben Ring ist für die Haustür.«

»Ach ja, gut« sagte Finja, nahm ihr den Schlüssel ab. »Gut, dass Sie daran gedacht haben.«

Während die junge Frau in Richtung Reithalle davonlief, schlichen Finja und Lüders mit geduckten Köpfen und gezogenen Waffen auf das Haus zu.

»Lüders, Sie geben mir Deckung«, wies sie den Polizeihauptmeister an, als sie es schließlich erreicht hatten. Sie bewegte sich dicht an der Hauswand entlang und spähte vorsichtig durch die Fenster.

»Nichts!«, zischte sie ihm zu, gefolgt von einem knappen: »Wir gehen rein!«

So leise wie möglich schloss Finja die Haustür auf, und gemeinsam huschten sie ins Innere, sich gegenseitig absichernd. Mit Handzeichen verständigten sie sich darauf, dass Finja die Türen öffnen würde, während Lüders ihr erneut Deckung gab.

Doch von dem verbrecherischen Pärchen und Constantin war keine Spur zu sehen.

»Hier ist niemand mehr!«, sagte Finja zu Lüders.

Ohne weitere Worte war klar, dass sie ihre Suche draußen fortsetzen würden, hinter dem Haus, wo sie bisher noch nicht gewesen waren. Doch auch dort fanden sie keine Spur von den beiden Flüchtigen und ihrer Geisel.

»Zurück nach vorne zum Haupttor«, wies Finja an, als sie plötzlich ein Rascheln aus dem Gebüsch an der Rückseite des Hauses vernahm.

Im ersten Moment dachte sie, dass der auffrischende Wind dafür verantwortlich war, ein Gewitter kündigte sich mit dunklen Wolken an. Dann aber hörte sie das Knacken von Zweigen und hielt inne.

»Keine Bewegung, hier ist die Polizei!«, rief sie mit fester Stimme in Richtung des Geräuschs.

Im nächsten Moment krachte ein Schuss durch die Stille. Lüders zuckte zusammen und tauchte instinktiv ab. »Die schießen auf uns!«, rief er empört aus. »Das darf ja wohl nicht wahr sein.«

Auch Finja war in Deckung gegangen. Diesen Moment nutzte das Pärchen, um von dem Gebüsch rüber zu dem Zaun zu hetzen und darüberzuklettern – Constantin zwischen ihnen.

»Stehen bleiben!«, wiederholte Finja, was erneut zu nichts führte, sodass sie wenige Augenblicke später ebenfalls den Zaun überwand und die Verfolgung aufnahm.

Das flüchtige Paar rannte über eine große Wiese davon, das hohe Gras raschelte um ihre Beine. So wie es für Finja aussah, versuchte Constantin, es ihnen möglichst schwerzumachen, er ließ sich regelrecht von ihnen mitschleppen.

»Bleiben Sie weg!«, schrie die Frau mit den schwarzlila Haaren Finja zu. »Sonst knalle ich den hier ab!«

Finjas Herz raste, doch sie blieb fokussiert, brachte bewusst etwas mehr Abstand zwischen sich und das Pärchen, um Constantin nicht zu gefährden.

»Lüders! Verstärkung rufen!«, brüllte sie über die Schulter zurück, ohne ihren Blick von den dreien vor sich abzuwenden. Sie erhielt keine Antwort, und als sie sich doch nach Lüders umsah, war von ihm nichts zu sehen. Er war tatsächlich weg. Das durfte jawohl nicht wahr sein! Finja konnte es nicht fassen. Ihr Kollege schien den Rückzug angetreten zu haben, weil geschossen worden war. Das würde Konsequenzen haben.

Inzwischen hatte der Himmel sich noch bedrohlicher zugezogen; dunkle Wolken rollten heran und verstärkten die Dramatik der Szenerie in jeglicher Hinsicht. Schon spürte Finja den ersten Regentropfen auf ihrem erhitzten Gesicht.

Erneut brüllte sie: »Stehen bleiben! Es gibt keinen Ausweg!« – da ließ sich Constantin mit einem lauten Schrei zu Boden fallen, als hätte er sich am Fuß verletzt.

Seine *Begleiter* versuchten, ihn hochzuziehen, zerrten an seinen Armen. Die Frau brüllte ihn an: »Du Arschloch, steh auf, sonst knall ich dich ab!«

Doch Constantin blieb liegen.

Finja beobachtete angespannt, wie die beiden schließlich von Constantin abließen. Sie tauschten einen kurzen Blick, bevor sie ihre Flucht ohne ihre Geisel fortsetzten und auf das Ende der Wiese zuliefen.

Wenige Augenblicke später erreichte Finja Constantin, der noch immer am Boden hockte, und musste blitzschnell entscheiden: Sollte sie bei ihm bleiben oder die Verfolgung fortsetzen? Ihr Herz pochte in ihren Ohren, während sie sich für einen Moment neben ihn kniete.

»Alles gut!«, behauptete er und versuchte, sich mühsam auf die Beine zu kämpfen. Doch sein Sturz war wohl kein Trick gewesen, um dem verbrecherischen Pärchen zu entkommen, er schien sich tatsächlich den Fuß verknackst zu haben.

»Kümmere dich nicht um mich«, verlangte er von Finja, die daraufhin mit einem Nicken die Verfolgung fortsetzte. Aber dieser kurze Augenblick des Zögerns hatte dafür gesorgt, dass der Abstand zu den Flüchtigen wesentlich größer geworden war. Finja ahnte, dass sie die beiden verlieren würde, dass sie ihr entkommen würden, als die zwei das Ende der Wiese, die leicht bergauf verlief, erreicht hatten.

Das war's, schoss es ihr ärgerlich durch den Kopf. Doch dann … Finja konnte es nicht fassen: Dort wartete bereits ein Polizeiwagen, und Hasso Lüders stand mit gezückter Waffe davor. Finja hatte keine Ahnung, wie er es so schnell ans Ende der Wiese geschafft hatte, geschweige denn, wie er überhaupt dort hingekommen war, aber sie war noch niemals zuvor so froh gewesen, ihren Kollegen Hasso Lüders zu sehen, wie in diesem Moment.

Die Fliehenden hielten abrupt inne, gefangen zwischen zwei Fronten. Finja näherte sich, die Waffe fest auf das Pärchen gerichtet. Ihre Stimme war unnachgiebig, als sie rief: »Geben Sie auf! Werfen Sie die Waffe weg!«

Die beiden drehten sich panisch zu ihr um, erkannten wohl ihre aussichtslose Lage. Dennoch schien der Moment sich zu dehnen, bis die Frau schließlich die Pistole zu Boden fallen ließ, während ihr Kumpan die Hände langsam über den Kopf hob.

»Verdammte Scheiße!«, keifte sie ihn an. »Von wegen ›ganz neu durchstarten‹.« Dann holte sie aus und verpasste ihm eine schallende Ohrfeige. »War doch klar, dass du das auch wieder verbockst.«

Im nächsten Moment waren Finja und Lüders bei den beiden. Finja hob die Waffe vom Boden auf, sicherte sie, während Lüders ihnen nacheinander Handschellen anlegte.

Mit fester Stimme erklärte Finja: »Sie sind verhaftet. Sie haben das Recht zu schweigen. Alles, was Sie sagen, kann und wird vor Gericht gegen Sie verwendet werden. Sie haben das Recht auf einen Anwalt. Wenn Sie sich keinen Anwalt leisten können, wird Ihnen einer gestellt.«

Dann nickte sie Lüders zu und sagte leise: »Gute Arbeit, Kollege. Verdammt gute Arbeit!«

28

Amalia saß in ihrem schönen Garten auf einer Bank direkt unter dem Kirschbaum, den einst ihr verstorbener Mann Anton gepflanzt hatte. Die Blütenblätter tanzten sanft im leichten Sommerwind, doch Amalias Gedanken waren alles andere als ruhig. Sie machte sich schreckliche Vorwürfe, aber das änderte natürlich nichts an der Situation: Constantin hatte sich den Fuß verstaucht, und Finja hatte erklärt, dass das Ganze noch ein Nachspiel haben würde. Ein ordentliches Donnerwetter.

Was hatte sie bloß geritten, dass sie meinte, Constantin bei dieser Schnapsidee unterstützen zu müssen? Ja, ihn sogar zum Hansenhof zu begleiten, um … ja, um was eigentlich zu tun? Die wilde Pflaume und ihren Kumpan höchstpersönlich festzunehmen? Handschellen klicken zu lassen, die sie nicht einmal besaß?

Wie dumm von ihr, wie kindisch und, ja, noch weitaus schlimmer – unvernünftig. Idiotischer als sämtliche schlechten Ermittler in dem schlechtesten Kriminalroman, den sie jemals gelesen hatte.

Am Ende zählte natürlich nur das Ergebnis, und das war ausgesprochen erfreulich – sofern man im Zusammenhang mit einem Mord und einem versuchten Mord überhaupt von »erfreulich« sprechen konnte. Fakt war, dass es keinen Zweifel daran gab: Die Täter, dieses hinterhältige mörderische Paar, waren überführt und saßen nun hinter Schloss und Riegel. Mit Sicherheit würden beide lebenslänglich bekommen, was sie auch verdient hatten. Mord aus niederen Beweggründen und versuchter Mord mit demselben Motiv.

Und Finja? Nun ja, sie würde sich bestimmt wieder beruhigen. Immerhin drohten ihr jetzt nicht mehr die Kollegen aus Kiel.

Und dann war da natürlich noch etwas, das Amalia innerlich sehr genoss, trotz des ganzen Ärgers, den sie nun von Finja zu erwarten hatte. Später sollten sie sich in der Bibliothek zusammensetzen, wie Finja es gewünscht hatte – oder besser gesagt, angeordnet. Dort würde die Kommissarin ihnen beiden das »Wort zum Sonntag« predigen.

Aber eines war sicher wie das Amen in der Kirche: Amalia hatte von Anfang an gewusst, dass diese schreckliche Frau, die wilde Pflaume, und ihr Kumpan die Täter waren. Sie waren verantwortlich für den hinterhältigen Mord an Fiete Klünder und den Anschlag auf Jonas. Es ging ihnen ums Erbe; anscheinend war dieser Kerl der Ehemann der schrecklichen Frau und ebenfalls ein unehelicher Sohn Fiete Klünders. Dass Fiete es so wild getrieben hatte, hätte Amalia ihm niemals, wirklich niemals zugetraut.

Geizig. Empathielos. Unfreundlich. Wortkarg. Desinteressiert. Streitsüchtig. Sonderbar. All das traf auf Fiete Klünder zu, aber bestimmt nicht: Frauenheld.

So hatte Amalia ihn niemals wahrgenommen, nicht eine Sekunde – und doch war er allem Anschein nach der Vater von zwei Söhnen gewesen. Mindestens. Wer wusste schon, was da noch alles ans Licht kommen würde? Wer sich noch meldete, wo der griesgrämige Klünder überall seine Finger im Spiel gehabt hatte – oder eben ein anderes … ähm … Körperteil.

Bei diesem Gedanken konnte sich Amalia ein kleines verschämtes Kichern nicht verkneifen. Eigentlich wollte sie wirklich nicht näher darüber nachdenken. Geschweige denn es sich vorstellen. Doch bevor sie ihre Gedanken weiter ordnen konnte, riss Constantin sie unvermittelt aus ihrer Grübelei.

»Was freust du dich denn so?«

Amalia zuckte zusammen, als hätte man sie bei einem heimlichen Streich ertappt. Sie spürte, wie ihr die Röte ins Gesicht schoss, und versuchte, das mit einem übertriebenen Kopfschütteln zu überspielen.

»Ich? Ich freue mich doch nicht!«, behauptete sie eine Spur zu energisch, als wolle sie sich selbst davon überzeugen. »Das steht uns wohl auch nicht zu, weder dir noch mir, wenn man an Finjas Ankündigung denkt«, sagte sie und wechselte dann das Thema. »Wie geht es deinem Fuß? Warum läufst du überhaupt hier draußen herum? Du solltest ihn doch schonen und hochlegen.«

Constantin war dagegen. »Völlig übertrieben, genau wie der Besuch bei deinem Hausarzt.«

Amalia hatte auf diesen Arztbesuch bestanden. Wäre es nach ihr gegangen, hätte sie auf der Stelle den Notarzt gerufen, um Constantin direkt ins Krankenhaus bringen zu lassen.

»Aber das hat Dr. Nebel –«, begann Amalia, doch Constantin blieb stur.

»Amalia, ich verstehe deine Sorge, aber sie ist unbegründet. Genug davon. Ich wollte dir eigentlich nur sagen, dass ich jetzt direkt noch mal zum Hansenhof fahre.«

»Wie bitte?«, entfuhr es Amalia, ihre Stimme überschlug sich fast vor Überraschung. »Was willst du dort?«

»Meinen Job machen«, gab Constantin trocken zurück. »Die Besitzerin des Kolikers hat angerufen. Ich muss auf jeden Fall noch mal hin.«

Amalia seufzte und verschränkte die Arme vor der Brust. »Verstehe, auch wenn ich es nicht gut finde, dass du dich nicht etwas schonst.« Sie zögerte kurz, unsicher, ob sie das Thema ansprechen sollte oder nicht. Schließlich konnte sie es sich nicht verkneifen. »Hast du denn gar keine Bedenken, dorthin zurückzukehren?«

Constantin sah sie verblüfft an. »Warum sollte ich? Die beiden Hauptverdächtigen im Mordfall Fiete Klünder sind verhaftet. Sie sitzen jetzt höchstwahrscheinlich im Vernehmungszimmer Finja gegenüber, und so wie ich sie einschätze, wird sie die knacken wie überreife Walnüsse. Warum sollte ich also Bedenken haben, meinen Job zu machen? Ich hoffe, dass ich hier jetzt endlich richtig durchstarten kann.« Er trat einen Schritt zur Seite und betrachtete den Kiesweg unter seinen Füßen. »Da werde ich mir doch nicht von einem geschwollenen Knöchel gleich wieder die Chance nehmen lassen, meinen Kundenstamm zu erweitern – was ja eigentlich auch in deinem

Sinne sein sollte, liebe Amalia. Immerhin schulde ich dir eine ziemliche Stange Geld.«

»Ach, Geld«, murmelte Amalia und verzog den Mund. »Sieh nur, wohin es Fiete Klünder gebracht hat – gerade wegen seines vielen Geldes auf den Seziertisch in der Kieler Pathologie.« Sie schüttelte den Kopf, und ein leichter Schauer lief ihr über den Rücken. »Keine besonders erstrebenswerte Aussicht, wenn du mich fragst.«

»Aber weißt du, Amalia, es gibt einen entscheidenden Unterschied zwischen dem Klünder und mir: Egal, wie viel ich arbeite, wie ich mich ins Zeug lege – ich bin Tierarzt und werde deshalb auch niemals reich oder auch nur ansatzweise vermögend sein.« Er grinste, hob dann die Hand zum Abschied. »Ich bin dann jetzt weg. Bis später.«

»Ach ja, später«, sinnierte Amalia. »Da möchte Finja uns ja noch sprechen.«

Auch das fand Constantin wohl weniger besorgniserregend als sie. »Finja Fährmann wird nachher ihren Ärger längst vergessen haben. Immerhin hat sie den Fall gelöst, die Täter verhaftet, und die Kollegen aus Kiel mussten nicht extra dafür hier angereist kommen. Warum sollte sie also schlechte Laune haben? Zumal, ich will uns bestimmt nicht loben, aber ganz unbeteiligt an der Aufklärung des Falles waren wir immerhin auch nicht.«

Amalia nickte. »Da gebe ich dir recht. Und, ja, eigentlich dürfte ihre Laune nicht gegen uns gerichtet sein.«

***

Finja raufte sich frustriert die Haare, eine Geste, die normalerweise nicht zu ihrem Repertoire gehörte. Aber diese Mandy Meier und ihr Ehemann Dennis – wie stur und uneinsichtig konnten Menschen in so einer Situation eigentlich sein? Trotz intensivster und voneinander getrennter Vernehmungen behaupteten beide hartnäckig, nichts mit dem Mord an Fiete Klünder zu tun zu haben.

Mandy Meier hatte lediglich erklärt, sie habe die Kontrolle über das Lenkrad verloren und aus Versehen Jonas angefahren, den sie angeblich überhaupt nicht kannte.

»Und weil ich keinen Führerschein habe, bin ich in Panik geraten und weggefahren. Aber bewusst angefahren? Nein, das habe ich nicht gemacht. Echt nicht.«

Fahrerflucht und Fahren ohne Führerschein – ja, das könne man ihr vorwerfen, aber alles andere? Nein, niemals hätten sie oder ihr Mann damit etwas zu tun.

Finja atmete tief durch und versuchte, ihre Nerven zu behalten. Sie musste sich eine neue Vernehmungsstrategie überlegen und dann von vorn beginnen. Dennis Meier schien unter der Fuchtel seiner Frau zu stehen; war wohl eh kein besonders starker Charakter. Wenn einer von beiden zu knacken war, dann er.

»Bente, Sie begleiten mich dieses Mal ins Vernehmungszimmer«, sagte Finja entschlossen.

Bente nickte eifrig. »Ja gut, klar. Wie gehen wir vor?«

»Sie hören nur zu. Aber bitte ganz genau – vor allem zwischen den Zeilen.«

Bente machte große Augen. »Okay«, sagte sie gedehnt. »Zwischen den Zeilen also. Ich versuch's.«

»Gut, dann los«, sagte Finja entschlossen, während sie sich das lange dunkle Haar glatt strich und die Schultern straffte. Mit einem festen Griff legte sie die Hand auf die Klinke, öffnete die Tür, trat ein.

»Herr Meier, ich hoffe, die kleine Pause hat Ihrem Gedächtnis gutgetan«, begann sie mit einem süffisanten Lächeln.

»Geht so«, brummte Dennis Meier und lehnte sich in seinem Stuhl zurück. Er streckte die Beine unter dem Tisch aus und verschränkte die Arme vor der Brust. Seine ganze Haltung strahlte Abwehr aus – es war, als ob jede Pore seines Körpers Widerstand signalisierte.

»Ich weiß eh nicht, was das alles hier überhaupt soll. Das mit dem Radfahrer war ein Unfall. Mandy hat durchgedreht, ist in Panik geraten und dann abgehauen. Ja, das stimmt und war scheiße, aber mit all dem anderen haben wir nichts zu tun. Echt nicht«, sagte er und schüttelte den Kopf.

Finja atmete innerlich tief durch, lehnte sich leicht nach vorn und konfrontierte ihn mit einer unbestreitbaren Tatsache. »Ihre Frau und Sie, Herr Meier, haben Herrn von Platen in Ihre Gewalt gebracht und außerdem auf uns geschossen. Falls Ihnen das entgangen sein sollte.«

Dennis Meier schüttelte erneut den Kopf. »Ey, daraus können Sie uns echt keinen Strick drehen. Wir wussten doch nicht, was das Ganze auf einmal sollte. Wir hatten Angst, so war das. Darum sind wir geflüchtet.«

»Mit einer Geisel, klar doch, verstehe«, erwiderte Finja sarkastisch.

Dennis Meiers Gesicht verhärtete sich, und er verschränkte die Arme noch fester vor der Brust. »Wissen Sie was? Ich sage jetzt gar nichts mehr.« Er starrte an die Decke des Vernehmungszimmers, als wolle er damit signalisieren, dass das Gespräch für ihn beendet war.

»Gut, verstehe. Dann versuche ich es mal anders: Was wollten Sie überhaupt von Fiete Klünder? Dass Sie und Ihre Frau ihn kurz vor seinem Tod mehrfach aufgesucht haben, streiten Sie ja wohl nicht ab.«

»Das hab ich Ihnen doch schon gesagt. Meine Mutter ist schwer krank und hat mir vor ein paar Wochen erzählt, wer mein Vater ist – nämlich Fiete Klünder. Ich wollte den halt kennenlernen, das ist doch logisch. Immerhin hab ich zweiunddreißig Jahre lang gedacht, ich hätte überhaupt keinen Vater ... er wäre so was wie 'n Phantom. Mandy meinte dann, wir könnten ihn doch mal besuchen fahren, und hat rausgefunden, wo der wohnt. Also sind wir ins Auto und von Bremen hierhergefahren. Ich hatte null Plan, dass der 'nen fetten Hof besitzt, und das hat mich ehrlich auch nicht interessiert. Ich wollte einfach nur meinen Vater kennenlernen.«

»Und dann haben Sie ihn um Geld gebeten, worüber Sie in Streit geraten sind, und plötzlich hatten Sie die Wäscheleine in den Händen –«

Mit einem lauten Knall schlug Dennis Meier die Hand auf die Tischplatte. »Nein!«, brüllte er Finja an, so außer sich, dass ihm Spucke entwich. »Ich war das nicht, wir waren das nicht. Verdammt, kapier es doch endlich!«

Finja erhob sich. »Wie Sie wollen, Herr Meier.« Auffordernd nickte sie Bente zu. »Führen Sie ihn ab!«

»Wie, abführen?« Dennis Meier wurde plötzlich hektisch. »Ich habe doch nichts verbrochen. Sie können mich nicht hierbehalten. Und wegen Fahrerflucht, jetzt mal im Ernst, deshalb können Sie die Mandy auch nicht einsperren.«

Finja begann, mit ruhiger Stimme die Vorwürfe an den Fingern abzuzählen. »Entführung. Unfall mit Fahrerflucht. Waffengebrauch in Richtung von Kriminalbeamten … Herr Meier, das reicht locker, um Sie für eine sehr lange Weile in Gewahrsam zu nehmen. Glauben Sie mir.« Sie machte eine kurze Pause und sah ihm fest in die Augen. »Und nun folgen Sie bitte der Polizeihauptmeisterin, oder muss sie Ihnen wieder Handschellen anlegen?«

»Ey, ich war das nicht!«, rief Dennis Meier hektisch, seine Stimme überschlug sich fast. Die Erkenntnis schien ihn wie ein Schlag zu treffen: Er könnte wirklich für lange Zeit hinter Gittern landen. »Ich war doch nicht mal im Auto, als Mandy den Bengel umgefahren hat. Sie hat's mir später erzählt. Ich war da nicht dabei! Und dieser Klünder, mein *Vater* – ja, der war 'n Riesenarschloch. Hat uns vom Hof gejagt mit 'nem ›Verzieh dich bloß, von mir kriegst du keinen Cent‹. Dabei wollte ich den echt nur kennenlernen. Dann war der tot, und Mandy meinte, weil ich sein Sohn bin, erbe ich den Hof und alles. Darauf haben wir gehofft, aber umgebracht? Nein, das waren wir nicht! Und zu dem Unfall mit dem Jungen – ich hab keine Ahnung, was da abging. Mandy kam zurück und meinte nur, sie hätte Scheiße gebaut. Mehr weiß ich nicht! Ich schwör's auf meine kranke Mutter, ich hab den Typ nicht umgebracht. Ich war das nicht!«

29

Es war bereits kurz vor Mitternacht, als Constantin aus seinem Transporter stieg und zum Haus seiner Großtante schlenderte. Gerade wollte er den Türcode eingeben, da rollte Finjas Audi auf den Hof. Sie stieg aus, streckte sich und schien ihn nicht bemerkt zu haben, während sie in Richtung ihrer Einliegerwohnung ging.

»Finja, hey«, rief er ihr leise zu. »Nicht erschrecken, ich bin's, Constantin.«

Trotzdem zuckte sie leicht zusammen.

»Sorry!«, fügte er schnell hinzu.

Sie winkte ab und kam näher. Im Licht der Eingangslampe erkannte Constantin, wie erschöpft sie aussah – dunkle Ränder unter den Augen verrieten ihre Müdigkeit.

»War ein langer Tag …«, sagte Constantin und fuhr sich mit der Hand durch die Haare.

Finja nickte nur, ihre Schultern sanken leicht nach unten, als ob sie die Last des Tages abstreifen wollte. »Und du, wo kommst du so spät her?«, fragte sie mit einem müden Lächeln.

»Von einem Koliker«, antwortete er. Das war nur die halbe Wahrheit. Dem Pferd ging es längst besser, die Kolik war überstanden, und er hätte den Hansenhof schon vor Stunden verlassen können. Doch Vivi hatte ihn spontan auf Pizza und Bier eingeladen, und er hatte ebenso spontan zugesagt. Letztendlich war es viel später geworden, als er geplant hatte. Aber das ging Finja Fährmann natürlich nichts an.

Das Duzen und der entspanntere Umgangston bedeuteten nicht, dass sie plötzlich beste Freunde waren – sicher nicht. Dazu brauchte es bei Weitem mehr als die getroffene Übereinkunft. Aber immerhin, sie hatten sich irgendwie miteinander arrangiert. Zumindest solange Finja noch auf dem Anwesen seiner Großtante wohnte. Was, wenn es nach Finja ging, nicht mehr ewig dauern würde. Ihr klares Ziel war es, so schnell wie möglich ihren Schreibtisch in der Marner Dienststelle zu räumen. Die Lösung des hinterhältigen Mordes an Fiete Klünder war dabei sicherlich sehr hilfreich, vermutete Constantin.

»Was sagen die in Kiel?«, fragte Constantin weiter. »Die brauchen hier ja jetzt nicht mehr aufzutauchen. Du hast es ja auch ohne ihre Hilfe geschafft.«

Finja verzog das Gesicht, als hätte sie in etwas sehr Bitteres gebissen. Statt direkt zu antworten, stellte sie eine Gegenfrage: »Was ist mit deinem Fuß?«

Constantin machte eine wegwerfende Handbewegung. »Halb so wild.«

Finja nickte kurz, ein Ausdruck von Erleichterung huschte über ihr Gesicht, bevor sie sich abwenden wollte.

Doch Constantin ließ nicht locker. »Was ist denn jetzt nun, sind die beiden geständig? Der Fall geklärt? Und was ist mit Jonas Hoppe, gibt es da Neuigkeiten?«

Widerwillig blieb Finja stehen und drehte sich langsam zu ihm um. Sie begann, den Kopf zu schütteln, während ein Hauch von Frustration in ihren Augen aufblitzte.

»Das ist Polizeiarbeit!« Ihre Stimme klang zwar müde, aber auch bestimmt. »Ich habe jetzt keine Lust mehr, mich über euer eigenmächtiges Handeln aufzuregen. Ich kann dir nur so viel sagen: Für mich ist der Fall geklärt, auch wenn die beiden nach wie vor nicht geständig sind. Und jetzt muss ich ins Bett.« Sie rieb sich die Schläfen und blinzelte müde. »Der Tag und besonders der Abend waren lang, und ich möchte morgen wieder fit sein.«

»Wie jetzt, nicht geständig? Die Sache ist doch eindeutig.« Constantin sah sie ungläubig an.

»Die beiden werden schon noch gestehen. Und nun ist es gut, Constantin. Ich habe schon viel zu viel gesagt.« Sie hob eine Hand, wie um weitere Einwände abzuwehren. »Das Ganze hätte furchtbar ins Auge gehen können, und ich fürchte, ich habe euch mehr oder weniger dazu ermutigt. Ich habe einen Fehler gemacht, schon wieder einen beinah folgenschweren Fehler …«

Mit einem entschlossenen Nicken drehte sie sich um und verschwand mit schnellen Schritten in der Dunkelheit.

Constantin blieb noch einen Augenblick vor der Tür stehen, die kühle Nachtluft umwehte ihn, seine Gedanken ließen sich nicht sortieren. Nicht geständig, so ein Blödsinn. Die Sache war doch eindeutig.

Der nächste Morgen begann für Constantin mit einem dumpfen Pochen im Kopf und einer Amalia, die viel zu gut gelaunt war und unbedingt plaudern wollte. Er ärgerte sich über sich selbst – mal wieder –, weil er es immer noch nicht geschafft hatte, den Kühlschrank aufzufüllen. Also war ihm nichts anderes übrig geblieben, als nach unten zu Amalia zu gehen, um wenigstens einen Kaffee, ein Brötchen und eine Kopfschmerztablette zu ergattern.

Amalia hatte ihn bereits erwartet, mit einer dampfenden Tasse Tee vor sich und einem breiten Lächeln im Gesicht. »Guten Morgen, Schlafmütze!«, hatte sie bestens gelaunt gerufen und ihm direkt eine Tasse Kaffee eingeschenkt.

Constantin setzte sich schwerfällig auf den Stuhl und rieb sich die Schläfen.

»Morgen«, murmelte er und nahm einen Schluck vom heißen Kaffee, in der Hoffnung, dass das Koffein seine Kopfschmerzen vertreiben würde.

Amalia lehnte sich zurück und musterte ihn überrascht. »Du siehst aus, als hättest du die halbe Nacht durchgefeiert.«

Constantin verzog das Gesicht und sagte: »Ich habe einfach schlecht geschlafen.« Er biss in das trockene Brötchen und seufzte leise. »Hast du vielleicht eine Kopfschmerztablette für mich?«

Amalia wies das entschieden von sich. »Nein, so etwas habe ich nicht im Haus. Bei Kopfschmerzen setze ich immer auf Lavendelöl. Der Duft wirkt beruhigend und hilft bei Spannungskopfschmerzen. Soll ich dir ein paar Tropfen auf ein Taschentuch geben, damit du es inhalieren kannst?«

»Nein, danke, ich verlasse mich auf den Kaffee.« Als er

bemerkte, dass Amalias gute Laune plötzlich verflogen war, fügte er schnell hinzu: »Es ist wirklich alles in Ordnung.«

»Und wie geht es deinem verstauchten Knöchel? Vielleicht liegt es ja daran …?«

»Amalia, mir geht's gut!«, unterbrach er sie sanft.

Sie nickte und ließ es dabei bewenden. »Gestern war auch ein ziemlich aufregender Tag. Hast du mitbekommen, wann Finja nach Hause gekommen ist?«

»Spät, denke ich.«

»Die Arme. Und kurz nach sieben hat sie das Haus schon wieder verlassen. Ich habe sie gesehen, als ich gerade meinen ersten Tee gemacht habe. Ich wollte ihr noch hinterherrufen, aber sie schien es wirklich eilig zu haben.«

Constantin überlegte kurz, ob er Amalia erzählen sollte, was er in der Nacht von Finja erfahren hatte – nämlich, dass die beiden Verdächtigen immer noch nicht geständig waren. Doch eine warnende Stimme in ihm riet ihm, lieber den Mund zu halten. Sollte Amalia auf die verrückte Idee kommen, zur Polizeidienststelle zu gehen und Finja ihre Unterstützung bei der Vernehmung der mutmaßlichen Täter anzubieten, würde die vermutlich explodieren. Ein Donnerwetter, wie man es hier in der Gegend noch nie erlebt hatte. Also schwieg er, trank seinen Kaffee aus und war froh darüber, dass er einen Termin bei Hinrich Albrecht hatte, um nach den Ziegen zu sehen.

»Was mich brennend interessiert, ist, warum diese schreckliche *Person* damals im Krankenhaus war, als du dort gelegen hast. Und ob sie und ihr Komplize auch hinter dem Anschlag auf dich stecken und –«

»Ich bin mir sicher, Finja wird all das aus den beiden herausbekommen.« Damit erhob er sich und ging zur Tür, blieb jedoch kurz stehen, weil ihm noch etwas eingefallen war. »Amalia, heute soll noch weiteres Material kommen. Bist du hier und könntest es entgegennehmen?«

»Wann denn?«

»Im Laufe des Vormittags. Eine genaue Uhrzeit kann ich dir leider nicht nennen.«

Amalia atmete tief durch. »Ja gut, eigentlich hatte ich vor, Kathrin Hoppe einen Besuch abzustatten. Seitdem sie sich mir anvertraut hat, fühle ich mich irgendwie verpflichtet, ihr in dieser schweren Zeit beizustehen. Aber das kann ich natürlich auch später noch machen. Also einverstanden, ich nehme die Lieferung entgegen. Mach dir keine Sorgen.«

»Danke, du bist die Beste!«, sagte Constantin und lächelte sie an.

Amalia schmunzelte: »Und manchmal auch die Nervigste, stimmt's?«

»Niemals!«, erwiderte er mit einem Augenzwinkern.

⁂

Finja saß aufrecht auf ihrem Stuhl in dem spartanisch einge-richteten Verhörraum – zwei Stühle, ein Tisch, auf dem ihre Hände ruhig lagen. Ihr Lächeln war freundlich, aber ihre Au-gen blieben kühl und berechnend.

»Fangen wir also noch mal ganz von vorne an«, sagte sie mit einer Stimme, die Geduld und Verständnis vorgaukelte. »Sie und Ihr Ehemann haben also erfahren, dass Fiete Klün-der der leibliche Vater Ihres Mannes ist. Daraufhin haben Sie beschlossen, ihn zu besuchen ... mit welcher Absicht, Frau Meier?«

Die lehnte sich zurück und verschränkte die Arme vor der Brust. Ihre Augen funkelten vor Ungeduld. »Ey, wie oft soll ich Ihnen das eigentlich noch sagen? Ist doch wohl logisch! Dennis hat seinen Alten bis dahin nicht gekannt, er hat noch nicht mal gewusst, dass der noch am Leben ist.« Sie rollte theatralisch mit den Augen. »Seine Mutter hatte sich da ja nie so wirklich zu auslassen wollen. Ist doch wohl klar, dass er den endlich mal kennenlernen wollte! Und auch völlig logisch, dass ich als seine Ehefrau dafür sorge, dass wir das Ganze irgendwie geregelt kriegen.«

»Sehr löblich«, sagte Finja mit unüberhörbarem Sarkasmus.

»Wir haben nichts mit dem Mord an diesem Kerl zu tun. Ja,

wir waren da, und ja, der Typ war echt das Allerletzte. Dennis tat mir total leid – da lernt er endlich seinen Vater kennen, und der behandelt ihn wie den letzten Arsch. Aber das war's.«

Mandy Meier beugte sich nach vorn und sprach eindringlicher: »Wir sind nicht wieder da gewesen – zumindest nicht, solange der Typ gelebt hat. Weil es Dennis total scheiße ging, hab ich dann vorgeschlagen, noch ein paar Tage hierzubleiben; auf dem Hansenhof hat es uns gut gefallen. Und er musste sich auch noch etwas erholen, hat ja Asthma, das Ganze hat ihn so aufgeregt, dass ich mit ihm ins Krankenhaus bin, weil er 'nen Asthmaanfall hatte.«

Sie hielt inne und schaute Finja direkt in die Augen. »Dennis musste zwei Nächte dableiben. Als er entlassen wurde, ist er dann doch noch mal zu seinem Vater gefahren, er wollte ihm noch eine Chance geben. Da erfährt er dann, dass sein Vater tot ist – ermordet.« Ihre Stimme wurde leiser, und sie senkte den Blick kurz auf den Tisch. »Ja, und da haben wir dann gedacht: Okay, es gibt ja wohl sonst keine Verwandten, also wird Dennis Erbe – nur deshalb sind wir noch länger hiergeblieben. Außerdem musste Dennis später noch mal ins Krankenhaus, wie gesagt, bei Aufregung wird es richtig heftig mit dem Asthma.« Mandy Meier hob wieder den Kopf und sah Finja herausfordernd an. »Und das mit diesem Bengel da – mit diesem Jonas –, das war wirklich ein Unfall! Mann, ja, ich bin abgehauen, weil ich keinen Führerschein habe und ich schon mal erwischt wurde wegen Fahren ohne Führerschein – nur deshalb! Das war scheiße, das weiß ich! Aber ich hatte Panik! Dafür können Sie mich drankriegen. Da gestehe ich. Aber mit dem Mord haben wir nichts zu tun. Nichts.«

Finjas Geduld war am Ende. »Wissen Sie was?«, sagte sie mit einem scharfen Unterton in der Stimme. »Wir kommen hier nicht weiter. Aber all das können Sie dem Haftrichter erzählen.«

Mandy Meier hob mit einem Anflug von Verzweiflung die Hände. »Aber wir sind unschuldig! Das habe ich Ihnen doch schon tausendmal gesagt!«

Finja stand auf, ging zur Tür, öffnete sie einen Spalt und

rief hinaus: »Lüders, rufen Sie bitte in Kiel an. Das Ehepaar Meier muss noch heute dem Haftrichter vorgeführt werden«, erklärte sie knapp.

»Alles klar«, antwortete Lüders, nickte und begab sich direkt an die Arbeit. Tatsächlich hatte er Finja bereits gestern wirklich überrascht, und so setzte sich das auch am heutigen Tag fort, und das, obwohl er bereits die Nachtwache bei den beiden Inhaftierten hier im Revier übernommen hatte.

Finja schloss die Tür wieder, setzte sich auf den Stuhl und blickte Mandy Meier schweigend an.

»Und was geht jetzt ab?«, wollte die wissen, die Panik in ihrer Stimme war nicht zu überhören.

»Mein Kollege klärt das Ganze kurz mit dem zuständigen Staatsanwalt.« Finja lächelte scheinheilig. »Der übernimmt dann. Ich kann Ihnen jedoch nur raten, geständig zu sein. Denn das wirkt sich auf jeden Fall strafmindernd aus. Und vielleicht sollten Sie sich auch mal einen Anwalt nehmen. Wenn Sie sich keinen leisten können, wird Ihnen einer gestellt. Aber das habe ich Ihnen ja bereits mehrfach gesagt.«

»Wir haben den Kerl nicht umgebracht!«, schrie Mandy Meier aufgebracht. »Kapier es doch endlich! Wir haben damit nix zu tun, und deshalb brauchen wir auch keinen Anwalt – es sei denn, Sie verdrehen mir weiterhin jedes Wort im Mund.«

Die Tür öffnete sich leise, und Lüders trat ein. »Die Staatsanwältin hat entschieden, dass der Fall nach Kiel geht. Ein Team wird kommen, um das Ehepaar abzuholen«, berichtete er.

Finja nickte, sie hatte nichts anderes erwartet. Natürlich wäre es ihr lieber gewesen, den Kieler Kollegen das Geständnis der beiden zu präsentieren, aber die Zeit drängte. Dennoch war sie überzeugt, dass das Ehepaar Meier spätestens beim Haftrichter alles zugeben würde.

Einige Zeit später wurden die beiden dringend Tatverdächtigen unter lautstarkem Protest von den Kieler Beamten abgeführt. Finja hatte ihren Abschlussbericht bereits fertiggestellt und jeden Aspekt des Falls sorgfältig dokumentiert. Die Episode mit Constantin und Amalia, ihr plötzliches Auftauchen auf dem Hansenhof, hatte sie jedoch nur als Randnotiz vermerkt und als reinen Zufall dargestellt. Alles andere hätte zu viele unangenehme Fragen aufgeworfen, die sie sich ersparen wollte.

So verabschiedeten sich die Kieler Kollegen dann auch mit einem anerkennenden »Guter Job, Kollegin«, und Finja spürte eine Welle der Zufriedenheit in sich aufsteigen. Sie ahnte, dass ihre Tage im kleinen Provinzrevier von Marne gezählt waren, nachdem sie das Tötungsdelikt und den versuchten Mord so schnell aufgeklärt hatte. Eine Versetzung nach Kiel schien greifbar nah – und mit ihr die Aussicht auf größere Herausforderungen und Möglichkeiten.

»Das haben wir richtig gut hinbekommen, stimmt's, Chefin?«, sagte Lüders mit hörbarem Stolz in seiner Stimme.

Finja nickte zustimmend. »Das haben wir. Und Sie, Lüders, Sie haben einen wirklich guten Job gemacht.« Das rundliche Gesicht ihres Kollegen verfärbte sich dunkelrot vor Freude und Verlegenheit. Irgendwie mag ich ihn, dachte Finja bei sich. Und Bente auch.

Kaum denkbar, aber trotz der Kürze der Zeit waren die beiden ihr fast ein wenig ans Herz gewachsen.

Aber Moment mal, was soll das? Keine Sentimentalitäten, Frau Fährmann, rief sie sich selbst zur Vernunft. So etwas führte nie zu etwas Gutem.

* * *

Amalia hatte bei den Hoppes zu Hause niemanden angetroffen. Seit dem schrecklichen Vorfall mit Jonas war die Gaststätte geschlossen geblieben, dort konnten sie also auch nicht sein. Wer konnte es Kathrin Hoppe verdenken? Ihr einziger Sohn lag nach einem brutalen Anschlag im Koma. Doch zumindest waren die Täter gefasst und würden ihre gerechte Strafe erhalten, dachte Amalia mit einer Mischung aus Genugtuung und ein wenig Stolz. Immerhin hatte sie von Anfang an gewusst, wer hinter all diesen grausamen Verbrechen steckte: die wilde Pflaume und ihr Komplize.

Aber wussten Kathrin und Holger Hoppe bereits von den Verhaftungen? Diese Nachricht könnte ihnen in dieser schweren Zeit vielleicht einen Funken Hoffnung geben. Die Vorstellung, dass Jonas nun sicher war und keine Gefahr mehr drohte, würde sie sicherlich aufbauen. Amalia überlegte fieberhaft, ob sie einfach ins Krankenhaus fahren sollte, um Kathrin persönlich zu informieren. Vielleicht würde man sie zu Jonas lassen – nicht nur, um Kathrin die gute Nachricht zu überbringen, sondern auch, um sich selbst Gewissheit zu verschaffen.

Einen Versuch ist es wert, dachte sie und machte sich auf den Weg ins WKK Brunsbüttel.

»Jonas Hoppe? Ja, der liegt auf der Intensivstation«, sagte die Dame am Empfang des Krankenhauses und wies Amalia mit einem warmen Lächeln den Weg.

Amalia folgte den Anweisungen, während ihre Gedanken rasten: Es war erstaunlich, wie leicht es war, Informationen zu bekommen. Ein beunruhigender Gedanke schoss ihr durch den Kopf: Wenn die wilde Pflaume tatsächlich vorgehabt hatte, Jonas zu töten, wäre es ein Leichtes gewesen hierherzukommen. Doch zum Glück saß sie nun hinter Schloss und Riegel.

Dennoch, so etwas war schon ziemlich nachlässig. Sie würde wohl mal ihren Bekannten, den kaufmännischen Geschäftsführer des WKK, Dr. Mangold, darauf aufmerksam machen, dass in so einem Fall doch bitte mit bestimmten Informationen nicht so leichtfertig umgegangen werden dürfe.

Und es sollte noch … fahrlässiger werden.

Als Amalia den Klingelknopf neben der Glastür der Intensivstation drückte, wurde ihr von einer jungen Schwester geöffnet, die sie hektisch fragte: »Zu wem wollen Sie?«

»Jonas Hoppe, oder nein, zu seiner Mutter, falls sie bei ihm ist.«

Die junge Schwester schien ihr jedoch überhaupt nicht

richtig zugehört zu haben, nickte nur, brabbelte etwas von »Schutzkleidung« und nannte ihr die Zimmernummer.

Amalia war baff, nein regelrecht erschüttert, die Schwester schien sie für eine Angehörige zu halten. Für Jonas' Groß-mutter, oder wie war das Ganze zu verstehen?

Noch einmal dachte sie, dass es so gut war, dass die Täter gefasst worden waren und Jonas nichts mehr anhaben konn-ten, während sie mit sich rang, ob sie tatsächlich so dreist sein durfte, in Jonas' Zimmer zu gehen. Letztendlich beschloss sie, sich die Kleidung überzuziehen und dann erst einmal zu schauen, ob Kathrin Hoppe bei ihrem Sohn war. Dann konnte sie immer noch überlegen, wie sie handeln sollte.

Gleich hinter der ersten Glasscheibe entdeckte Amalia Jonas. Er lag reglos da, umgeben von einem Wirrwarr aus Schläuchen und blinkenden medizinischen Geräten, die un-ermüdlich seine Lebensfunktionen überwachten. Der Anblick war erschütternd, doch Amalias Blick wanderte schnell zu Kathrin, die wie erhofft an seinem Bett saß. Ihre Hand um-klammerte die ihres Sohnes mit einer Intensität, als könnte sie ihn allein durch ihre Berührung ins Leben zurückholen.

Amalia zögerte kurz, überlegte, ob sie an die Fensterscheibe klopfen sollte, um Kathrins Aufmerksamkeit zu erregen. Doch dann entschied sie sich dafür, einfach hineinzugehen – viel-leicht würde Jonas hören, dass seine Peiniger gefasst waren, und aufwachen. Es gab ja immer wieder Berichte von Koma-patienten, die durch einen äußeren Einfluss unerwartet er-wacht waren. Sie meinte sich zu erinnern, dass sie so etwas in der Art erst kürzlich in dem Apothekenheft gelesen hatte, das sie immer mitnahm.

Vorsichtig öffnete sie die Tür einen Spaltbreit – so leise, dass Kathrin Hoppe es wohl nicht bemerkte. Doch das lag auch daran, dass sie gerade intensiv und mit einer Stimme voller überschwappender Emotionen auf ihren reglosen Sohn ein-redete.

»Dieser Mistkerl, dieser verdammte Mistkerl. Nichts hat er dir gegönnt, nichts. Er hat es verdient, ja, er hat es mehr als verdient, auf diese Art zu sterben. Und ich sage es dir, mein Junge, ich bereue es nicht, ich bereue es keine Sekunde, dass ich ihn getötet habe. Er hat es verdient. Schon damals, als er mich hat sitzen lassen, mich mit ein bisschen Geld abgefertigt hat, hätte er den Tod mehr als jeder andere verdient gehabt. Und jetzt, Jonas, mein Junge, jetzt musst du ganz schnell wach werden, denn jetzt bekommst du ... wir endlich, was uns zusteht.«

Amalias Augen weiteten sich vor Schock. Was hatte Kathrin Hoppe da gerade gesagt? *Sie* hatte Fiete Klünder ermordet? Unwillkürlich entfuhr Amalia ein lautes: »Das darf ja wohl nicht wahr sein!«

Kathrin Hoppe fuhr herum; ihre Augen waren geweitet vor Panik und Entsetzen. Irgendeinen Fluch ausstoßend, sprang sie auf und wollte sich auf Amalia stürzen. Doch die reagierte instinktiv, schlug ihr die Tür vor der Nase zu und rannte los. Amalia erreichte die doppelflügelige Glastür der Intensivstation. Sie drückte auf den Türschalter, und als sich die Türen mit einem leisen Surren öffneten, stürmte sie hinaus in den Gang. Direkt hinter ihr folgte Kathrin Hoppe, so dicht auf den Fersen, dass Amalia ihren wütend keuchenden Atem hören konnte. Im nächsten Moment entbrannte eine wilde Verfolgungsjagd durch die langen Flure des Krankenhauses.

Amalias Herz hämmerte wie verrückt in ihrer Brust, während Adrenalin durch ihre Adern schoss. Sie fragte sich verzweifelt, warum ausgerechnet jetzt niemand weit und breit zu sehen war. Keine Krankenschwester, kein Arzt, keine Patienten oder Besucher – wo waren sie nur alle?

Ihre Schritte hallten laut in der stillen Umgebung wider, während sie mit aller Kraft versuchte, Kathrin Hoppe abzuhängen. Das Seitenstechen fühlte sich an wie ein glühender Dolch in ihren Flanken, und sie wusste, dass ihre Kräfte bald nachlassen würden. »Ich bin einfach zu alt für so was«, dachte sie verzweifelt, während sie alles gab, nicht langsamer zu werden.

Hinter sich hörte sie Kathrins Schritte näher kommen. Amalia wusste genau, dass sie jetzt nicht stehen bleiben durfte – auf keinen Fall. Kathrin war so außer sich, dass ihr im Affekt alles zuzutrauen war, vielleicht sogar ein weiterer Mord.

Doch Amalias Kräfte ließen nach; jeder Atemzug brannte wie Feuer in ihrer Brust. Lange würde sie das nicht mehr durchhalten können – da ertönte plötzlich ein schmerzlicher Schrei hinter ihr. Amalia stoppte abrupt und wandte sich schwer keuchend um. Ihr Herz raste noch immer vor Anstrengung und Angst. Kathrin Hoppe, die wahre Mörderin Fiete Klünders, lag am Boden; offenbar war sie auf dem frisch gebohnerten Gang ausgerutscht und gestürzt.

Als Amalia sie dort liegen sah, traf sie die Realität der Situation mit voller Wucht. Das Ganze hatte eine unerwartete Wendung genommen und eine Wahrheit ans Licht gebracht, deren Preis für Amalia viel zu hoch war. Sie hätte sich ein anderes Ende gewünscht, ja, das hätte sie.

Epilog

»Er muss sie aufs Übelste beschimpft haben, als sie ihn lediglich bat, Jonas nicht so schlecht zu behandeln und ihm wenigstens eine Chance zu geben«, erklärte Finja Fährmann. »Dann hat er ihr wohl den Rücken zugewandt und gedroht, Jonas zu erzählen, dass sie ihn mit seiner Existenz erpressen wollte.« Finja hielt kurz inne und hob resigniert die Schultern. »Plötzlich fand sie sich mit einem Metallrohr in der Hand wieder, einem Teil eines auseinandergebauten Rankgitters, und schlug ihm damit auf den Hinterkopf. Bis zu diesem Punkt könnte man die Tat noch als Affekthandlung betrachten. Doch dann ließ sie nicht von ihm ab, nahm den herumliegenden Gartendraht und erdrosselte den bewusstlosen Fiete Klünder damit.«

Amalia schüttelte den Kopf. »Es ist schrecklich, einfach furchtbar, und ich weiß, dass das, was Kathrin Hoppe getan hat, unentschuldbar ist … Dennoch empfinde ich Mitleid mit ihr.« Ihre Stimme klang weich und fast resigniert.

Constantin verzog das Gesicht in einer Mischung aus Unglauben und Verachtung. Er verschränkte die Arme vor der Brust. »Mitleid? Wirklich?« Seine Stimme triefte vor Abneigung. »Diese Frau hat bewusst versucht, den Verdacht auf Hinrich Albrecht zu lenken. Die ganze Aktion mit den Äpfeln – das war keine spontane Idee, sie hat eiskalt und berechnend gehandelt. Sie wusste genau, dass es deswegen Streit zwischen den Männern gegeben hatte; garantiert hatte sie die beiden beobachtet.« Er machte eine kurze Pause und sah Amalia direkt in die Augen. »Und dann hat sie auch noch in Kauf genommen, dass ich des Mordes verdächtigt wurde. So jemand verdient kein Mitleid.«

»Und sie hat ihren Bruder dazu gedrängt, ihr zu helfen«, fügte Finja hinzu. »Er hatte überhaupt keine Wahl.«

Amalia nickte langsam und schwenkte nachdenklich den Rotwein in ihrem Glas. »Ja, das stimmt wohl …« Ein kurzes

Lächeln huschte über ihr Gesicht. »Zum Glück ist Jonas endlich aus dem Koma erwacht. Soweit ich gehört habe, wird er vollständig genesen.« Mit einem leisen Seufzen fügte sie hinzu: »Allerdings wird er wohl für eine sehr lange Zeit ohne seine Mutter auskommen müssen.«

Finja nahm einen Schluck von ihrem Wein und stellte das Glas mit einem leisen Klirren zurück auf den Tisch. »Und ohne den Onkel. Er wird definitiv wegen Beihilfe angeklagt und vermutlich auch verurteilt werden. Schließlich hat er geholfen, ein Gewaltverbrechen zu vertuschen«, bemerkte sie. »Auch wenn es wohl nicht ganz freiwillig war.«

Die drei saßen in Amalias Bibliothek zusammen, umgeben vom Duft der gelieferten Kanapees, die Amalia »zur Feier des Tages« hatte kommen lassen. Sie diskutierten über den Mordfall vom Klünderhof, dessen Aufklärung eine unerwartete Wendung genommen hatte. »Die Idee mit den Äpfeln stammt allerdings, wenn man Kathrin Hoppe glauben kann, ohnehin von ihrem Bruder«, sagte Finja. »Ohne ihn hätte sie Fiete Klünder gar nicht in die Tonne hieven können.«

Das Klingeln ihres Handys schnitt in die gedämpfte Atmosphäre. Mit einem tiefen Seufzen nahm Finja es vom Tisch und blickte aufs Display, ihre Stirn leicht gerunzelt.

»Hmmm … Das ist mein Chef aus Düsseldorf, Frank Dresdner«, erklärte sie, während sie auf das klingelnde Handy starrte. Sie schien mit sich zu ringen, ob sie drangehen sollte oder nicht. »Was der wohl von mir will?«

»Nimm ab, dann erfährst du es«, riet ihr Constantin trocken.

»Es ist schon ziemlich spät«, fand Amalia und zog die Schultern hoch. »Ich würde da jetzt nicht mehr drangehen. Außerdem plaudern wir doch gerade so schön.«

»Schön?« Constantin sah sie irritiert an. »Es geht um Mord, Amalia. Und um versuchten Mord, da kann diese Mandy Meier noch so oft behaupten, es wäre ein Unfall gewesen, ich glaube der kein Wort.«

Finja drückte den Anruf ihres ehemaligen Chefs weg. Sie

nickte in Constantins Richtung und erklärte: »Ich glaube ihr auch nicht, aber das hat am Ende das Gericht zu entscheiden. Wir haben zumindest alles getan, was in unserer Macht stand, um sie des versuchten Mordes zu überführen.«

»Wir?«, sagte Amalia und lächelte freudig, ihre Augen blitzten regelrecht.

Doch Finja wollte ihr diesen Gefallen wohl nicht tun. »Bente Fendrich, Hasso Lüders und ich.«

»Na ja, so ganz unbeteiligt waren wir ja wohl auch nicht, liebe Finja«, konnte sich Amalia nicht verkneifen zu sagen und trank einen weiteren Schluck Rotwein.

Prompt verengte Finja die blauen Augen und verschränkte die Arme vor der Brust. »Erinnere mich bloß nicht daran. Ich kann noch immer nicht fassen, auf was für eine wahnwitzige Idee ihr da gekommen seid mit eurer Aktion auf dem Hansenhof.«

»Apropos, ich muss dann jetzt auch mal los«, erklärte Constantin und warf einen Blick auf seine Uhr. »Ich habe noch 'ne Verabredung.«

»Wie bitte?« Amalia blieb fast die Spucke weg, ihre Augen weiteten sich überrascht. »Es ist bald halb zehn. Jetzt musst du noch weg?«

»Ich würde mich dann direkt anschließen, Amalia«, sagte Finja und erhob sich ebenfalls von ihrem Platz.

»Aber was nach wie vor ungeklärt ist: Wer war für den Überfall auf dich verantwortlich, Conzi«, sagte Amalia in dem Versuch, ihn zurückzuhalten.

Constantin atmete schnaufend durch. »Ich schätze, wir werden es heute Abend auch nicht mehr herausfinden. Und jetzt muss ich wirklich los. Tschau!« Er drehte sich um und ging zur Tür.

Finja wollte ihm folgen.

»Ach, wie schade«, sagte Amalia, »ich dachte, wir beide …« Sie schüttelte den Kopf und winkte ab. »Blödsinn, du möchtest sicher in Ruhe telefonieren.«

»Ja, ich würde ganz gern meinen Chef zurückrufen.«

Sie war schon halb draußen, als Amalia wissen wollte: »Wirst du uns wieder verlassen?«

Finja hielt inne und gab dann ehrlich zu: »Ich weiß es nicht.«

Wenige Augenblicke später ließ Finja sich mit dem Handy in der Hand auf ihre Couch sinken. Sie atmete noch einmal tief durch, bevor sie auf Wahlwiederholung drückte.

Nach zweimaligem Tuten ging Frank Dresdner dran. »Finja, hey, mein Mädchen, schön, dass du zurückrufst.«

»Hallo, Frank«, sagte Finja, um einen neutralen Ton bemüht. »Was gibt es denn?«

»Ich wollte dir gratulieren. Da hast du ja einen richtig guten Job gemacht, wie ich aus Kiel gehört habe.«

»Danke schön«, erwiderte Finja knapp und strich sich eine Haarsträhne hinters Ohr. »Wobei das Lob nicht mir allein gehört. Daran waren auch noch meine Kollegen beteiligt.«

»Okay … Ich habe zwar etwas anderes gehört, aber ist ja auch egal.« Frank Dresdner lachte leise, sein vertrautes, leicht dreckiges Lachen. »Warum ich noch anrufe: Ich habe gute Nachrichten für dich: Die in Kiel würden dich gerne anfordern. Die sind momentan komplett unterbesetzt und waren wohl von der Professionalität deiner Vorgehensweise sehr beeindruckt. Ich hab direkt zugesagt, weil ich ja weiß, wie schrecklich du dich da fühlst – wie hast du es doch so schön ausgedrückt? – am Arsch der Welt.«

»Das klingt toll, Frank, wirklich. Aber …«

»Aber? Wie ›aber‹?« Frank Dresdners Stimme klang überrascht und ein wenig enttäuscht. »Ich dachte, du fällst mir vor Freude um den Hals, also sinngemäß. Woher kommt denn jetzt dieses Aber?«

Finja seufzte leise und schaute aus dem Fenster in die Dunkelheit hinaus. »Ich glaube – nein, ich bin sogar fest davon überzeugt –, dass ich noch nicht so weit bin. Ich brauche noch die Zeit hier, ja, hier *am Arsch der Welt*. Ich kann es dir nicht erklären, mir selbst auch nicht wirklich, aber irgendwie tut mir das hier gerade ganz gut. Weshalb ich meine Zelte hier nicht gleich abbrechen und mich in ein stressiges Großstadtleben stürzen will.«

»Du sagst mir jetzt allen Ernstes«, begann Frank Dresdner ungläubig, »dass du das Angebot aus Kiel ausschlagen willst, um in dieser kleinen biederen Polizeistation in diesem Kuhdorf zu bleiben?«

»Ja«, bestätigte Finja mit fester Stimme und einem entschlossenen Nicken für sich selbst. »Das trifft zu! Ich bleibe hier ... vorerst. Außerdem habe ich noch einen ungeklärten Fall auf dem Schreibtisch: den Überfall auf einen Tierarzt.«

Frank Dresdner seufzte am anderen Ende der Leitung. »Okay, dann ... Na ja, dann wünsche ich dir alles Gute.«

»Danke schön, Frank«, sagte Finja. »Das wünsche ich dir auch. Und grüß mir Düsseldorf ...« In Gedanken fügte sie hinzu: Besser nicht!

Danksagung

Ein herzliches Dankeschön an meine Marner, allen voran an die **Bücherei in Marne**, die mich vor einer ganzen Weile sozusagen als »Ersatzautorin« angefordert hat. So habe ich Marne und Umgebung kennengelernt, oben auf dem Deich gestanden, die Schafe beobachtet und mir den Wind um die Ohren blasen lassen – und plötzlich kam mir die Idee, meine Krimireihe hier bei euch spielen zu lassen.

Ich hoffe, ihr nehmt es mir nicht übel, wenn die gute Finja (sie meint es nicht so, ehrlich) hin und wieder Marne und Umgebung als öde, provinziell oder »am Arsch der Welt« bezeichnet. Ich bin mir sicher, dass sie Marne und somit die Marner sowie die Dithmarscher noch genauso lieben und schätzen lernen wird wie ich.

Weiter möchte ich mich bei dir bedanken, liebe **Dunja Tödter**, für deine Informationen und das Probelesen, dein Feedback und deine Begeisterung ... für alles!

Und natürlich bei dir, **Neira Janshen**, weil du immer ein Ohr für mich hast, geduldig zuhörst und vor allem diesen ersten Fall des Landtierarztes gelesen hast.

Und selbstverständlich bei dir, liebe **Gabriella Engelmann** – für so viel, dass ich es hier gar nicht aufzählen kann.